王莽传

（第一部）

月晕未央

简定宇 著

加拿大国际出版社

Canada International Press

书名：王莽传（第一部）——月晕未央
作者：简定宇
出版：加拿大国际出版社
印刷版书号 ISBN 978-1-990872-44-0

电子书号 ISBN 978-1-990872-45-7
总字数 254 千字，2023 年 7 月加拿大第一版
版权所有，翻印必究

Book Title: Biograph of Wang Mang (Part 1) -------
Moon Halo is Young
Author: Dingyu Jian
Publisher: Canadian International Press
Print ISBN 978-1-990872-44-0

E-Book: ISBN 978-1-990872-45-7
Total word count is 254,000 words,
First Canadian edition in July 2023
All rights reserved, reprint must be agreed by
Canada International Press

内容提要

全书共六十二章节，约百万字的文字规模。是一部基于记载两汉递嬗时期的各种历史文献典籍为基础，加以现代诠释和艺术加工的历史小说。

本书是一部气势恢宏，描写细腻，展示文化，彰显人物，立意深远，思想深刻，情节紧凑，形式多元，颇具文学价值，带有娱乐性的华彩历史篇章。

为什么敢如此大言不惭呢？其主要原因有以下几方面：

本书取材于中国历史上既是独一无二，又具普遍性典型代表意义的东西汉交替，政权快速更迭时期。独一无二的是这一时期正值西方文明的基督教开始诞生，古印度文明的佛教经西域刚刚开始传入中国，而儒家思想在"罢黜百家，独尊儒术"和"天人合一"等思想的共同作用下向宗教化发展的历史时期。独一无二的是王莽被著名学者胡适先生称为"中国历史上的社会主义皇帝"。而具有典型代表意义的是这一时期的不平等现象极为严重："富者田连阡陌，贫者无立锥之地"，"贵族豪强"骄奢淫逸，而"贫下中农"纷纷变卖土地，依附于豪族，有的类似于西方庄园里的仆人，也有的类似于之后中国传统专制社会的长工；又由于各种天灾人祸使得流民四起，而不偷不抢走投无路的男女们沦为奴婢，买卖盛行。如官方禁止买卖，反而在公开的黑市上他们更是雪上加霜，境况如牲畜一般。

　　而据考证当时的技术包括（铸造，冶炼，量衡，数学，日历，耕作，水利等等）发展水平已经达到一个较高的水平，与中国鼎盛的唐宋时期水平相当。生产力经过较长一段时间的提升后，自汉武帝时期之后，便开始提升缓慢。本书从文学和艺术角度重点展现了"外儒内法"的传统中国封建政治和社会文化所带来的悲剧和讽刺。比照《教父》的艺术构思，着力刻画了王莽这个人物性格是如何从注重修为的信奉儒家思想的士大夫在当时的政治文化侵淫下和矛盾冲突中逐步蜕变为沽名钓誉，虚伪做作，再到冷酷阴险，暴虐虚妄，最后迅速的走向灭亡的完整过程。是如何从儿女孝顺，夫妻和睦到家庭悲剧，儿女死的死，癫的癫，冷的冷最后到反目成仇，不共戴天的人伦悲剧。拷问了由儒家思想衍生而来，君主专制社会下的公义和私利，礼制和权术，情感和理智的相互矛盾和多元冲突。

　　本书对这一时期王莽改制做了较为全面的描写和分析。宗旨是为我们当代的社会主义改革开放事业导航护航，摇旗助威！通过对王莽时期从我们今天的价值观看来尚有一点进步意义的"均田地，禁止田地买卖，禁止奴婢买卖，货币改革，及官统商贾"等历史上真实改革的初衷和政策实施两个方面做了较前人更全面透彻的分析，得出一定的结论，作为了本书的立意和思想之一。

　　书中，王莽的失败，不再被简单的理解为是他个人的失败，而是被诠释成王莽政治集团无意识的试图走出中国历史"兴衰率"的第一周期的努力失败了。而这一课题仍然是我们整个民族今天所面临的课题！

作者简介

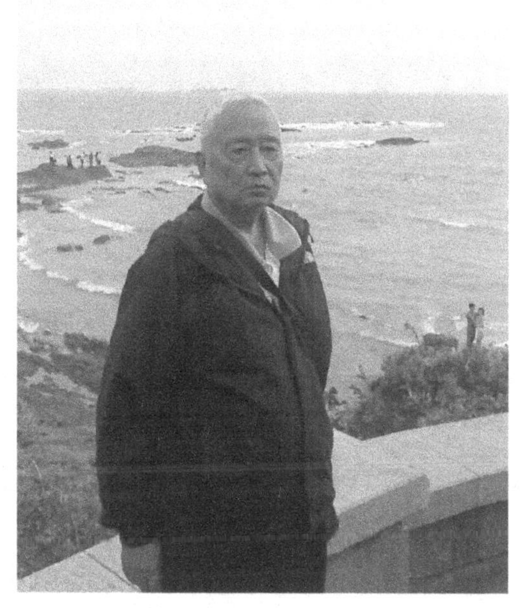

　　简定宇，字国襄，笔名郭襄，男，汉族，祖籍湖北天门，生于 1937 年于汉口，退休前为长江文艺出版社编审，中国湖北省作家协会会员。

　　最初发表的小说《翅膀》见《吉林文艺》1977 年 11 月号)。1978 年短篇小说《一朵小白花》为"天安门事件"公开大声疾呼；1984 年发表的《你不再认识我》。1991 年出版长篇小说《鬼墙》。1997 年出版了《新编拍案惊奇》和《两汉递嬗》，并著有中短篇小说《振荡》、《轧道》、《玫瑰刺》二十余篇，此外还发表出版过电影文学剧本和长篇通俗小说。近年与人合译了杰克.伦敦的《野性的呼唤》。

目 录

II

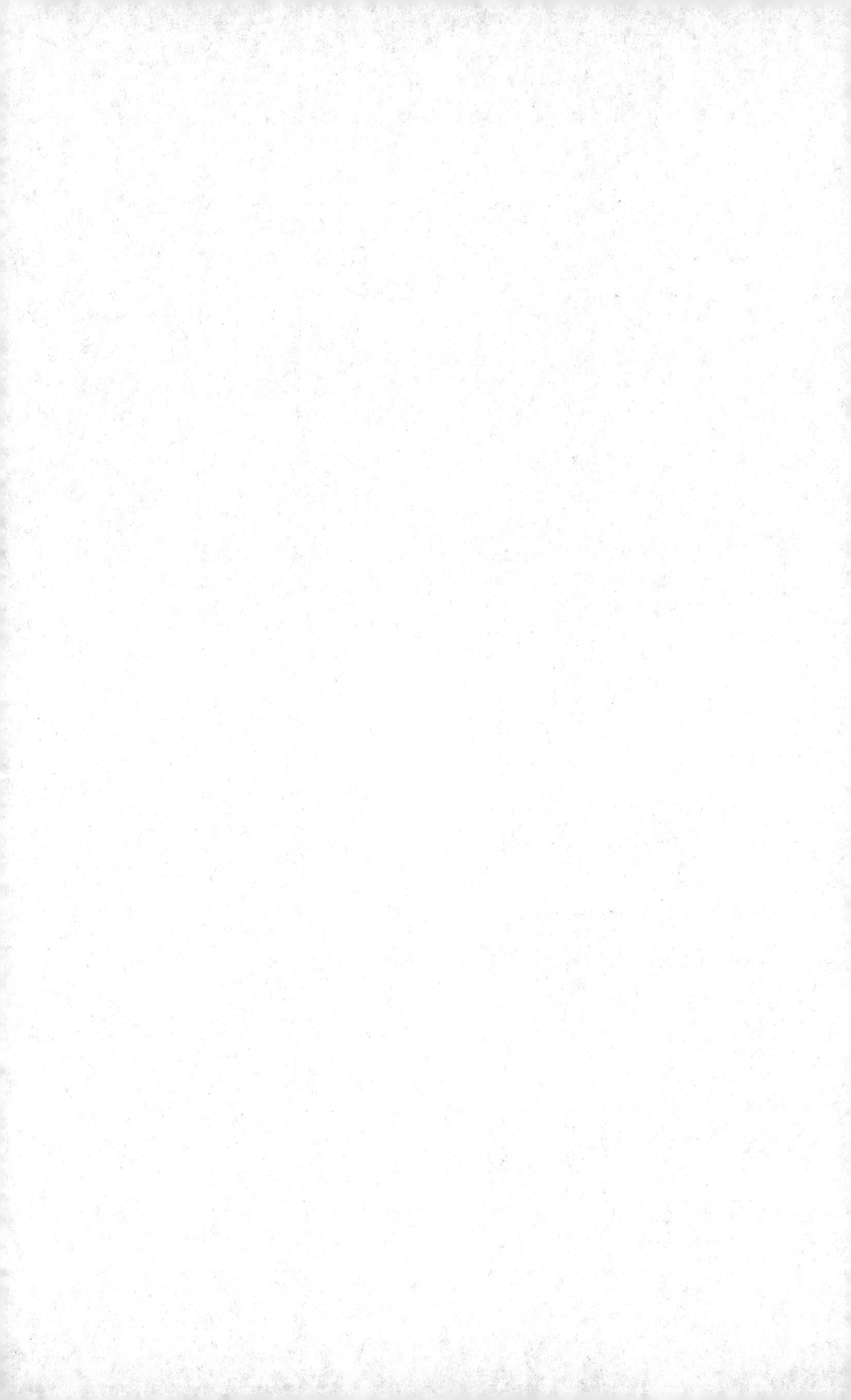

一　登灵台天象警衰危　下蓝田雩礼祈甘霖

入夜之后，光禄大夫刘歆带领钦天监宗宣等一行弟子驱车抵达灵台。

灵台位于骊山之下，原为阿房宫之"上天台"。秦始皇满心企盼从台上羽化登仙，御风飞天，结果死在二千里开外的沙丘平台，尸骨落得与鲍鱼同腐。不久项羽一把火，阿房宫化为焦土。唯独这座高耸入云的土夯平台完好无损。汉文帝把这座平台改建为观测天象的灵台。

汉哀帝元寿二年（公元前 1 年）关中大旱，八百里秦川从去年冬天没下一场透雨。池塘干涸，田地龟裂。大旱是"阳灭阴"之兆，表明君德亏失。近日又天呈异象，莫非皇天震怒欲罪汉室？他不敢懈怠，连续五夜亲临观看。

拾级而上，盛夏的夜风从翠屏环列的终南山吹来，未能带来一丝花香和凉意，依旧热气灼灼。他凭栏远眺，帝京在沉沉夜色中入睡，

唯独不夜的宫阙灯火万点，恰与垂落的银河相接，人间天上闪闪烁烁。

刘歆字子骏，大儒刘向之子，汉高祖刘邦时期楚元王刘交五世孙。他读遍三坟五典八索九丘，上知天文，下知地理，从小跟随父亲夜观天象。他燃上一炷香盘坐蒲团之上。香还没有燃尽，耳边的林涛声、宿鸟声……全都消失了。他的身躯融入夜色之中，他的灵魂也融入无边的寂寥中了。这时他觉得周身三万六千个毛孔与周天三万六千个星宿所产生的场产生了感应。

今夜繁星满天，二十八宿星光粲烂。东方青龙和西方白虎威风八

面，虎踞龙盘；北方玄武龟蛇相安，气定神闲，蓦地南方朱雀星光闪烁，活像一只受惊的巨鸟，惊骇地注视西北方，缩缩瑟瑟抖个不停。

丑正刚过，"大火"星出现，光芒四射，尾部亮得耀眼，向尸、

鬼二宿移动，犯轩辕大星，随之消失在星空深处。

刘歆好像从梦中惊醒，站起身迷茫望着远方。

宗宣蹑足向前，"今夜'大火'入'鬼'出'尸'，犯轩辕，《星经》有载……"

刘歆手一扬，截断了他的话。

"大火"，也叫荧惑星。"大火"兆凶丧，鬼尸二宿主死亡，

全是灾星；轩辕大星为皇宫，荧惑犯轩辕，预示君主丧危……这点知识，他的随行弟子几乎无人不知，刘歆又岂能不知道吗？

"尽信书，不如无书。"他冷冷训诫。

"是。"宗宣一向崇拜老师胸罗万有，躬身而退。

刘歆轻轻叹气，"春秋二百四十二年间，日蚀三十余，地震五十六，或为诸侯相杀，或为夷狄侵中国。灾变之意，深远难见。故圣人罕言命，不语怪神。"

这哪里像当代儒宗说的话？汉代自董仲舒以来，"天人合一"之说演变为"谶纬"之学，专门谈天命，说神怪。刘歆从小随父亲研究天人感应，今日为何一反常态，说什么"灾变之意，深远难见"？而且还搬出早被汉儒忘怀了的"子不语怪力乱神。"这不仅有悖他平生所学，简直冒天下之大不韪了。

然而台上的人无不洞察他的用心。而今主上失德，佞邪当道，

百官愤懑，民怨沸腾，如果把荧惑犯轩辕的凶兆传扬出去，必定惑乱朝野，震摇天下。

“然而……”宗宣欲言又止。荧惑犯禁，天象示警，钦天监职司所在，岂可秘而不宣？

不意刘歆轻轻吟哦，“七月流火。”

这是《诗经》中的名句。“火”就是“大火”，荧惑星。这无异告诉众弟子，荧惑星累现不过是一种常见天象，不值得大惊小怪。这似乎颠覆了《星经》丧危之说。众人默默无言。谁知他再次轻轻吟哦：

“天何言哉？四时运焉，百物生焉，天何言哉？”

这回搬出的是《论语》，使用的是“截头露尾”之法。上文为：“子曰：‘予欲无言。’”也就是说，他欲“无言”。既然非关丧危，又何必“无言”呢？这似乎又颠覆了非关丧危之说。

刘歆吟毕走下灵台，改乘一匹白马，不返京回家，也不告知去向，独自一人奔汤池方向驰去。

日上三竿，刘歆驰进一片棘林，满山遍野，莽莽苍苍。黑褐色尖刺的树枝上稀落开着淡黄色小花，蔫

巴巴的，蒙上一层厚厚灰尘。这片野生棘林据说是周朝断案行刑的地方，自古多有夜哭之鬼，成天啁

啾啾。走了半个多时辰，这片棘林不见风动，不闻鸟鸣，不但天籁地籁都热得封住了孔窍，连冤魂也热得闭上了嘴巴，死寂得吓人。

出了棘林，进入隗里地界。隗里县令是他门生，打马向县衙驰去。

不待县令行礼，他就发问：

"可知新都侯现在何处？"

他不避酷暑，不远百里，却原来是要把异常天象第一时间告知新都侯王莽。

王莽字巨君，当今太皇太后王政君的侄子。王政君是汉元帝刘奭的皇后，汉成帝刘骜的母亲。王莽是她一手提拔起来的：拜爵新都侯，官至大司马。可惜刘骜无嗣，他一死，王冠落到他的侄子刘欣头上。刘欣的祖母傅昭仪是汉元帝刘奭的妃子，终其一生都与王政君明争暗斗。孙子即位后，她自封太太后，在宫中与王政君分庭抗礼；在朝中排挤王氏子弟。五年多前，汉哀帝即位不到一年，王莽遭到罢黜，贬回封地新都。王莽为人仗义疏财，为官清正廉明，口碑极

好，官声极佳，群臣不断上疏，元寿元年（公元前2年），傅昭仪死后，刘欣只得把他召回长安。

"王公？"王公是王莽任职大司马期间军中将士对他的称呼，看来这个县令出身军旅，"王公与氾大人在一起，八百里秦川，今日走东村，明日去西聚(村落)，上个月还在本县打井来着，而今身在何处，学生倒是说不准。"

王莽回京之后，刘欣不给他任何职位，把他晾在府邸中不闻不问。王莽是个闲不住的人，央求氾胜之带他下乡抗旱，为三辅父老出把力。氾胜之是位农学家，著农书《氾胜之书》二十三篇。汉成帝时在三辅教人种麦，三辅大熟，封为议郎，现居御史之职。今年京畿大旱，他摩顶胼足奔走村聚，教导抗旱之法。王莽主动下乡抗旱，这是善举，氾胜之岂有不允之理？他还向朝野呼吁，希望有更多的人像王莽一样下乡抗旱，帮助黎元（百姓）渡过难关。

"新都侯打井！佳话啊，千古佳话！"刘歆极口称赞。

　　"可不！"县令应和。王莽下乡无官职，也没奉朝廷委派，以私人身份尽义务。但他有声望，县令听他的，县丞听他的，三老听他的，县令县丞三老动员全县亭长、里长、长老都听他的。打井要知水文，着地脉，他不懂，氾胜之负责采点选址；他负责组织现场施工。也就一个多月全县打了三十七口井，井井出水，大大缓解了旱情。

　　"救命水啊，多亏了王公氾大人。"

　　天已向晚，县令派人四出打听。听说王莽氾胜之在蓝田地界打造水车。第二天一早，刘歆打马去了。

　　田里谷子黄了，金黄一片，虽说谷禾稀疏，谷穗不够粗大，但五

　　六成收成是有的。时值挂锄时节，田间却处处有人锄草，有人浇水。沟里不见饿殍，路上不见流民。古话说得好，大灾不荒，必有高贤啊。

　　前边有个圆形的庞然大物旋转着，高约两丈（一丈等于今天的 2 米 2 左右）有余，架在河边。刘歆从未见过，莫非这就是王莽氾胜之打造的水车？利用湍急水流冲动水车旋转向上抽水。把河水提到几丈高的岸上，灌进长长木槽，哗哗流进田里。

有个小老头坐在树荫下悠闲哼着小曲呢，看样子他负责看守这架水车。

“老人家，这水车可是氾大人打造？”刘歆躬身一揖。

小老头很得意，面对问话又显纳闷，反问到：“稀奇吧？”

“本官头一回看到，真是巧夺天工，氾胜之真了不起啊！”刘歆是大学问家，百科全书式人物，不但懂得古文经学，还懂得物理、化学、数学以及工艺学。外行看热闹，内行看门道，他的称赞发自内心。

“是王君侯。”小老头说。“这水车就是王君侯带领小老儿和十多个木匠打造的。”

“当然，当然，还有王君侯，还有你老人家，哈哈。”什么是喧宾夺主？这就是喧宾夺主！不觉笑了笑。

氾胜之是农学家，精通各种农业机械，这水车无疑是他设计的。王莽不过是现场组织施工者的。但他有个特点，一旦做起事来，能够矮下身段放下架子，舍得倾注热情拼尽全力，而又身体健硕，确有一把气力。工地上无处不见他的身影，无处不闻他的声音。

真正的项目研发者反而成了他的跟班，而又甘之如饴做他的跟班。

刘歆问明去处，第四天晌午在合翔聚驿站找到了王莽他们。

王莽四十多岁，高大壮硕，粗眉环眼，眼球有些发红，激动的时

候象团火，愤怒的时候也象一团火。这会儿目光熠熠，笑意盈盈，"子骏，什么风把伯兄你吹来了？"

"哪有风啊？仲兄你想'疯'了吧？"可不，天热得像蒸笼，哪有一丝儿风？

啊嗬嗬，王莽一阵爽朗的笑。"瞧我学界泰斗，真个名士风流！"

刘歆比王莽大三岁，面容清癯，三绺青须，身者白绫长衫，羽扇那么一扇，潇洒极了。王莽与氾胜之却是短褐赤脚，与农夫一般无二。

刘歆嘬嘴啧啧有声，"哟，古有邹忌之美，今有董贤之色，愚兄我怎佩风流！巨君兄可真谬赞了。"他的话表面是谦辞，实是长安官场流传的"政治黑话"。当今皇上刘欣贪恋男色，董贤就是他的男宠。邹忌是美男子，以美为题讽谏齐王，这是《左传》故事；董贤也是美男子，以色事君，则是今日之丑闻。拉邹忌作

陪衬，口诛董贤这个标的。而且董贤是现任大司马，正是后来取代王莽大司马职务的人（王莽去职之后，师丹任大司马，后为董贤）。一个人中龙凤当代贤臣；一个世间丑类下流男宠，话里话外既有伤时谤上之意也含取悦之情。

氾胜之见王莽浓眉微蹙似有不悦，忙打圆场，"二位一见面就拌嘴，可谓亲密无间，不失赤子之心啊，有友如此，真叫人羡慕。"他五十多岁，黧黑黧黑的脸儿，精瘦精瘦的个儿，为人一向和善。

早在汉成帝在位时，王莽刘歆同为宫中黄门郎，成了莫逆之交，汉成帝在位时，王氏家族王凤，王音，王商，王根，王莽先后接任大司马职位，地位显赫。王凤在职期间，那时王莽还没入宫为官，成帝曾考虑提拨重用刘歆被王凤劝阻了。等到王莽任职大司马时，他开始推荐和重用刘歆。从王莽刘歆认识交往开始，已经二十年了。王莽说："在下一介凡夫俗子，岂敢与学界泰斗拌嘴啊？"

刘歆对着氾胜之好一阵抱屈，"种田佬，你瞅瞅，人家从陒里赶到蓝田，又从落驾坡赶到合翔聚，顶着毒日头，纵横数百里一路狂奔，一见面就夹枪带棒，你还羡慕，嗨！嗨！”

“你说君侯夹枪带棒，你就不夹枪带棒？”氾胜之知道他们有事要谈，“行了，老夫不受这无妄之灾了！老夫还有事。”他一出门，刘歆就扬声宣告：

“大变在即，石破天惊，事关社稷，事关国运！”

“啊？”王莽大惊，目光如炬的盯着刘歆。

“天变之日，风云变色，正是龙飞九天，虎跃丘冈之时，天降大任于兄长，大有作为啊。”

“天变？”王莽不觉动容，抬了抬头。

“山崩于前而色不变，海啸于后而面不改，天变何足畏哉！”刘

歆说完荧惑犯轩辕，仰面大笑。

王莽沉默了一会儿，忽然粗眉蹙起，“你到底要说什么呀？”王莽笃信鬼神，笃信天命，但他对“灾变之意，深远难见”的传统观念深信不疑，认为破解天命非人力所能，猜谜似的，难以采信。

刘歆见他不领悟，只得蜻蜓点水式地点一下，“我看皇上龙体……”

“皇上龙体怎么了？”王莽依旧面露不解，皇上青春年少，年仅二十五岁，成天想着法儿玩乐，花样层出不穷，近日盛传正筹备“太液夜宴”，年富力强，精力充沛着呢。

“大欲伤身，纵欲殒命啊。”他只得直露了。

“你是说皇上……哼哼，天变在即，天降大任，原来……”王莽眼睛翻了一下，突然瞪得老大：“嗨，怎么可以这样说话，你要置我于何地！”

“成大事者胸怀天下。事关天下不可不知，不可不预。”

这时王莽面露不悦神情，似乎不愿再继续听下去，“你！你！身为大汉宗室，饱读经书，竟然妄测圣上寿限！”

“巨君兄……”刘歆郑重的起身，然后跪下：“近日我上朝，细观皇上气色，证之天象，愚兄斗胆……你应未雨绸缪，速回长安，防止奸佞危我汉室！”

这席话如果出自他人之口，王莽会毫不犹豫的斥责道：“竟敢诅咒君父，妖言惑众！...”他并会气得发抖。但王莽明显被刘歆的诚恳所触动，边听边思忖着，说道“子骏兄--”王莽打断刘歆的话，“汉室有危？是不是言重了吧？”

“巨君兄，速回长安啊！唯有仁兄才能主持大局因应大变，才能……”刘歆不由分说，对着王莽叩了个头，跪在地上保持着叩首的姿态。

“起来，起来！”王莽急着上前，想拉刘歆起来，见刘歆不起，急得直跺脚。突然他放开刘歆，显得气冲冲的径自走出门去。

过了一会儿，刘歆起身也出门去追，见远处王莽正走向一片谷田。

“巨君兄--！”刘歆喊了一声。而王莽头也没回。

嗨，这就是王巨君！不如此就不是王巨君了！他不该来，又觉来对了；他自讨没趣，又觉讨得值。反正信息传递出去了，同样具有某种穿透力啊。被王莽所冷落和呵斥一番不以为耻，反而安然若素，是不是太可笑了？他倒真的笑了。

太阳已经偏西，照得谷田一片澄黄。谷子正在灌浆，长势很好。谷田一望无边，连接天际。这片谷田也许王莽氾胜之没浇一滴水，没耕一寸地，然而没有他俩，这片谷田也许是另一幅景象。是他们兴起了农夫抗旱的希望，也是他们引导农夫抗旱。为人臣子，就该像他们那样为君父分忧；为民父母，就该像他们那样为百姓解难。王莽的背影越来越小，最后消逝在一片橙黄之中，那里闪耀着金黄的晖光。

　　王莽氾胜之回到驿站，已是戌时了。天空没有一丝云翳，夜色越发亮堂了。平日隐没在太空深处难得一见的星星，都从天幕里蹦出来。

　　凝眸望去，明亮的星星近旁还有暗星，暗星后头还有更暗的星。层层叠叠，挤挤插插，天空大约也与地面一样热得喘不过气来。

　　一群火把奔来，大约五六十人，到达驿站跪下了。王莽等人慌忙出来，只见县令跪在前头，刘歆却摇着羽扇站在一旁，好像事不关已似的。王莽眉头紧蹙，他怎么又回来了？

　　"王公，请为蓝田主祭祈雨！"县令连连叩头。

　　王莽慌忙回拜，"小侯失德，怎能主祭祈雨！皇天不佑啊。"他

　　本想说，祈雨得求光禄大夫刘歆呀，谁不知道他祈雨灵？但因刘歆对皇上不敬，心有不快，懒得举荐了。

14

祈雨古称雩礼，汉成帝以来，整套祈雨仪式就是刘歆制订的，时人誉为"刘郎雩"。据刘歆考证，应龙杀死蚩尤与夸父之后，过于疲

乏，无力回到天上，致使天下大旱。天帝兴云降雨把应龙接上天，旱象随之解除。所以祈雨必须塑青龙为礼器，天帝以为它是应龙，便即刻降下云雨。正是因为刘歆祈雨灵，他的祈雨仪式传布宇内。

"大人不出，天不降雨。"县令又一阵叩头，"非王公莫属。"

"大人在此，小侯岂敢越俎代庖？"古时全国大旱，由君主主祭祈雨；郡县大旱，由郡县首长主祭祈雨。当官的都通称大人，理当由县令主祭。

"下官在王公面前岂敢僭称大人！"

县令所说的"大人"并非当官通称的大人，而是"飞龙在天，利

见大人"的大人！"大人哉，舜！"的大人！道德高尚，具有伟大人格的人！

一个长老高声说："当今天下唯君侯堪称大人！"

这时氾胜之跪下了，刘歆惶恐了一下也行正式的跪拜礼节跪下了，众人齐声叩拜："请君侯恩允。"

　　"胜之，你怎么！你！"王莽急了，这不是把不称其德的称号强加给他吗？

　　"君侯勿辞。"氾胜之叩首。

　　王莽再也无法推辞，"小侯惶恐之至，德鲜祚薄，有负蓝田父老啊，"

　　县令叩拜，"恳请刘大人为祝(司仪)，望刘大人再勿推辞。"这个"再"，透露了太多信息。刘歆祈雨天下闻名，大旱之年现身蓝田，县令遇见岂有不恳请他祈雨之理？显然，"大人不出，天不降雨"是刘歆提出的先决条件，而这"大人"恰在蓝田境内。蓝田县令必然转

　　请王莽，王莽想拒绝都难。

　　"大人已出，老夫岂敢推辞？"刘歆转拜王莽，"下官诚心诚意敬奉君侯为祭。"王莽迟疑片刻，"小侯延请大人为祝。"

　　祈雨最讲究"诚"。首先要祭(主祭)祝(司仪)同心，上下一意，否则天帝不会垂怜赐雨。

当！当！蓝田四乡响起锣声："庚日举行雩礼，全县官民人等斋戒三日，积德行善，虔心祈雨啊。"

蓝田东门外筑起一座祭坛，坛下用泥土雕塑出八条青龙。正中一条青龙八丈长，东西七条青龙四丈长。大龙翘首向天，龙角亢起，龙

须四张，似欲腾飞跃起；七条小龙或盘或立，神态各异，全都向上仰望天空。

刘歆把氾胜之拉到一旁好一阵数落，"哎，你这种田佬！明知近日无雨为何强求君侯祈雨？你是要出君侯的丑还是要出我的丑，哼，哼！居心不良啊。"祈雨这一齣，由他一手策划，全程导演，却在这里诿过于人。

身为农学家，氾胜之不相信祈雨，只相信"锄头底下有水"。田里有杂草，杂草与禾苗争水，铲去杂草，禾苗不是可以多吸水吗？土地板结，水份容易蒸发，把土铲松，不是可以保墒吗？今儿他求王莽祈雨，自有不得已的苦衷。旱日越长，抗旱越苦，农夫农妇信心越小。没有希望的时候，就得设法兴起希望，祈雨未尝不是一个办法。刘歆祈雨了！天要下雨了！再坚持几天吧，再咬咬牙，再出把力吧，莫叫一

春一夏的辛苦白费了呀！一来二去难关也许闯过去了。

"你这种田佬，用心良苦啊。"刘歆仰面看看天空，"近日无雨，得到下月中啊。"

刘歆著有《三统历谱》，是位天文学家。他祈雨灵是因为时时观测天象，预知风云变化。氾胜之是位农学家，一双饱经风霜的老农眼睛，同样也能预见阴晴雨雪。

"哼！"刘歆羽扇一摇，话锋一转，"而今瓜菜不生，百姓存粮告罄，我问你，当务之急该是什么？你这个种田佬啊，就知抗旱抗旱，那是要抗死人的！"氾胜之没话说了。刘歆更加得理不饶人，"告诉你吧，当务之急在朝不在野，必须速回长安上达天聪，奏请开仓赈济！"氾胜之连连点头。

刘歆此行的目的是告之王莽异常天象拉他回京因应大变，此刻倒忿忿了，"你说该不该怨恨你耽搁时机，延误大事呢？我这次远道从长安赶来是要请君侯回京的，可君侯只听你这种田佬的！抗旱！抗旱！等抗到饿殍遍地，哀鸿遍野，这罪是君侯的，还是你这种田佬的？明知无雨，还得祈雨，叫本官在天下人前出丑，都是你这种田佬闹的！雩礼过后，必须与王君侯回京！否则，三辅饿死一个人，都是你的罪！"

六月头一个庚日到了。祭坛下人人身着青衣，黑鸦鸦跪满一地。

王莽换上礼服，高冠博带显得格外魁梧。民众一阵欢呼："大人！大人！"他低着头张开双臂，大袖低垂，如同一只黑色巨鸟趋步

向前，刘歆跟在后面。二人登上祭坛，点燃香烛。咚咚咚，大鼓响起，八对童男童女围绕祭坛翩翩起舞。

刘歆扬手，鼓息舞停："兴！"

王莽带领民众一同起立，三叩首后，全场跪伏。

王莽张开双臂仰面呼号："昊天生五谷以养人，今五谷病旱恐不成，敬进清酒薄脯再拜请雨。"

童男童女捧着酒坛，拿着生鱼鸡鸭陈列在香案上。王莽三拜九叩之后，对天坦诚自己的罪愆。大旱是"阳灭阴"之兆，反映下界"尊

压卑"。祈雨，天子要以六事(是否大修宫殿，是否广采秀女，是否骄奢淫逸等六件事)谢过自责，百官

要清理冤狱，一切尊者都要善待卑者。祈雨日就是忏悔日，赎罪日，行善日。

"苍天啊，下民有罪，一罪二命啊！"他捶胸大嚎。

前年，他在新野封地之时，他的二儿子王获强奸婢女，婢女不从，王获恼羞成怒，一剑将婢女刺死。他将二儿子解送到新野县衙，县令不敢治王获的罪；他亲自送去鸩酒，把二儿子毒死在狱中，新野百姓都很敬佩。他在同一天给二儿子和婢女下葬，新野万人空巷，给二人送葬。

"下民教子不严，是谓不慈；护婢不周，是谓不仁。不仁不慈，一罪二命哪！天若降罪，降罪下民吧。愿天降大雨，电闪雷鸣。让辟雷辟死不慈之父吧！让闪电灼死不仁之主吧！下民死于雷雨，罪有应得，死而无怨，死而感恩啊。"他的声音宏亮感情充沛，极高感染力。

刘歆振臂高呼："雩！"

鼓乐声随之兴起，八对童男童女应节高呼："雩！"众人击掌齐呼：

"雩！雩！雩！"

喊声在无风的正午爆发，闷雷似的，迎着毒热的太阳。喊声渐次整齐，似乎想喝住太阳；阳光更加火辣，似乎想晒哑人们的喉咙。二者不是互相消长，更像彼此较力。喊声越发响亮，太阳的光焰越发灼人了。

王莽忏悔之后，蓝田县令登坛宣布释放三名囚犯。其中一人属冤案，有关衙役登坛谢罪；二人情有可原，从宽发落。每放一人，童男童女高呼："雩！"民众击掌齐呼：

"雩！雩！雩！"

其后官商人等登坛自陈罪愆，捐钱捐物救济灾民，全场一次又一次齐呼：

"雩！雩！雩！"

最后王莽致词，要求雩礼结束之后，人人怀着虔诚心情，施舍钱财，矜老怜贫，使得善行蔚然成风，感动上苍。

太阳喷射烈焰，而当人们心萌善念，一念制百念，胸头躁动浮嚣的杂念平伏下去，热也不觉怎么热了。

简要说明：

刘歆字子骏，建平元年（公元前 6 年）改名为刘秀，字颖叔。《汉书》因避光武皇帝刘秀名讳，仍称刘歆。本书本应据实改称刘秀，但因其

人在古文经学、目录学、天文学、数学、化学享有极高声誉。譬如世界最早的圆周率就是以刘歆命名的，称为"刘歆率"。据实改称可能引起混乱，本书仍依史书惯例称刘歆。

二　寒士从豪门走出　青云自病榻升起

　　事毕，氾胜之让那个县令准备一坛酒，那县令也很乖巧，送来了好几坛美酒，还备了一大桌饭菜送到驿站，歌舞伎他这次是不敢安排的，因为王莽的名望很高，光禄大夫刘歆也是一届大儒，他们会不高兴的。他本想陪王莽和刘歆一同吃个饭，也好套套近乎，说不定将来王莽东山再起，他可以攀上渊源。哪知道王莽对饭菜酒宴执意推辞，说了些"为民请愿，责无旁贷"之辞。那县令只好作罢，告辞了。氾胜之命人将酒菜摆上，借为光禄大夫大人接风解渴之名，请王莽和刘歆落座。三人喝了几巡，相对无言，相互应酬着。氾胜之也能观场，不久便道不胜酒力，起身告退。王莽挽留了几句之后，就剩王莽和刘歆两人了。

　　刘歆专程来看望他，王莽还是很高兴的。虽然刘歆跟他说了那些话，他既惊愕，又有些无可奈何。王莽就又打开了这个话题。而刘歆也很久没能与王莽一起喝酒和说心里话了，也想与王莽多喝几杯。毕竟他们是二十年的莫逆之交了。

"来，子骏兄"王莽举起酒樽，"君自长安远道而来，专程来看我劝慰我，甚为感动。老弟我连敬你三杯，以为你饯行。"

"巨君兄豪气干云！"刘歆回应道，"亲朋相聚，不亦悦乎！与君相交二十载有余，甚感荣幸，今夜一醉方休！"

两人连饮了三樽，相互做了个礼，对视大笑了起来。

王莽为他们二人斟上了酒，突然感叹起来，"我五年前离开了朝廷，不久前皇上把我诏回了长安，让我专心侍奉太皇太后。可怜我空有一腔报国为民的热忱无处施展，所以才到这里来为百姓做些实事的。"王莽一向说话做事都很谨慎，即使与刘歆单独在一起也是如此。

刘歆应道："是啊。贤兄五年前何等意气风发，决计大展宏图，中兴汉室，造福百姓啊！只可惜先帝突然驾崩，而当今圣上年少纯真，恣意放纵，被奸佞和淫荡之徒迷惑，无法启贤任能，朝政荒废，朝纲乌烟瘴气，真是悲哀啊！"

王莽知道刘歆在说自汉哀帝即位以来，朝中的大臣就像走马灯似的不停的换。别说三公九卿了，就连十二列卿，郡县尹守也一茬一茬的换，使得一时间人心惶惶，无心长远，不务政事之风弥漫。而这一局面的形成都是跟哀帝刘欣的祖母皇太太后傅昭仪有关。傅昭仪是汉元帝刘奭爱幸的妃子，而王莽的姑母王政君正是汉元帝刘奭的皇后。她二人一生相斗，直到元寿元年（公元前2年）正月朝会大典上，丽日晴空，苍穹碧蓝如洗，突然太阳黑了一角。黑影逐渐扩大，盖住了太阳，只在边缘还有光，形象分外诡异；大地黑沉沉的，天上的星斗显现出来，好像回到了黑夜。料峭的冷风浸袭肌肤，阴寒无比。宫里宫外，大街小巷瓦釜如雷，哑声惊呼：

"天狗吃日呐！"

自古以来，太阳就是皇帝的象征，所谓"众阳之宗，人君之表，至尊之象"。经学家认为日蚀是"阴灭阳"之象，所谓"君德衰微，阴道强盛，侵蔽阳明，则有日食。"何况出现在改元之年的元正！出现在朝会盛典！这不啻当众谴责，当头棒喝。

元寿元年正月十七日傅昭仪病死了。

哀帝刘欣才迫于压力下诏召回王莽，以及朝廷重臣孔光。孔光很快担任了光禄大夫的官职，而哀帝刘欣没有给王莽安排官职。王莽去京前是大司马，而今大司马是他爱宠董贤，怎能免董贤之职复他之职呢？显然不会。大司徒孔光、大司空彭宣干得好好的，能够免去其中一人之职安置王莽吗？显然也不可以。刘欣给了他一个美差：侍候太皇太后王政君。而太皇太后住在内宫，王莽很少能进入内宫去探望太皇太后，只能赋闲在家。而王莽哪能闲得住？这不，下乡抗旱来了。

想到这里，王莽不禁长长叹了一口气，"傅氏专横，皇天有眼啊！" 说完举起酒樽向刘歆施礼后，忿忿的将酒一饮而尽。问道："孔大人近来可好？"刘歆边斟酒边应道："大司徒孔大人德高望重，但独木难支，孤掌难鸣啊，自罢官回朝以来，他沉默了许多，今时可不同往日了啊。"

王莽不禁想起哀帝登基之后，傅昭仪就对王政君及王氏子弟处处打压，处处过不去。傅昭仪与王政君争名号，争地位迅速公开化白热化。先是王政君下诏王莽辞职回家，杜门谢客，免受傅昭仪及其家族的迫害。王莽很听话，上表乞骸骨（请求退休），哀帝刘欣下诏慰留；丞相孔光、大司空何武、左将军师丹一同请求王政君收回成命，王政君下诏王莽视事，第一场风波平息了。

按照大宗继承原则，刘欣过继给刘骜后，就成了刘骜的儿子。他的母亲应该是赵飞燕而不是生母丁姬，他的祖母应该是王政君而不是傅昭仪。然而朝中察颜观色揣摩上意者大有人在，高昌侯董宏上书说，春秋之义，母以子贵，皇帝的生母丁姬应当享有尊贵的皇太后称号。王莽和左将军师丹共同弹劾董宏，说他误导朝廷，大逆不道。董宏废为庶人。又一场风波平息了。

时隔不久，皇宫设宴，侍者令(皇宫侍卫长)把傅昭仪的座位设在王政君旁边，王莽斥道："傅昭仪什么人？藩国诸侯的王妃，怎么可以与至尊至贵的太皇太后平排并坐！"严令侍者令把座位撤走，傅昭仪大怒，拒绝出席宴会。王莽再次请乞骸骨，哀帝刘欣不再挽留。王莽只得收拾行装，回到封地新都去了。

而孔光在汉成帝时商议皇位继承人就与皇帝不合，其后又曾因异议傅昭仪欲立皇太太后的尊号问题上，严重违背傅太后的旨意，因此傅氏在位者和大司空朱博勾结起来，共同诋毁诬陷孔光，过了几个月后，汉哀帝就下诏罢免了孔光。孔光退归乡里之后，闭门自守。朱博代替孔光担任丞相，几个月后，就因按照傅太后的指使妄奏政事，犯罪自杀了。御史大夫平当接替朱博担任丞相，几个月后就死了。王嘉随后接任丞相，几次进谏，忤逆了汉哀帝的旨意。短短的时间内频繁地更换了三个丞相，朝臣们都认为这几个丞相都赶不上孔光。汉哀帝因此常常想念孔光。哀帝也渐渐厌倦了傅氏和丁氏他们整天发展党羽，勾心斗角争权夺势的朝政。在朝廷傅昭仪死后，哀帝立刻恢复孔光为光禄大夫，后改任大司徒。可皇上又开始宠信董贤，想方设法为他加官进爵，傅昭仪死后，尸体还没入殓，刘欣把董贤召进宫，明铺暗被搞起了同性恋。刘欣对董贤十分痴情专一。有一天，二人同床午睡。刘欣先醒了要起床。但董贤压着他的袖子，睡得正香，刘欣不忍心叫醒他，拿剑割断袖子，独自起床。二人恩爱如此，一时成为"佳话"，叫"断袖之谊"。刘欣想封董贤为侯，找不出理由，居然制造理由。当时孙宠、息夫射告发东平王刘云谋反，说东平王后祠祭时诅咒哀帝早死，好取而代之。刘欣竟要孙宠、息夫射宣称是因为董贤授意，他们才出头揭发的。由此，董贤封为高安侯。东平王谋反案十足是个冤案，疑点甚多，结案很草率，很多人不服。当时担任大司马的是刘欣的舅舅丁明，他对这个案子也很怀疑，多次谏言不该过分宠信董贤。刘欣连舅舅都不认了，竟以"嫉妒忠良，非毁有功"的罪名，罢掉丁明的官，以便空出大司马位置由董贤担任。那是去年，董贤才二十一岁就官至大司马。

王莽没有接刘歆的话，继续敬酒喝酒。刘歆接着说："如今我观察星象，皇上和朝局恐有变化。所以我这才赶来告诉你这个消息，是希望贤兄回长安早作应对之策啊。"

王莽叹道："哎，皇上正值盛年，完好健在，我自己已无官职，如果让我现在回去准备后事，四处奔走。天下人会怎么看我呢？我又能做些什么呢？"王莽继续试探着刘歆。

这一问倒把刘歆问住了。但刘歆并不担心王莽会不知道怎么做。他只是强调着说了些，"巨君兄对太皇太后的孝道可是众所周知的。大变在即，太皇太后需要你的辅佐，以解汉室之危。巨君兄在朝中和军中可是深受爱戴，一呼百应的"。总而言之，刘歆之意是"唯王莽才能稳定大局"。

王莽连声推辞："子骏兄太抬举我了。哎，我已离开长安这么多年，朝中军中的很多人怕都不认识了。怕是有我没我去都没什么区别了吧。"

刘歆感到王莽话里话外透着一种失意丧气的气氛，也没有往下说，转而开始激发王莽。刘歆向王莽回敬酒，一饮而尽后便吟唱了起来：

"呜呼嗟乎，遐哉邈矣。时来曷迟，去之速矣。屈意从人，悲吾族矣。正身俟时，将就木矣。"

王莽情不自禁的也跟着一块儿唱道：

"悠悠偕时，岂能觉矣。心之忧软，不期禄矣。遑遑匪宁，秖增辱矣。努力触藩，徒摧角矣。不出户庭，庶无过矣。"

他们唱的是董仲舒 《士不遇赋》。唱完，刘歆说："还记得阳朔三年(公元前 22 年)吗？那一年你入宫来做黄门郎，我也做黄门郎有一段时间了。咱们一见如故，巨君兄可是卓尔不群啊。"

这一下子勾起了王莽的回忆。

王莽出生在一个豪门大族。王莽还没出生，他的姑母王政君就做上了汉元帝刘奭的皇后（公元前 48 年）。黄龙元年十二月，（公元前 48 年 1 月 10 日左右），宣帝驾崩，太子即位，是为汉元帝，王政君当上了皇后，刘骜立为太子。王政君的父亲，也就是王莽的祖父王禁封了阳平侯、王莽祖父之弟祖叔父王弘做了长乐卫尉，负责把守长乐宫。到王莽十二岁的时候（公元前 33 年，竟宁元年），姑母做上了汉成帝刘骜的皇太后。王氏家族十侯五司马，权倾天下，富贵至极。

可是王莽的父亲王曼死得早，封官拜爵封不到死人头上。还因为王莽的长兄也死了，轮到第二辈封官拜爵也轮不到他头上。在叔伯兄弟锦衣玉食，飞鹰走马的时候，唯独他过着清贫生活。他折节恭俭，拜儒学大师陈参为师，学习儒家经典经书，尤其是向其学习一度散落失传的《周礼》经书。勤身博学，穿着如同儒生，一身布衣。在家侍奉母亲和寡嫂，养护长兄的孤儿，孝顺恭敬，循规蹈矩。在外广交英杰之士，于内礼敬各位伯伯叔叔，博得了大家的赞誉。

阳朔年间，伯父大司马大将军王凤病重。王莽在病榻旁侍候，亲尝汤药；连日连夜衣带不解，蓬头垢面，长达数月之久。孝顺恭敬，尽心尽力，远远超过亲生儿子。当时，王莽的表兄淳于长也伺候在王凤身边有一个多月，面显消瘦。临死的时候（公元前22年），王凤把王莽和淳于长都托付给皇太后王政君以及成帝刘骜，王莽当上了黄门郎，开始了他的政治生涯。淳于长出道远早于王莽，也获得了成帝的重用和快速的提拔。

进宫做了黄门郎之后，王莽表现得与以前一样，克勤克俭，待人谦恭有礼，在长辈面前由显得知书达礼。而在其他黄门郎眼里，同龄者有着不凡家世背景的官员眼里，还有在当时朝中大员眼里，王莽那可是身世显赫，这让想巴结的人变得很尊敬他，对王氏有意见的人很出乎意料之外，欣赏的人对王莽保护嘉许有加。大家纷纷赞扬王莽。不久，王莽升了官，为射声校尉。射声校尉是北军八校之一，北军八校是拱卫长安的八种特种部队。又过了一两年，他的叔父成都侯王商上书，情愿分出自己的户邑，请求皇上分封王莽为侯。与此同时，长乐宫少府戴崇、侍中金涉、胡骑校尉箕闳、上谷都尉阳并、中郎陈汤等当世名士，纷纷上书，称赞王莽贤德。永始元年(公元前 16 年)，封王莽为新都侯。封地在新野，食 1500 户。

封侯之后，王莽的官职迅速飚升，先后升为骑都尉、光禄大夫、侍中宿卫。王莽也很有心得，继续谨敕爵位，益尊节操，更加谦虚谨慎。不时散发车骑衣裘接济宾客；竭尽所有赡养名士，为这些名士、宾客仗义执言。同时广交将相，遍游卿大夫。这些将相卿大夫更加推崇他，在皇上面前替他大唱赞歌。王莽名声鹊（gǔ）起，远远超过他的伯伯叔叔。

王莽的长兄王永，曾经当过小吏曹，早死，留下孤儿王光。王莽把他放到博士门下读书。休沐期间，王莽郑重其事乘坐车骑，带着羊酒慰劳他的老师，送礼物给全体同学，使得师长赞叹，同学感动。王光比他的长子王宇小，王莽让二人同一天结婚娶媳妇。满门宾客无不称赞。席间有人说起他的太夫人得了一种病，疼痛难忍，夜不能寐。王莽告诉他饮某药就能睡觉，感动得这位宾客数次罢饮，起立致谢。

王莽曾经私下买了一个婢女，堂兄弟都以为他要收为侍妾，王莽知道他们误解了，对他们说，后将军朱子元无子，听说这个女子面相体态适宜生子，所以替他买下，即日献给朱子元。

但王莽另一方面，对自己的亲朋好友则色厉言方。王莽一心扑在朝政事务上，疏于与其家人相处，但极其严厉。在他家族内部，他则据礼直言，父兄风范。当时，元延四年（公元前 9 年）光景，大司马骠骑将军曲阳侯王根正在病中。几次上疏"乞骸骨"(请求退休)。淳于长以为机会到了：成帝即位以来，辅政大权在舅舅中轮换。先是王凤辅政，王凤死后王音（前文提到的王弘之子，王莽爷爷的弟弟的儿子）辅政，王音死后王商辅政，王商死后王根辅政，眼看王根将死，以其地位、宠信、亲缘关系，可以接替王根辅政的，舍我其谁？他不光这么想，还这么说，甚至当众封官许愿：一旦他当上大司马，某某升某官，某某主某事。

王莽守护在病榻旁边，像侍奉伯父王凤一样侍奉叔父王根。他实在看不惯淳于长的所作所为：他（淳于长）舅舅重病，不以为忧，反而自喜；人还没死，扬言自代。这种张狂劲儿，实在丧心病狂。而且王政君的同母弟弟红阳侯王立也跑来告诉王莽，淳于长还对王莽的母亲不敬，对着他母亲上车，自己坐车先走了。王莽忍不住把自己所见所闻对王根说了。王根大怒："既如此，何不早说！"王莽说："不知将军心意，一直不敢说。"王根要他赶快报告太后，太后也动了怒，吩咐立刻报告皇帝。成帝罢了淳于长的官。

这样一来，王莽成为了王氏自王禁王弘一辈第三代在朝中地位最高的一人。而王莽心知他当时并无争夺权位之意，他认为大司马的位置早晚会轮到他，他只需办好差事，获得大家的赞誉即可。可正是当时这么想却使他被无端端的卷入了漩涡之中。紧接着红阳侯王立也一直想要做大司马这个位子，居然帮着淳于长到成帝面前求情，请求官复原职。而成帝平日里知道王立与淳于长明争暗斗，而王立来为淳于长说情，这太反常了。就让孔光去了解下是怎么回事。孔光无意之中发现了王立的儿子王融坐着淳于长的马车，还载有一箱珠宝，全是宫中御用之物。孔光盘查后一并押进了御史台，王融一口咬定御用之物是淳于长托他交给王莽的。幸得孔光一向敬重王莽，没有轻信王融的话。孔光上奏，成帝下旨令追究这些御用物品的来历，王立守口如瓶，坚称自己一无所知；淳于长却一口咬定是送给王莽的，王莽差点下狱。后幸得彻查，才搞清楚了真相，洗脱了王莽的冤屈。

绥和元年（公元前 8 年），王莽接替仍在病中的大司马膘骑将军王根，成为了地位居"三公"之一的大司马。可是好景不长，王莽任大司马职不到三年时间，建平元年（公元前 6 年）就只好被迫自请退了休。这一休就是五年了！

王莽给刘歆盛上酒，连连摇头，微笑道："莽实乃德微才疏，平庸无为罢了。伯兄谬赞矣。"刘歆将了将胡须，笑道："非也，仲兄德高望重，风华正茂，仁心德行，实乃国之栋梁啊！"刘歆情真意切，加上了句："仲兄即使在南阳郡新野居住之时，也是克己奉公，秉承大义，真是可歌可泣啊！"

王莽这时又想起他在罢官期间，回到了位于南阳郡新野县的新都封地居住。他的二儿子王获一天喝多了酒，强迫其婢女与其同床，婢女不从，他盛怒之下杀死了婢女。王莽不徇私情，把儿子押送给县衙。新野县令不敢处置，王莽送去酖酒，把儿子酖死在狱中。虽然依照汉律，杀死奴婢是要处死的，但实际上奴婢买卖由人，打骂由人，死活由人。他们的生命没有任何保障。如果立意隐瞒，官府常常并不追究。王莽让自己儿子抵命，应该是大义灭亲的行为。

王莽板起脸来，对刘歆正声说道："伯兄谬赞，莽教子无方，忏愧之至，唯有匡扶公义才能解我胸中之愧啊，哎……"

刘歆连忙作揖，意识到自己不该提起这个伤心话题，道："巨君兄，咱们兄弟认识已经二十年有余了。子骏我怎么从来不知道贤兄还会制造水车呢！"王莽忙解释来龙去脉，夸了一番氾胜之。刘歆高兴的说："自秦始皇帝统一度量衡以来，民间教化有失，秦朝又逢战火连年。二百余年过去了，名称虽然统一了，但使用的量具仍误差较大。我最近作了些考证，我打算制作一副标准量具。对了，巨君兄，我还安排人研制一副精密的长度量具，希望到时能测类似毫发的厚度呢！"

"是嘛！"王莽惊叹道："我改日一定来亲眼一睹为快。伯兄真是鸿鹄之志，才高八斗啊！"

刘歆笑道："仲兄难道不是吗？如有朝一日，仲兄授命于天，授命于君，会如何实现胸中之大志呢？"

　　王莽望着刘歆，感觉刘歆有些神秘莫测，却又不禁脱口而出："匡正祛邪，建功立业。"

　　"何谓正？何为邪？何为功？何为业？"刘歆追问。

　　"如今礼坏乐崩，正者：唯有恢复礼乐，德政仁施，兴学赈灾，匡扶汉室。而今纲常惑乱，邪者：党争谋私，诬陷忠良也。功业乃谓国家：开疆扩土，四夷臣服，是为功；制定而天下治，仁成则天下安，是为业。"

　　刘歆听完不禁喝彩，"巨君兄说得太好了！凌云之志，必为一代风流，万世楷模！子骏愿誓死舍生相随相助。"王莽也大为感动，他走到刘歆跟前，两人相互执双手紧紧的握了握，然后将酒一饮而尽。

三　太液池极乐萌禅意　椒风门冒死谏灾情

缺角的月亮挂在当空，太液池中百艘画舫笙歌悠扬，光华四放，在碧波中荡漾。这些画舫设计精巧，平头平尾，宽二丈许，长五丈余，呈长方形。船沿俱设金钩银环，前后左右都可与它船勾连。在这波平如镜的湖面上，来往如履平地。有时略微晃荡一下，那感觉有如微醺；解脱船沿钩环，各自离散，十分便当。画舫镂刻雕花，浓妆的宫女摇

棹举桨，阵红队绿，整齐如图。画舫往来如梭，时分时合，分若浮游的花灯，合如飘落的彩霞。

饮酒若要尽兴，辄必群饮。如此酷热的夏天，别说饮酒就是许多人聚于一室，热气就受不了。大司马董贤想出以夜当日，把酒筵设

在太液池上的主意。夜气池水，暑热解了一半。再在船舱下敷设寒冰，舫上就凉爽如春了。且时聚时散，聚则呼喝盈耳，谑戏闹酒，可以尽情豪饮；散则倚红偎绿，温存小憩，也无人气溽热之苦了。

画舫一聚一散之后，已是月冷未央。太液池在熠

燠中解脱出来，

　　宛如温玉微凉的处子任其戏耍了。

　　这时各船钩连起来，画舫联成了一片。当今天子刘欣船处中间，如同歌舞平台，丝竹声中数百宫女载歌载舞来回如飞。只听刘欣嘎嘎嘎一阵大笑，大司马董贤伉俪，陪同皇上与董昭仪娘娘从船舱出来。

　　前后左右数百人在船头起舞山呼："吾皇万岁！万岁！万万岁！"

　　刘欣张开双手环视各船，"众卿平身。"

　　他本是定陶王刘康之子，汉成帝刘骜无嗣，他的祖母傅昭仪四出活动，使他登上了皇帝宝座。刘欣的母亲是丁姬，但他是傅昭仪一手带大的，对傅昭仪特别忌惮。登基后傅昭仪不准他沉湎女色，强迫他远离后宫，搬到宣室去住。四年多前，丁姬死了；一年多前，傅昭仪又死了。不知是压抑的情欲喷发，还是对祖母管束逆反性的报复，傅昭仪的尸体还没入殓，他就把董贤纳为男宠。接着又把董贤之妹董蝉召进宫封为昭仪。大约兄妹两人的侍候还不够刺激吧，居然把董贤之妻吕红也召进了宫。这两个女人搅在一起，花样百出，后妃住的房子叫"椒房"，她们偏偏取名

40

"椒风"。四人同处一室，不分夫妇不分兄妹同床共枕。自此朝政荒废，刘欣也淘腾得形销骨立了。

他身穿鹅黄色彩龙绫罗长衫，湖风飘举长袖，凌波飞升，飘飘欲仙。"众位爱卿，今夜波平月白，朕与众卿燕游太液作长夜之饮，众

卿可放量豪饮，与朕同乐。"数十艘画舫同声欢呼："谢万岁！"

董贤偕吕红跪下，"陛下，微臣夫妇躬逢盛筵，与陛下共享燕游之乐。陛下之恩山高海深，微臣夫妇先敬陛下三樽酒。"

刘欣上前搀扶，"二位爱卿请起，朕愿与贤伉俪同饮同乐。"他向二人映映眼，在群臣面前做戏有趣极了，忍不位嘎嘎直笑。

有人高呼，"诸位大人，我等深受皇恩，应与大司马伉俪同敬皇上。"

"下官正有此意，诸位，请高举金樽！"董贤举樽四顾，热情奔放，"这一樽酒，祝陛下万寿无疆！"

各艘画舫船头，人们都高举酒樽。

"好好，干！"刘欣笑着，"都干！都干！"

"这二樽酒，祝陛下与昭仪娘娘恩爱绵长！"刘欣

乐不可支，压低声音，"好好。朕还要与二卿……嘎嘎嘎。"吕红横了他一眼，"皇上，大庭广众，少来啦！"刘欣这才举起樽，"来来，都干！今日朕与众卿只求销此暑夜，共谋一醉，别这么正儿八经好不好？"

各船轰然叫好。

董贤的声音又响了，"这三樽酒，祝陛下夜夜春风，龙马精神！" 刘欣压低声对身边两个女人说："妙！妙！朕最得意的就是龙马精神，金枪不倒！"各船又一阵叫好，"龙马精神！"

不一会儿，呼喝声四起，人们开始闹酒了。男女不分，君臣也不分了。刘欣就欢喜这闹劲这浪劲这热闹劲，喝得特别畅快。这时画舫悄悄排列成了神奇的八卦阵，纵横交错，刘欣的船成了帅船。董蝉纤手一指，"皇上，你看！"

百艘画舫灯火大盛，亮如白昼，全都披红挂彩。更奇的是，一个宫女打出旗语，阵形随即变化，灯火中怡红快绿，交映生辉。但不论如何变幻，一轮酒饮罢，总有四条或八条船开到刘欣船前向他敬酒。

刘欣笑声不断，说话的声音满湖都听得到。半个时辰之后，画舫排成通衢街道，刘欣的船巡游其间，接受各船的敬酒和欢呼，他的酒兴达到高潮。

酒无女人难尽兴，言无荤话不煽情。今日应诏前来饮宴的都经董贤筛选，朝中的清流，董贤嫌他们迂腐，还怕他们来个死谏，投水自杀，岂不大煞风景？一个也没请。那些老头子虽然不乏老不正经，但毕竟是隔代人了，装模作样，面目可憎，玩不到一块去，董贤也没请。请的大多是年轻官员，关照他们带上妻妾，各船无不男女杂陈，又有

画舱围屏遮掩，借着酒劲，男人动手动脚，女人又惊又咋，嘻戏调情，极尽淫乐。娇嗔声声，艳笑阵阵，船船相激，人人动心。

刘欣叹息，"帝王之乐，何如此乐？"董蝉娇嗔，"若非帝王能享此乐？"刘欣晃动一个指头，"错！朕若将王位禅让汝兄，朕也不能独享此乐？"董贤脸上笑成一朵花，突然间凝结，"陛下何出此言？折杀微臣了。"吕红横了他一眼，"皇上不过一句戏言罢了，你当真什么？"她咯咯笑着，"皇上若真有此意，你呀，就给皇上做一辈子牛马好了。"

"错！"刘欣又晃动一下指头，"朕不要董卿做朕之牛马，朕要他做朕之鸡犬。"

宠幸男宠，说得文雅点，叫"龙阳之好"，说得粗

俗点，叫鸡奸。

鸡犬交媾，都从后面通。

"皇上！"吕红娇媚横他，刘欣一把揽住，"吃你老公醋了？你前庭溢水，他后庭开花。朕前后兼爱，夫妇兼收！"董蝉连啐，"呸！难听死了！"

说真的，刘欣做梦也没想当皇帝。他的皇位是他祖母替他争来的买来的，他可没什么兴趣。他的兴趣，只在饮酒只在玩乐只在悠闲。

画舫又连成了平台，各船前来敬酒。他已饮下三斗酒，酒不醉人，人也没自醉，倒是肚皮实在撑不下了，董贤就自动上前接替了他。董贤的酒量更豪，一樽接一樽，一口气喝下十三樽，数十艘画舫同声喝起彩来。

刘欣激赞，"瞧，朕之大司马，真是威风八面！"

"陛下圣明！"一个头圆脸圆肚子圆屁股圆圆鼓鼓的人大声称颂。他一走出来，刘欣就咧嘴笑了，数十艘画舫也都跟着笑了。他叫孙复，身居大夫之职，人称活宝。模样长得招笑，说话更加招笑。"大司马董公古今少有，举世无双，真正称得上大司马！"

刘欣大喜，"孙卿何其推崇之盛！"

孙复更加语出惊人，"董公单人独骑，即可屏卫中原。"

"啊。"刘欣知道他逗笑，但也有些惊异。"董卿如此能耐朕倒不知，孙卿说来听听。"

"日前北方匈奴铁骑南侵，匈奴骑士都是酒徒，只要大司马董公单骑迎战，以董公之海量，即可喝倒敌军一大半；南方南越蛮军反叛，蛮军中多有女兵女将，只要大司马董公单骑迎战，以董公之美色，即

可风靡敌军一大片。刀不血刃，屈人之兵，战之上上之策，国之上上之将，嘻嘻。"

他是招笑的人，讲的也是招笑的话，赞扬也好，嘲讽也好，只要逗笑就好。再说饮酒时来点儿调侃戏谑，话儿倚轻倚重有什么打紧？

打个哈哈，积食消化。常笑常乐，皇上欣赏，旁人焉能不笑？数十艘画舫全都笑了。

刘欣感慨系之，"朕德衰祚薄，倦于政事，难为人君。《诗》云：'优哉游哉，聊以卒岁。'朕只想优游玩乐，尽享人生。早有禅位让

贤之念，遍观群臣，唯我大司马处处让朕满意，事事让朕放心……"

话音未落就传来一个侍中高调而坚决的声音，"陛

下万万不可！”

皇上的话已经叫人惊诧莫名了，这人的叫声更加叫人心惊肉跳，刘欣不耐烦的，但又中气不足的呵斥道，“大胆！上前奏报！”这时莺歌燕舞，一片狂欢的场面也戛然而止。

这人名叫王闳，前朝大司马王根之子，没心没肺没城府，王氏昆弟中出名的愣头青。王根曾受傅昭仪贿赂，对刘欣继承皇位出过大力，

王氏子侄皆受排挤，唯独王根之子仍受宠信。王闳连连叩拜，“汉室江山乃高祖皇帝创建之江山，陛下岂可轻易送人？”

刘欣龙颜变色，气得两手打颤，“反了，反了！”

孙复上前，“陛下息怒，王闳言虽有误，意实不错。陛下之于董公，车则同载，寝则同床，不可须臾或离。陛下若委政于董公，奏章车载，案牍山积，董公埋头勤政，陛下身边必然虚空，何人陪伴陛下？微臣斗胆断言：除却董公，朝中还有何人一身数任快意陛下？”

他这一说，无论有心也好无心也罢，将其男宠身份点得明明白白，

吓得董贤之父卫尉董恭、董贤之弟驸马都尉董宽信大汗淋漓一齐跪下。董贤见状也慌忙跪下叩头。

"董公。"孙复高叫。"陛下离不开董公，董公也离不开陛下吧？陛下即便有意委政，董公大约也不愿接受吧？"

董贤心中恨不得一刀剁下他那圆脑壳，口中应付道，"下官诚惶诚恐，安敢僭越不道？所幸陛下垂爱，下官只欲肝脑涂地，以报陛下知遇之恩。"

刘欣挥手，"唉，朕贵为天子，只想欢渡此生，竟难如愿！罢了，罢了，良宵苦短，得乐且乐吧。"

冷了一会场，又欢声雷动，池上百艘画舫豪饮起来。

到了朝日，百官在未央宫偏殿等候，中书令齐安进殿宣旨："皇上圣谕：龙体不适，今日免朝，百官且请退下。"前夜的盛筵举朝尽知，听齐安一说无不哗然。

氾胜之气忿极了，"三辅无粮，嗷嗷待哺。今日下官不惜一死，闯宫进谏！"

大司空彭宣当即响应，"闯宫进谏！"

彭宣，字子佩，年龄与氾胜之不相上下，须发都已斑白；他俩身材都很削瘦，不过彭宣肤色白皙，比较文弱；氾胜之黑得发光，显得精悍。大司空也叫御史大夫，氾胜之任御史之职，彭宣是他上司，二人共事多年，一向互相尊重。

通常所说"闯宫进谏"，是闯未央宫；彭宣氾胜之身在未央宫，他俩所说"闯宫进谏"，却是闯"寝宫"。皇帝的寝宫通常在后宫----永乐宫内。那里层层警卫，即便一个人有十条命，不惜十死，也是不可能闯进去的。但刘欣寝宫在宣室。真的不惜一死，倒有可能闯进去。

刘歆、王舜、甄丰、甄邯、孙建等人都是王莽的知交好友。王莽

官职未复不能上朝，但受他游说，全都挺身而出。群情更加激动，又有十多名官员加入他们的行列，呼呼啦啦一大群跟着彭宣，氾胜之涌出偏殿。这时，大司徒孔光追了出去：

"等等，老夫也随诸位同去。"

孔光是孔子十四世孙，身居丞相之职，德高望重。百官顿时雀跃，

谁都不肯离开偏殿，立候闯宫消息。

一行人朝宣室进发，沿途守卫见"位列三公"中的"两公"大司徒和大司空领着群臣，各个表情庄严的去找皇上，从没遇到过这架势，所以也不敢强加阻拦，只是随行警戒着。一会儿步入了宣室。

孔光和彭宣令氾胜之，刘歆等人在殿外等候，带着尚书令姚恂径直进入椒风门屋。昨夜刘欣与董贤妻妹都睡在纱厨里，董贤要做样子，一早起来上朝去了。董蝉吕红一左一右睡在刘欣身边，睡得正香甜。齐安见二人要进回廊，"二位大人止步。"

二人长揖，"请公公上奏。"

今日早上，齐安催促皇上早朝，已经碰了一回钉子。宫女催叫皇上起床，一个进去骂出来了；二个进去又骂出来了；宫女急得没法，齐安只好硬着头皮进去。他入宫二十余年，经验丰富，知道什么时候可以进去，什么时候不可以进去，总能适时避开皇上巫山欢合时刻，不致打扰皇上兴致。先帝刘骜可以说是一个纵慾无度的风流君主了，走到哪里就搂住哪里宫女嫔妃寻欢，他还能应付裕如；但刘欣与董贤夫妇兄妹日夜粘在一起，群居杂交，四人常常不分场合就赤身露体，想避也避不开。他的出入早就惹得刘欣不悦，吕红董蝉脸红，董贤难堪了。齐安是乖觉人，尽量避

免进入。但是临近早朝，不得不进去催促。不催促就是失职，追究起来就是杀头死罪。今早进去的时候，御

榻上二男二女，一丝不挂，他虽受阉，也不禁耳热心跳。慌忙扎下头匍匐在地上。自然免不了一阵臭骂。倒是董贤要上朝做样子，披上衣服红着脸儿把他送去。

这会儿，齐安哪里还敢进去通报？正好侍中王闳进来了，自告奋

勇，"二位大人，下官愿冒死通报。"齐安也不准他踏上回廊，他就对准椒风大门大声宣呼：

"大司徒孔光求见！"

"大司空彭宣求见！"

他有意分两次宣呼，想要吵醒三个酣睡人。一遍不行，他又来了第二遍第三遍。其实站得这么远，就是使出吃奶的劲儿叫嚷，里头也不可能听到。但是大臣闯宫，早有宫女奏报，吕红已经醒了多时。她与皇上的关系，本是人所共知的公开秘密，但不宜公开出面，只得叫醒董蝉。董蝉也已醒了，只是懒得动弹，嫂子叫她不好再佯装，气咻咻披衣起床。不待梳妆，

不待宫娥扶持，更不待安排贵妃仪仗，也不

管门外是内臣还是外臣，气势汹汹喝令宫女开门，只身奔上回廊，冲进门屋。看见王闳，竖起眼睛连珠炮似地好一顿斥骂：

"王闳，你好大的胆子！前日在画舫胡说八道，气得圣上半天不快活；今日又在本宫门口大呼小叫，吵得圣上不能睡觉，你是中了邪，

还是活得不耐烦了？来人哪，将王闳拿下！"

门屋里几个近侍一拥而上，把王闳摁在地上。

"慢。"孔光上前跪拜。"启禀昭仪娘娘，不干王侍中的事，老臣与众位臣子有要事陛见皇上，恳请昭仪娘娘转奏。"董蝉没听见似的，"把王闳绑了，交掖庭严惩！"孔光起身，"要绑就绑老臣。"董蝉脸上挂霜，"孝武皇帝明训：后宫嫔妃不得干政，丞相莫非教唆本宫败坏祖宗规矩不成？丞相自重，不要干预本宫教训不懂规矩的狂妄之徒。"

彭宣见她头发蓬松，衣履不整，眼泡里布满血丝。那模样实在算不得倾国倾城的美人，倒像一个市井泼妇。尤其出语伤人，较之汉宫后妃雍容淑德风范，相距何止千里！他不跪不拜，"关政与干政，岂可同日而语？关心朝政，人人有责，何况昭仪娘娘？昭

者，昭明天下也；仪者，楷仪天下也。事关国家社稷，焉能漠不关心？王侍中不过

宣呼大臣求见，何罪之有？昭仪娘娘定要治罪，微臣愿与孔相抵罪。"

这番义正辞严的话把董蝉镇住了。她翻了翻眼泡，目光斜闪开去。

纱厨内几番折腾，刘欣已醒了，见董婵一去不回，气急败坏披衣

起来，走出纱厨向一个女史说："去，告诉齐安，上朝，朕上朝！"

丹陛大乐奏起，比平日晚了一个多时辰。午时上朝，有汉以来头

一遭。刘欣登上御座，不等朝仪开始，大声吼叫，"谁上奏，快说！"

氾胜之当即出班奉上奏章，"三辅大旱，粮价每石已逾二十钱。奏请朝廷急速开仓放粮，平抑粮价，赈济万民。"

刘欣翻了翻奏章，"孔光，你可知罪？"孔光不知皇上指控什么

罪，却说："老臣知罪。"

刘欣说："三辅大旱，粮价飞涨，难道你连籴粜之法也不懂？"

籴粜法是历代王朝调节农业丰歉之法。丰收年景，谷贱伤农，朝廷以平价收购粮食储存，保障农夫合理收入，这叫籴；灾荒年头，粮

价飞涨，朝廷以平价出售粮食平抑粮价，保障城乡民众生活，这叫粜。

三辅十月无雨，灾情严重，州府早已实施籴粜法。现在仓库见了底，已经无粮可放了。氾胜之所言"开仓放粮"，乃是开专供长安的太仓，发放供紧急事态的军粮，没有皇上诏令，谁也不敢动用。

孔光奏明原委，刘欣才知没把奏章看清。他素有急智，当即反问：

"尔等要开太仓，朕要问：仓开了，如何补仓？粮食从何地调进？何时调进？何人征调？何人督运？如无全盘方略，岂非挖肉补疮？"一下子他倒变得振振有词了，"这些必须事先筹划的事项，谁上疏了？

谁有全盘方略？你们这帮大臣只知干喊，不知替朕排忧解难！库粮一开，京师震动，如无万全之策，朕能听凭你们干喊吗？"

孔光被问住了。皇上没恩准开仓，谁能未经授权

召集有关官员草拟方略？岂非越权妄为？皇上强词夺理，谁能争辩呢？

刘欣叫，"董贤！"

"微臣在。"董贤上前跪伏。

"董爱卿平身。"董贤见孔光灰头土脑匍匐在地，得意地谢恩站起。刘欣宣，"朕令你草拟赈灾方略，克日开仓赈灾，不得有误。"

"臣遵旨。"董贤再次跪下谢恩。

孔光等人气得目瞪口呆，刘欣哼了一声，长袖一甩，下了丹墀，摇摇摆摆登上御辇。早有宫女把消息传进椒风，刘欣一进去，吕红董

蝉齐声欢呼扑进他怀里，好一阵莺语燕啼。

"皇上，你可真能！那帮老家伙闹腾来闹腾去，皇上三言两语就把他们打发了。嘻嘻。"董蝉两个酒窝能溢出酒来。叭地一声，吕红

在他脸上甜甜亲了一下，"皇上，你可真好！又给了他一个露脸机会。"

"嘎嘎嘎。"刘欣一阵开怀大笑，"朕三年不飞，一飞冲天；三

年不鸣，一鸣惊人。"

　　不一会儿，董贤进来了。他特高兴特感恩，瞅着刘欣眯眯笑。刘欣要他坐在身边，偎在他怀里。董贤娇声说："哟，皇上，这大热天，你就不嫌微臣身上臊臭呀。"刘欣轻声笑着，"爱卿的身子呀，冬天是朕温的玉，伏天是朕冷的香啊。"董贤双手轻轻的环抱着他，柔声

　　呻唤，"陛下，你呀！"

　　他俩依偎着，恩爱异常。有天午睡，刘欣醒了，董贤睡得正香。刘欣要起床，衣服叫董贤压住了，刘欣不忍心把他叫醒，拿刀割断衣

　　角起身下床。这事传了出去，成了一时佳话，所谓"断袍"之谊。

　　"你们俩呀！"两个女人吃吃笑了。

　　刘欣斜睨二人蝉翼般轻纱，酥胸坦露，玉乳微陈，心旌不觉又飘荡起来。

　　纱厨内唯一一件体现君主风范的器物，是御案旁立着的青铜异兽角端。角端马面鹿脚，眼如铜铃，头顶长着一只角，前蹄腾空，造型威猛雄劲。传说角端是一种灵异的神兽，穿山开石，日行一万八千里；还通晓人语以及四夷和鸟兽语言。大禹治水时它主动投奔到大禹身边，甘心供大禹驱使。角端象征"禹德"，

后世君主无不看重，都把

　　角端置于案旁，象征贤才入侍其侧，禹德昌明。他抬手把住角端的角嘎嘎笑：

　　"拿酒来！"他撸着兽角，眼睛在两个女人脸上睃来睃去。吕红

　　呸地一声："折腾了一夜，又撸上了那玩艺！"

　　这角端是祖母傅昭仪特意安置在御案旁的。傅昭仪死后，董蝉吕红布置椒风时，董蝉要把它移出去。吕红嘻嘻笑个不停，"瞅瞅，那角挺儿，红里带白，白里带乌，乌里带亮，直直的，挺挺的，像啥？"她的话没说完，四个人放声笑了。刘欣尤其乐不可支，"真的吗？朕真的穿山开石，硬挺挺地受用？"他抓住董蝉要她说，董蝉啐了一口

　　挣脱了；他又拉住董贤，董贤吃吃笑个不停。

　　这昭明禹德的异兽，居然成了他们调情的春药。

　　刘欣伸手搂住二女，红妆绿裹抱满怀："朕这会儿心里快活，有使不完的劲，不但可以手把长鲸饮大川，喝它个三五斗，还可以连御你二人，嘎嘎嘎。"

　　笑声飞出窗外，把树上一只躲避毒热日头的鸟儿吓得扑扇翅膀，昏头昏脑的，居然直冲毒热的日头飞去了……

　　汉代有两段佳话流传最广：一段是汉武帝刘彻"金屋藏娇"，另一段是汉元帝刘奭"玉堂纳妹"。刘彻的诺言没有兑现，"金屋"不唯没有建造，还把那个"娇"打进冷宫，郁死在长门宫。玉堂纳妹，刘奭倒是兑现了。他封妹妹刘施为馆陶公主，建了一座白玉堂送给她。

　　刘奭早已作古，而刘施正在庆祝她的七十华诞，寿典就在白玉堂举行。

　　白玉堂全由白玉砌成。璇阶玉殿，璧柱琼梁。四面绿荫环抱，百花簇拥，天上的宫阙大概也就这番光景吧？

　　"新都侯夫人偕少夫人、三公子、四公子、女公子前来拜寿！"

　　随着男傧宣呼，王莽夫人王静烟带着媳妇吕焉、三子王安、四子王临、女儿王嬿步入白玉堂。

　　寿堂上遍地罗绮，满目金玉，唯有王家婆媳母子穿着白麻布衣。五人不但不显得寒贱，反而叫人眼睛一亮。王静烟风韵素雅，吕焉丽质端庄，婆媳二人浑身上下只有头上一支斜插的银簪闪耀光华，却比那些满身珠宝的贵妇不知高贵多少！她们身边的三个少男少女，玉树

　　琼株，龙凤之姿，不能不叫在场的人另眼相看。

　　馆陶公主刘施是宣帝刘询之女，元帝刘奭（shì）之妹，与太皇太后王政君是姑嫂关系。她的公公于定国和丈夫于永官至丞相。于定国任廷尉期间，朝廷称曰："张释之为廷尉天下无冤民；于定国为廷尉民自以不冤。"张释之是汉文帝时的廷尉，在他任内制定了取消黥刑、劓刑、刖刑的刑律，救人无数。他的事迹，百余年传颂不衰。于定国与他齐名，可见口碑之高了。馆陶公主的丈夫于永也以办案名闻天下，为元成两朝的贤臣。

　　王莽回京，皇上视为"嫌物"，馆陶公主却向王府发出请柬。馆陶公主的寿辰向例只请至亲故交的女眷及未成年子女，像王家这样非亲非故受到邀请，少

之又少；女眷中婆媳同请者更是少之又少。当然这与
二人贤名有关。

　　王莽广交天下才俊，每有赏赐以至俸禄全都散发
给贫困士子，家境一向清贫。王静烟十五岁嫁进王
家，身上没穿一束丝，腰上没佩一块玉，长年一身白
麻布衣，朴素得像个村姑。在王莽荣升大司马那一
年，他母亲病了，王公大臣派夫人前来探视。王静烟
出来招待，身上穿着一件仅能遮住膝盖的破旧衣裳。
王公大臣夫人以为是奴婢。一打听，才知是大司马夫
人，无不惊叹。

　　吕焉也是十五岁嫁进王家，接讨婆母手中的锅铲
把、扫帚把、轱轳把，默默操持这个家。古代妇女讲
德容言工四德，吕焉手灵手巧，女红闻名京师。永始
元年（公元前 16 年），王莽任光禄大夫，奉旨主办祭
天大典，吕焉为他缝制了一套礼服。王莽身穿媳妇新
制的礼服，仪态格外伟岸，刘骜龙颜大悦，脱口赞
叹："王巨君新都庄穆！"王莽就因这身礼服，当日
封为新都侯。

馆陶公主坐在殿上，五人上前拜倒，馆陶公主一再谦辞："免了，免了，老妪受不起了。"

五人行礼如仪。礼毕她让女傧把王嬜牵到身边，"几岁了？"

"九岁。"王嬜脆声答应。

馆陶公主满头银发，面色红润，腰板挺直，身体很硬朗，"老妪呢？"

"千岁。"

"那不成了老妖精？"

"才不呢，老寿星。"

馆陶公主大悦，摘下腰带上一块玉佩送给她："知道老妪为何送

你玉佩吗？"王嬜高声吟咏，"我送舅氏，悠悠我思；何以赠之？琼瑰玉佩。"

"心肝儿！"馆陶公主把她搂到怀里。馆陶公主刘施是元帝刘奭

的妹妹，王嬜的姑祖母王政君是元帝刘奭的皇后，算起来真是姑舅。

　　女傧引王静烟吕焉王嬿进后堂见女眷。馆陶公主转向王安招手，"快过来，老妪瞅瞅。"王安躬身过去，她牵着手笑盈盈上下打量，

　　"嗯，真像你祖姑婆婆呢，简直就是一个模子磕的。回过头去五十年，老妪还当皇嫂女扮男装呢。"

　　他的祖姑婆婆--------太皇太后王政君五十年前啥模样，大概没有人知道了，但不少人说他长得像祖姑婆婆。尽管他曾经见过祖姑婆婆，觉得自己一点儿也不像她。

　　王安叫馆陶公主看得很不好意思，红着脸。馆陶公主还一门夸奖，"嗯，英气，秀气，一脸正气，彬彬有礼，日后又是一个人才哪。王氏当兴，人才辈出啊，好啊。"

　　一个年轻公子走过来，"王三公子，久违了。"

　　他是左将军公孙禄之子公孙钧。公孙禄是馆陶公主之婿，公孙钧是她的外孙。他俩曾在辟雍(太学)读书时有数面之缘。王安随父到新

　　都后，四年没见面，若非公孙钧主动招呼，他都认不出来了，"啊，公孙公子！"

　　馆陶公主挥挥手，"去玩吧，年轻人多亲近亲近。"

堂上公子不下二十个，无不出身公卿，衣冠鲜丽，神彩飞扬，年龄都在十七八岁，派头一个比一个大，嗓门一个比一个高，生怕别人不注意自己。王安觉得异样，这帮人好像卯足劲儿比赛高下似的。见王氏兄弟过来，呼啦一下围住，公孙钧一揖，"令尊未经起复，自动

前往三辅抗旱，解民水火，奸佞侧目，声震朝廷啊。"

忽然有人大声说："于姑娘出来了！"公子们一齐涌去招呼，王

安这才知道，这些公子是为这位姑娘较劲呢。

她叫于雯，馆陶公主的孙女。

王安调头望去，公子们已经团团围住了她。她正偏着脸和一个人寒暄，只能看到她的侧面。那面颊啊，寒月般皎清，冷玉般润朗，可

以想象一定很美丽。正在出神，堂下男傧大声传报：

"卫尉董大人董恭偕二公子驸马都尉董都尉董宽信到！"

只见于雯转身往后堂走去，走了几步，他才看见她手上牵着小妹王嬿。小妹调头张望，像是在找他，当她的眼睛扫过来，欢声叫着"三

哥！"于雯倏忽调头，深蓝的碧波向他一闪，他还没会过意来，她就惊鸿般转身匆匆走进后堂去了。

自从儿子、媳妇、女儿三人伺候皇上之后，董恭封为关内侯，升

任卫尉执掌南军。董氏父子一进来，公子们都闭上了嘴，鼓着眼睛注视他们。

二人向馆陶公主拜了一拜，董恭问，"于公何在？"

馆陶公主眉头一蹙，"先祖在东海郡于公祠中，卫尉大人莫非近

日要前往东海郡祭奠？"

就像俗话说的那样，马屁拍到马腿上去了，馆陶公主答非所问。董恭问的是她儿子于恬，殊不知于定国父亲的名字就叫于公，是于氏家族最受崇敬的祖宗。于公早已作古，东海郡建有他的祠堂。

于恬成天泡在酒中，自号酒中仙，不思功名进取，至今还是少府一个小小的东园丞，管理一群木匠、石匠、漆匠，泥瓦匠，建造宫室、

家具、棺椁。以董恭今日地位之尊崇，称于恬大人不妥，直呼其名也不妥，只好尊称"于公"。

于家先祖于公曾是东海郡狱吏，他断狱公准，平反了不少冤狱，替好些人洗雪了冤情。郡中有个孝妇，公婆死后，供养小姑十数年。小姑突然上吊死了，小姑的女儿一口咬定是孝妇害死的。太守认定孝妇有罪，于公以为证据不足，为她力争，太守不听，悍然处决了孝妇。东海郡大旱三年，禾苗枯焦。这期间陆续发现种种证据，证明孝妇无辜。于公说，东海郡大旱是冤枉孝妇皇天震怒的结果。太守引咎辞职，

郡中父老给孝妇立了墓碑，旌表她的德行。立碑的当天，天降大雨，当年庄稼获得丰收。于公死后，东海郡立了于公祠，世代歆享香火。

他的儿子于定国，少时也任狱吏，就因仿效父亲办案，拔擢进京，成为一代名臣。于公生前曾说："我治狱多阴德，未尝有所冤，子孙

必有兴者。"果然，于家两代为相，享尽荣华。于家把这位祖宗奉之若神，岂容他人轻薄？

董恭忙分辨，"下官是问于世兄。"

“啊，卫尉大人是问那个不肖的东西呀。”馆陶公主冷冷说：“他

还能干什么？还不是泡进酒里头去了。”

“不知于世兄现在何处？”

“西花厅。”馆陶公主答得很爽快。董恭正要走，她却笑了，“卫

尉大人好兴致，莫非要找那个不肖的东西共谋一醉？”

董恭沉吟，“下官有求于世兄。”

“卫尉大人六天六夜后再来吧。”

“六天六夜？”

“卫尉大人不知道呀！那个不肖的东西，一上桌就得喝它三天三

夜，再醉它三天三夜，不是六天六夜吗？”

于家真正称得上饮酒世家：于定国生前可饮酒一石以上，喝得越多头脑越清醒：于永生前也能饮酒一石以上，但有一次误了事，从此戒酒，滴酒不沾；于恬日夕与匠人为伍，广交江湖豪客，酒名更盛。他饮酒不是以斗石计，而是以日夜计。他能喝一天一夜，最高记录达三天三夜。但醒醉起来也很吓人，常常三天三夜不醒。酒中乾坤大，

醉里日月长，像他这样云天雾地的酒中仙，还能为官吗？

董恭被她不冷不热耍弄了一阵，知道事无可为，只得灰溜溜告辞。

公子们一阵哄笑。

公孙钧笑了笑，"王三公子，可知董氏父子为何而来？"王安抱拳，"小弟初返京师，哪知京师物故，尚请公孙兄赐教。"公孙钧说："提亲来了。"王安笑了，"窈窕淑女，君子好逑。"公孙钧说："淑女倒是窈窕，逑者而非君子。表妹文武全才女中俊杰，怎会把幸佞之

徒放在眼里？"王安说："那董宽信倒是俊秀得很。"公孙钧大为不屑，"当男宠还算块材料，说不定乃兄色衰爱弛之时，勉可顶替呢。"

董恭的确是为董宽信提亲来了。近日他向好几位素有清誉的世家

提亲，无不遭到婉拒。回家之后每每痛哭流涕，仰面大呼："天哪，这是董家之罪吗？董家何曾有负天下？天下为何如此厌弃董家？"

四　甘泉山避暑闻大丧　椒风宫弥留托幼孤

　　甘泉宫座落在长安西南甘泉山上，是皇家避暑胜地。其中竹宫迎风馆地势高峻，四围清幽，山风习习，凉爽如秋；即便无风的日子，

　　云岚鼓荡，蒙蒙如细雨，猎猎生凉风，一点也不会感到暑热。今年三辅大旱，长安酷热难当，太皇太后王政君跑到这儿避暑来了。上到甘泉山，满目苍翠，整个人都变得清爽怡惬了。谁知没住几天，山上的甘泉一眼接一眼干涸，不到二十天，九眼甘泉干了五眼。五月二十五那天居然又干了两眼。照这样下去，山上不是连水也没得喝了吗？王政君预感不是什么好兆头，下旨急召光禄大夫刘歆上山咨询。

　　刘歆自信自己的天象预测，可王莽似乎没听，想不到太皇太后降旨召见他！这不是正想过河，有人驾船来了吗？巧极了。他喜出望外，一路打马前行，上到甘泉山，看见太皇太后郁郁不乐，不待叩问起居，专拣她乐意听的说，奏报王莽随氾胜之下乡抗旱，三辅百姓敬若神明，

传到长安，百官感佩。他极擅辞令，讲得有声有色。王政君脸色逐渐转霁。

"想我王氏一门，人才济济。莽儿德行淳厚，上无愧天恩，下无

愧祖德。"

这时刘歆振衣下拜，叩问太皇太后起居。王政君心情好多了，说起甘泉干涸的事。甘泉干涸，《春秋》未书，经传未载，刘歆不知所象何兆。但他头脑灵光博闻强记，曾听老辈传言：项羽兵进咸阳，火烧阿房宫，屠杀秦赢宗族及官员数万人，大火烧了好几个月，泾河为

之干，甘泉为之竭，据此推断：

"畿辅大旱，天象示谴，七泉干枯，国有大丧。"

话一出口，王政君惊呆了，刘歆也惊呆了。"大丧"通常指皇帝亡故，但同时也指皇后、皇太后、太皇太后亡故。皆因心情急切，一时疏忽，能不引起太皇太后惊心吗？

王政君脸色陡然阴沉，心头猛地震颤。她关心自己的命运，怎会

关心那个使她倍受屈辱的皇帝？再说哪，皇帝虽然体弱多病，但春秋甚富，只有二十五岁；而她却七

十了！就是关心也关心不到他身上啊。这么说，她是
过不了这奇热的伏天了！

真是晦气！好好儿的，干嘛把一个丧门星召上山
替自己报丧？她心头愠怒，挥手令他下山。刘歆本想
把话挑明，但天命毕竟难测，无

论多么自信，预测终归预测。这种大逆预测可不
是闹着玩的。如果惹得太皇太后震怒，皇上的大限没
到，自己的大限可就到了。

王政君心绪不宁，再也住不下去，銮驾回到长信
宫。

长信宫在长乐宫内。长乐宫高祖所建，专住后妃
嫔姬，就是人们所称的后宫。皇帝死了，皇后没死，
儿子即位，于是有了皇太后；皇帝又死了，皇太后没
死，孙子即位，于是有了太皇太后；于是有了专供皇
太后、太皇太后居住的宫殿------长信宫。如果把后
宫比成宫中

之宫，那么长信宫可称后宫之后宫了。

王政君在这里住了四十多年。它自成一体，有山
有水，有丘有壑，占地为长乐宫的一半，詹事、女
官、貂铛(太监)、宫女也占长乐宫一

半。这里殿堂巍峨，楼阁精美，依山设景，傍水植花。遥眺远山烟柳，近观芳草鲜花，满目美景专供她一人颐养天年。

跨进宫门嗅到一丝儿腐臭气味，经意去嗅又没有了。她喝令宫女翻箱倒柜，把长信宫旮旮旯旯扫了个遍，没找到一只死鼠；又令貂珰打捞池塘，也没发现一只死鸟；问宫女嗅到什么臭味没有，都说没有嗅到；这是怎么了？是不是这毒热毒热的天气热昏了头？还是疑心生

暗鬼，产生了幻觉？抑或人老了眼花了耳聋了，鼻子却越来越尖了，闻到了宫女闻不到的死亡恶臭？

夜里躺在冰簟银床上难以成眠。碧空如水，夜云轻浮，听见鸥枭声声啼叫，吓得她心惊肉跳。传说鸥枭能嗅到死人气味。鸥枭一叫，

不是死了人就是人要死了。心里翻来覆去犯疑：这腐臭气味到底是发自自己体内？还是别人身体？鸥枭嗅到了，自己也嗅到了？

回宫头一夜就没睡好，早晨起来昏昏沉沉的。倒在凉席上想睡个回笼觉，刚有点睡意，宫中晨昏定省时刻到了。按后宫规矩，后妃每天早晚都要向她请安，她嫌那帮人腻歪，改为五天一次；还嫌腻歪，改

为半月一次，最后改为一月一次。然而她从外地回宫自然不在此例。

在甘泉山刚清静几天，一回宫繁文缛节全来了。宫外大声传报：

"皇太后前来请安。"

皇太后赵飞燕是成帝刘骜的皇后。就是这个害人精只会狐媚男人不会生儿子；自己不会生儿子不说，还把别的嫔妃生的儿子给杀了。害得儿子绝了嗣，使得王位传给她的宿敌傅昭仪的孙儿。如果今时今日坐在皇位上的是自己的嫡孙，怎会受到今天的冷落？究其祸根就在

这个狐媚女子身上。

"臣妾叩见太皇太后，恭迎太皇太后回宫，太皇太后万福金安。"赵飞燕跪在床前。

她烦透了，躺在凉席上动也懒得动弹一下，好像没有听见。汉哀帝刘欣即位之后，傅太后称皇太太后。汉成帝母王政君为太皇太后，成帝赵皇后为皇太后，哀帝生母丁姬为帝太后，四个太后并立一朝。为了和傅昭仪和丁姬斗，王政君不得不拉拢着这个令她憎恨的儿媳妇赵飞燕。傅昭仪一年多前死了，丁姬先

死了，她也就不太搭理赵飞燕了。赵飞燕也心知肚明，自从傅氏皇太太后死了后，倒是在后宫里与傅皇后同病相怜，走近了起来。

片刻，宫外又大声传报：

"皇后前来请安。"

她心里更烦。皇后是她宿敌傅昭仪的侄孙女。这傅皇后原本不受

皇帝宠爱，大婚不久就晾在一边，是个一钱不值的嫌物。

傅皇后跪在赵飞燕身后请安，见王政君理都不理，垂着头大气都不敢出。

王政君觉得奇怪，平时她们俩会东扯西拉的自说自话一番后，就自己起身，谢安之后告退。而今天她们俩就是一直跪在那里。

"董昭仪前来请安。"宫外又是一阵喊叫。

这个董昭仪更不是东西，宣室本是皇上理政的庄严殿堂，却变成

了他们兄嫂三人淫乱的淫贱窝子！还恬不知耻地取名为"椒风"，好端端的朝廷竟叫他们"疯"得昏天黑地！

一个比一个腻歪，一个比一个可恶，她只觉火气直冒，再也摁耐

不住，一下子从凉席上支起身挥着手，"不见不见，叫她走，都走，走！"

中太仆何闳匆匆从宫门走来禀报，"董昭仪带着武士进宫来了。"

王政君跳下床，气得破口大骂，"这个淫贱坏子，张狂到长信宫

来了！带武士来，想要杀害哀家，造反不成？"

何闳十五岁进宫，跟随太皇太后二十余年，为人精细严谨。他看出宫中一定出了什么大事儿。使气斗狠不但自讨没趣，只怕还要酿成

惨祸。向她连使几个眼色，"董昭仪声言有要事奏达。"

王政君气极败坏，"天大的事，也不能带武士闯我长信宫！"

何闳的身子压得更低，声音也压得更低，"董昭仪不但带兵闯宫，

还纵兵包围了长信宫。今日宫中不知发生了什么事，太皇太后暂息雷霆之怒，圣虑周全从容周旋才

是。”

王政君突然想到刘歆“大丧”之言，莫非自己的大限真的到了？

就应在今天！像皮球一下子泄了气。看见赵飞燕、傅皇后还跪在地上，又忍不住色厉内荏重重哼了一声，“起来吧”。

董蝉快步走进来，没待行礼，王政君坐不住了，但强压着怒火斥责道，“你身为昭仪，不能不守宫中的规矩，为何带武士擅闯长信宫？”

董蝉见赵太后和傅皇后也在，眉尖猛蹙，居然先喝令道：“你二人退下，否则武士要进来强拖你们下去了。”王政君惊愕万分，她多年的经验告诉她要出大事了，不能和董蝉硬碰硬，她得要请救兵。于是一面向赵飞燕使眼色，命她们先行告退，一面无可奈何的对董蝉说：“汉高祖皇帝和先帝孝元皇帝在上，这里岂是你发号施令的地方，难道你造反了吗？”作出姿态好像要动怒。董蝉虽然自从进宫就没把这个倚老卖老的老妪放在眼里，但平时一向对王政君还较为尊敬。没想到她今天居然回敬道：“不曾造反！别人怕你，本宫可不怕你！”王政君怔住了，董蝉压根儿没有跪下，她上前做搀扶她的样子，恳切的问：“出什么事情了？”董蝉怔了怔，下意识的想要双膝跪下，但被王政君扶住了，突然悲伤的恸哭起来："启禀太皇太后，皇上昨夜突然眩晕，呕吐不止，病势凶险……"一边说一边恸哭起来。

王政君跌坐在床上，不知是震惊这意外的消息，还是震惊刘歆的预言，或者震惊自己鸱鸮般的嗅觉。这一惊心脏差点停止了跳动，眼珠向上插着，像是闭了气，半天说不出话来。吓得何闳和周边的宫女拥上前，一边捶背，一边声唤"太皇太后！"见她没了反应，一齐号

啕大哭。

王政君眼珠瞬动了几下定了定神，"这……皇帝龙体……"她想询问病情，意识到不妥，慌忙改口，"宣太医了没有？"

"宣了。"

"太医怎么说？"

董蝉又嘤嘤哭了。

看来皇帝生命垂危。然而昨晚发病，为何昨晚不来报讯？为何等

到这阵子由这个淫贱女子来报讯？又为何不带太

医前来向她奏明医案？全都乱了法度，全都不符礼
仪。

　　董蝉抽抽搭搭，"请太皇太后起驾宣室。皇上要托
付后事。"

　　"托付后事？"王政君问，"可宣了大司徒孔光、
大司空彭宣？"

　　"不曾。皇上要托付的是……是……"董蝉似乎
有点儿难以启齿，"是家务事。"董蝉一想到在这宫里
能保护她的皇上要死了就悲伤得流泪。

　　家务事？王政君倏然一怔。她是祖母，辈份最
高。若是寻常人家，家务事理应托付给她，皇家却不
然。按《周礼》，皇帝不豫直至弥留，朝廷就进入了
"大丧时期"，一切按"大丧之礼"行事。所有的事务
都由皇后出面主持。诸如"诏三公，典丧事"，新皇即
位等等，何况家务事！因为皇后是皇帝最亲近的人，
对皇帝的病情最了解，对皇帝的心意最知情。傅皇后
虽然失宠，但未废黜，理应由她出面主持。退一步
说，即便皇后因故不能主持，也应该由皇太后赵飞燕
主持。他们撇开傅皇后、赵太后，而来找祖母辈的太
皇太后，岂非咄咄怪事！尤其令人惊诧的，人还没死
就带兵包围长信宫！其中必定包含天大阴谋，充满天

大凶险。

王政君可是经历过无数多的后宫争斗，与傅昭仪的争斗更是你死我活。王政君在宫中生活了几十年，已经历过三朝皇帝驾崩和政权继室了。她思考着"为什么撇开傅皇后赵太后？包含什么罪恶企图？"王政君心如电转，浮现种种答案，一会儿，她有了答案。她庆幸董蝉来找她合作，董氏一门想要把持哀帝的后事，对他们董氏有利。董蝉需要的是一个有威望的人，并能配合董氏的皇族家人，来帮他们实施他们的计划。显然相比于赵太后和傅皇后，我王政君是他们的首选，但如果我不合作，他们会转向赵飞燕，甚至傅皇后。

王政君立刻对局势有了基本的判断。她需要见到皇帝，她现在没底的是皇帝的健康状况，但她心里也有不祥之感。另一方面，她马上开始了她的行动。她安慰董蝉道："皇上自有上天护佑，一定能逢凶化吉，转危为安的。他怎么忍心抛下他的爱妃你呢！"董蝉哭得更厉害了，把头埋进了王政君的怀里。这时，王政君幽幽的说："只怪刚才那两个贱人，刚才又到我这里来说你的坏话，还对皇上大不敬，说什么皇上被狐狸精所迷惑，如果有个什么不测的话，她们绝对饶不了你...哎，赵太后和傅皇后一直是合着伙来气哀家啊..."

董蝉也止住了哭泣，她平日里因为有皇上的宠爱，也不太出入后宫，对王政君和赵飞燕都不太了解。对傅皇后当然是在刘欣面前不停的指责唾骂，心想废掉傅皇后是迟早的事。有些许耳闻说赵太后与傅皇后有点来往。现在听王政君这么说，而且情感上又向着她，她便对王政君有了好感起来。

接着，王政君指着门训斥着赵太后傅皇后，"天作孽，犹可恕；人作孽，不可饶！这俩个贱人作了哪些孽，神目如电，上天看得清清楚楚。她们想赖赖不了，别人想冤也冤不了。"，"董昭仪，你可不能像她们一样啊"，"好了！皇帝不豫，地动山摇，事体何等重大，哀家现在也没心思管她俩那些烂污事！走，咱们快去看看皇上！你把她们俩看在宫里规规矩矩的呆着，可不准她俩兴风作浪！听见没有？"

"诺！请太皇太后起驾。"董蝉开始有些暗喜。王政君眼睛间或一轮，变得慌张起来，"哀家这身打扮，看望皇帝不妥。"她穿着黄底绣花长裙，前胸后背有几朵小红花。看上去不算艳丽，但是在这非常时刻必须谋定而后动。她沉着脸自言自语的说道，"探视重病之人，衣著要得体，应该'新都庄穆'才是？"她调头叫喊，"更衣！"

宫女一阵忙乱，替她梳头更衣。

王政君一边更衣，一边安慰对董蝉说："哀家昨夜梦见一只大红鸟啄哀家的肉，哀家吓醒了。看来这是向哀家报信，皇帝犯'朱雀'了。如果皇帝能挨到天黑，顶多到戌时就没事了。天黑朱雀回巢，不能害人了。上天保佑，列祖列宗保佑，皇帝一定能够挨到戌时，遇难呈祥，转危为安。"

董蝉埋着头不作声，心里不乐观。

"唉，死生有命，寿夭天定。莫非天厌汉室，降罪汉室？唉，降

罪也该降到我这个哀家头上呀。"王政君流出一行眼泪，叹息连声，不经意叫，"何阂，虽说以防万一，咱们要不要现在就准备后事吧！"

她流着泪叹着气，眼睛却瞟着董蝉。见她对"天厌汉室"、"后事"之类大不吉利的话没有反应，更加确信皇帝没救了。何阂是个细心的人，自然明白当前的处境。此刻董昭仪在场，武士包围了宫殿，他们一

言一行都受到监视。必须留神听她不便明言的弦外之音。

"太皇太后莫急，皇上盛德，必有神佑。当然哪，皇上不豫也该圣虑周全，但也不必操之过急。"

王政君又叹了口气，"唉，准备后事，也是一种'厌胜'之法啊，

但求神灵驱除朱雀，赐福皇帝啊。"说着，端起一杯热茶呷了一口。

古代有许多"厌胜"之法。譬如重病之时操办喜事，这叫"冲喜"；

相反，筹备丧事，叫做"厌丧"。

"看看宫中丧服够不够，但愿皇帝转危为安，万一……唉，长信

宫可不能坏礼乱仪，十大不敬，于大行皇帝不敬，万万马虎不得。"她慢慢呷着茶，絮絮叨叨。

"是。"何闳正要退下，她一抬，"慢着，哀家琢磨着，宫中只怕没有适合本宫穿戴的丧服吧？本宫还要穿上它厌胜朱雀呢。"

她问着，眼睛直勾勾盯着何闳。太皇太后说"本宫琢磨着"，何闳知道这是太皇太后暗示他"琢磨着"，太皇太后说"宫中只怕没有"，答案自然是"宫

中没有"。

"奴婢虽不懂礼仪，太皇太后果真要为孙皇帝厌胜朱雀，既要

显万乘之尊，又要显祖母之慈，这样的丧服宫中确实没有。"

"礼不可亵，仪不可渎。丧服必须'新都庄穆'，丝毫马虎不得。"她再次强调"新都庄穆"。

何闳字斟句酌之后，心中已经明了，"制作'新都庄穆'丧服，

时间十分紧迫，宫中恐无这等能工巧匠。必须派人出宫敕令巧匠赶制才成。"

"还不快去派人！人要稳当可靠，戌时之前必须把丧服制好，千

万不可误事。说不定本宫丧服能够替皇帝消灾祛病呢。"说着，她把茶杯住案几上搁，不知是宫女碰了她，还是她碰了宫女，茶水溢出来撒到案几上。王政君勃然大怒：

"找死呀？你这死性东西！"宫女慌慌张张掏出手绢擦拭，"这能擦干茶水？说你死性，你真死性！不会拿块'班布'来！"

82

班布是泸州出产的一种细麻布，每年上贡朝廷，宫里拿它做抹布。宫女急忙拿来擦拭。

"看见了吗？"王政君斥着宫女，眼情却盯着何闳，"做事得长眼睛，班布！得用班布，死性！"

何闳目光一亮，吩咐一名中年宫女，"姐姐带人查看宫中丧服，我派人出宫。"何闳称她姐姐，可见这位宫女地位很高。

"是。" 中年宫女转身走出去。

梳洗完毕，王政君吩咐慈恩殿神龛点上香烛，宫女搀扶她出了寝

宫，跪在神龛下好一阵叩拜，口中低喃，"八世孙媳王政君叩请高祖爷，请赐斩白蛇神剑，驱除朱雀，救十世孙欣儿一命。保我江山，保我社稷，保我汉室万代千秋。"

她站起身，长信一阵宣呼："太皇太后移驾宣室。"

未央宫中，一队一队披甲持戟的武士来往如梭，四处巡逻。骄阳似火，一阵铁蹄声急风骤雨般传来，高阁重楼瑟瑟颤动。那是"期门三百铁骑"，从太皇

太后銮驾后面通过。踏踏踏，踏踏踏，铁蹄声久久回荡在芳草绿树上空。整个金阙似乎变成了兵营，充斥金戈铁马的杀气。所有的侍中、常侍、黄门郎都手持兵器在宫府门前警戒。平

日行人如织的御道，而今路断人绝。

王政君坐在銮驾上冷眼看着，这些武士全都隶属期门军。期门军

是汉武帝建立的一支警卫部队。他们驻守宫门待命，随时准备执行皇帝下达的任务。看来整个未央宫都被期门军控制了。董恭任卫尉，期门军由他统领。

到了宣堂，门口站着一排带刀武士。董蝉把她迎进椒风，奔进纱厨，"皇上，太皇太后来了。"

里头悄无声息，王政君快步走进去，看见刘欣张大眼睛，黯淡无神，呆呆望着房顶藻井。他们有两个多月没见面了，那张死灰色的面颊，瘦得只剩下一双高耸的锥状颧骨了。她坐在床边伸手抚摸他的额头，"皇帝，你……好些了吗？"

刘欣眼睛转向了王政君但没有出声。他似乎想要坐起来，但已经动弹不得。看到王政君来了，十分费力的动着嘴唇，但听不清他要说什么。突然刘欣使出

了全身力气，对王政君一字一顿，断断续续的说：
"朕…要…将…皇位…禅…让…给董…爱…
卿…即刻下诏……"王政君打心底就不喜欢刘欣这
个皇帝，但平日里也相安无事。一听这话，把脸侧到
一边，低声应付说："皇上好好养病，过了今晚就会魔
去病除……"。这时董贤也不知道去哪里了。一会儿
董蝉抱着一个婴儿神情焦急的来到床边，哭泣道："皇
上，你不是要向太皇太后托孤吗？"

托孤！刘欣并无子嗣，托什么孤？果然不出所
料，他们有惊天计划需要她的配合。

一年前，吕红怀上身孕，宫中满城风雨，说是
"龙种"。可不是吗？吕红与董贤结婚数年，腹中向无
动静，进宫数月受了孕，不是龙种还是野种不成？有
人说，吕红将正式纳为嫔妃，所产之子立为太子。但
有人说，如果纳吕红为嫔妃，董贤往哪里摆？夫妇共
事皇上的丑闻岂非流布天下？皇上颜面往哪搁？狎玩
其夫，淫亵其妇的荒唐岂非传诸后世？不久吕红回家
产下一子，大约当时董蝉自信她也会怀上龙种，男婴
的血统不表了，纳妃的事也按下了。而今皇上将崩，
腹中又无消息，只得玩弄移花接木把戏了。傅皇后如
同他们的眼中钉，赵太后也毫无名望，唯独她王政君

的身份和声誉才可以不费力气的坐实这桩移花接木把戏。

董蝉把她怀中的男婴放在刘欣的御榻上。这婴儿大约9个月大，爬过去咿呀叫着，伸手拍打刘欣胸脯，刘欣眼中泪光一闪，一滴清冷的泪珠滚出来。董蝉眼中也涌出了泪水，"皇上，你不是要把根儿托付给太皇太后吗？你说话太伤身子，你点头就是！"董蝉显得十分焦急，语气有点像命令刘欣。

刘欣眼中又冒出一串泪珠。那婴儿拍着拍着哇地哭了。董蝉把他

抱进怀里哭嚎着，"呜呜，皇上，你说是吗！快立根儿啊！这会儿不安排，到时候叫我孤儿寡母找谁去呀？呜--呜--！"

王政君看见婴儿与刘欣的互动，似乎是一种父子天性神奇而又自然地表露，心头凄然震颤。但听到刘欣说要把汉室江山让给董贤，然后董蝉又说什么"我孤儿寡母"，意识到其中天大阴谋，心又变得铁石般坚硬了。

"噩--噩--，皇上！"董蝉抽泣着，拉了拉刘欣的手，又将婴儿抱入怀中。刘欣吃力的向董蝉点了点

头。董蝉哭着接着说道："啊--啊--，臣妾代皇上说，皇上点点头，啊--啊--。皇上，你要立根儿作太子，是不是？"

刘欣的头又微微动了动。

"皇上，你要把根儿托付给太皇太后？做她老人家的亲曾孙，继

你的皇位是不是？"

刘欣的头又微微动了动，董蝉抱着婴儿在王政君面前跪下，刘欣

的眼泪又簌簌流出来。

王政君忙说："快起来，快起来。"董蝉说："太皇太后不答应，我母子死也不起来。"王政君说："事关重大，皇帝还在，该由皇帝作主。皇帝一时不便说话，将息几天，龙体大安了再说不迟，何必急于一时？"

董蝉垂泣，"太皇太后……"王政君挥手，"传太医，快传太医！"说着起身，衣服却被拽住了，调头一着是刘欣瘦骨嶙嶙的手。刘欣又再次使出全身力气，说着："即...刻...下...诏...，传...位...于...根...董...卿...辅...政"王政君情知推托不了，也悲伤的向刘欣点着头，"皇帝，皇祖母答应就是。"

董蝉忙叩头，"尊旨！陛下！呜呜"，接着对王政君叩头，"我母子全仗太皇太后了。"王政君没理她，"皇帝你放宽心，别胡思乱想，过两天病就会好的。"刘欣的手松开了。王政君又一迭声催促，"快，快传太医！"

片刻太医令卓明带领四名太医进殿。王政君说："皇帝神智还很清醒，尔等好生看病。皇帝若有好歹，哀家拿尔等是问！"

这时，董贤进殿。他神情恍惚，表情痛苦，失去了平日的威风。他轻声的对太医们说："几个时辰前看过了，现在需要让皇上好好休息。"，一会儿又说："须通知司徒大人和司空大人，皇帝不豫，皇帝要下遗诏……"

王政君脸色变得阴沉，挥挥手冷冷说道："别打扰皇帝，到外头说。" 众人走出椒风廊院，到宣室外殿坐定。王政君沉着脸，"董爱卿董昭仪，皇帝神智还很清醒，我们须设法替皇帝治病，先不急着安排后事！"董贤显得痛不欲生，没有反应。董蝉无法反驳，说："这是皇上的意思，臣妾不敢违拗。"王政君说："此话确也有理，但皇帝毕竟病了。病人的话固然要听，给病人治病总是最要紧的，这个道理你们年轻人恐怕不太懂啊。"

董蝉心里有些不悦，嘴唇动了动，像是要反驳她的话，但在众人面前她不能与王政君翻脸，只得强忍着低下了头。王政君心底也一直压着火，很想在众人面前发泄心头之气。然而她可是七十岁的过来人了，在这非常时刻，在这波谲云诡的宫阙，有用的不是言语，何必逞口舌之快？而且言多有失，任何一句无心的话，都可能变得十分敏感。

在王政君的示意下，太医一个一个躬身进内殿入纱厨切脉，又一个一个退回外殿，垂着头一旁侍立。王政君问，"皇帝的病怎么样？要紧不要紧？"太医都不作声，她跌着脚，"说呀！"卓明看了看纱厨，支支吾吾。她又调头问太医：

"皇帝到底得了什么病？尔等说吧，按实说！"

"启奏太皇太后！"一个太医说："皇上服食丹药过量，中了丹毒……"

"中了丹毒？"王政君大怒，指着众太医，"谁开的药，快与哀家拿下，交掖庭审问！"

"太皇太后息怒。丹药是华山道士练制的，而非太医所开。"太医令卓明连忙表明，"皇上体质原本就弱，又虚耗过度，元气外泄，生息尽丧……”

另一个太医见太皇太后似有不解，瞟了董昭仪一眼，“这些丹药其实都是壮阳回春之药，长期服用，元气虚耗，极易中毒。皇上虽然春秋甚富，但因时常服食，导致灯残油尽，生机全无。”

王政君听明白了。今天她虽不能直唾其面，但要折辱这个淫贱女

子一番，大声叫喊，“传齐安！”

中书令齐安慌慌张张奔进大殿跪下，“叩见太皇太后！”王政君大声责骂，“齐安，你这狗奴！叫你伺候皇帝，你把皇帝伺候成了什么样子！”齐安伏在地上：“奴婢知罪。”王政君捶着御案，“说！本宫才到甘泉山去了几天，皇帝就病成这副样子，这到底怎么回事？”

“昨天皇上还是好好的……”

“胡说！皇帝又不是得了急症！”

齐安叩头，“奴婢不敢欺瞒太皇太后，昨天皇上和董昭仪驾幸清凉宫漱玉池，太司马董大人伉俪随车伴驾。四人开怀畅饮，从未时饮至酉时，饮酒一石有余……”

董蝉听到这段回忆，脸上绯红，痛苦的闭着眼睛，沉声喊道，"皇上啊！"

齐安忙说："奴婢是说四个人一块喝，不是皇上一人……后来听说皇上喊冷，銮驾回到椒风。到了半夜皇上犯了眩晕，呕了一地。奴婢去传太医，呕吐止住了，人不能说话了。"

"哼！"王政君冷笑着叹道，"从未时饮至酉时，饮酒一石有余，这...这...哎！"一声叹息。

王政君指桑骂槐这一招，董蝉还没有完全意识到。这席供述简直当众剥光了董蝉的衣服！漱玉池饮酒的时候，有四名宫女在池边伺侯，齐安也带着几名貂铛在门外守着。后来四名宫女退出来了，但不敢走远，和齐安一起在门外守着。池里的情形虽然没有亲眼着见，但嬉笑声叫嚷声打情骂俏声全传了出来，谁能不知道里头在干什么事儿？

齐安忍不住偷觑了董蝉一眼，只见她脸上一阵红一阵白。当时的

情景，她实在不愿意去想，可就是直往眼前冒。

漱玉池在清凉宫中，长宽三四丈，由碧玉砌成。池边有眼寒泉昼

夜奔涌，池水洁净冰凉。四周好几丈范围凉意嗖

嗖，是未央宫中消暑的最佳去处。昨日皇上头致很高，一开始就和他们三人开怀畅饮。大约喝下二三斗酒后，四个人都面红耳热浑身冒汗了，嘻嘻哈哈特浪特疯。他们身上的衣服一件一件剥掉，最后一丝不挂跳进池中浸泡。热身子陡然进到冷水里，一个个口里喊着痛快，牙齿却冻得打战。他们又嘻嘻哈哈爬上岸，往肚里灌酒驱除寒气。几次三番之后，红日已经西斜。皇上兴致勃发，进了一丸回春丹，拉着她哥哥跳进池里温存。传说巫山云雨，尽得风流；安知玉池鸡戏，别具奇趣？他俩缱绻多时，皇上意犹未尽，又把她和嫂子拉下水游龙戏凤，驭罢一女，方觉力有不济，又进一丸，再驭二女，口中直喊畅美。正当得趣之际，身体突然颤抖起来，软塌塌倒到水中，咕噜咕噜喝了好几口水。他们慌忙把他抱上岸，平躺在地上。

皇上口中不停喊冷，她和嫂子给他擦干了身子，穿上衣服，銮驾回到椒风。他们本想传太医替皇上诊治，但皇上已经沉沉睡去，就像

喝得酩醉变成了烂泥一团。谁知到了半夜，犯了眩晕……

　　这时，侍中来报，大司徒孔光大人和大司空彭宣大人到。董贤从内殿出来迎二位大人入内，并请求王政君入殿。董贤等三公跪下，分别向陛下请安。等待刘欣发话。刘欣的头微微动了动，看到了他们。良久，使出了浑身的力气，一字字的，声音已经很轻，竟再次说出："朕…决…意…让…位…于…董…君，众…卿…辅…之…"孔光和彭宣一听面面相觑。董贤急忙道："皇上，臣请辅佐太子即位。望即刻下诏！"刘欣又拼尽全力似的，将右手抬了起来，好不容易迸出两个字"下----诏----"。说完，像泄了气的皮球，昏了过去。

　　太医，宫女等又忙活了起来。董贤，孔光和彭宣和王政君退了出来。王政君将董贤叫到了偏殿。王政君问他皇上的丧事准备怎么办？董贤不知怎么回答，或是被这突如其来的变故弄得慌了神，还没有任何打算，只是伏在地上哭泣。王政君心中厌恶，却是安慰他说："董君深受皇上信任，哀家必遂皇帝心愿。"董贤感激涕零。王政君乘机说了三层意思：一、皇帝突然生病是赵飞燕和傅皇后时常诅咒造成的，必须责罚她们；二、为帮助董贤稳定局面，她建议让她的侄儿王莽来辅佐他；三、皇帝的传国玉玺需要由她来保管才可以服众。她的话听上去都不无道理，而且很严密。对于前面两点，董贤没有疑虑，欣然的答应了。第三点他有些犹豫但不便拒绝，当即表示待遗诏完成之后，再交太皇太后妥善保管。王政君和董贤回到了外殿。见皇太后，皇后，司徒大人，司空大人，董蝉还有一群太医焦急的等待在那里。

少顷，一个宫女匆匆跑来，远远跪下："启禀太皇太后，启禀昭仪娘娘，皇上恐怕不行了……"

王政君和董蝉回到椒风直奔纱厨，大司马董贤也闯了进来跪在刘欣榻前，悲痛欲绝，痛不欲生。刘欣的眼睛睁得大大的，眼角还有泪痕，身体僵直冰凉了。太医令卓明检查了一阵宣布，"皇上已经驾崩。"

宣室响起一阵哭声……

一个十四五岁的貂铛大摇大摆走到北宫门，他头戴武弁大冠，帽顶翘着一条貂尾，帽沿悬着金铛，身穿红缎滚边长衫，腰束白色阔带，

清清爽爽，灵灵醒醒，一身精灵气儿。他是长信宫貂铛，太皇太后跟前的红人儿。

门洞里走出一名常侍。他是董贤的从弟董明，大声吆喝，"站住！董卫尉有令：宫人不得外出。"小貂铛歪着头斜着眼儿，"本中官奉太皇大后口谕，外出办差。"董明冷冷哼了一声，"太皇太后口谕？别拿鸡毛当令箭了！"小貂铛说："你不相信本中官？"董明说："今天你即便拿着太皇太后手谕也不能出宫！"小貂铛佯作惊讶，"这么说，太皇太后口谕，董大人不听罗。"董明说："不错。"小貂铛一点也不动气，笑容可掬向前摇了几步，压低嗓音，"董昭仪娘娘的懿旨，董大人可听从？"董明不言语了。

这个小貂铛就是何闳派出宫去做丧服的人，名叫陆顺，大伙叫他小顺子。这个小顺子人小鬼大，精灵百怪。他要是顺哪，小嘴蜜糖似的，说得你晚上睡着了也要笑醒儿回；要是不顺哪，无理也要占三分。

只要占丁点儿理，鼻子准能翘上天，把你损得灰头土脑。王政君就喜欢他那机灵劲儿，时常留在身边解闷。

"董大人，你可知道本中官负有何种使命？"小顺子根本没把这个常侍放在眼里，晃动着身子轻蔑笑了笑，"董大人自然不会知道。本中官有话在先，那可片刻耽误不得啊！"他顿了顿，"董大人可知道宫中出了什么大事？想必董大人也不知道。嘿嘿。"他又轻蔑笑了笑。

"天大的事，也没董卫尉的军令大！"

"哼哼，小鼻子小眼短见识！"小顺子不屑，"事涉天大机密，本中官不便奉告，但本中官可以奉告的是：董大人若不放行，耽误了本中官公务，到时候本中官纵不杀你，太皇太后会杀你；太皇太后纵不杀你，董昭仪娘娘会杀你；董昭仪娘娘纵不杀你，董大司马也会杀你！要知道，本中官是替太皇太后办差，也是替董昭仪娘娘替董大司马办差，你死定了！"

小小年纪有恃无恐。董明被他镇住了，再也不敢卖狂，"下官奉董卫尉严命，陆公公不要为难下官了。"

小顺子见多说无益，径直走进门房，大模大样找个蒲团坐下："董

大人若想活命，骑马速去请示董昭仪。但请快马加鞭，速去速回啊。"

董明躬身一拜，飞身上马，向宣室驰去。宣室门前戒备森严，他

向一个中常侍说明来意，中常侍进去禀报，董蝉

想也没想，挥挥手："放他出去。"

董明打马回来纳头就拜，"多谢陆公公活命之恩。"

小顺子哪里还有心思和他周旋？一口咬定董明耽误了时间，要董

明把马给他骑。董明只得把缰绳递给他。小顺子迅疾上马，双腿猛劲一夹向城阙冲去，不料门洞那头驰进一队人马，为首的却是董恭，挡住了他的去路。

董恭任卫尉之职，掌管南军，是宫中最高军事长官。所谓南军就

是是驻守未央宫的期门军和羽林军。因为未央宫位于长安之南，所以称南军。

"哪儿去？"董恭鞭子一横。

小顺子不敢托大翻身下马，"启禀卫尉大人：小的奉太皇太后及董昭仪之命，出宫办差。"

董恭深知王政君老谋深算，警觉起来，"办什么差？"小顺子说："小的不敢说。"董恭大为诧异，"不敢说？什么事不敢对本座说？"

小顺子两手比比划划，"就这事儿不敢说。真的，这事儿，太大，太大，董大人想必也是知道的，董大人何必还要问小的呢？"

话儿藏头露尾，显然与皇上病情有关，这正是董恭最关切的。他的儿子女儿背着奸佞骂名，皇上在一天，董氏的权势在一天；皇上一旦撒手归西，董氏的权势就土崩瓦解，甚至全家性命都难保全。现在皇上随时可能晏驾，他们必须利用这段时间，假借皇上之命做出对董氏有利的安排。眼下最要紧的自然是封锁皇上病危消息，如果大臣

插手，他们就无从施展计谋了。董恭一声断喝："说！"

小顺子吓得战战兢兢双膝跪下，"小的实在不敢说，董大人别逼

小的了。董大人实在想知道，就去问太皇太后、董昭仪好了，别为难小的了！"说着可怜巴巴连连叩头。

董恭心乱如麻，宫里宫外的事情千头万绪，形势瞬息多变凶险万分，太皇太后派人出宫，虽已获得女儿首肯，但女儿小小年纪，哪里

懂得宫中种种鬼蜮手段？他不能不察。然而这个小貂铛死活不说，他扬起鞭子，"你到底说不说！"

小顺子央求，"打死小的吧，说了是死，不说也是

死，不如落个对太皇太后忠。"董恭大怒，鞭子刚刚举起还没抽下，小顺子就杀猪

似地叫唤起来："哎哟，饶了小的吧！小的……小的说，说。"

一个小貂铛巧嘴如簧，与卫尉大人纠缠了好半天，早就了引起门阙武士注意。见他大话说尽，谁知鞭子还没抽下，就喊爹叫娘求饶，

原来是个气壮如牛胆小如鼠的孬种，有人抿嘴嗤笑。

不知小顺子真看见有人嗤笑了，还是压根儿没看见；他从地上跳起来，转着身儿指着四周的武士呵斥，"尔等笑！有什么好笑的？本

中官说了，尔等都得哭！谁不哭，哼，嘎！"他做了个砍头的手势。

这时董恭才看出这个小貂铛不是怕打，而是有意戏耍他，一鞭抽去："快说！"

啪！小顺子右肩结实挨了一鞭，他颤也没颤一下，胸脯挺了挺，

"小的奉太皇太后懿旨，出宫做丧服。"

"做丧服？"

"是啊"小顺子突然扬起声儿，音正气宏，"皇上

驾崩，太皇太后该不该做丧服吊丧？董大人该明白了吧。”

皇上驾崩！董恭心头猛震。他出宫之时，皇上还有口气在，难道

这会儿宾天了？却见小顺子指着四周武士训斥：

"皇上驾崩，尔等竟然不知悲痛，不发悲声，站着像木桩似的，还有没有一点儿忠心！"他大叫一声，"皇上啊，你恩覆四海，德披天地，怎么就英年早逝龙驭宾天呢？"他全身匍匐在地高扬双手，呼天呛地哭嚎起来了。

四周的武士无不错愕，自然他们谁也不敢哭。

"好个小贼！"董恭看出这个小貂铛居心要把皇上驾崩的消息泄露出去，这正是此刻他最畏惧的。"竟敢诅咒圣躬，胡言乱语！"

小顺子不禁也有点儿心虚：太皇太后起驾的时候，皇上还活着，这会死了吗？如果还没死，公然说皇上驾崩，还在北宫门哭丧，那是要掉脑袋的。但是想起太皇太后借骂宫女"死性"，喝令用"班布"擦拭，暗中发出了"颁布死讯"的懿旨。他一个鲤鱼打滚，从地下跳

起来脖子一挺，"小的没胡言乱语！"

董恭心乱如麻，他不知道这小貂铛说的是真是假，但他相信是真

的。必须封锁这个消息，不能任其在期门军中扩散，更不能让他泄露到宫外去，一声厉喝："拿下！"

"谁敢拿本中官！"小顺子挺直了胸，指着向他扑来的武士，"本中官是太皇太后宫中的人，名叫小顺子！尔等打听打听去，宫中谁不

知道我小顺子！告诉尔等：皇上活着时候，也知道我小顺子！"

武士刹住脚站住了。

小顺子胆气更壮声音更宏亮，"本中官奉太皇太后之命出宫赶制丧服，有什么错？皇上驾崩是天大的秘密，本中官本不敢说，一直不肯说，大家伙都看见了，是董大人逼本中官说的。请问本中官又犯了

哪条哪款条律？再说了，即便是本中官犯了宫中条律，也轮不到你外官管！"

董恭心中火冒万丈，恨不得一剑刺死这个小貂铛，但是不能因为一时之忿惹恼了太皇太后。现在他们要办的种种事情，都不可以没有太皇太后的合作，只得忍下这口恶气，鞭子向下一指，"董明，看住

这小贼，别让他跑了，等本座回头发落！"说罢打马走了。

小顺子大声叫喊，"皇上驾崩，秘不发丧，还不准太皇太后制丧服吊

丧，朝中是不是出了赵高？"

赵高是秦始皇的中书令。秦始皇死后，赵高秘不发丧，假传圣旨杀死太子扶苏，辅助胡亥阴谋夺取了王位。这些话，听得人心惊肉跳。

董明连连作揖，"陆公公，消消气，炎天暑热的，快请屋里坐，请。"说着，连推带搡把他推进了门房。

五 进侯府素帛传死讯 闯军门热泪化骤雨

"何公公到！"新都侯府看门的老家人大声宣呼。

王莽开中门迎接。何闳跨进中门急冲冲宣告，"太皇太后有旨意！"王莽当即跪下，"臣王莽接旨。"何闳把一方素帛递给他。王莽展开一看："皇帝驾崩，奸佞谋逆，敕令新都侯王莽速定救亡安邦之策。"览毕伏地大哭起来。

何闳说："国事紧迫，社稷危殆，君侯节哀。"王莽抽泣，"皇上

至圣纯德，英年早逝，小侯不胜悲戚。"何闳说："太皇太后已受挟持，君侯设法解救才是。"王莽起身令三个儿子分头去请刘歆、孙建、甄邯前来商议。

片刻，刘歆最早赶到，一脚刚跨进门里就见到了何闳，"何公公，下官斗胆臆断：必不出下官所料。"何闳惊疑望着他，刘歆摇着羽扇，"《诗》云：'七月流火'，这'火'是'大火'星，近日入'鬼'出'尸'，犯轩辕大星。'大火'兆凶丧，鬼尸二宿主死亡，全是灾星；轩辕大星为皇宫……"他没说完，何

闳失声，"刘子骏真神人也！"

预言得到证实，刘歆有些得意。一眼瞥见王莽满脸泪痕，作揖拜过后退两步跪下，"皇上危在旦夕，臣出言无状，罪该万死。"王莽一面感慨，一面上前扶刘歆起来。

这时右将军孙建、奉车都尉甄邯也都赶到。王莽请何闳上坐，"都

是自家兄弟，公公但说无妨。"

今晨董蝉带兵闯进长信宫，王政君表面上还像往常那样颐指气指，心里明白已被挟持，故以制作丧服斥责宫女为由，发出了出宫"颁布死讯"的暗示。给谁报信呢？她说了句"新都庄穆"，何闳心里就明白了。"新都庄穆"，字面上都，丽也；新都，新鲜美丽也；表面上说的是丧服。其实这"新都庄穆"，是汉成帝刘骜对王莽的赞语。元延三年（公元前 10 年），王莽奉旨主办祭天大典，大典办得庄严肃穆，

完满圆融，感染力极强。刘骜对他身穿的礼服赞叹有加，"王巨君新都庄穆！"

何闳派陆顺明闯北宫门，自己却从西南面通向"后园子"的秘密出口出宫去了。这"后园子"住的

是皇室"家人"，与皇宫一墙之隔。宫门被期门军封锁了，但何闳家世代为"家人"，哪儿有洞，哪儿有缺口，路径熟得很，没人拦得住。这倒不是什么"明修栈道，暗渡陈仓"，只因太皇太后当着董蝉的面说了派人出宫，就不能不派个人去闯北宫门，省得董蝉疑心生暗鬼。出宫之前，他曾命一名中年宫女去察看丧服，这个中年宫女是太皇太后的掌玺女史孟萍。他俩走出寝宫

后拟定诏令，动用太皇太后玺印，这一切都是在董蝉眼皮底下进行的，丝毫不露痕迹。

何闳就宫中形势作了介绍，"董贼父子已经掌握了期门军，控制了整个未央宫。他们已将太皇太后挟持到宣室，下一步就是以太皇太

后名义把丞相孔光、御史人大彭宣召进宫去，胁迫他们发布丧诏，欺罔天下。"何闳此时还不知道孔光和彭宣已经入了宫。

刘歆忧心忡忡，"这会儿孔丞相彭御史恐怕已经入宫，唉，如果……"

"如果什么？"甄邯截断他的话，"子骏之意是说孔丞相彭御史

受到胁迫，会与董贼同流合污？拟定丧诏掩盖真

相，欺罔天下，是也不是？”

甄邯是大司徒孔光之婿，听不得旁人说孔光的坏话。刘歆却说："孔丞相德行巍巍，彭御史风骨铮铮，不会听命于奸佞之徒。不过人

在强力胁迫之下，生死抉择之间，一念之差也很难说啊。"

"绝不可能！家翁高风亮节，焉能失节附逆！"

王莽眼中饱含泪水，"二位贤弟别争了。危难之机，慎不厌多，

虑不厌细，还是先听听子骏的高见吧。"

"高见，不敢当。"刘歆拱手，"君侯所命，下官就把一些难以决

断的疑虑说出来。眼下太皇太后已被劫持，董贼父子下一步会怎样做？我等又该怎么办？大家不妨多想想。"

何闳说："董贼父子所能做的，只能是胁迫太皇太后，胁迫孔丞相

彭御史就范。"刘歆问，　"如果太皇太后、孔丞相彭御史不答应呢？"何闳说："一天不答应，胁迫一天；两天不答应，胁迫两天，直到答应为止。"

甄邯为人粗犷，说活直来直去，"这恐怕不行吧，他们没那么多时间。小将敢断言，不出三日，最多五日，董贼父子必土崩瓦解。"刘歆问，"为什么？"甄邯说："这热的天气，大行皇帝的尸体会腐烂得不成人形。"刘歆追问，"尸体腐烂就能让董贼父子土崩瓦解吗？不

见得吧。秦始皇死于沙丘，赵高李斯秘不发丧，用鲍鱼掩盖尸体腐烂的恶臭，矫旨杀害太子扶苏，阴谋终于得逞，史有先例啊。"

"对了，他们也会秘不发丧！"甄邯拍拍脑袋。

《周礼》对大丧礼仪每个环节都有明确规定：皇帝不豫之时，太医令所进之药必须由尝药监和中常侍先尝；三公九卿必须每日到宫前叩问起居；这期间还必须由大司马告祭南郊，大司徒大司空告祭宗庙，群臣都要在家中祈祷上苍祛病康复；皇上宾天之时，太医检验在案，

再由皇后诏三公典丧事。这些规定不可越雷池一步。而且每个环节都必须公诸于众，那是瞒不了人的。

现在皇上突然晏驾，所患何病？所服何药？为何生前封锁皇上患病消息，死后又秘不发丧？尸体一旦

腐烂，董贤父子纵有百口，口有百舌，也无法辩白。
不是弑君也成了弑君，没有阴谋也成了阴谋，必将引
得天下嚣嚣，群臣共攻之，百姓共讨之。他们原本臭
名昭著，能

撑多久呢？

"我等所要做的，就是粉碎董贼封锁，尽快把皇
上晏驾的噩耗传

布开去，让文武百官人人皆知。一旦传布开去，
董贼就会尽失人心。"

"说的是。"何闳首肯，"太皇太后已经发出'颁
布死讯'的懿旨，

诸位尽快颁布出去吧。"

"这还不够。"刘歆伸出一个指头说："董贼败
亡，还得尽失军心！"

"北军！"孙建叫了起来。

"说的是。"刘歆点了点头，"北军。"

他目光深邃，能在纷乱事态中找出症结所在。并
且循循善诱，把

每人的注意力诱导到紧关节要上统一意志，凝聚
成行动力量。

王莽问，"伯兄之意可是他掌握南军，我掌握北军？"

何闳说："董贼掌握的只有期门军，羽林军驻扎在建章宫，由中郎将孔永统领，他们未必掌握。"孔永是孔光之侄，常以孔子后裔自

重自爱，修身立德，自然能够明辨是非，不会盲目听命董氏。

"我等也未必能够掌握北军。只要能够稳住北军，不听董贼调遣，守壁观望，也就够了。"刘歆说："依我之见，用不了甄邯贤弟所说

的五日或三日，北军袖手之时，董贼父子的末日就到了。"

何闳说："刘大人破贼有策，只是太皇太后在他们手里，董贼一

旦绝望，太皇太后就凶多吉少了。"

"太皇太后确实会有危险！如果太皇太后不与董贼合作的话，董贼一旦找到赵太后和傅皇后合作，他们有弑君的可能。"王莽听到这里，开始惊慌起来。

刘歆羽扇摇了摇，"只要戌时前能够稳住了北军，下官就可按太

皇太后懿旨，与兄长进宫解救大皇太后。"

何闳说："不知如何稳住北军？"

"小侯愿去北军。"王莽焦急的说。

孙建说："兄长此去北军，未持令符，极其凶险。"王莽说："大丈夫只问当行，不计凶险。"孙建又问，"如果董贼党羽将兄长阻于军门外呢？"王莽不作声了。刘歆却说："兄长前去北军，即便进不了军门，兄长仁德，可效包胥一哭，惊天地泣鬼神，北军必为所动。"

春秋时，伍子胥为报家仇，率吴军攻陷楚国郢都，掘开楚平王坟

墓鞭尸三日。楚国大夫包胥跑到秦国请兵，在秦庭跪哭三天三夜，哭得眼中流血，终于感动秦王。秦国发兵救楚，迫使吴国退兵，挽救了

楚国社稷。

刘歆走到门口仰面看天：太阳直射地面，喷射着白炽光焰。天空有片薄絮状的白云，缓缓向南移动。这片云走得虽慢，变幻相当迅疾。一忽儿拖成长条，吐着银光闪闪的云丝儿；一忽儿又缩成峰峦连绵的山岳，宛若素帛上淡淡墨痕。"唉！高风鼓荡，该到时候了吧？"

众人惊疑望着他。

天空的云又变变一只只山羊了，刘歆眯缝眼睛看了好一阵子，"汉室倾危，但愿天助啊。"

"子骏算定将有天助？"孙建问。

"风雨难测啊！"刘歆低喟一声。

"大丈夫行所当行，岂恃天助？"王莽手把胡须，往下用力一顿，"予意已决，事不宜迟！"

孙建说："小弟愿随兄长前往。"

刘歆摇摇头，"人多了不行。巨君兄此行不仗人多势众，而是喻之以义，动之以情。"

孙建说："难道护卫也不能带？董贼党羽若施暗算，岂非白送性命？"

"理是这么个理。"刘歆思忖着，"然而兄长此行，刘北军喻之以

义，亦当示之以义。只有不计个人安危，敢于面对锋镝，才能撼动北军将士之心。要带只能带自己儿子。以我之见，带三贤侄去吧。三贤侄素有胆略，武艺超群……"

王莽明白这番话的用意。不说长子陪同，推举三儿前往，显然此行极其凶险。倘有不测，长子一家之长可以支撑门户，"董贼若要暗算我，多带一个人去，

只能多搭一条性命，还是我只身前往吧。"

"话不能这样说。"刘歆神态冷峻。"事情总有两面，如果把巨君兄的话反过来说，多带一个人就多一份胜算。"

"好吧，一切听兄长安排。"

烈日当空，万里无云，北军栅门紧闭。军门两边插着各色旌旗，半空中没有一丝风，旗幡僵死般低垂。今天北军门前大异往常，弥漫着临战气氛。栅门外面加派了两队荷戟军士相向巡逻，干燥的路面扬起黄黑色尘埃。一排弓箭手在栅栏两边露出半截身子，半袒着右臂，

黑黝黝的晒得冒出油来；一个挨着一个弯弓搭箭，对准每一个过往行人。腾腾的杀气与腾腾的热气搅合在一起，使人感到一种窒息性炎热。

两骑滚起团团尘土疾驰，到了军门二人滚鞍下马高呼，"新都侯王莽拜见北军八校。"

汉武帝把北军建设成八种特等兵：中垒、屯骑、步兵、越骑、长水、胡骑、射声、虎贲。每种特等兵

由一名校尉统领，故称北军八校。

起初八校由中垒校尉统率，后来改为皇上临时指定。今晨董恭来到北军，就是传达刘欣谕旨，指定躬声校尉吕青统率。

军门旁有个小军头登上棚栏踏板询问，"君侯可有令符？"王莽拱手，"小侯持有太皇太后诏令。"军头答礼，"君侯请回，军中只闻军令，不闻太皇太后诏令。"王莽大喝，"放肆，竟敢对太皇太后无礼！本侯告诉你，这里是京城，而非细柳军营；本侯拜会的是北军八校，

而非周亚夫！休得以此等悖逆言辞搪塞本侯，速速传报！"

当年汉文帝亲往细柳军营劳军。先驱车骑到达细柳军门，宣呼"大子驾到！"看守军门的都尉说："军中只闻将军之令，不闻天子之诏。"不让先驱车骑进入军门。文帝车骑至，又被军门都尉挡在门外。文帝只得派出使臣手持符节，进门向周亚夫下诏，周亚夫才下令打开军门

放行。进门之后，军门都尉又说："将军有规定，军门之内不得骑马。"文帝下马步行，直到军营，周亚夫才出来迎接。文帝大为激赏："此真将军矣！"

军头见他气势逼人，跳下踏板去禀报。片刻有个千夫长上来行礼，

"王公请！"王莽听人喊他军中称谓，抬眼一看，"你不是白宾吗？"白宾躬身，"王公好记性，正是小卒。"

七年前（公元前 8 年，叔父王根死后）王莽接任大司马，他自谦武艺低微，不足以称将军；王公成了他军中称谓。当时白宾在帐前当护军，事隔七年还能记得他，白宾很感动，"王公，不巧得很！今天早上董卫尉亲临军中重申军令，无令符者不得踏入军门一步。擅自放行者，斩；擅自闯入者，杀无赦！"

王莽说："皇上驾崩，奸佞谋逆，小侯特来请兵讨贼，望白千长放行！"他声如宏钟，军门内外都能听到。两队巡逻的军士站住了，栅栏上的弓箭手也扬起了脸。

白宾大惊，"皇上驾崩！这，可是真的？"王莽高举素帛，"太皇太后诏令在此，还会有假？"白宾迟疑多时，"军令如山，小卒不敢

开门放行。"王莽说："白千长既有难处，请通报八校。"白宾说："适才吕校尉下令，任何人不得会晤

君侯。"王莽说："别人不能会晤小侯，就请吕校尉来见小侯吧。"白宾不作声了。王莽扬声，"莫非吕校尉心虚不敢见小侯？本侯不妨正告各位将士，谋逆者就是董恭董贤父子，发军令者也是董恭董贤父子，阻拦本侯会晤八校者，正是董贤之妻弟吕青。董贼卑怯居心，昭然若揭。望白千长以国家社稷为重，举大义，讨逆贼，小侯向你跪下了。"说着王莽振衣跪下。

一字字，一声声，在白宾心头震颤。他看到王莽双膝砰然跪下，

急得没法，"王公，别，别，小卒……"

"小侯向你叩头了。"王莽恭恭敬敬叩了一个头。

白宾心头翻江倒海似的，一腔热血激动得他双臂颤抖，然而冲破

不了军人听从军令这一坚硬甲胄。几次话到嘴边都叫他咽进去了。

王莽高声说："我大汉自高祖斩白蛇起义以来，历时二百余载。行仁政，施教化，四海升平，亿兆安乐。孝文皇帝俭约爱民，创太平盛世，比隆成康；孝武皇帝开边扩土，四夷宾服，国威远布外域。董贤以色相事君，专工狐媚，秽乱宫帏，如此幸佞奸贼，须眉丑类，妄窃宝器，觊觎王位，凡我大汉将士能不攘

臂切齿鸣鼓而攻之？"

他的声音嘶哑了，路面飞扬的尘埃落定了，一丝风儿没有，一丝

云影没有，一丝尘埃没有，一丝声音也没有。

他发一声嚎叫，双手捶击大地，失声恸哭，"白千长，你的忠义

哪里去了？你的天良哪里去了？难道大汉江山就断送在我辈手中，白白落到董贼手里？"

哭声凄厉刺耳，很难听。但它负载着人所固有的至真至诚情愫，

具有令人无法抗拒的震撼力。搅得激奋的心更加激奋，不安的心更加不安。白宾一声大吼，"打开军门，迎接王公！"

"谁敢开门！"军门里一声暴喝。一个校尉挥刀向白宾砍去，血光

一溅，白宾从踏板摔下。

"胆敢违反军令者，有如白宾！"他就是射声校尉吕青。

"轰！"空中骤然响起一声炸雷。

栅门内外悚然一震，这万里晴空骄阳似火，怎么

会有雷声？

王莽从地上跳起，双手高扬，仰面朝天大叫，"吕青，你听！你听！晴天霹雳！你滥杀忠良，天理不容！"

吕青心头震颤，张狂的戾气顿时收敛许多，躬身施礼，"君侯，

军门之内，小将按律施法。无劳君侯关心了。"说罢拱手，"军门重地，还请君侯速速离开，以免贻误军机。小将吃罪不起，君侯也难脱干系。"

王莽说："军门之外，本侯行止，谅你也管不着。"

"君侯这话就不对了！"吕青拱手，"君侯喧闹，没看见闲杂人等在此聚集起来了？如有不逞之徒乘机闹事，京城的治安难以保障！"

他挥动令旗，"卫士，把闲杂人等撵走，恭请新都侯退到一箭之外。"

这时王莽父子身后已经聚集了许多过路行人。听到吕青的话，尽

管当顶的大阳炙烤也都不愿离去。

轰！轰！轰！

晴天空雷霆，云雨亦虚无。天空又响起了一阵阵

雷声，依旧没有一丝云影。

巡逻的军士早就停止了巡逻，一直在王莽父子附近站着。王莽那些骇人听闻的话已经使得他们惊诧万状；天空阵阵霹雳，更使得他们胆战心惊。听到吕青发令，人人不知所措。他们时常在军门外驱逐闲杂人等，却从来没有驱逐过一位侯爷，而且军令特怪："恭请"，如何做才是"恭请"呢？好在军令中有撵走闲人的指示，他们迟疑了一会，两队军士不约而同转向行人。他们挥动长戟，高声吆喝，把行人撵到

一箭之外，才慢吞吞举步向二人靠拢。

"站住！"王安拔出佩剑，"谁敢靠近，小爷就与你拼了！"这个挥剑少年英气逼人，豪气也逼人。

吕青呵斥，"三公子，这里可不是新都侯府门口，容不得三公子

抖威风！儿郎们，听本座将令，恭请二位离开！"

"吕青，你听明白了，我父子前来请兵，抱定了不成功便成仁的决心！社稷为逆贼倾覆，江山为逆贼篡夺，大汉臣民有何面目活在世

上？我父子还能苟且偷生吗？"王安说得义正辞严，他提着剑指着两旁的军士，"谁听逆贼乱命，就是

附逆为恶，小爷杀一个就少一个逆贼，死也值得！”

两旁的军士站住不动了。

这时七校一个接一个登上了踏板。刚才他们在大营议事，听到军士传报，得知皇上驾崩。吕青走出大营后，七校议论纷纷，有两个校尉说，军中只听军令，不如静观其变。执金吾任岑昂然站起，"皇上驾崩，北军八校肩负拱卫皇宫之责，岂可坐视？"有个校尉说："军中尚未见到丧诏，不可妄听人言。"任岑说："新都侯王公手持太皇太

后谕旨，怎是妄听人言？"说罢毅然走出大营，虎贲校尉扈钧跟在他身后，其余的陆续跟了出来。

"儿郎们，休听他们妖言惑众，蛊惑人心！"吕青看见七校都已

出场，意识到形势紧迫，"王莽，速速离去，否则本座就不认你这君侯，休怪无礼了！"

轰轰！一阵大风平地而起，灰尘顿时飞扬，天空为之一黯。王莽

指着天边兴起的乌云大喊，"吕青，你附逆谋反，逆天而行，必遭天谴！"

"王莽，满口胡言！"吕青大怒，"儿郎们，把他拿下！"

军士都站住不动。

"不听军令者斩！"吕青更怒，"弓箭手，准备！谁敢不听军令，

本座就下令放箭！"吕青是射声校尉，弓箭手属于他的麾下。

军士仍然站住不动。

吕青高高举起令旗，"弓箭手，听令！"有几个校尉异口同声叫起

来："别放箭！"吕青却把令旗往下一按："放！"

一排箭放出去，有的朝天放，有的朝地放，只有两支箭射向王莽。

离王莽父子不远的两个军士长戟一拨，把箭拨落在地。

蓦地一柄飞刀从身后向王莽掠去！围观的人群发出一声惊呼。王

安注意着前方，听到惊呼，只见一个紫须汉子一闪，不及多想，纵身扑到父亲身上。飞刀插进他了的后背，父子俩都扑倒在地上。

哗！铜钱大的雨点从天而降，不一会，密集的大雨倾泻下来，王

莽抱着儿子，看见血顺着雨水汩汩外流，大声哭嚎：

"北军八校，国之干城！大汉于你们不薄，你们当真坐视社稷倾

覆吗？有罪哪，有罪哪，天将不覆，地将不容哪！"

轰！闪电撕裂天空，一个锦衣少年从人群中跑出来，从王莽怀中

抱起王安。王莽一掌把他推开："走开！北军八校若不出兵讨逆，我父子就死在这儿！"

"君侯！"锦衣少年跪下，"三公子的伤耽搁不得啊！"

王莽说："国之不存，疗什么伤？吾儿死了，老夫犹存；老夫死了，

忠义犹存啊！"

"君侯！"

"君侯！"围观的人同声叫喊，一齐跑上前来，跪到了他们周围，"草民愿随君侯去死！"

暴雨鞭笞在每个人身上，雷霆轰鸣在每个人心头，军门内，执金

吾任岑一声怒吼，"打开军门，迎接王公！"他跳

下踏板，直奔军门。

吕青大惊，"任岑，你敢违抗军令！"他扬起令箭："卫士，拿下！"

话音未落，虎贲校尉扈钧一刀向他砍去，吕青尖叫一声，从踏板

栽下。军士一阵欢呼，军门大开。

六月头一个庚日，王莽曾在蓝田祈雨，感天之恩，这场雨终于下

了。下得及时，解救了旱象，解救了大汉，王莽心里振奋，把王安交给锦衣少年，向军门大步流星奔去。

六　处急难巧施缓兵计　临凶险袒露忠良心

宣室大殿哭得地动山摇，在宫女们歌唱似的哭声中，王政君捶胸号淘，"皇帝啊，你是何等的英武伟大啊，天啊！你要降罪就降在老妪身上啊！为何降在我儿子我孙子身上？叫我送了儿子又送孙子，白发人送黑发人，经受天底下最悲惨的事啊！"王政君心里并不喜欢刘欣，暗指他的死是老天降罪于他。掌玺女史孟萍在一旁劝解，"国有大丧，太皇太后就是国之柱石，朝廷还等着你当家作主，定策安邦，不可伤了千金之躯啊。"王政君大恸，"儿子死了，孙子也死了，老妪还有什么活头！徒招天谴！不如死了干净啊！"董蝉也说："太皇太后请节哀，大司马等朝中大臣都等着太皇太后召见三公和文武百官，治理丧事哪。"

她不说还好，她这一说，王政君哭得更起劲。不大会儿，眼泪和

热汗使她前襟和后背都濡湿了。她呜咽着，抽泣着，哭闭了气；宫女好一阵呼嚎好一阵捶打又转醒过来。接着又呜咽，又抽泣……

董蝉一直低声下气劝说，可怎么也劝不住，她感觉王政君是故意的，气就不打一处出，但她只好一次又一次叱骂宫女，"尔等有没有长眼睛？有没有心肝？不知太皇太后年事已高，不可悲伤过度？不但不劝说她老人家节哀，反而跟着鬼哭狼嚎。本宫警告尔等，太皇太后有个好歹，尔等一个也活不成！"

大殿两侧挺立着纠纠武士。按大丧之礼，皇上近侍都要佩带兵器。

他们都是董氏吕氏子侄中挑选出来的侍中、常侍。手中都拿着明晃晃的尖刀，一副杀气腾腾的样子。大殿外面不时传来武士脚步声、口令声、刀枪碰击声……这显然在营造刀兵杀伐恐怖气氛，摆明给王政君、孔光和彭宣施压。然而董蝉的叱骂就像给王政君鼓劲似的，王政君更加扯着嗓子嚎。宫女稍微迟疑一下又跟着大哭。宣室大殿哭得更加不可开交。

谁能禁阻臣子丧君之痛？又有谁能威遏老妪失孙之悲呢？

毕竟年岁不饶人，王政君的衣衫汗透了。何况这毒热的天气，这险恶的殿堂！她声音嘶哑，气息短促，哭得奄奄一息了。宫女把她抬到偏殿歇息。也许

热昏了，也许哭昏了，她的头脑变得混混沌沌，混沌
得一片空白。倒在凉席上，木头木脑地仿佛成了木头
人。给她擦洗，

给她换衣服，问她什么，嘴巴闭得死死的，眼睛
睁得大大的，不说话也没反应。宫女吓得哭喊，只好
禀告董昭仪。董蝉进来一看，更加着急。如果这个老
妪这会子死了，全盘计划就落空了。皇上的死因不好
说清，这个老妪的死因同样不好说清，这不是乱上添
乱雪上加霜吗？

过了很久，王政君终于闭上了眼睛。也许睡眠带
走了她，或者灵

魂出了壳，周围的人影模糊了，周围的声音微弱
了。她似乎离开了别人也离开了自己，远远去了……

轰！天空一声霹雳。

王政君吓了一跳，仿佛魂魄回到了躯体，她醒
了。抬眼向窗外望

去，草木凝止不动，长空万里无云。轰！轰！
轰！天空频频滚动雷霆。没有风哪有云？没有云哪有
雷？她感受到了皇天的震怒，衰老的心脏颤抖不停。
汉室衰败，二世无嗣，而今董氏欲行篡夺，莫非皇天
降罪大汉，易刘为董？

轰轰！不不！即便汉室气数已尽，皇天也不会授命奸佞，一个人人不齿的男宠！轰轰！不不！皇天要降罪的正是这帮乱臣贼子，他们的末日就要到了！心里七上八下，一时满怀畏惧，一时充满希望。皇天啊，保佑大汉吧。哗！大雨倾盆，霈霈的甘霖从天而降。她终于充

满了自信，是啊，皇天的震怒是向那些狐魅淫贱的丑类，而把宽宏和慈爱洒向人间。她的心充满敬畏，从床上爬起来。

董蝉急忙奏报，"丞相孔光、大司马董贤、御史大夫彭宣已等候

多时，恭候太皇太后召见。"

"啊啊，宣……"王政君突然想起了什么。"慢！哀家母仪天下，

披头散发怎能见外臣？"

董蝉急得要吐血，急忙吩咐宫女替她梳洗打扮，自己只能站在一旁焦急的看着。王政君还不断挑挑剔剔，直到掌灯时分，她回到大殿。刚刚落座，孔光、董贤、彭宣就匆匆走进殿来。王政君满脸庄严：

"皇帝已经驾崩，哀家召见三公，是要向三位爱

卿托付治丧大事。"她故意没有提到遗诏。

三公伏地默默哭泣，董贤哭得最伤心，不禁嚎啕，泣不成声："皇上啊！..."

"三位爱卿且请节哀，平身。皇帝尚有子嗣在，亲口托付给我等，望众卿家协力辅政，保我大汉江山社稷安全。"不等孔光等人回应，宣董昭仪抱皇子进殿。董蝉抱着先前那个男婴进来。

王政君接着说："众卿家看到了，皇子年幼，治丧期间到新皇即位这段时间，须加强戒备守卫，以防不测。"董贤和董蝉听了这话都暗暗高兴。

王政君说："传圣上旨意：召王莽为尚书，辅佐大司马收授发兵符节，组织百宫奏事，统中黄门、期门兵。"董蝉有些疑惑，但这是董贤欣然答应的，他没做反应。

圣旨当场拟定，交与了王政君。王政君喝到："拿我汉室的传国玉玺来。"董贤有些迟疑。孔光和彭宣看出王政君的意图，听到她要启用王莽，十分欢迎。他们都很敬重王莽。便乘机劝董贤说，"皇帝玺绶不能由他持有，不然会被看作谋逆之嫌......"董贤沉默了一会儿，当场命写好遗诏后，盖皇帝印，将传国玉玺交给了王政君。王政君满意的表示，"共事汉室，以表忠心，赤诚可见！"

圣旨连夜传到了新都侯府中，王莽已从北军军营回来。一听圣旨到，不禁大惊失色：难道皇上还没有驾崩吗？一听圣旨内容，更是摸不着头脑，理不清头绪。急忙再次差人召集刘歆和甄邯。

刘歆看了圣旨，分析说："不管皇上是否还在世，这道圣旨一定是太皇太后的意图，命其掌握军政大权，这是好消息啊！另一方面，太皇太后很可能摄于奸佞淫威，不得不暂且屈服于董氏。"甄邯也确认岳父大人孔光及彭宣都已入宫多时，尚未回府。即使皇上没有驾崩也是病危了。

王莽当即决定，事不宜迟，再次赶往北军宣示圣旨，并换上些自己的人，好把控北军。紧接着连夜率兵飞奔期门，宣示圣旨，换上甄邯的人。而中黄门是未央宫通往长信宫的门，王莽进不去。

第二天一早，董恭接到了吕青被杀的消息，细问得知王莽以谎报皇帝驾崩，捏造董氏谋逆的消息，闯入了北军，并接管了北军。不禁大惊失色，大喝一声奔进宫去。在宣室见到了儿子董贤，女儿董蝉。得知刘欣已经驾崩，并告知了宫外王政君的侄儿王莽所做的一切。三人不禁抱头痛哭。董蝉十分气愤，"这老东西，如此阴险狡诈，欺骗先帝，诬陷我们，我定要将其碎尸万段…"董恭将女儿喝止住了，"杀她我们董氏也难以自保啊。"这时，他们才想起来傅皇后和赵太后，傅氏丁氏（刘欣的母亲）外戚应当赶紧联合。只有傅皇后或赵太后肯出面主持遗诏的公布于众，朝臣拥立根儿为皇帝，他们才可以诛杀王政君。

一切都还为时不晚，他们镇定下来，议毕分头行动，董禅带人去找赵太后和傅皇后，董恭率董家弟子去抓王政君，而董贤出皇城去活动，利用他大司马的身份希望号令傅氏丁氏，并重掌军队。这已是正午十分。

天微微亮，王政君早早的惊醒了。询问了一番传国玉玺可否保管在身边？中黄门是否有任何异常？然后安心了下来。她不免有些得意，心想："董贤兄妹毕竟年轻无知，现在她大权在握，而这两个贱货还以为我会受他们摆布，哼……"接着，她意识到速度要快。下一步她需要招孔光和彭宣单独谈话，绝不能让遗诏在百官面前宣读，必须阻止董贼夺我汉室江山社稷的阴谋。

王政君忙宣孔光和彭宣速来觐见。大约巳时刚过，两人已来到王政君住的长信宫。他们向太皇太后请安后，王政君让他们快快平身，并到内室，仅她们三人说起话来。

"二位爱卿是汉室所倚重的朝廷重臣。如今我哀帝驾崩，其祖母傅氏教育失当，尔等昨日都听到了，哀帝竟说出将汉室江山让给作臣子的董贤，他一定是受奸人所迷惑了。"王政君既是在泄愤，也是在定调和试探。

彭宣和孔光心领神会，他们对局面也已基本了然于胸，昨夜他们都是深夜才回到各自府中，一大早太皇太后就单独召见他们俩，他们心里都很明白。于是两人异口同声的回答道："汉室于臣恩重如山，臣定当忠心不二，报效国家！"

但他们不能确定的是王政君的心意，于是两人一先一后，分别启奏。彭宣先奏道："皇上春秋鼎盛，突然龙驭宾天，这是不是被奸人迷惑所致还未可知也。立皇子之事皇上并未明言，干系重大，还应请太皇太后决断。"

孔光接着奏道："依照礼制，只要是先皇的骨肉，即可顺理成章的立为新的皇帝。皇帝有多少子嗣，还需太皇太后鉴别。"

王政君见二位重臣心向着她，话语间已点到了要害，认为时机成熟，说道："哀家从未听说过董昭仪怀过身孕，还曾产下皇子。宫中如果发生这么大的事情，哀家不可能不知道。现在皇帝突然驾崩，又突然冒出来一个皇子，这其中大有蹊跷。所以让哀家感到是奸人想要夺我汉室江山社稷，玷污我刘氏宗庙。"

二人都明了王政君的心意，连连点头。王政君向他们二位问计道："现在董贤握有遗诏，这该如何是好？"孔光思谋片刻，答道："遗诏需要在公开的场合向文武百官宣读才会生效，如果没人宣读这份遗诏，它同样也没有效力。"

彭宣献策道："遗诏并非先帝真实意图。太皇太后可以重新下诏，废除先前那份遗诏，并昭告天下，有奸人伪造了遗诏。"

孔光眉头紧皱，微微摇头。王政君注意到了他的神情，想了想彭宣的话，特意问孔光："孔卿家，你与彭大人是一个意思吗？"

孔光道："臣以为不妥。重新下遗诏不仅不符合礼法，势必激怒董氏，而且皇室的家事最好在宫内解决，如果反复昭告天下，对国家安定不利。属于没有办法的办法。"

王政君微微点了点头，但不便当着彭宣的面赞许孔光。进一步问："如何才能不让遗诏公开宣读呢？董贤他任大司马，他自己就可以组织宣诏啊。"

孔光也没有正面回答："太皇太后已召王巨君回朝。我等将协助王君侯，尽快护佑太皇太后稳定朝局，安排继承汉室大统。"

正当三人在内室密谋之时，何闳何公公匆匆来报，长信宫被南军禁军包围了。董恭在宫外求见。王政君等人大惊，故作镇定的迎了出来，热情的道："哀家这里很安全，有劳董大人费心了。"董恭见孔光彭宣都在这里，心里已明白王政君是在布置机译。他并未下跪请安，作揖拜道："臣授命于先帝，执掌南军，保护皇宫的安全是臣的本份。请太皇太后放心，南军北军尽在臣的统领之下，臣将加倍注重这里的安全防卫。"王政君冷冷的笑着点头，正准备再称许董恭几句。董恭抢先发话道："请太皇太后和诸位大人移驾宣室，大司马将军差微臣来请诸位商议并主持皇帝大丧仪式，以快快册立新皇，以安天下。”

王政君一听这话，大为不悦。这岂不是逼宫吗？但她又没有什么好办法，回应道：“国家大事，岂能仓促行事？哀家这不是在与诸位卿家商议的嘛...”

董恭厉声喝道：“请！”说完手一招，武士列成两队。

场面僵持了几秒钟，王政君预感形式不妙，正声传何闳：“何公公，更衣，起驾！”

王政君磨蹭了一会儿，不得不带着孔光彭宣来到了宣室。大约申时，董贤也回到了宣室，还带着丁氏数人候在宣室大殿。董蝉也领着赵太后和傅皇后候在了大殿。只见赵太后和傅皇后脸上发红，全是掌印，应该是被掌掴过。她们俩有气无力的站立在那里，看到王政君进来，分外眼红。

三公都到齐了，王政君没理由再拖延，于是率领三公瞻仰遗容。这属于大丧礼仪，内含验明正身意味，让三公确认皇帝已死。三人回到大殿，貂铛捧出丧服给每人换上。这时站在大殿两侧的武士头盔也系上白带，表明从这一刻开始，全国进入大丧。

一个貂铠把一套丧服捧给王政君。她接到手里淡淡问，"小顺子

回来了？怎么没来见本宫？"没有人答话，王政君抖开一看，忿忿掷到地上，"三位爱卿看看，这样的丧服合哀家穿吗？"

董贤抢先拿起丧服，装模作样翻来覆去看了一番，双手递给孔光，

"下官不谙礼仪，看不出有何不合，请孔大人看看吧。"说着死死盯住孔光，隐含要挟之意。孔光六十开外，须发皆白，为人谨小慎微。接到手中一看，实在看不出有什么不妥。不过他心里明白，皇上突然晏驾，状况反常，这是太皇太后拖延待变之策。且董氏父子陈兵殿中，要挟之意表露无遗。可吹毛求疵，不可硬碰硬，"微臣以为不合太皇太后穿用，不知彭大人以为如何？"彭宣看也没看，"孔大人所言极是，的确不合太皇太皇穿用。"

董贤大感意外，"下官以为治丧之礼，古有遗训：宁戚从俭，服

饰不必过份苛求。"

这时董蝉穿上了孝服，并示意让赵太后和傅皇后

穿上孝服，她们二人回道："本宫以为服饰正好合身。"

王政君一看这架势，知道其对董氏采取的韬晦策略已经败露。她甚是懊恼，不禁立刻色厉内荏起来："这是什么话！这里是哀家做主的地方。哪有你大司马越俎代庖的吗？"王政君突然猛地拍案，"礼不可渎，仪不可简，谁说哀家苛求？"

大殿一片死寂。哗哗的大雨挟着震耳的雷霆，震得这轩朗华丽殿堂瑟瑟发抖。啪！一扇窗户突然开了，一股带水珠的疾风吹进来，殿中的灯烛猛然摇曳，吹熄了好几盏。中书令齐安尖声大叫，"关上窗户，快关上！"灯烛闪跳了一阵，又直直向上燃烧了。

王政君打破着僵局，"众卿稍安勿躁，哀家这就宣新都侯王巨君赶制丧服，命他择日主持大丧仪式，并册立新皇。孔卿、彭卿，哀家总不能身着吉服与二卿在这里草拟丧诏，对大行皇帝不敬吧。"孔光彭宣连连称是，"此乃良策。"

董恭也在宣室，一直站在帷幕后面观察动向。董恭董贤董蝉父子兄妹见此僵局：王政君孔光彭宣一唱一和，借辞拖延，一副不合作态度，时间在王政君那边，三人施展的正是"拖"字诀，想拖延待援。不能再任凭这局面发展下去。需要囚禁王政君，分化威逼孔光和彭宣，必要时将他们全部除掉。他示意女儿按既定步骤进行。董蝉说：

"太皇太后既然说不可草拟丧诏，那就宣读大行皇帝遗诏吧。"

不待众人反应，扬声高呼，"请出大行皇帝遗诏！"

中书令齐安手持金黄卷轴应声而出，走到大殿中央大声宣呼，"董

贤、孔光、彭宣接旨。"

董贤当即上前两步跪下，"臣董贤接旨。"孔光彭宣迟疑一下也跪下。齐安朗读："咨个臣工：传位于董昭仪所生之子根。效周公故事，董贤摄政；孔光彭宣二臣辅政，以至幼君成人亲政。於戏！承天之修，勿废朕命。"

"臣董贤领旨。"董贤叩头谢恩。

孔光彭宣跪着不动。

董蝉知道二人不愿领旨，也不去管他们，又一次扬声高呼，"来人哪！"

王政君拍案而起，冷笑道："哼哼，伪诏乱命，荒

唐至极！哀家身为汉后，当死汉难，哀家就不从这帧伪诏！你有胆量就把哀家杀了。"直指董蝉，"呸！你这贱婢，何时生了儿子？信口胡说，不怕人笑掉大牙！"

"你，你，太皇太后！"董蝉亲眼见她向大行皇帝许诺，没想到她胆敢在刘欣遗体面前就反悔了，大声对众人哭诉说："大行皇帝尸骨未寒，你亲口向大行皇帝许下的话就不算数了？大行皇帝英灵不远，在旁边瞪着你呢。"

"胡说！"王政君矢口否认。"老妪何时说过你生过儿子？哀家问你，你生过儿子吗？你没生儿子，哀家怎会在大行皇帝面前许下你生的儿子继承大统？"

董蝉知道与王政君多说无益。请赵飞燕赵太后和傅皇后上前，故意对她发问："本宫躲进外家分娩，将皇子寄养外家，傅皇后你因嫉妒，曾谋划派出死士前往行刺，可有此事？"傅皇后自从傅氏皇太太后死后，在宫里无所依靠，现只求活命，连说："贱妾知罪。谢昭仪宽宏。"赵飞燕已是面容憔悴，神情木讷。遥想当年，新妆过后，面如春风得意的桃花，衣如朝晖辉映的流霞。尤其她那纤细楚腰，柔如临风垂柳；长袖舒卷，翩翩欲飞，轻盈得可以在手掌之上腾跃起舞，想不到落得这般模样。平静的说："本宫有罪，应尽早立皇子免遭危害。"

赵飞燕受宠之时，杀害宫中怀孕嫔妃，此时倒成了董蝉说事的借口。

"够了！"王政君直斥，"胡乱编排，屈打成招，何足为凭？"王政君心里知道赵太后和傅皇后已倒向董氏，但她仍企图在众人面前混淆视听。

董蝉充耳不闻似的，走到大殿中间，似乎是对赵太后，或是对众人说话："儿媳不孝，分娩之事只因得悉死鬼与贱婢阴谋，未敢奏报皇太后和太皇太后。但蒙大行皇帝恩允，现有大行皇帝遗下之'恩允外家生养'为凭，请诸位验明。"说着双手将一方素帛捧上，交给赵太后，并给众人传阅。

等传到王政君手里，王政君真想将其撕得粉碎。在一旁的董恭董贤父子正等一个机会，一个借口好杀了王政君。可王政君掷在地上，冷笑道："伪帛胡言，可笑之至！哼哼，做伪都做得不像，还想窃取宝器篡夺汉室，做梦去吧。"董蝉心里也发虚，"大行皇帝亲笔写的，哪儿伪了？"

"哼哼。"王政君冷笑。"休想哀家告诉你，你好再去做伪！”

董蝉偷偷看了帷幕后父亲一眼，董恭心里也不踏实。智者千虑，必有一失。他虽不蠢，但自知称不上智者。虽经千虑，何止一失！但时间紧迫，只得向前硬闯，于是做出手势，不与王政君纠缠，继续按原定步骤进行。

“来人哪！太皇太后悲伤过度，神智已不清醒，送她老人家回长信宫歇息。”这是要准备送王政君上路，秘密除掉她。

八名武士向王政君奔去。王政君望着大殿门外，雷声隆隆，大雨如注，外面一片漆黑。她曾以亥时为约，此刻该到亥时了吧？王莽能生出什么法子解救危难？心里一点底也没有。谋事在人，成事可是在天啊。

她不想再说什么了。语言编造的慌言在于骗人，企图别人相信；刀枪编造的慌言在于吓唬人顺从，信不信在其次。这就看人的风骨了。

她起身挥斥武士，“去！站远点！尔等身为汉臣，为汉贼为虎作伥！本宫赚尔等没人味，一身鬼气，用不着尔等送，本宫自己会走！”

“太皇太后留步！”彭宣一直跪在地上，霍然站起。"微臣不受伪诏，愿追随太皇太后左右同生共死！"话声未落，孔光也站起来，"微臣也不受伪诏！为报大汉世代隆恩，不负先祖遗教，不惜洒血捐躯，为国死难。"

二人都向王政君走去。

"站住！"董蝉大声叱咤，"拦住二位大人！速送太皇太后回宫！"

孔光彭宣走到王政君身边，八个武士又向她扑来，王政君大喝，

"哀家乃大汉太皇太后，太行皇帝之祖母，谁敢动哀家？哀家不走，你又能怎样？"

董贤上前赔笑，"你老人家伤心了一天，昭仪娘娘请你回宫歇息，全是一片好意。"说完正要指挥军仕强行带王政君离开。

"董贤，收起你那套巧佞之词吧。"彭宣厉声说："本御史正告你：本御史身负朝廷锄奸重任，你若收回伪诏，绑缚同党，随本御史赴衙请罪，本御史可从宽量刑。如若不然，拘押大臣胁迫谋反，罪加一等。本御史还要正告你：本御史伪诏不从，悖逆不附，要杀要剐悉听尊便，休在本御史身上打算盘动心思作徒

劳游说了。"董蝉气得尖声大叫，"彭宣抗旨不遵，恶言犯上，武土，给本宫拿下！"

"哼！"孔光冷笑，"董昭仪，省得你费事，将本相也一并拿下吧。本相也正告你：本相绝不会按你旨意发布丧诏，典冶丧事的。"

"反了！反了！"董蝉连连大叫，"拿下！都拿下！"八个武士转向彭宣和孔光，把他们五花大绑起来。"武士，两个老贼嘴硬，本宫倒要看看有没有竹板硬！打！使劲打，直到他们嘴不硬了为止！"她顿了顿，阴笑两声，"嘿嘿，留意点，他们都是朝中头面人物，可别打破了他们的头面啊。本宫还要他们乖乖发布丧诏，典冶丧事呢。"

"贱婢，你好狼毒啊！"王政君恨声唾骂。

董蝉不理会她，"还等什么？动手！"

八名武士把二人摁在地上，挥动竹板就打，王政君走到孔光面前双手一张，"住手！要打冲本宫打！"武士不敢冒犯她，一齐转向彭宣。彭宣骂不绝口，武士气得嗷嗷怪叫，一人一板轮番抽打。片刻之间，身上腿上鲜血淋漓。王政君又跑到彭宣面前护着，八名武士随即转向孔光。可怜孔光年迈，骂了几声就蜷屈身躯呻吟了。王政君急忙向那边奔去，走了两步，身体趔趄跌倒地上，宫女惊叫着围上去。

孔光扬起头，"太皇太后，不要管老臣了。今日老臣落到他们手

里，有死而已，追随大行皇帝去了。"彭宣也叫嚷，"适才太皇太后以千金之体庇护微臣卑贱之身，微臣纵死，感恩九泉。"

轰！轰！轰！一声接一声炸雷在宣室屋顶炸响。也许董蝉全副精神都集聚在眼前棘手的事情上，也许即将迫近的恐惧远远超过了对皇天的恐惧。她居然在这追风疾雨的雷声中咯咯笑起来。笑声特怪特刺耳，持续时间特长，那种阴毒女人阴森可怖的阴毒全都阴毒地表露出来。她扭动腰肢，显出一副浪荡神态走到孔光面前上下打量。

雷声骤然停息，她的笑声也鬼气阴森地停顿许久，大殿一片死寂。

"真瞧不出你这糟老头，花甲之年还得麟子，咯咯咯。驭女有术，老当益壮啊，有趣，有趣。"她荡笑着，显得轻佻歆羡，似乎表露出

与他巫山一战争个高下的意愿。"听说这麟儿，相貌像你家圣祖爷孔圣人。想不想见他啊？大约很想见

142

吧？父子情深情理之中，是不是啊？"

孔光老来得子，今年只有九岁，不仅大惊失色，"你要把麟儿怎

么样？"咯咯咯，又是一阵荡笑，又是一阵沉默。孔光忍不住了，"你到底把麟儿怎么样了？"

"孔大人想知道？好啊！"董蝉拍拍手，"请出丧诏，笔墨侍候！只要孔大人在丧诏上签上大名，本宫立即让你父子相见，让你带他回家，享你的天伦之乐去。如何？"她指指殿外声音又娇又媚，"天雨夜凉，正是饮酒作乐的良宵。今日你受了累，还受了点皮肉之苦，回家去敷敷药裹裹伤，拥妻抱妾作长夜之饮，要多畅美就有多畅美，要多惬意就有多惬意，是不是啊？孔大人啊？"她拖腔拖调，有如雌猫戏鼠。还是只发情的雌猫，一边鸣春一边戏耍，那个难听那个刺耳那

个阴毒那个冷酷叫人汗毛直竖。

中书令齐安把一卷卷轴拿到孔光眼前缓缓展开。孔光看了几眼，闭上了眼睛。

"孔大人，你是不见棺材不落泪啊。"董蝉又咯咯一笑；"有请孔公子。"

一个幼童跑进殿来，看见父亲手脚绑着倒在地

上，满身都是血，

一下子惊呆了，哭喊着向父亲扑去。一个武士拽住他，他哭喊着，"放开我！放开我！"

董蝉走到他面前摸他的脸蛋，"天庭饱满，地角方圆，细皮嫩肉，

俊眉俊眼，真像你家的圣祖爷孔圣人啊。唉，真是越看越像，简直是一个模子磕出来的。"

孔子长得啥模样，读书人只是根据零星记载，研判他的言行，揣摸出他的模样来。一千个儒生心目中就有一千个孔子的形象；一千个画师笔下就有一千个孔于的模样。孝武皇帝独尊儒术，各地都建了孔庙，孔子万千塑像没一个相像的。这个阴毒的荡妇读过几卷书？她也知道孔子模样？她这么说，无非戏耍孔光增大他的心理压力罢了。

她的语气柔和神态和善，"麟儿，想不想过去与你爹说话呀？那就跪下来求你爹。"孔麟含泪的眼睛转了几下，"爹被人绑着，为什么求爹啊？他……他……"他表达不出来，意思却很清楚：不求绑他的人反而求被绑之人是何道理？董蝉说："皇上下了诏旨，你爹不听。快求你爹，听皇上的话……"话没说完，孔麟连

连发问：

"皇上呢？皇上呢？不是说皇上要见小儿吗？有两个公公跑到小儿家里，说皇上与我爹饮酒高兴，还说小儿长得像圣祖爷，皇上要看看小儿，怎么把我爹绑起来打得满身是血？皇上是不是喝醉了？刚夸完我爹就打我爹，我爹不疼吗？小儿要见皇上问问他，我爹哪点不

听话？不听话也不该打啊！小儿常常不听爹的话，爹也没打小儿啊。"

孔光老泪纵横，"儿啊，他们骗你的，皇上已经宾天了。"

"宾天了？"显然他不明白。

别人讳言，只有王政君的身份可以不必避讳。"皇帝死了，他们

是坏人，故意骗你的。你爹是忠臣，他们逼你爹做坏事。你爹不听，他们就……"

"太皇太后！"董贤上前躬身，"你辛苦了一天，也该累了。还是回长信宫歇着去吧，若有好歹，臣等吃罪不起。"王政君呵斥，"董贤，何时轮到你管起本宫来了？你可知僭越之罪要杀头的！"董蝉却说："大司马，太皇太后不愿走，就让她老人家留在这儿吧。

只要我兄妹尽到了晚辈孝心，随她老人家的便吧。反正本宫的手段迟早要让她老人家看的，迟看不如早看，省得往后费事。"说罢，她拍拍手：

"把孔麟绑到柱上！把那两个老东西也都绑在柱子上！"

武士把孔麟一拎，绑到柱子上。孔麟大叫，"放开我！放开我！

你们是坏蛋，骗人！骗人！"

"孔光，你骨头够硬，莫非你的心比骨头还硬？现在一切还来得及，只要你签上大名，你还做你的丞相，新君封你为公，封你为王，都好商量。如果执迷不悟，飞黄腾达的路不走，偏要拿你老命，拿麟儿小命，拿你一家老小的性命与本宫斗气，本宫可就对你不客气了。"

孔光高叫，"麟儿，听明白了？他们把你骗来，就是要杀你，要

杀我父子两个，你怕不怕？"

孔麟哭了，"爹，我怕，怕……"

"乖儿子，不要哭，不要怕，人总要死的，早死晚死都是要死的！"

　　孔光不疾不徐谆谆善诱的口气就像平日在家教导儿子。"只要为忠为义为国为民而死，就死得轰轰烈烈。儿啊，你还记得圣祖爷的话吗？"

　　"记得。杀身成仁，舍身取义！"

　　"说得好！你还怕吗？"

　　"不……怕……怕……"他浑身颤抖，说不出话来了！

　　"嘿嘿。"董蝉轻松笑着。"你们父子说完了？那好，传周四！"

　　一个精瘦精瘦汉子，三十多岁，双目深陷，两颊深凹，脸上骨头凸起，青筋四布，但一双猫眼又黑又亮，黑夜中准能闪烁蓝荧荧的光。他一进殿，眼睛就四处乱转，他实在看不出这儿的正主儿。两个貂铛同声暴喝，"跪下！"心里一紧张就在王政君面前跪下了，"启禀昭仪娘娘，小的……"

　　"放屁！"王政君唾骂，"本宫太皇太后，母仪天下，岂是那不齿人类的贱婢！"

　　两个貂铛把他拖到董昭仪面前。董蝉倒没生气，笑容可掬地问：

　　"你做啥营生呀？"

　　周四调头望着两个貂铛，董蝉和蔼说："说呀！"

周四又看了看两个貂铛，他的营生实在难以启齿，在这华丽的殿堂，在这些贵人中间，只得嗫嚅：

"小的，小的专干割肉杀人……"

"割肉杀人？新鲜，新鲜！"董蝉轻松笑着。"世上有这等营生，

本宫还是头一回听到。有意思。"人是她派貂铛出宫请的，干啥营生不会不清楚，故意这么问这么说，那是给孔光听的。

周四这才轻松起来，"其实，小的也是吃官家饭的，这叫零割处死。"

零割处死就是凌迟处死，它是磔刑的发展。磔刑就是先断其肢体，然后将人杀死。汉代以前，"凌迟"尚未正式定为刑法，但磔刑一直

存在。为了使人死得更痛苦，零割其肉，再断肢体。一些暴君酷吏就常常用这种方法把人处死。

"零割处死啊！"董蝉故意装出恍然大悟的神态，死死盯住孔光。"干这行多少年了？一刀一刀把人割死，你能割多少刀啊？"

"回昭仪娘娘的话，要小的割多少刀就割多少刀。小的干这活儿，

全听主儿的。当然哪，割多少刀还得看这人罪大罪小，皇上、官爷要解恨，要让他死得慢，死得惨，就千刀万剐，可以割上三千刀五千刀。”

“一个人能经得住三千刀五千刀？”董蝉来了兴致，“起来说话，

细细说与本宫听。”

“谢昭仪娘娘。”周四站起，说话更加活跃，如数家珍似的。“其实，零割的真正功夫，不在于用刀多少，而在于迟。割上十刀八刀后，人感到的疼痛，与割三十刀五十刀差不太多，更不用说三千刀五千刀

了。”

“怎么个迟法？”

“可让他一时三刻死，也可以让他三天五天死。”

“三天五天？血也该流死了？”

“回昭仪娘娘的话，小的师傅传下秘方，割刀后敷上药，血就不

流了。光是疼，活受罪。”

“好！”董蝉很兴奋。“今日本官就看看你的手段！”

周四看看三个绑在柱上的人，围着彭宣四下转。彭宣五十多岁，

比起孔光年轻得多，"先从这人开始？"

"不。"

周四又看看孔光，吐了口唾沫："这老杂毛！一大把年纪了，还做伤天害理的事，惹得昭仪娘娘生气！"他向天一拜，向地一拜，"老

杂毛呃，别怨俺周四，要怨就怨祖上缺德，受这零割之苦。"

孔光向他直唾了一口痰，"呸！本相孔圣人十四世孙！祖德光耀

天下，惠泽万代！你敢说本相祖上缺德！"

"你，你！"周四惊呆了，"你是孔丞相？"

"哼！"孔光傲然昂起头。

"动手！"董蝉大喝，原定步骤只割孔麟，吓唬孔光就范，看周四听到他是孔子之后堂堂孔大丞相迟疑的样子，心里来气，先割他几

刀，杀杀这老家伙的威风，看他还敢嚣张不！

"你不敢了？"

"小的……"

董蝉恶狠狠说："你不动手，本宫先零割了你！"

"是，是，小的……"周四从袖口摸出一个油包

慢慢打开，露出一柄寒光闪闪又薄又亮的尖刀来。走到孔光面前哆哆嗦嗦割了一刀。这一刀又深又重，鲜血直流，孔光大叫一声，旋即大笑，"哈哈哈。"

"爹！爹！"孔麟哭叫，"血！你身上流血，你不疼吗？干嘛还笑啊？"

"乖儿子，哭也是疼，笑也是疼。"在这生死考验关头，他要给儿子作榜样。孔光哈着气，咬着牙，更加使劲咬紧牙，"大丈夫……

流血不流泪，学爹的像，记住圣祖爷的话！"

"孩儿……呜呜……孩儿……孩儿记住了。"

董蝉要周四停下，走到孔光面前，"孔大人，你别把事做绝了。你是逼本宫往绝处做是不是？麟儿还小，本宫不想伤他，更不想要他的命。叫你先挨几刀，尝尝零割滋味，你就知道在麟儿细皮嫩肉上零割是个啥味了。你这当爹的，老来得子不易啊。你也舍将让他受这份罪？你也忍心让他在你眼前一刀一刀割死？本宫劝你还是好好想想

吧。还是那句话，一切都来得及。只要你签字，本宫今日多有不敬，来日必带幼君登门慰勉，如何？"

"哈哈哈。"孔光爆出一阵怪诞的笑声，很像哭。

它发自剧痛，发自悲伤，发自对几子焦虑，它是号淘，它是怒吼，它是向上苍绝望的呼号。它很难听，但没人觉得难听；只是扰得每个人凄楚不宁。

"今日本相不从，死的不过是老夫父子两人；今日本相若是附逆，不出三日，死的将是孔氏满门。就凭你们这些奸佞淫邪之徒也能成大事得天下？想我圣祖爷传到老夫这代，已历十四世，岂可因老夫父子贪生于一时，而让圣祖爷血脉断绝？"

"割！割小儿！"董蝉气得脸儿发青，"老贼，辱我太甚！本宫奉大行皇帝遗诏为新主之母。新主登基，名正言顺，谁敢不从？割！一刀一刀慢慢割！"她突然发问，"啥时辰了？"

"回昭仪娘娘：戌时初刻。"

"周四，你听着！不论你割多少刀，一刀接一刀，一直割到明日戌时初刻，才准这小儿死。中途老贼改了主意，你还得救活他。本宫

可要告诉你：不论你做不做得到，你都必须做到，如果你还想活着出去的话。"

"是是。"周四应着，拿刀的手却颤得厉害。听了半天心里大致

知道怎么回事了。小儿是无辜的，且为孔圣人之后。他不敢违拗，就在孔麟手臂上轻轻划了一个小口子。

"哇！疼，疼啊！"孔麟大声号哭。"叔叔，别割了，别割麟儿了！麟儿疼啊！"

"乖儿子，别哭，笑，笑！"孔光说着，泪流满面，却发出笑声，放声大笑。

"爹，孩儿疼……疼……笑……不出来……"

"乖儿子，别忘了你是圣祖爷十五世孙！圣祖的话不能忘啊！"

"圣祖爷说，杀身……这……这是割肉啊！"

王政君不知从哪儿爆发出一股劲，一掌推开周四，扑到孔麟身上，

紧紧抱住了他。

董蝉大怒，"武士，把太皇太后推开！"

王政君调头厉声："谁敢动本宫一下，讨逆之日，本宫就把谁的

全家零割处死，一个不留！"

八个武士都是董氏子侄，听了她的话都愣住了。董蝉更怒，"今日就是天王老子地王爷，也给本宫拉开！"这八个武士毕竟董贤兄妹

的亲信，也知道命运与共的利害，一拥上前去拉王政君。王政君气急了，"你敢再割小儿，老妪就死在你面前！"

董蝉却大喝，"割！"

王政君一头向立柱撞去，一个武士眼疾手快，拽住了她的衣服。但冲力不小，衣服撕裂了，栽倒在地，又引得宫女一阵惊呼。

"把太皇太后驾回长信宫，严加看管，不能让她死了。"她完全撕破了面皮，凶相毕露，八个武士驾起王政君向乘舆走去。

孔光哭号着，"太皇太后，你对微臣父子的恩情天高地厚，微臣父子来生再报吧。"王政君被人驾到乘舆前调头，"孔卿、彭卿！二卿忠义，董贼奸计不会得逞，大汉不会亡！"

乘舆停放在大殿西侧紫色房门前面，没待坐下去，砰地一声，紫门大开。一群人从灯影中走出来。在前开路的是右将军孙建和中大仆何闳；紧接着是新都侯王莽，在他左边是长子王宇，右边是刘歆的长子刘叠；一共五十余人，手持刀枪；殿后的是光禄大夫刘歆和车骑将军王舜。

紫房里头有木梯向上，屋顶上有"复道"。复道是架设在空中连

接楼阁的通道，又称空中阁道。这条复道直通未央宫外的北宫，入口与出口都设在紫房之内，称为"紫房复道"。

"何人擅闯禁宫，都与本宫拿下！"董蝉心头颤栗，口中嘶吼，"胆敢反抗者格杀不论！"

两排武士扑了上去，孙建等人也一字排开准备厮杀。王政君正好

站在中间，大声呵叱，"站住，都给本宫站住！"

两边的人都站住了。

"大行皇帝遗体在此，谁都不准妄动干戈！"王政君显得十分沉

着，口气也很平和，"新都侯王莽、右将军孙建、车骑将军王舜、光禄大夫刘歆！"

"微臣在！"王莽、孙建、刘歆、王舜一齐跨出队列。

"你们既然进宫来了，大行皇帝寝息之地，舞刀动枪干什么？都收起兵器，好好协助三公治理丧事。

天气太热，大行皇帝遗体不能久放，如不尽快入殓，大行皇帝寝息难安不说，后人怎么说？青史怎么写？别的事暂放一边，一切等到丧事办完后再说。"全是一副息事宁

人神态。话说得很慢，上气不接下气，就象寻常家庭的老祖母对子孙的不肖表现出无奈。

"臣等谨遵圣谕。"王莽等人一齐收起兵器。箭拔弩张的气氛为之一弛。

"尔等四人先尽人臣之道，随本宫前去瞻仰大行皇帝遗容。其余

的人原地站好不得乱动，谁也不准挑起事端。"王政君让孟萍驾着，颤巍巍向椒风走去。

董蝉心里狐疑，向帷幕望了一眼。董恭没动声色。大概也拿不定

主意。她不知该什么反应。

王政君走得极慢，跟跟跄跄的，王莽等四人垂手跟在后边。门屋里，回廊上都站着武士，她目无斜视径直走去，武士纷纷闪开。可是一跨进椒风，她猛然推开孟萍，大步跨前直取纱厨御案上的玺绶。守灵的貂铛正要拦阻，孙建一掌把他推开。王政君高举玺绶

转身走出来，

也不用孟萍搀扶，走得又快又稳，高声宣呼：

"朕太皇太后，玺绶在此，谁敢不从！"

太皇太后称朕，表明她接掌大权临朝称制了。王

莽跟着吆喝：

"太皇太后陛下驾临，百官跪拜。"

他一路呼喝，回廊上门屋里的武士愣住了。喊声

传到大殿，董蝉

大叫，"反了！反了！"

谁知中书令齐安突然尖着嗓子跟着高呼，"太皇太

后陛下驾临，百官跪拜。"

王政君跨入大殿，宣室中的貂铛宫女一齐跪下山

呼："叩见太皇太后陛下，太皇太后陛下万岁，万万

岁！"

还有几个貂铛宫女愣住了，不知如何是好，齐安

向他们横了一眼，"还不跪下！"他们也都慌忙跪下，

接着大喝一声，"掏家伙，速护太皇太后陛下大驾。"

说着从袖口掏出一柄尖刀，站到了王政君一旁，五十

多名貂铛、宫女呼啦一下簇拥住她。

这些貂铛都是平时伺候刘欣的，被刘欣一向视为

心腹。董贤，吕红、董蝉日夕在刘欣身边，与这些貂

铠宫女很熟。平日还多施恩惠，

　　以为他们都很可靠，谁知他们竟是王政君派来监视皇上的。这一惊非同小可，董贤董蝉都呆了。

　　孔光彭宣都还绑在柱上，老泪泉涌大声高呼，"太皇太皇陛下万岁万万岁！大汉有救了，大汉千秋万代！"

　　王宇刘垒率众疾速向王政君靠拢，很快两边的人会合到一起齐声欢呼。他们人数虽然不多，但声音宏亮整齐划一，显现出悍卫太皇太

　　后陛下随时准备血战的忠忱，震得大殿四处发出嗡嗡回响。

　　宣室杀机四伏，那帮董氏子弟侍中、常待、黄门郎足有二百人，

　　都没跪下向太皇太后陛下山呼。也就是说他们并没有降伏。宣室外面还有期门军守卫巡逻，董氏兄妹不可能不作困兽之斗。鼓噪起来，双方兵力悬殊，生死杀戮爆发在瞬息之间。君子不留险地。王政君历验多年，目光何等锐利！"各位爱卿，大行皇帝寝息在此，侵扰不祥。解开孔丞相、彭御史，随朕前住中黄门议事。"

几个貂铛去解孔光、孔麟、彭宣，董蝉又向帷幕后一看，董恭不在了，她知大势已去。但是她没有退路，死也得找几个垫背的。强压

心头的惊恐，尖声大喝，"谁也不准出宣室。"董贤也叫，"强抢玺绶，违抗遗诏，武士，听本座将令：关上殿门，不可放走一人！"

"哈哈哈。"王莽爆出一阵大笑，震惊着犹豫不决的武士。他的笑声宏亮，在这杀伐即发的殿堂特别震耳，也特别震动武士的心。"董贤，太皇太后陛下一再圣谕：大行皇帝寝息于此，不可侵扰。你却一再鼓噪，意欲何为？"

尽快离开，他的心情同样急迫。但欲速则不达，在兵力悬殊情况下不能保持镇定，危险就会接踵而至。

"董贤，本侯就不相信，这些大行皇帝的近侍深受皇恩，愿意追随你谋逆。"他走到一名侍中面前拱手，"你姓董是不是？"侍中没有应声。他又拱拱手："敢问一句不敬的话，你虽姓董，莫非也与董贤一样是个男宠？"侍中没应声，他接着说："不会吧？董贤谋杀皇上，你也谋杀皇上了？不会吧？依小侯看，这些赃事丑事迕逆的事你都不会吧？"

"王莽，你血口喷人，谁谋杀皇上了？"董贤质问，"今日若不

说清楚，本座必手刃你这奸伪之头！"

"啊，你要手刃老夫之头？嘿嘿。"他轻松笑着，又对那名侍中拱拱手，"你不是男宠，也没谋杀皇上，为何要听命一个男宠奸佞弑君之贼？就因为姓董？还是因为受了董贼蒙骗，害怕朝廷诛戮？"

这些话说进董氏子弟心里去了。他们都是纨绔子弟，从来没有经

过阵仗，心里一直在打鼓，动手吧？人数虽比对方多，但刀枪没长眼，生死难料；不动手吧？谋逆之罪难逃一死。

王莽扬声，"汉律虽严，不斩无罪之人；法网虽宽，不罹无据之

罪。各位大行皇帝近侍，迄今为止，你们不过守卫宣室吧，何罪之有？"

"王莽奸伪，妖言惑众，他们不会放过我董氏的。千万别上王莽

的当！到时候灭门灭族，追悔莫及了。"董蝉声嘶力竭叫着。

　　轰！天空突然响起一声巨雷。闪电的强光射进殿中，直射到她的

　　脸上，青蓝色的，特别狰狞。

　　"贱婢，你听！"王莽右手指天。"到底谁骗人？你欺人欺心，就不怕五雷击顶，遭到天戮？"

　　雷霆在天空滚动，他那高亢的声音随着隆隆雷声在殿中震响。他

　　的话声已落，雷声仍久久不停，撞击着每个人的心。

　　王莽双手扬起："各位大行皇帝近侍，小侯言尽于此，为刘为董

　　在此一举了。"接着，他深深向王政君一拜："恭请太皇太后陛下起驾。"

　　王宇刘垒等人一齐呐喊："太皇太后陛下起驾罗！"

　　王政君登上乘舆，孙建走到前头，长枪一晃："挡我者死，诛灭九族！"

　　武士慌忙闪到一旁，王宇刘垒等人一拥而上，簇拥王政君的乘舆，旋风般出了宣室大殿。

滂沱大雨哗哗下着，满耳都是雨声水声。黑暗中只觉天上是水，地上是水。他们走在石板铺成的御道，已成了雨水奔流的水渠，有的地方竟然齐腰深。长长的闪电分着岔儿撕裂天空，一直撕裂到地平线上。这时十里宫阙的楼台亭阁全都披上鬼魅般青蓝光彩，从黑暗中显现出来；而当眩目的光芒将灭未灭之际，巨雷在头顶炸开，震撼着泥

水横流的大地。每个人都仿佛要被颤抖的大地弹簸起来。

雨大风寒，王政君咳嗽了两声。不夜的宫阙被重重雨帘遮拦，宫灯的光芒不但不能穿透黑暗，反而被黑暗挤压成一团。她问，"到哪

儿了？好像还没到柏林呢。"

宫中一片柏树林，离宣室不过一顿饭路程，走了这么老半天怎么还没到？何闳伺候她二三十年，能够体谅她的感受。其实走的时间并不比平日长。只因淋雨走夜路，走得挺吃力。他只得柔声安慰，"回太皇太后陛下：这儿是三岔口，前面就到柏林，偏西不远是丙殿。"

王莽、刘歆走在凤辇后面，听见王政君咳嗽，心

里都不好受，上了年纪的人怎耐大雨浇淋？刘歆提议，"找个地方避避雨吧。"

"避雨？"王莽觉得局势危急，怎能顾得上避雨？刘歆说："此去中黄门，董贼尽知太皇太后陛下路径。董贼失去玺绶，必作困兽之斗。若趁雨大天黑，蛊惑期门军陛截追杀，后果不堪设想。小弟以为，不如改变路径，找个地方让太皇太后陛下避避雨，也可让董贼失去太皇太后陛下行踪，挫败其奸计。"

刘歆学究天人，王莽思忖片刻，走到队前对孙建说："全队三岔口暂停，带几个人随愚兄到丙殿去。"

孙建发令后，刘歆、何闳追上来："小弟与何公公也一同去吧。"

一行人直奔丙殿，殿前只有几个期门军军士在门口守卫。王莽等人登上台阶，期门军军士像木桩似地站着不闻不问。他们也旁若无人昂然而入。殿中分外清静，守更的貂铛看见何闳来了慌忙跪下。何闳问他门口领班的是谁，怎么不见人了？

宫中规矩，守卫各宫府的期门军都由侍中带领，盘查进出的人；站岗的期门军不得过问。昨天半夜，领班的全换上了董氏子弟。大约

一炷香之前，有个骑马的常侍前来招呼，领班的

侍中什么都没说跟他走了。

王莽等人前后查看了一下，除了貂铛和宫女，再无闲杂人等，适

于暂避。孙建当即返回，命令全队向丙殿转移。

太皇太后陛下的凤辇刚刚进入西行的岔路，一阵急促的马蹄声传来，期门三百铁骑举着火把直奔柏林而去。双方的距离不过二三百步。

幸喜没有闪电，幸喜王政君没有咳嗽。马队过后，王政君剧烈咳起来，直到丙殿才缓过气。

进入丙殿寝宫，王政君感到一阵眩晕，遥远的往事一下兜上心头。五十多年前，她十九岁，就在这个房间，就在这张床上，被当时的太子刘奭剥光衣服摁在身下。他是那样激动，略微痉挛着脸，频频抖动着身子。那会儿，她多么惊惶！多么害怕！没几天正当她尝到欢愉的

甜头，却被刘奭抛到一边去了。从那以后她再也没有进过这间房上过这张床，再也没有见过刘奭痉挛的脸抖动的身。幸而在这暂短的欢愉中她怀上了龙种；几年后刘奭即位，是为汉元帝，她册封为皇后。

一个被遗弃的皇后！

宫中盛传孝武皇帝时，陈皇后失宠，拿出黄金百斤，请司马相如写了一篇《长门赋》，孝武皇帝看了，大受感动，即日临幸长门宫，陈皇后因而再沐天恩。她也想拿出百斤千斤，甚至倾其所有请人替她写一篇赋，企求元帝刘奭临幸她的寝宫，哪怕只是一夜，哪怕只是一刻！可是哪里去找那样的辞赋圣手呢？只好求人找来《长门赋》，望梅止渴，一遍一遍读，一字一字品，越读越感伤，越品越流泪。痴迷似的，天天吟咏，时时默诵，倒背如流了。后来虽然出了一位辞赋圣手与司马相如齐名，名叫扬雄。但元帝刘奭早已辞世，《长门赋》

也从她脑海中消逝得无影无踪了。

今天，一些久违了的诗句又随口吟了出来：

忽寝寐而梦想兮，魄若君之在旁。

众鸡鸣而愁予兮，起视月之精光。

望中庭之蔼蔼兮，若季秋之降霜。

夜曼曼其若岁兮，怀郁郁其不可再更。

澹偃蹇而待曙兮，荒亭亭而复明。

妾人窃自悲兮，究年岁而不敢忘。

她知道，她已经记不全了，中间缺了几句。何止这些诗句，连刘奭是个什么模样她早就记不清了，更记不清刘奭那痉挛的脸抖动的身了。今天她已经鸡皮鹤发了，还像一条丧家犬浇成了落汤鸡，却进了这间房上了这张床，早已遗忘的景象一幕幕全都映现到眼前，是那

样清晰那样细致，心里真说不出是甜还是苦。

天黑得伸手不见五指，中书令齐安带领王莽孙建一行人从丙殿侧门跃出，在风雨中踏着水摸着黑向西疾行。他们驰到一面高墙前面，顺墙向北拐弯，摸到一扇小门，轻轻敲了几下，门吱地一声开了，一个老貂铛提着灯笼，看见齐安风雨夜驾临，吓得两腿颤抖跪在地上。齐安很不耐烦，"石太守关在哪里？前面带路。"老貂铛哆嗦着提着灯笼，佝偻着在前面走着。

这里是宫中关押貂铛和宫女的监狱，叫做"掖狱"。中书令齐安是刘欣身边的总管，也是董贤最信任的人。董贤为了控制期门军，昨日清晨以皇上诏令把沛郡太守石诩关进了掖狱。前往宣读诏书执行逮捕的

人，就是这个齐安。

按汉朝军制，南军军士由各郡骑士轮流充任，一年更换一次。今年的期门军是从沛郡调来的，沛郡太守石诩也就常驻宫中当值。期门军共一千二百人，由千夫长罗密带领。石诩明经尊礼自守清流，看不惯董贤兄妹奸佞行径，始终与董氏保持距离；罗密一介武夫，一心

攀高结贵，不用董贤兄弟下功夫就投进了董氏怀抱。石诩见到齐安破口大骂：

"奸佞蒙主，阉贼帮凶……"突然着见灯影中站着笑吟吟的王莽，

缄口愣住了。

"石使君，骂够了没有？"王莽嘿嘿笑着，命令看守打开石栩身

上镣铐，把齐安的身份介绍了一番，"皇上驾崩，董氏作乱，欲行篡夺……"

石诩听见皇上宾天，伏地大哭。王莽急忙劝止，"现在不是哭的时候，期门三百铁骑受董贤指使追杀太皇太后陛下，危急万分。"石诩叩拜，"下官治军无方，高祖皇帝家乡子弟，竟为奸人所用，助纣为虐。下官有罪，罪在不赦！"王莽说："现在也不是自责的

时候，贵郡子弟不过受奸佞蒙蔽罢了。眼下能够在军前揭示真相陈破利害者，唯使君一人！"

"走！"石诩奋然而起。

十余骑风驰电掣向白虎殿奔去，期门军的大营就设在白虎殿的偏殿。轰轰，震耳的雷声中，闪电照出白虎殿宏伟廓影。而当天地恢复一片漆黑，看见一片火把从殿门飞掠而出。不用说又是期门三百铁骑。

他们的行军方向正是丙殿！王莽十余骑迎上去，石诩大喝："站住！"

罗密一马当先，左右亲兵手持火把，三丈开外还是一片黑暗，连

人影也看不见。"你是何人？"

"该死的东西！连本府的声音也听不出来了？你作恶还不够，带

兵又往哪去？"石栩斥骂。郡府统兵长官为都尉，千夫长不过都尉手下一名军官，离太守的品秩还差好几个等级。

"你！"罗密倏然一惊，强自镇定下来。"你抗旨不遵，圣上降旨严办，你居然越狱出逃。左右，与我拿下！"

　　"哈哈哈。"石诩一阵大笑，提缰从黑暗走出来，步入火光照射范围。罗密的左右亲兵听见石诩的笑声，刚走出半个马头都勒马停住

　　了。"罗密，我且问你：皇上已经晏驾，何来旨意？你奉的是奸佞贼子董贤之令，遵的是是谋逆乱臣董贤之旨！适才你带期门三百铁骑追杀太皇太后陛下，罪大恶极！"

　　皇上驾崩消息，天黑前就在期门军私下传播。但从本郡太守口中得到证实，期门军将士心中依旧有如天空隆隆雷声震个不停。

　　"胡说！"罗密强辩，"王莽劫持太皇太后，本官奉命前往救驾。"

　　"哈哈哈。"黑暗中又爆发一阵笑声，王莽一骑在火光中映现出来。"小侯何曾劫持太皇太后陛下？奸佞贼子董贤说的吧？"罗密一时口塞。"敢问罗千总，你说你前往'救驾'，'救驾'的军令你可曾下达给军士了？"他从罗密迟疑神情中看出自己所料不错，"只怕你下达的军令是'格杀勿论'吧？你敢让石太守询问一下将士吗？"

　　又被王莽说中了，罗密更加忐忑不安。

　　王莽大喝，"罗密！你下达格杀勿论军令，不就是

妄图趁黑杀害太皇太后陛下吗？该当何罪！”

"王莽，你血口……"罗密话没说完，倏然一将从黑暗中跃出，

盘龙金枪快逾闪电，直指他的咽喉。他是右将军孙

建，只听一声暴喝："罗密，还不下马受缚！"

罗密滚鞍下马跪在地上。

王莽跳下马上前搀扶："罗千总请起，不知者不为罪，太皇太后陛下不会怪罪千总的。"

"杀一儆百"是我强敌弱时的策略；"赦一安百"则是敌强我弱时的策略。王莽搀起罗密就是执行后一种策略。"董贼奸佞，狐媚君主，蒙蔽我期门将士，罪在董贼一人。我期门将士来自高祖皇帝家乡，是我太汉好儿郎，岂愿与逆贼为伍？小侯奉太皇太后陛下谕旨，赦

罗千总无罪，赦不知者无罪。愿诸君与小侯同讨逆贼，共建殊功。"

石诩接着说："本府治军无方，致使我郡将士受奸人蛊惑，为奸人利用，罪在本府一人。太皇太后陛下皇恩浩荡，赦免我等之罪。我等就该杀敌擒贼，讨逆平叛，回报太皇太后陛下的隆恩。"说罢他振臂高呼，

“我等来自高祖皇帝家乡，是汉堂好儿郎，诸君随我同唱一曲《大风歌》吧。”

大风起兮云飞扬

威加海内兮归故乡

安得猛士兮守四方

“诸君怎么唱得不精神啊？再唱一遍！”

风雨中歌声再起，三百人齐声吼叫，终于盖过了漫天的风声雨声水声。王莽令孙建统领这支铁骑，返回白虎殿待命。

王莽齐安回到丙殿，与刘歆商议了一阵，向王政君请示：移驾中黄门。

王政君坐在床上心潮起伏，难以平静。她不知王莽说了些什么，木然点点头。丙殿备有乘舆，马厩养有御马。乘舆宽轩坚固，风雨不动。王政君登上乘舆，一行人跨上骏马，顶风冒雨向中黄门进发。

蓦地，承明殿侧门冲出一彪人马，拦住了他们的去路。车骑将军

王舜高声呼喊，"太皇太后陛下銮驾在此，军伍回避。"

一条黑影上前，"启奏太皇太后陛下，臣卫尉董恭前来护驾。"

话声刚落，光华殿侧门也冲出一彪人马，有人高喊："启奏太皇

太皇陛下，臣驸马都尉董宽信前来护驾。"

这彪队伍一字排在他们身后，截断了他们的回路。这时前排队伍中一阵火镰声响，一星火光闪耀。承明殿、光华殿屋檐上突然亮起火把。火光中，两排武士手持强弩对准他们。这些武士盔甲鲜明，盔上系着吊丧的白带，与宣室中的武士一般无二。不用说这些武士都是董吕子弟，显然他们陷入董氏父子设计的包围圈了。

王莽上前，"董恭，你既来护驾，还不让开道路，随驾前行。"

董恭没有言声，当路跪下了。

"董恭，有话快说！天黑雨大，太皇太后陛下不

可多留。”

董恭还是不说话。

王莽厉声质问：“董恭，你不说话，又不让路，还令两厢武士弩

箭对准太皇太后陛下，意欲何为？”

只见前方队伍中，火镰声响，火光一闪，承明殿、光华殿檐下的

火把，同时熄灭，天地一片漆黑，只有哗哗的雨声。黑暗中有人叫嚷：“王莽，你阴谋劫持太皇太后陛下，罪该万死！我等前来护驾，特来拿你。”

“对！对！特来拿你。”前后两列人马中都有人附和，但人数并不多。

王宇刘垒厉声痛斥：“妄想劫持太皇太皇陛下的是董恭父子，意

欲篡夺谋反的是董恭父子，罪该万死的也是董恭父子！”

董恭依旧一言不发。

彭宣走到前头：“董恭，休得让你手下胡言乱语。”他扬声对四下武士高声呼喊：“本台大司空御史大夫影宣，与丞相孔光护送太皇太后陛下前往中黄门议事，请速让路。”孔光也走到前头：“董恭，本相的

声音你该听得出来吧？太皇太后陛下春秋已高，雨大风凉，你若惊了驾，罪在不赦。听本相劝告，速送銮驾通过。”

王莽见董恭父子都跪在泥水中，一言不发，这是怎么回事？先礼而后兵？实现董贤兄妹在宣室未能实现的企图？“董恭，雨大风凉，

太皇太后陛下不可久留雨中。你父子不是疑心小侯有不轨之心，前来锁拿小侯吗？小侯甘愿留下任你父子处理，速让銮驾通过。”

“不行！”黑暗中有个声音，“太皇太后陛下銮驾请进承明殿避雨，其余人放下兵器，束手就擒。”前后两列人马中都有人附和，“放下兵器，束手就擒！”

王宇等人一齐怒吼，高声叫骂。叫骂声中刘垒纵身一跃，一把抓

住董恭低喝，“董恭，下令让路！否则，小爷一刀宰了你！”

黑暗中有人叫，“刘垒，小爷警告你：快快放开董卫尉！你听！”

他发出火镰敲击声响，“只要火光一闪，箭弩齐发，尔等谁也活不成！”

刘垒看得清楚，承明殿光华殿檐下火把明灭，都以火镰火光为号。

黑暗中火镰打火作为号令，军中并不罕见。他冷笑一声，"哼！小贼，别夸口，小爷让你火镰打不出火来！"

王莽慌忙说："放开董恭，不要乱来！"刘垒狠狠一推，董恭跌倒到泥水中；董恭又回到原地跪下。

轰！闪电的强光划破黑暗，左右两厢将士依旧弯弓搭箭严阵以待。

前后两列人马也都手持刀枪，戒备森严，一副拼死血战的神态。

电闪雷鸣中，雨声太得震耳。刘歆走到王莽身旁，在他耳边，随

着雷声的起落，声音时高时低，"巨君兄勿忧。小弟旁观多时，董氏之企图，乞命而已。"

"啊？"

"董氏口称太皇太后陛下，声言护驾，可见已然放弃另立逆子，篡夺汉室之谋，此其一；董氏父子跪于水中，不发一言，恭顺之至，乞命之态可掬，此其二；恶言皆由旁人暗中所发，董氏父子不置可否，既保持要挟强硬之态，又不亲口开罪太皇太后陛下，给

自己留有后路，

此其三。"王莽沉吟，"董恭老奸巨滑，诡计多端，愚兄担心他们劫持太皇太后陛下，挟天子以命诸侯，徐图篡夺。"刘歆说："适才有人胁迫太皇太后陛下进承明殿'避雨'，董恭父子皆未出言'请求'，其后虽有几个人附和鼓噪，但人数不多，气势不壮，可见董恭父子真正用心，并非劫持太皇太后陛下。"

一阵雷声停息，人们耳朵清静了许多，承明殿侧门突然传出一个清脆的声音："太皇太后，北军已达北宫门下声讨董贼。董贼完了，

全完了……"声音突然中断，不用说他被人拽进殿中去了。按照大丧之礼，北军八校接到丧诏后，即刻进驻宫墙外，拱卫皇宫，随时听命平叛杀敌。

"小顺子！小顺子！"好几个宫女兴奋叫了，"小顺子还活着！"

小顺子的话有力的证实了刘歆的判断，王莽再无怀疑，走到董恭面前。这里积水半尺有余，他俯身虚扶，语气平和，"董恭，起来吧，

雨水又深又凉，你也是几十岁的人了，会坐病的。"

董恭依旧跪着，一动也不动。

王莽温言说："董恭，你听见小顺子的话了吧？小侯念你父子口

称护驾，尚存一息人臣敬上之心。小侯可奏请太皇太后陛下，饶你父子不死。"

董恭连连叩头。显然，王莽的话正是他所企盼的。在宣室他亲眼目睹王莽带人入宫，董氏子侄顿时人心涣散，便知大势已去。他仍不死心，想出了劫持王政君的毒计。但是期门三百铁骑转向，北军兵临北宫门声讨董氏的消息相继传来，才知事情再无可为，最终打消了这个念头。事态很明显：即使劫持成功，亦如孔光宣室所言，不出三日必土崩瓦胖，董府上下将无一人幸免。只好求其次，摆出鱼死网破同归于尽的架势，迫使王政君定下"雨中之盟"，保全董氏一家老小性命。现在王莽终于说出了他想说的话。

王莽说："你不信小侯之言？"

黑暗中有个声音，"无凭无证，叫人如何相信？"

王莽说："小侯言出如山，从未失信于人。"

董恭意识到凡事都不应过分奢求，即使王政君亲口承诺，一旦赖账又能怎样？莫不如听王莽的。这人素有信誉，开口说："罪臣罪孽深重，逆子逆女危害汉

室，罪臣管教无方，罪无可赦，罪臣愿受斧钺。

但董氏一门，受罪臣及逆子逆女株连，实属无辜，乞君侯哀怜。"

黑暗中又有个声音，"事关董氏数百人生死，要太皇太后陛下亲口圣谕，否则一拍两散，同归于尽！"

"狗徒，无理！"王莽怒声斥骂。"尔等俱犯大逆之罪，本侯一念之仁，当众许诺，愿向太皇太后陛下求情，免尔等一死。你竟不知好歹，得寸进尺，公然要挟太皇太后陛下，罪不可赦。"他情绪激昂，声音凌厉，显得十分气愤。"本侯还要警告少数心存妄想之徒：什么一拍两散同归于尽？你们这帮纨绔之徒，也不惦量惦量一下自己，岂是久经征战的车骑将军王舜的对手？不要以为设下埋伏就能站到便宜，不过春梦一场。太皇太后陛下洪福齐天，谅你们这帮天弃人厌之辈伤不到圣体一根毛发！本侯既已许诺，绝不食言，你们只能相信，必须相信，别无它路。谁再敢出言恫吓，将不在赦免之列！"言讫，右手一抬，"起驾！我等走。"

乘舆向前移动，王莽轻声说："董恭，让开吧，小侯会信守承诺的。"

"谢君侯大恩大德。"董恭跪着磨动身体，爬到一边去了。挡在前面的一彪手持刀枪的人马，随即闪开一个口子。王莽王舜护着乘舆

一闪而过。一行人腿下暗暗使劲，迅疾脱离箭弩射程，融进黑暗雨帘中……

七　眸黄门君侯靖宫变　掘梓宫艳尸留绝笔

中黄门是未央宫通往长乐宫的门阙，也就是后宫的大门。把门的人都是受阉的宦官，职称也叫中黄门。它是一座城阙，下有门洞，上有楼观，十分宏伟。楼观上有殿堂，是守门将士议事场所。后宫城墙坚固，一旦董贼贼心不死，卷土重来，可退到后宫暂避，凭险死守，

相信董贼那帮膏粱子弟一时半会攻不进去。

城上城下一派繁忙景象。只有孔光父子以及彭宣少数几个人换上了干爽衣服，多数人还穿着湿衣奔来走去。车骑将军王舜正对手下十多个亲兵部署中黄门

的警卫。人手实在太少。中太仆何闳、中书令齐安分头召集各宫亲信前来增援。一下子来了一百多人，全都是王政君

多年培植的心腹，力量增强了许多。

王政君从一间房间稍事梳妆走出，众人跪伏山呼。王莽启奏，"适才急乱之时，臣未经奏请，擅自赦免董氏死罪。臣诚惶诚恐。"王政君说："事急从权，卿何罪之有？"

她向孔麟召了召手。孔麟跑过去正要下跪，她伸手把他搂进怀里，抚摸他的头，"刚才吓着了吧？"孔麟睁大圆圆眼睛，闪跳了几下，嗯了一声，"她……割……割小儿，割爹……后来，新都侯来了，小儿就不怕了。真的，一点儿都不怕了。"他说得率真，她展颜笑了。

王舜上奏，"董氏父子拥立谬种，十恶不赦。又于承明殿设下埋伏，将陛下困于雨中胁迫陛下订下雨中之盟，奸狡之至，理应一举

剪除。"王政君点头，"逆贼罪不容赦。不施雷霆重典，焉知天威王法！"王莽慌忙伏地，"臣以为不可。"王政君沉下脸，"不可？一言之诺而废刑，

一言之诺而堕法，你的一言就那么重要？"王莽伏在地上不敢抬头。

刘歆慌忙跪奏，"臣以为不是不可，而是不宜。尽诛董氏，为时过早。眼下我等力量单薄，宫里宫外状况还不明朗：北军虽已进驻宫墙，至今尚未派人进宫向太皇太后陛下奏报；期门军长期受董贼父子蒙蔽，能否全数归伏尚在未知之数。臣以为宫墙之内能不动武最好不

动武，能不流血最好不流血。为今之计，只要董氏党羽不抗拒，尽快逐出宫去。而待情况明朗，再行诛罚不迟。"王莽说："刘大人所言，五十步笑百步罢了。臣以为董贤作乱，罪在一人。大肆诛戮，有损大行皇帝声誉，遗垢后人。"

他的话说得含蓄，在场的人心中都有数。刘欣之死尽管董贤夫妇兄妹难辞其咎，但他羸弱多病，一味淫乐，责任还在自己。再说"拥

立谬种"，也未必说得通。本是皇家内部尴尬事，诿过于人，灭人之门，真相迟早大白天下，必将导致朝野非议，后世骂名。

王政君摸摸孔麟的头，"麟儿，你说说，该不该饶恕那帮割你肉的人？"

孔麟毫不犹豫，"那昭仪娘娘，不，那个坏……坏人……坏透了。"他本想说那个坏女人，但孔府不出恶言的教诲，使他连忙改得温婉些。

"他们篡夺汉室，罪大恶极，不能饶，不过……"

"不过什么？"

"别割她的肉。"

"为什么？"

"割肉疼，疼。"

"她割你的肉，让你疼，你就不想让她也疼？"

孔麟直摇头，"圣祖爷说：君子以仁为本。已所不欲，勿施于人。"

王政君紧紧把她搂进怀里，"好孩子，真是孔圣人之后！"

孔光一向敬重王莽，当年任廷尉审理"淳于长案"，王莽受诬陷险些入狱，但孔光坚信王莽为人，干犯圣怒请旨搜查长定宫被废的许皇后。皇后无论怎样被废也是皇上女人，成帝刘骜不允。孔光居然上奏皇太后王政君，结果奉得懿旨搜查长安宫，这才还了

王莽清白。他上前叩拜说："宽仁厚德，立信于人，此为治国之本。适才雨中董贼

虽存侥幸之想，毕竟没作困兽之斗，太皇太后陛下得以平安，就因新都侯一向固守信义，言出如山。换了别人，董贼未必肯信，也许早就死伤累累了。老臣以为，不可身离险境就毁言背信。"

王政君想起刘欣临终时流泪的眼睛，终于点头，"就依孔卿吧。"

天将破晓，孙建王宇刘垒先后进殿报告：

"期门三百铁骑在殿外整装待命！"

"孔永率羽林军已经入宫！"

"北军虎贲入戍中黄门！"

"董贤等人已经逃到宫外！"

王莽随石诩等人到各门各殿收编期门军，回到中黄门，天已放亮了。看见一队虎贲站在路口警卫，不让他通过。通报姓名后，两员大将匆匆跑来。他们身披铠甲，手按长剑，一位是奉车都尉甄邯，一位是左将军甄丰。二人躬身问候："兄长辛苦了！"

"布兵成阵，调度有方，愚兄一看，便知二甄将军率勤王之师进宫来了，嘿嘿。"王莽笑着还礼。甄丰满脸虬须，身材粗壮，刚毅粗犷："兄长穿了一夜湿衣，快随小弟前去更衣。"

王莽他换上了丧服，宫女端来一碗软粥一盒甜糕，他忙问太皇太后陛下怎样了，宫女回太皇太后陛下早已睡下；又问孔光彭宣怎样了，宫女也说睡下了。问毕他才举筷，美美吃了一顿。肚子一饱，觉得浑身酸软十分困倦，响亮地打了个呵欠。甄丰在一旁说："兄长眯一觉吧。"他站起身笑了笑往门外走去，"还好，各位大人还等着愚兄议事呢。"

果然，刘歆、王舜、孔永、任岑以及王宇刘垒等人都在门口守着。王莽登上楼观，"子骏，丧诏应赶紧拟定。北军八校已陆续进驻宫墙之外，朝廷至今没下丧诏，成何体统？不如把孔大人彭大人唤醒，尽快拟个稿本，待太皇太后陛下睡醒之后定夺，明日一早发布出去。

否则谣言四起，人心惶惶，董贼又会兴风作浪了。"

“不用唤了，下官与孔相来了。”彭宣笑嘻嘻说。后面跟着孔光，

也是笑容可掬，看得出，他俩对王莽的安排十分满意。

“还我孙儿！”

王政君看见傅昭仪洋洋得意的脸突然变得狰狞，伸出两只长长

指甲的手，如同怪鸟的爪子狂叫着向她扑来，她醒了。

陌生的房间，陌生的床，昨日深夜亡命到这里，她那衰老的惊魂睡得很不踏实。梦一个接着一个，半睡半醒的。一个梦醒了，脑子还

接着想象，想象中又进入新的梦乡，常常闹不清哪是梦哪是想象。这回醒来心里还忿忿的，“不知好歹！”

可不是吗？当初如果不是朕同意把皇位传给你那宝贝孙儿，哪会

受那么多冤枉气！呸呸，你那宝贝孙儿男宠女宠全爱，夫妇兄妹全收，纵欲死了，倒向朕要人，你羞也不羞？

谁知居然说出了声，床边两个侍立的宫女听不清晰，以为有什么吩咐，要问又不敢问。她猛地拍床："岂有此理！"宫女吓得一齐跪

下："陛下恕罪。"这时她才真正醒了，扬扬手，"倒杯茶朕喝。"

天已大亮，再也睡不着，翻来覆去好一阵子，穿鞋下了床，心里

却还在骂着，"你教的好孙儿，什么玩意！哼，昏君！地地道道的昏君！"

何闳弓身走进来，默默侍立在一旁等她发话。她慢慢呷着茶，问了一下外面的状况，何闳慢声细语讲着，好像生怕打破这黎明时分

的岑寂：期门军已经收编完毕，董氏近侍俱已退出皇宫，孔光等人已经拟好丧诏，都在间隔房间立候。王政君听着，眼中残留的梦影渐次驱去，内心大定，"快传。"

孔光、彭宣、王莽、刘歆等鱼贯进入她的房间，把草稿呈上去。王政君一看又忿忿了，"谥号'哀帝'？不行！哼哼，好一个'宽仁

厚德，泽民亿万'！什么泽民？胡说！"脑际又浮现出那个恼人的梦，傅昭仪那张狰狞的脸，气不打一处来。

按照谥号的惯例，"恭仁短折曰哀。"谥号哀帝，无异肯定他"恭

仁"。丧诏写着："大行皇帝文辞博敏，幼有善声，即位之后不好声色，宽仁厚德，泽民亿万。身体痿弱麻痹，末年渐剧，突起急病，飨国不永，哀哉！"

丧诏把大行皇帝的死因定为"急病"。这样一来，董贤不担任何罪责，名字也应该列在发布丧诏的三公之中。

孔光等人伏在地上，不敢作声。

"说话呀！"王政君指着丧诏，"这'不好声色'是什么意思？是欺罔天下？还是反话正说？此地无银三百两？"孔光见她说得这样尖锐，只得解释："大行皇帝即位以来，不近后宫佳丽，不在民间选美，'不好声色'，差乎是吧。" 王政君更加愠恼，

“差乎是！差乎是！干脆说他纯情专一好了！可惜专一一个男宠，叫人恶心，恶心！”

看来，她还没从梦中的愤懑走到现实中来。

王莽伏地，“臣等实有不得已的苦衷。但为社稷计，为汉室万世

基业计，皇威不可渎，皇权不可损。何况古有遗训：为长者讳，为尊者讳！区区苦心，尚望陛下体谅。”

丧诏反话正说，对于知情人来说，的确很难自圆其说；但发布全国臣民，深宫高墙谁知其中内幕？再说，不这样说又怎样说？譬如大行皇帝的死因，已经太医查明，死于春药之毒。是将春药之实公诸于众好呢？还是含糊其辞推为“急病”好呢？如果不把董贤列为三公，而将他斥为罪臣，又将如何指控他的罪恶？说他以男色事君是个男

宠，岂不是向全国臣民表明大行皇帝是个荒淫无道的昏君？如果这样，大行皇帝如何进入太庙？如何载入青史？

“不行！”王政君说不出什么理由，也说不出如何修改。胸中憋着的一口怨毒的恶气，也许是梦中得不到渲泄而禁锢在胸臆的，也许

是多年的屈辱吞声淤积在心头的，一下子实在咽不下去。

刘歆是丧诏起草者，看了孔光彭宣一眼，“把‘不好声色’去掉，不知圣意如何？”

“不行！”王政君断然说。

刘歆站起与四人商议了一阵，“将‘宽仁厚德，泽民亿万’也删

去，圣意以为如何？”

“不行！”王政君仍然执拗。

五人全跪下，她心里一百个不情愿一万个不甘心，也知删无可删了，那颗老年执拗怨毒的心始终无法平复。突然火冒三丈，发起脾气来：“这鬼地方，这床，这这这……都是些什么龌龊东西呀？”这里本是貂铛值勤的宿处，怎能适合至尊至贵的太皇太后寝息？又怎能让

至奢至华的皇帝老子的老亲娘看得上眼？她指着房中摆设，“这这这，朕一刻也住不下去了！”

何阁在一旁说：“陛下可以返回长信宫了。”

王政君怒气更加旺盛，冲他大声吼叫，"这儿哪有你多嘴的份儿？嗯！朕驻跸中黄门，坐纛招抚我朝忠良，运筹调遣，镇安全局，你知

道不知道？嗯！回长信宫！回长信宫！你就知道回长信宫！朕问你：朕回到长信宫，你能确保朕的安全吗？嗯！"

这场无名火吓得何闳跪了下去，谁都不敢作声。隔了许久，王莽

抬头说："董贼俱已逃出宫去，齐公公正在清除董贼余党。董乱大体平息，陛下不必过虑了。"

"大体！大体！"王政君又把愤怒转向他。"朕问你：董贤呢？还有他那淫贱老婆淫贼妹子都在哪儿？在哪儿？他们又在策划什么阴谋进行什么话动，你知道吗？嗯，知道吗？"王莽慌忙说："臣这就带人前去将董贤一干人犯缉拿归案。" 王政君继续申斥，"这就前去！这就前去！朕不提，你就不知道去！朕告诉你：朕不要大体！

朕要完全！彻底！干净！一个不剩，一个不留！"

一阵尖叫把王莽呛住了；众人都垂下头，大气也不敢出。然而，

胸中那股执拗的怨毒似乎还没发泄干净，她一迭声叫，"传齐安！快传齐安！"

齐安走进来，奏报了清查余党的状况，一百多名貂铛宫女关进了掖狱。她仿佛见到了严刑拷打，听到了哭叫哀号，嗅到了血腥气味，

心里才感到一阵莫名的快意，随口问："都是谁呀？"

齐安报着一长串名字，她连连哼了几声。

她在宫中经营了五十余年，她才是宫中的正主儿。随着傅昭仪、傅皇后、董昭仪等人陆续入宫，有些貂铛宫女眼皮低，投靠新主儿，攀上高枝儿。齐安报出的人，就是这帮卑贱人儿。她抬手恨恨说："查！

一查到底！统统给朕查出来！不说，给朕打，狠狠打，看他招不招！不可放过一个董贼余党，不，绝不！"

齐安说："宫中已经安靖，陛下可以放心返回长信宫了。"

“好，好！”王政君站起身，大约自己也意识到这场无名火没来由，有些失态。“尔等都平身，平身吧。朕走，走，别在这儿碍尔等的事。

唉，人老了，老了，讨人嫌，讨人嫌哪，起驾！起驾！”

众人把她送下楼观。太阳已经高高升起。天蓝得发亮，云白得发亮，草木绿得发亮。雨后的宫阙，尘埃冲刷殆尽。楼阁如洗，亭台如

浴，金碧更加辉煌，丹漆更加艳丽，到处流光溢彩，到处晶晶发亮。清风从柏林徐徐吹来，暑热荡然消退。

临到登上御辇，王政君温声喊叫，“孔相，彭卿，二位辛苦了一天一夜，该回家养息去了。董贼既已平定，典治丧事，就交给新都侯

打理吧。”孔光彭宣连忙跪下谢恩，王莽口称领旨也跪下了。

王政君亲自上前把孔光搀起来，“麟儿呢？怎么没见麟儿？”孔

光忙叫宫女把孔麟带出来，她一把搂进怀里，“好孩子，真是一个好孩子！”

孔麟说："启奏太皇太后陛下：麟儿是圣祖爷十五世孙，算不得

圣祖爷的好孩子；太皇太后陛下才是一个好陛下，万民万代的好陛下。"

"哟，哟！真不愧孔圣人之后！"王政君大笑，那颗年老执拗怨毒的心这才得以平复，"孔卿，过些日子丧事了了，把他送进宫中

来玩吧，朕真喜欢他呢。"说着放开孔麟，父子俩又跪下谢恩。

"平身，快平身。"王政君春风满面，又恢复了汉后端庄慈蔼的仪容。

翌日，风和日丽，天气转晴起来。三公九卿十二列卿率百官穿戴整齐的丧服，齐聚未央宫，个个表情凝重，氛围庄严肃穆。董贤站在第一排，表情格外的悲伤。不久太皇太后王政君在何公公和齐安的一左一右搀扶下，徐徐从后走进大殿，立于殿前。指命齐安宣读了丧诏，谥号孝哀。百官跪拜，齐声山呼："孝哀皇帝龙驭宾天，恭请太皇太后节哀，遵诏拥立新皇！"

　　接着，董贤出班，高呼道："孝哀皇帝留有遗诏在此，昨日大司徒孔大人，大司空彭大人，还有好几位同僚一起见证了它。今天我要将它宣示于群臣，公布于天下。"他说着从袖中拿出了遗诏。

　　孔光站不住了，少见的叫了一声："且慢！"，然后缓缓的出班，"启禀太皇太后，臣认为不妥，有多位大人到我这里来检举弹劾董公有罪在先，孝哀皇帝仓促而去，揭发其难辞其咎。故有必要查清此事！"

　　孔光在朝中前后担任大司徒丞相之职已多年，有很深的影响力。而他一般不会先出面为一件事情定调，或率先向某人发难。今日这一举动非同寻常，分量很重，震慑着可能支持董贤的官员。

　　董贤不服，道："造谣诬陷！我有什么罪过？可有实凭？怎能凭这些无端谎言就让我违逆孝哀皇帝的遗愿，而不宣读他的遗诏吧？"董贤说完，傅氏和丁氏中暗地里同意与董贤联手的响应的声音不断："理当如此！"，"诬告不必理会！"，"先皇遗诏应速速宣读！"。

这时，王莽出班，拿出准备好的奏折，宣读了董贤的罪状。他的声音略带沙哑，但宏大如雷贯耳，"……更因董贤在孝哀皇帝不豫期间，不亲医药，有大逆不道之罪！"

尚书令姚恂也出班，也向董贤发难道："董贤借假遗诏，频用赏诛，先除所惮，急引所附，遂诬往冤，更惩远属……"

太医令卓明出列来证实，执金吾任岑出列证实，刘歆，甄邯出班附议，接着百官叩拜纷纷附议。

太皇太后见时机已到：趁机说道："董贤过于年轻，行为不检，不合朝臣人心，应当予以罢免。"

王莽连忙接道："太皇太后陛下圣明！臣等叩请陛下圣裁。"

接着群臣叩首："太皇太后陛下万岁，万岁，万万岁！臣等恭请陛下圣裁！"

于是王政君宣布董贤免职，交回大司马印。这不亲医药的指责让董贤辩解都无法辩解。若说亲了，无异承认自己是男宠，羞于启齿。怎么回答呢？无法回答。"不亲医药"一下子就坐实了，成了他的罪状。他嘴被封住了，遗诏也被封住了。董贤恸哭哀叹。王政君为了让他彻底被孤立，随即宣布让他去未央宫城门下，脱掉帽，脱掉鞋，赤足行走，向天下人请罪。

正在那时，董昭仪董蝉闯进殿来，她略带颠狂，一跑进来就大声哭诉着："皇上啊，你死得好惨啊，你尸骨未寒，我们孤儿寡母就已无立锥之地了……"

王政君大声厉喝："给我住口。一派胡言，欺君犯上，你可知罪？"

接着王莽请奏宣来了赵太后和傅皇后，可怜她们俩是墙头的小草，哪边势大只好倒向哪边。她们改口都说不知道孝哀皇帝有子嗣，并指控傅昭仪大逆不道，拷打她们，强迫她们承认曾派人谋害董昭仪的儿子的事是纯属子虚乌有。即使这样，王政君对她们这样的证词还是不满意，重重的哼了一声，斥责道："执迷不悟，助纣为虐！"

董昭仪也明白她和她哥哥今日是败局已定。董恭董贤董蝉昨日已做了些商议。董蝉拉着她，两人伏在地上，恸哭不已。对太皇太后近乎央求的说道："孝哀皇帝在世的时候，奴婢终日伺候左右，哥哥则护卫左右。我们未曾想母以子贵，继续在宫中享福。如果太皇太后希望拥立更贤能的人来继承帝业，我也没有

196

意见。只求太皇太后念在先帝托孤的份上，封我儿一个王国，我们董氏将其养大成人。"

董蝉这番话说得言辞恳切，但也显得太无知。王政君不愿意听。王莽说道："胡言乱语！董蝉你将婴儿抱来，我们可以当场对质，一证真伪。"董蝉，叫到："先帝已驾鹤西去，如何对质？"王莽哈哈大笑："滴血认亲！你敢吗？"董昭仪心里开始发虚，根儿是皇上与哥嫂的儿子，她的血液很可能不能与孩子的血液相容。于是她也哈哈大笑，反唇相讥道，"只怕是滴血也未必能认亲，小儿将遭不测灾祸吧！"

王莽十分恼怒，不再与她多费口舌，奏请太皇太后陛下让他们兄妹二人先去请罪。董贤董蝉对着龙椅深深的连拜了三拜，两人哭着，笑着，相互搀扶着，从大殿正门走了出去。

翌日，董府玉阶朱门，巍峨华瞻。它是一座钦命敕建的府邸，比开国元勋萧相国的甲第还要大上一倍。院中奇石欹立，嘉树密布；绿水穿行其间，清影涟漪，汩汩淙淙。更有一处飞瀑，从假山泻下，几疑水从天降，真个功夺造化。为建这座府邸，刘欣任命吕红之父为将作大匠，耗资钜万。王莽甄丰跨进大门，一片宽阔的白石广场平坦如砥，可与未央宫殿前广场媲美；迎面的楼宇，红墙绿瓦，飞阁重檐，规格竟与宣室相似。这座府邸落成还不到一年，雕梁画栋漆光鲜丽，藻井彩绘灿烂新妍，尤胜未央宫。

"太皇太后陛下谕旨到！"王莽甄丰步入中堂大声宣呼，不见董贤出来接旨，奴婢僮仆跪满一地，不下百人。找管事家人问话，管事说昨夜董贤妻妹三人淋得湿漉漉的回到家里，关在房里喝酒，又哭又笑闹腾了一阵死了。

"死了？"王莽一怔，"尸首呢？"管事说："埋了。"王莽更加惊讶，"埋了？"

前后不到一天，三个威风不可一世的大活人，死了，埋了，变得无影无踪了，实在叫人难以接受。

管事禀报三人埋在后院。

王莽甄丰来到后院，草木葳蕤，百花盛开，树上百鸟争喧，林间麋鹿出没，一派安祥景象。哪有什么坟茔？管事把他们引到一片石板铺成的地面，说三人埋在下面。平平整整的，怎么会是坟茔？王莽甄丰心里犯疑，相互对视了一眼，喝令管事把棺材挖出来。管事令家人挖开石板，有台阶向下，原来下面是一处地下阴宅。

棺材一口一口抬了出来，全是御用之物：东园漆器。

前两口棺材是董贤和吕红，他俩穿着金缕玉衣，模样竟然像皇帝皇后。棺材外头涂着厚厚朱砂，里面雕着春夏秋冬四季之色，左苍虎右白虎；上面是金银制成的太阳月亮；四周放着无数璧玉珠宝。

第三口棺材一打开，人们惊呆了，董蝉的尸首十分恐怖。她七窍流血，淤积在脸颊上没有揩掉；双目圆睁，充满暴毙的愤恨和怨毒。她不但没穿金缕玉衣，连外衣都脱去了，只留下贴身亵衣。看得出她没幻想永恒，更没幻想升天，满脑子想的是酷毒的报复，怨恨的恶咒。尸首上覆着帛书，它是董蝉的绝笔，竟然是写给王莽的，上面写道：

新都侯莽，吾且告汝：
掘我梓宫，亵渎神明；窥我玉体，不臣不恭。

人神共愤，天地不容，君子不齿，丈夫不为。

吾子根儿，先帝骨血。临终托孤，太后亲允。

汝若奉诏，辅我根儿，不失君子，吾且恕汝。

汝不奉诏，加害根儿，吾化厉鬼，缠汝终身。

啮噬汝肉，残害汝子，千古骂名，难逃公议。

吾命已休，吾魂不散，冤魂诅咒，其咒必应。

董昭仪蝉绝笔

这棺材中的绝笔，无异死尸发出的声音，冥界传出的信笺，看得王莽只觉阴风簌簌头皮发麻。嗖！一道白光在花丛中一闪，嗖地跳到石屏上，却是一条硕大的白猫。圆圆的眼睛望着王莽，冲他喵地一声跳进花丛，钻到绿荫中去了。他的心禁不住一阵颤抖，全身汗毛竖起。他平生笃信鬼神，没想到这个淫邪女人居然有股邪气，预料他会亲自前来掘她的墓开她的棺，用自己的遗骨向他托孤！这是对他的信任？还是给他的恶咒？总之给了他一个当头棒喝。

"这是谁干的？"甄丰大怒。"折辱侯爷，该当何罪？"

200

管事跪下求饶，"小的按主人的遗嘱做的呀，小的也不知新都侯爷今日来呀。"

甄丰怒骂，"这个女人活着不安份，死了也不安份！"举起皮鞭，"小弟不信这个邪，鞭她三百，看她还敢装神弄鬼不！"

"罢了。"王莽拦住他，吩咐管事，"快把棺木盖好，谁也不准侵扰。那个根儿呢？"

管事说，昨夜董贤妻妹三人没把他抱回家，留在宫中了。

王莽心绪不宁，那片白绢，总觉像灵幡似地在眼前飘荡。然而一个堂堂正正的人，在人前堂堂正正，在鬼前也该堂堂正正。无愧于心，无愧于天地鬼神，理直气壮，有什么可怕的？该做什么就做什么，岂可乱了方寸有亏职守？他沉住气，坚持与甄丰清点封存董府财物，一丝不苟。

董府之中，皇上赏赐之多，董贤聚敛之钜，总数竟达四十三万万，真是富可敌国。甄丰不时唾骂，王莽始终默不作声。

　　日落时分，王莽回宫，刚刚走到长信宫门口，一个貂珰迎上来，"侯爷来得正好，太皇太后陛下啼哭得很伤心，谁也劝不住。"王莽大惊，"太皇太后陛下何事啼哭？"

　　"红阳侯进宫来了。"

　　"啊！"王莽又是一惊。红阳侯王立字子叔，是他的六叔。王立与王政君一母所生，是王政君最亲近的弟弟。王政君同父异母兄弟姊妹一共八男四女，而今七个兄弟均已谢世，只有这个小弟弟硕果尚存。可惜王立不争气，早在成帝绥和年间，因为牵连上了"淳于长案"罢去官职，贬谪到南阳封地去了。他怎么进宫来了？就在大丧消息发布后的第二天！王莽疑窦顿生，种种不愉快的回忆一起兜上心头……

　　汉成帝刘骜即位初年，王立和淳于长极其贵幸。淳于长是王政君姐姐王君侠之子，官拜卫尉，位列九卿。其时赵飞燕得宠，成帝刘骜想废掉许皇后，立赵飞燕为皇后，皇太后王政君嫌赵飞燕出身卑贱不肯答应。淳于长巴结赵飞燕，不时跑到长信宫叩拜小姨替赵飞燕游说，功效不大。淳于长就请王立出面劝说，大约出于对幼弟的怜爱吧，王政君不再反对，赵飞燕如愿以偿立为皇后。许皇后废掉后，逐出长秋宫，住在上林苑中的昭台。淳于长立了大功，成帝刘骜封他为定陵侯，贵倾公卿。

成帝元延四年（公元前 9 年），大司马王根身染重病，数次上表乞骸骨，请求回家养病。眼看大司马职位空缺，争夺者甚多，其中最力者一个是王立，一个是淳于长。叔侄俩原本亲密无间的合作者，一下子变成了誓不两立的竞争者。

王立兄弟八人，其中王凤、王音、王商、王根都当过大司马。其余三人均已早死，这大司马职位轮也该轮到他了，何况他还是皇太后王政君一母所生的亲弟弟。搬掉淳于长这个绊脚石，成了他燃眉之急。

王立把主意打到了王莽身上。

叔叔伯伯生病，王莽总是极尽子侄之礼。他一生的仕途就是从伯父王凤的病榻起步的。成帝刘骜即位，大封王氏。他的父亲王曼早死，没赶上封爵。年幼之时堂兄弟锦衣玉食，飞鹰走马，唯独他一介布衣，家境贫寒。有一年，伯父王凤生病，他日夜守候病榻，亲自尝药，几个月衣带不解，蓬头垢面。王凤深为感动，临死时把他托付给皇太后王政君。不久成帝刘骜封他为黄门郎，开始了他一生的仕途。

王根卧床时，王莽官任光禄大夫，已是朝中重臣。叔父生病，他一如既往日夜守候病榻，比起王根亲生儿子还要尽心许多。

一天，王立前来探病，对王莽说起淳于长种种丑恶行径。王莽早就对这位淳于表兄憎恶了，就把王立的话告诉了王根。其中有这么一条：淳于长见王根生病不但不担忧，反而常常当众许愿：一旦他取代王根当上大司马，就委任某某掌管某署，拔擢某某担任某职。王根勃然大怒，"如此不肖，为何不奏太后？"王莽说："侄儿以为淳于表兄所言，出自叔父之意。"王根斥令，"速奏太后！"

当天王莽进宫奏明太后。王政君也很生气，令他奏报皇上。于是晋见成帝。刘骜派人查了一下，王莽所奏属实，革掉了淳于长的官职。

淳于长失势，王莽的地位飚升，成了王立的竞争对手。王立把淳于长罢官的原由通通推到王莽身上，二人同仇敌忾，决心铲除王莽。

当时孔光任廷尉。有一天巡夜，看见一辆华丽乘舆从淳于长门口出来。淳于长带罪之身，不知闭门思过。深夜出行，必是秘密交结权贵，于是截住乘舆进行盘查。谁知车上坐的不是淳于长，而是王立的长子王融。车上载有一箱珠宝，全是宫中御用之物，孔光一并押进了御史台。

王融慌了神，一口咬定这些御用之物是淳于长托他交给王莽的。孔光一向敬重王莽，哪里肯信？几经审讯，王融破绽百出，自知难逃刑戮，在狱中自杀了。

孔光上奏，成帝大疑，下旨追究这些御用物品的来历，王立守口如瓶，坚称自己一无所知；淳于长却一口咬定是送给王莽的，王莽差点下狱。这些御用物品全都出自长定宫，孔光请旨查抄长定宫，成帝刘骜不允。孔光居然上奏皇太后王政君，奉得懿旨搜查长安宫，不意搜出了几封淳于长写给许后的戏辱书札，案情终于大白天下。

许后被废后，住在上林苑昭台，淳于长常常溜进昭台，勾搭上了许后的姐姐许嬷，把她纳为小妻。并且对许皇后夸下海口，说他可以劝说皇太后和皇上把她重新召回宫中，立为左皇后。许后信了他的话，送给他许多珠宝。

淳于长又找王立帮忙，许诺了许多好处，二人再度合作，相继向王政君和刘骜进言。没过多久，成帝下诏迁许后住进长定宫。长定宫虽说也在未央宫外，但比昭台好许多。有时成帝还召许后进宫伴驾，一住十天半月。许后对淳于长更加信赖，送给他金钱、珠宝、乘舆、衣物等御用物品多达数千件。淳于长仍然贪心不足，色胆包天觊觎上了禁脔。据传，与许后见面之时常常出言挑逗，动手动脚，搂搂抱抱。这还不算，居然形诸笔墨，在写给许后的书扎中肆无忌惮，满纸侮词戏语。

成帝怒不可遏，淳于长枭首，许后赐死，王立罢官贬回封地。案件自始至终证明王莽无罪有功。王莽因祸得福，擢升为大司马。

这是绥和元年（公元前 8 年）的事。

王莽随貂铛进入长信宫，看见王政君坐在寝宫一把鼻涕一把泪的哭泣，"我的儿啊，你的命好苦哇！"

王莽以为她在哭刘欣，"皇上已经大行，陛下节哀顺变才是。"

王政君直摆手，"巨君啊，你没听子叔说啊，孝成皇帝还有子嗣在世啊。"

王莽暗暗吃惊。他原以为：姐弟情深，骨肉连心，又值皇上新崩，董贼作乱。连日担心受怕，淋雨逃奔，见到阔别十多年的亲弟弟，国事家事兜上心头难免潸然泣下，原来却是获悉成帝刘骜尚存子嗣于世而百感交集。

成帝刘骜尚有子嗣于世，无疑是个惊人的消息。但出自红阳侯王立之口就不敢采信了。事情来得太突然，一点也摸不清头脑，贸贸然赞同固然轻率；贸贸然怀疑也不慎重，踌躇间，王政君说：

"皇天有眼，怜我汉室，孝成皇帝尚有骨肉存世，朕的余生有靠了！"

王莽赔笑，"孝成皇帝尚存子嗣，实为陛下之幸，大汉之福。不过皇上新丧，立君大计迫在眉睫。民间突然冒出孝成皇帝之子，兹事体大，还须认真甄别，天下臣民才能信服。"

"那是当然。"王政君点头，"子叔言之凿凿，有人证还有物证，朕信得实，不会有错。"她那哭得红肿的眼睛射出兴奋的光芒。

"有人证物证？"王莽轻声笑着。"那就好。"

"你瞧！"王政君很兴奋，伸手把一枚合璧递给他。"这是朕亲手赐与孝成皇帝佩戴之物，朕认得，不会有错啊。"

这是一枚镌刻日月图像的合璧，由两个半璧组成，一个半璧刻着"不离"，另一个半璧刻着"不弃"。显而易见，这是皇家的饰物，也是男女定情的信物。

王政君接着说："那孩子的母亲叫杨寄，原是长定宫宫女。两个证人都是老宫人，朕都认识。一个是老貂铛，现在中书台供职；一个是宫女，出宫有些年了。他们都亲眼看到孝成皇帝御幸杨寄，这事不会有错。"

"陛下圣明，只要不出错，那可真是大汉天大的喜事天大的盛事天大的幸事！"王莽说罢，向王立一拜，"六叔一向可好？何时来长安的？"

王立长得与王政君酷肖。王政君年轻的时候算是个大美人，王立自然也是一个标致的男子。他身高七尺有余，三绺胡须及胸。星目蚕眉，唇红齿白，容颜清秀之至。他已五十有余，那尊荣俊俏风采，较之少

年显贵更见精神。他不回王莽的话，却笑吟吟调头
说：

　　"陛下，瞧我王氏贤才，可是历练得越发老成
了！真得向陛下道喜啊。"

　　王莽正要逊谢，门外传来了小顺子的声音。王政
君有两天没见小顺子了，"快传他进来。"

　　小顺子一进屋就跪在地上请安。王政君连连招
手，"快过来，快过来！"他边爬边叩头，口里还不
停说："恭喜太皇太后陛下找到了嫡亲孙儿！"他的
动作分外协调，口里说罢，人正好爬到王政君膝下。
王政君抚摸着他的头，"这事你也知道了？"小顺子
嘻嘻一笑，"陛下的大喜事，奴婢能不知道？"王政
君揪着他的耳朵，"小耳朵真长啊。"小顺子望着她
傻笑，王政君也露齿冲他一笑。

　　王莽暗暗吃惊：六叔刚刚进宫，太皇太后陛下也
只是刚刚听到；小顺子在外头办差，怎么这么快就传
进他的耳朵了？

　　小顺子趴着她的膝盖，"奴婢有事奏明陛下，
那，那，根儿……"

　　"根儿？"王政君一时没想起来，怔住了。

"啊，微臣当谁呢，嘿嘿。"王立笑着。"陛下你忘了？不就是董贤婆娘生的那个孽子吗？"他远在南阳，京师大事小情却无不知晓。

王政君的脸色顿时阴沉，她想到了刘欣那双流着泪水的眼睛，想到了血淋淋的雨夜割肉情景，这个叫做什么"根儿"的"谬种"搅得她心里乱糟糟的，忍不住气恼，"怎么了？"

小顺子说："那根儿……小模样，长得可真像大行皇帝。听那头姐儿们说，大行皇帝临终托孤给陛下，那根儿真是……"

"胡说！"王政君厉声制止。

"奴婢胡说！陛下息怒。"小顺子慌忙扇自己耳光，眼泪顿时簌簌流了出来，"奴婢是担心……朝廷立新君的时候，奴婢的意思是……是问……陛下的主意。陛下既然找到了嫡亲孙儿，这，根儿……不不，这孽子……"这个口若悬河的小貂铛一下子竟然变得语无伦次。

"哼！"王政君狠狠瞪了他一眼，调头说："何闳听旨。"神态异常决断，"速奉朕旨意！那个孽子不能留，除掉，立刻除掉！"

王莽心头一震，"陛下，不可！"

"有何不可？"王政君诧异望着他，"何闳，速去！"何闳正要动身，王莽只觉白绢在眼前一晃，"何公公且慢。"

错愕间，王政君满脸凝霜正待发怒，谁知小顺子说：

"陛下，不劳何太仆费事，也不劳新都侯糟心，那孽子已经……死了。"

"死了？"王政君两眼像锥子一样盯着他。"怎么死的？"

"掐……掐死的。"小顺子伸出两个指头比划着。

不知为什么，王莽如释重负，身心感到一阵轻松。天命既已注定，再也无法挽回。董昭仪虽白绢托孤，但已经被人掐死，想救也救不了了。可人事还是要尽一尽的，"陛下旨意未下，谁这么大的胆子，不遵法度，活活把人掐死！"

王政君挥手，"算了，不必大惊小怪。"

"未经奏请，随意在宫中杀人，这怎么行？"王莽争辩，"再说此子……与大行皇帝多有不明，怎么可以随随便便被人杀了？一当有人提及，如何向朝野交待？如何向后世交待？"

"你说什么？此子与大行皇帝有关系？你危言耸听什么！"王政君打断他的话厉声质问。王莽把董蝉的绝笔呈上，王政君掷在地上，"巨君，好生令朕失望，这种淫贱女人的话也听得！朕问你：这个孽子怎会是大行皇帝之子？无中生有，信口雌黄，无耻之尤！"

王莽说："陛下……"

王政君连连冷笑，"哼哼！朕知道你不服。那好，你给朕等着。"她调头说："何闳，速传大司空彭宣、太医令卓明带太医前往董府，检查董蝉尸体，火速回报！"

"奴婢遵旨。"何闳领命去了。

王莽追随王政君二十多年了，忠心不二；王政君对他也是一直信赖，永远是他慈祥的姑母，从没见她对自己这么严厉过，心里不禁空落落乱糟糟的。兀然他发现小顺子不在了，心头一颤，失声叫起来：

"快追小顺子，那根儿现时还没有死！"

"今日你怎么了？"王政君诧异打量他。

212

王莽双膝跪下，"那根儿还没死，小顺子这时离去，是……是……请陛下速速派人把小顺子追回来。"从小顺子当时说话的动因、语气、称呼看，完全可以断定根儿那时还活着。而当小顺子看出太皇太后陛下立意除掉这个幼子，而他又出面阻拦时，才诡称幼子已死，以便一了百了，省却太皇太后陛下很多麻烦。

"莫名其妙！"

"陛下……"王莽突然顿住，不敢住下说了。他该怎么办？他可以正面驳斥太皇太后陛下吗？他可以挺身而出去追小顺子保护那个幼子吗？不，不可以。他伏在地上感到无力无奈，眼睁睁看着那具七孔流血的尸体托付给自己的孤儿被人杀死，没有任何作为，尢望地请求杀人者的哀怜。

王立在一旁说："陛下，巨君不大信呢，何不派人到宣室去看看？微臣敢说，巨君多虑了，小顺子怎会干出欺瞒陛下的事来呢？"

"哼！"王政君又冷笑一声，"好，就依你！派个人去看看吧。"她的头偏了一下，有个貂铛匆匆出门去了。

过了一会，王立又说："陛下，只怕巨君还是不大信呢，不如陛下亲自带巨君一同看看去。巨君是陛下倚重的大臣，也是我王氏贤才，不可为一个小小误会君臣间产生隔阂，那就太不值了。"

王政君高叫，"来人哪，移驾宣室！"

王莽心里暗暗恼怒，他知道一切都晚了。现在去宣室无异伸出脸给人打。这位六叔处处为他说话，可每句话里都裹了钉子，君臣间何止产生隔阂？而是锲进了钉子！然而他又能怎样呢？

到了宣室，中书令齐安带领一大群太监宫女在门前跪接，王政君进殿落座之后，齐安禀报："启奏陛下：董贼之子死于襁褓之中，不知何人所为，奴婢正在询查。"王政君喝令，"谁照看这个孽子？叫她来！"

奶娘战战兢兢出来跪在地上，"根儿……那个孽子死了……是被人掐……掐死的。"王政君问，"谁掐死的？"奶娘说："不……不知道，奴婢解溲回来，听见根儿……不，不，那个孽子……哇哇大哭，赶紧跑进房去，看见门口有条黑影一闪，不见了。进去一看，根儿……"她狠狠扇了自己一记耳光："奴婢……说惯了口。那个孽子已经没……没气了。"

"就这么死了？"王政君顺口说着，心里寻思如何了结这件事。她深知王莽生性执拗，不知变通。这是一柄两刃剑，忠诚，可靠，坚定不移；但闹起别扭来，拗得叫人实在受不了。

奶娘突然受惊似地"啊"的一声，浑身筛糠般乱抖，"太皇太后陛下，不是奴婢掐死的呀，确实不是奴婢掐死的呀！"她眼珠瞬动，似乎张望什么。看得出她看见是谁掐死的，这个人是她惹不起的。

王政君自然明白怎么回事了，挥挥手，"好了，没你的事了。这个孽子该死，死了就死了吧。"

奶娘连连叩头。

王政君叫，"齐安，你看见小顺子到宣室来了吗？"齐安忙说："回禀陛下，奴婢没看见。"王政君冷冷说："朕倒没事，不知新都侯有没有事？"

"微臣没事。"王莽伏在地上，心里翻江倒海。他确信自己的判断没有错，然而他知道这件事永远无法说清楚了。如果书写《起居注》的左右史把这件事记录在案，只能又多一宗千古之谜。他窥见了宫廷凶残诡谲的一角，心里很乱很乱。

天不知不觉黑了，宣室掌了灯。听到太皇太后陛下驾幸宣室，何闳、彭宣、卓明带着太医径直到宣室回话来了。看见太皇太后陛下面色不善，王莽跪在殿中，气氛很僵，谁也不敢上前奏报。有顷，王政君发问：

"你们检查董蝉那贱人尸体，有何发现？"

太医令卓明奉旨检查，不知道太皇太后陛下要他检查什么，只好一项一项检查；这会儿也不知道太皇太后陛下要他们回报什么，只好一项一项回报：

死者验明正身，尸体确系董蝉无疑；

董蝉身体上未见外伤，确系自杀无疑；

董蝉七窍流血，确系服毒死亡无疑；

董蝉腹肌平滑，未见鱼尾纹，从未生育……

"新都侯，听见了吗？那贱人从未生育，哪来儿子？绝笔所言'吾子根儿'，居心叵测。这贱人生不安分，死也不安分，妄图给我朝留下祸根。险恶用心，何其毒辣！"

　　王莽跪在当场说不出话来，那幅白绢却总像灵幡一样在眼前晃荡。

　　根儿为董贤之妻吕红所生，这是宫里宫外的公开秘密，董蝉"绝笔"诡称己出，"遗诏"也说为她所生。女人生育，腹部留下鱼尾纹；只要太医检查，即可验明董蝉从未生育。"绝笔"当即变成了"诳语"，"遗诏"自然成了"伪诏"；致于这个根儿的生父究竟是谁，即便真是大行皇帝，也成为"孽子"了。这正是太皇太后陛下决断之处，缜密之处，明智之处，无怪乎她生活在波谲云诡的宫廷五十余年而屹立不摇呢。

　　"彭爱卿！依卿之见，此子该不该死？"

　　"太皇太后陛下圣明。"彭宣毫不迟疑，"陛下所言极是，此子日后必为我朝祸根，即早除去理所当然。"

　　王政君说："而今此子已死，这事以后就不要再提了。"

　　王莽如芒在背，哪里还敢作声？白绢又像灵幡一样在眼前晃荡了一下，心里颤抖起来。这……这是你董蝉欺世盗名所致，怨得了人吗？根儿的死就死在这"名实"不清不楚上。正是你自己诡称己出，企图为根儿"正其名"；谁知"名"没正，反而被太皇太后陛下利用，坐实你"盗其名"，彻底否定他是大行皇帝亲子之"实"。自作聪明，自作自受，不怪自己，反怪别人！这……这……说得过去吗？

白绢又在眼前晃荡了一下。

彭宣告退，王莽随即起身后退。

"等等。"王政君一改森严面色，话语暖如春风。"风里雨里你也忙了两天一夜了，也该回家好好歇歇。听说三儿伤势很重，带太医令看看去吧。"

王莽感激涕零跪下去："谢陛下隆恩。"

八　太医令束手请神君　新都侯筑坛驱鬼魅

月亮已经升起，前天太阴还像太阳，今夜徜徉在碧空云影间，溶溶如水了。簇簇宫柳的阴影投在红墙上，宫墙上的硫璃瓦当幽幽闪光，好像与天上的星星亲昵的映着眼睛。北宫门外街道宽阔平直，两旁参天古柏迎风婆娑。入夜之后行人稀少，放眼看去，长长的街道直通月光照不到的夜色。打马前行，清风拂面，如果不是惦着三儿的病情，浑身轻松得要飞上天去。

回到家里，一派死寂。三天前王安在北军军门受伤，伤口开始溃烂，发起高烧。卓明切脉之后，神情异常凝重，"三公子中的飞刀淬有剧毒。毒性正向全身散发，伤势十分沉重。"卓明对王安全身做了检查，诊断不出他中的是何种毒，很难对症下药。他开了个药方，先抓副药试试，明天再来诊疗。

第二天，卓明带了两名疗毒太医来了。会诊之后，又开了一个药方。谁知到了晚上病情更加凶猛，王安不时昏迷，神智变得不清了。

　　王莽心里很不好受，久久守在床边。王静烟劝了好几次，他都不听。直到吕焉进房接替，他才回房睡觉。两天一夜没睡一个囫囵觉，可倒在床上怎么也睡不着。单调的夜漏声，从初更到三更，声声不断，终于使他合上眼睛。半睡半醒间，一抹寒风拂过面颊，董昭仪七孔流着乌黑的血，张着双臂向他扑来。他慌忙闪身，堪堪躲过。她那光裸的右臂擦了他左肩一下，奇冷的尸寒透过衣衫冰得他生疼；董昭仪又直挺挺扑来，他迸出全力纵身一跳躲开了。董昭仪见扑他不着，转身向病房扑去。他大叫一声，猛然坐起来。

　　王静烟见他满脸冷汗，"老爷，怎么了？"

　　"快，快起来，看看三儿……"他眼前还闪现着董昭仪血水横流的面孔，使他的声音变了调，分外陌生，分外刺耳。

　　二人来到病房，病房里一团漆黑，传出几下火镰打火声，王莽急切问，"房里灯怎么熄了？"吕焉回答，"刚才门口吹来一阵风，把灯吹熄了。"王莽大惊，"一阵风？从门口？你还看见了什么？"吕焉点燃灯，"没有啊。"王莽接着问："三儿他，刚才……没有，什么事吧？"他不知怎样说才好，心头突突颤栗。

吕焉默默摇头，王莽伸手摸了摸三儿额头，火炭似的烫手。吕焉轻声说："三叔烧一直没退，不停说胡话，都听不清楚。刚才好像喊了几声：别咬我，别咬我……"

"他……"王莽心口猛跳，"他还说了什么？"

吕焉又默默摇了摇头，夫妇俩站在病榻旁边，不一会就听见王安发出呓语。正像吕焉说的，口齿含糊，谁也听不清说些什么。王莽默默走出房去，洗面净手，更换衣服，点燃香烛，跪在中堂神龛前祈祷：

"皇始祖考虞舜祖爷，百世祖宗，保佑一百三十四代孙安儿吧。"

据查，王氏为舜的后裔，迄今二千八百年，传到王安这一代为一百三十四代。他向祖宗禀明：那个根儿的死不是他能挽救的，不是他的错。董昭仪嫁祸于他，化为厉鬼来啮噬他的儿子没有来由。他申辩着，向列祖列宗虔诚地申辩着，不觉说出了声，最后激动得哭喊起来：

"舜祖爷，百世祖宗，不不，不是一百三十三代孙莽儿的错，更不是一百三十四代孙安儿的错，安儿没有错啊！她不该啮噬三儿啊，她不该啊……"

王静烟和吕焉惊吓得从病房跑出来，"老爷，你……她……谁呀？"王莽把头拱在地上，屁股翘得老高不出声。她俩面面相觑，问他也不答话，以为他急火攻心，堕入了魔障，哇的一声，二人都哭了。

"哭！哭什么哭？"王莽大怒，"三儿还没死，尔等咒他呀？有人咒他，啮他，噬他，尔等也……"他突然吸了口气，"这儿，阴气太重！太重！"他冲出中堂对两厢大声喊，"宇儿！临儿！起来！都起来！"

王宇王临披衣出来了，王莽厉声，"汝等守着三儿，不准离开半步！"指着夫人和吕焉，"都不准进病房去！"

王静烟和吕焉都愣住了，王莽样子很吓人，"听清楚了没有？"

吕焉吓得一颤，"是。"

王静烟却定睛望着他，泪水簌簌往下流。

王莽转身走出去，王静烟慌忙追去，"老爷，你要上哪去？"王莽大步流星一声不吭，蹭蹭蹭，走到马厩解开白玉骢，径直出门去了。王静烟急忙大叫："宇儿！临儿！快，快，跟上父亲！"王宇王临哪敢离开病房半步？她哑着声喊了几遍，二人噙着眼泪埋下了头。王静烟只好唤醒门子，令他去追老爷。等到门子牵着马走到大门口，白玉骢早没影了。

王莽飞马到达东门，在神君府跳下马，天还没有亮，大地黑沉沉。神君府门楼高峻，挑着一个白纱灯笼，黯淡的灯光照着各色旗幡。旗幡上绘着神符灵咒半明半暗地在夜风中翻卷，好像精灵鬼怪在上头翩翩跹跹。他走到门口猛劲敲门，门子把侧门开了条缝，伸出头上下打量，"去去！半夜三更的，吵什么！"王莽拱手，"请李神君大发慈悲，驱鬼降魔。"门子说："神君今日没功夫！"王莽说："李神君济世救人，怎说没功夫！"门子说："神君昨日就已沐浴斋戒，专候新都侯爷，哪有功夫管你闲事！"

王莽大惊，"小侯便是。"

门子呸了一声，"你是新都侯爷？我就是新都王爷了！"

"胡说！"只听一声断喝，声宏气足，震人耳鼓，大门随即洞开，一位老者走出平身一揖，"小子有眼无珠，不识大人，但请恕罪。新都侯，请！"王莽躬身，"神君请。"

"哈哈哈。"李神君一声长笑抬步前行。王莽随后跨进门去，微弱灯光下，隐约有两队盛妆少女夹道相迎，心里惊讶万状。

蓦地一盏盏纱灯腾空飞起，有的一二丈高，有的五六丈高，错错落落飞到半空，把夜空照得通亮。这种神灯平生仅见，蔚为奇观，王莽心中惊叹不已。灯花之下，两排少女手鼓齐举，腰肢扭转，载歌载舞簇拥着他。天空中的神灯一盏接一盏燃烧，一盏接一盏熄灭，夜色仿佛更深更黑，深得更加高远，黑得泛着蓝光。精灵般的少女柔软的手臂不时碰撞他，香软的长袖不时拂拭他。少顷神灯又凌空升起，少女们的明眸皓齿在蓝色光影中乍明乍灭，如梦如幻，他恍恍惚惚被众多仙女推涌着，裹挟着，腾云驾雾般进了大堂。当他返过神来，那些美丽的少女精灵般消失了。

刚才那一幕，就像天堂飘落的一片仙境，了无迹痕梦一样溶进夜风微动的月色中了。

二人落座后，"李神君神算，预知小侯前来求医，大显神通，小侯折服得五体投地。"

神君就是巫师。这位李神君自号老君，人称李老君。神君府就是巫班驻地，这个巫班来自临津，人称临津班。没有人知道李神君的年龄。他白发如燔却面如冠玉，有人说八十开外，有人说早已百岁高龄了，还有人说他与秦末赠书张良的黄石公是师兄弟，至少三百多岁了。他带领一百多名巫觋，人人青春年少，个个豆蔻年华，那可真是神见神喜，人见人爱，俨如神话传说中的金童玉女。难怪他们能够往返阴阳两界，具有通神之能，担负勾通人神的重任呢。

他抬手指天，"君侯请看。"接着吟唱，"广开兮天门，纷吾乘兮玄云。"

黑灰色夜空有片光亮的天域。随着他的吟唱，一朵乌云飞向这片天域，而当乌云飞越过，这片天域的光亮消隐，变得黑灰，与夜空融成一片了。

李神君吟唱的是楚地巫歌《大司命》，大司命是主宰人类生死寿夭的天神。意思是说，天门大开，大司命驾着乌云降临人间，前来解救人类急难。夜空中那片光亮的天域就是"天门";而当大司命驾上"玄云",飞落到人寰的时候,"天门"又关上了。大司命未经神君前往邀请,自己就降落到人寰来,表明解救的是善人贵人要人。

"恭喜君侯!君侯有德,君侯祖先有灵,早将君侯至诚传达到了天庭,大司命已从天庭下凡来了。"

"多谢神君。"王莽又惊又疑,半懂不懂。他亲眼目睹,李神君早已算定,预先就为三儿整装以待了;那光亮的天域,那飞越的乌云,大司命果真为他从天而降了?这么说,三儿不会有事了?!心里沸腾着热切的虔诚和企盼。

王莽平生笃信鬼神,相信天地鬼神无时无刻不在监视人间活动,每个人都要敬畏鬼神。只有敬畏鬼神,才能行善积德,即便没有人看见,也不可以做亏心事。因为神目如电,谁也逃不出鬼神的眼睛。他常说为人做事要无愧于心,无愧于天地鬼神。他以此自律,也以此约束子女。万万没有想到,董昭仪化成厉鬼啮噬他的儿子。厉鬼缠上了,人是无能为力的,只有来求这位通神的李神君。

“请李神君救犬子一命。”他相信，他这一生没做什么亏心事，只要神君把自己的申诉转达给上苍，转达给舜祖爷，转达给列祖列宗，就一定可以驱除厉鬼保佑儿子平安，董昭仪这个厉鬼奈何不了他。

新都侯府驱鬼降魔，行“除祟之祀”的消息不胫而走，传进了未央宫，传遍了长安城。远古以降，凡是狩猎、耕作、收获、出征、祝捷、灾害、瘟疫、疾病，或一族或一地或一城，乃至一国都要举行祭祀。祭祀时，一族一地一城人聚集在一起，膜拜共同的神灵，祭奠共同的祖先，一起饮宴，一起歌舞。把族群的崇拜虔诚信仰转化为族群的信念意志和力量。祭祀成了族群团聚的节日，狂欢的节日，凝聚意志的节日。后来祭祀走进寻常百姓家，小家小户也可以举办祭祀。但小家小户举办的祭祀往往牵连到一族人一里人甚至一城人。每有祭祀，总是亲帮亲，邻帮邻，有钱出钱，有力出力。俗话说：人气旺，鬼神降：人心诚，鬼神灵。

太皇太后陛下钦赐“牛酒”：一头骊牛和四坛御酒，由何闳亲自送上门来。这使王莽异常感动，匍匐在地噙着泪水久久谢恩。由于董蝉的绝笔，为了她那谬种，冒犯了太皇太后陛下。太皇太后陛下并没因他冒犯而生分，反倒是董蝉那个淫贱女子化为厉鬼来啮噬他的爱子！孰亲孰仇，孰正孰邪，岂非泾渭分明？倒是自己心胸狭窄，错怪了太皇太后陛下她老人家，实在愧疚得慌。

王莽令王寻、王邑总理祭典事务。二人都是他的堂弟：王寻排行老四，封益都侯；王邑排行老六，封成都侯。王莽任光禄大夫时，举荐二人进宫为郎；擢升大司马后，举荐二人为中郎将。他俩精明强干，勤勉谨慎，是王莽信赖的心腹。

祭坛筑在王府门前空地上，上面供奉着天地神祇和历代祖宗的牌位。祭坛四周悬挂五色灯笼，燃着巨型蜡烛，香草香木袅起阵阵香烟，弥漫开去，如同神祇降落尘埃所驾的景云。

空场中央，堆放着许多"爆竹"。它是干燥的竹竿竹筒，点燃火，竹节竹筒爆裂，发出噼噼啪啪声响，所以叫"爆竹"，专门用来驱除妖魔鬼怪。

正午李神君率领一百多个巫觋来到祭坛。爆竹啪啪，鼓声咚咚，祝(祭祀的司仪)很年轻，很标致，声音很清脆，宣布祭典开始。红阳侯王立率领王氏子孙二百余人走到祭坛前面一齐拜倒。祝大声宣呼：

"献供！"

有人牵着牛、羊、猪从祭坛前面通过。太皇太后陛下钦赐的骊牛打头，它的身上没有一根杂毛，毛色黝黑。牛羊猪多达百头，排成长长一串，它们大约知道即将走向祭坛，纷纷惊恐嚎叫。祝一再欣喜高呼：

"神祇受领了！"

"舜祖爷受领了！"

"历代祖宗受领了！"

这些牛羊猪是献给神灵的供品，它们的惊叫哀嚎，恰恰表明神灵中意这些牺牲，同意摄取它们的魂魄享用。牛羊猪们正因为感应到神灵将要摄取它们的魂魄，无不发出惊叫哀嚎。

这时拜倒的人站起，互相祝贺后，都向王莽表示祝贺，红阳侯王立领头，"恭喜二侄儿！"其后按照辈份上前祝贺，"恭喜二哥！恭喜二伯！恭喜二大爷！神祇受领了！舜祖爷受领了！祖宗受领了！"

王莽一一还礼，"同喜！同喜！"

　　喧闹声中，一百多名屠夫当众宰杀这些供祭的牲畜，空场成了屠宰场。霎时，空场上散发出浓烈的血腥气味。当打头的骊牛宰杀完毕，祝高呼：

　　"上供！"

　　牺牲一头一头抬到祭坛前面，打头的仍然是太皇太后陛下钦赐的骊牛，它放置在中间。空场上按八卦方位设置的百口大铜鼎，盛着清水，一齐生火。团团浓烟陆续腾起，片刻之间弥漫全场。

　　李神君手持长剑在浓烟中作法，一百多个巫觋在浓烟中跳跃。浓烟包围着他们，萦绕着他们，吞没了他们。只见李神君长剑光华四射，向东一指，一道眩目的火焰向东喷出；向西一指，一道眩目的火焰向西喷出。良久，铜鼎下头的柴禾烧旺了，团团火焰冲破浓烟，李神君带领巫觋从浓烟中冲进王府。人们跟在后面，王府里头连转身的地方也没有了。

　　王府到处悬挂灯笼，沿着墙角插满蜡烛，把每一个角落都照得通亮，让鬼祟没有藏身的地方。庭院堆放爆竹，李神君长剑一指，火焰喷射过去，发出震耳的噼啪声响。飞迸的竹屑，吓得人们抱住头。

王寻王邑带领十余名子侄给巫觋打开场子，这一百多个金童玉女才有旋转空间。但空间很狭窄，他们几乎在人群中撞来撞去，不单那些精灵般少女，就是那些秀美的姣童，脸上也是一阵红一阵白的。不用说，有人在他们身上揩油，腰上背上屁股上乳房上不时叫人揪一把摸一下。他们不但不恼，反而容光焕发，手鼓敲得更响，腰肢扭得更浪。据说人越多，越来神；人越多，越灵验。他们喜欢人多，习惯人多，那些揩油动作他们并不介意，反而把他们刺激得更加兴奋。

爆竹声、手鼓声传人病房，震得吕焉的心乱糟糟的。她一直守在床边照看王安。李神君进入病房，长剑在空中挥舞，剑光闪耀，呼呼生风。他的目光扫到吕焉脸上，吕焉的目光迎上去，电击似地两人心头都不禁一震。尤其是吕焉，好像有一道青蓝色的光穿透她的胸膛，射进她的心房。嗖！眼前有个黑影一闪，样子像只猫，钻到病榻下面去了。她想喊叫，可屋里这么多人不大好意思。心里感到特别憋闷，有种说不出的压抑，叫她喘气不赢。

　　一百多名巫觋沿着王府前后走了一遭之后，回到祭坛四方站定。李神君登坛作法，王莽是祭祀的"香主"，上前焚香，全场的人都跪下祈祷。

　　这时太阳已经落山，暮霭从空场四周的大树，从地上的小草，从王府的屋顶，在祭坛四周汇合。铜鼎上热气蒸腾，散发着肉的香味。原来祭坛前面的牺牲全都下了铜鼎。那些牛羊猪只剩下一条条尾巴了。神灵祖先只摄取牛羊猪们的魂魄享用，它们的肉身就赐与祭祀的人们受领了。

　　有专人把煮熟的肉割下，把醴酒抬来，盛在陶盆、陶钵、陶盂里，由王立王莽等人捧到祭坛前请神祇和祖先享用。祝大声宣呼：

　　"受领神恩啰！"

　　铜鼎里面的肉分割到钵里，从王立等长辈开始，依次分发给每个人。分发完毕后，一坛坛酒抬了出来。这酒这肉是神祇和祖宗享用过的天物，也是神灵的恩典，有病治病，无病健身。老人吃了延年益寿，小孩吃了清吉平安。每家每户还分得一份，带回家去给未能参加的人受领。钵里的肉很丰盛，足够让人吃饱吃好吃得肚儿圆；坛中的酒很充足，足够让人开怀畅饮过足酒瘾。人们还必须把钵中的肉和坛中的酒吃光喝尽，不得糟践，否则 "暴殄天物"。霎时间，空场上弥漫起酒香和肉香……

噼啪！噼噼啪！空场上铜鼎已经抬走，人们把爆竹扔进火堆，一百个火堆同时响起震耳欲聋的繁密爆竹声。蓦地，一盏盏纱灯腾空而起，停在半空，燃烧，熄灭。这是人们从未见过的景观，空场上掌声四起，欢声雷动。

一百多个巫觋敲着手鼓，围着火堆翩翩起舞。铜鼎是按八卦方位摆设的，这些浓妆艳抹的少男少女，踏着八卦行走，俨如置身八卦阵中。火光熊熊，浓烟腾腾，竹筒在爆炸中四处飞迸。时分时合，来往穿梭，他们的身影一忽儿被浓烟隐没，一忽儿又与火焰一同光耀在人们眼前，显得诡异而又神秘。

王宇、王临、吕焉、王嬚抬着王安来到空场中央。自从巫班到家，王安一直昏迷不醒，四个人跪在病床四周护着他。巫觋从八卦阵中飞奔而来，围绕着病床狂舞。李神君长剑一举，鼓声、爆竹声顿时停息，巫觋都收拢到他的身边，全场一阵肃静。他挥舞长剑，高声呼号：

"祈求上苍，逐除厉鬼，保佑香主三子安康！"

巫觋跟着呼号，三遍之后，全场也都呼号起来。开始声音不齐，也不响亮。几遍之后，人们把他们的激情，他们的虔诚，他们的祈求，他们的企盼融入声音里，一齐吼了出来，声如雷鸣，震彻云霄。

这时百面大鼓敲响了。

天地之间，最巨大的声音莫过于雷霆吧？最壮阔的声音莫过于海涛吧？鼓声比起雷霆海涛，更加使人颤栗使人赞叹使人狂迷使人热血沸腾。歌者听到它，歌声格外激越；舞者听到它，肢体格外狂放；王者听到它，胸中罗列雄兵百万；智者听到它，眼底际会九洲风云；士兵听到它，呐喊着冲向浴血的沙场……

它是师旷之音，汇集着天地间最奇妙最响亮的音符。每一鼓点都叩击着人们的心灵，每一鼓声都跃动在人们的胸间。勇敢者心灵谱写的鼓声召唤着勇敢者，欢乐者心灵谱写的鼓声煽动着欢乐者。每个人都能接收到与自己心灵频率相同的鼓声，每个人都能与鼓声发生共振与共鸣，进入鼓声烘托的世界。那是神的世界，仙的世界，死去祖先们的世界。在那里人神对话，人鬼相会……

一百多巫觋犹如离弦的箭，冲进火堆布成的八卦阵中。

咚咚鼓声叩击着每个人的心，翩翩舞姿吸引着每个人的眼睛。巫觋瞬动的秋波，盛情的笑靥，频频招引的手势，呼唤着每个人加入他们的行列。年轻男女站不住了，起初三三两两，呼朋引伴投身进去；不一会就是成群结队加入了。火烧得更旺，鼓敲得更响，人数很快增加到五六百人。最后，年岁大的人也跟在后头扭动……

鼓声更加疾促，动作更加快速，情绪更加热烈，全场就像疯狂了似的。抽搐着，颤抖着，如同神灵附体，自己不再是自己，别人也不再是别人，眼前的世界变了样。神降临了，鬼降临了，死去的亲人降临了，他们要倾诉自己的苦难，他们要发泄自己的愤怒，他们要抒扬自己的情绪，有人哭喊，有人呻吟，有人怪笑，有人大叫……一千多个人没有几个能够保持平日的矜持和节制。

狂舞的人群中跃出八个女巫，她们舞动黑纱，宛如乌云漫卷。祝高声宣呼：

"大司命降临了！"

祝好像施展了定身术，全场一下子哑了，一千多人都定在原地不动。李神君从黑纱中一跃而起，随着黑纱在空中翻滚。他白发如燔，身轻如燕，时而踏在女巫头顶，时而踏在女巫肩臂，竟如腾云驾雾一般。右侧有个男声歌唱：

广开兮天门，纷吾乘兮玄云，

令飘风兮先驱，使冻雨兮洒尘。

李神君舞着，显示出天门大开，飘风为先驱，冷雨洒尘埃，大司命驾着乌云从空降临的气势，左侧有群少女涌上前去，簇拥他，环绕他，对他表达热诚的迎接和由衷的敬意。一个女声歌唱：

君回翔兮以下，逾空桑兮从女。

大司命啊，你回翔而下，我等永远跟随你！情绪饱满，坚定。右侧那个男声代表大司命，宣称自己总管九州四海亿万生民的寿夭。

纷总总兮九州，何寿夭兮在予。

巫觋跪下了，全场的人也都跟着跪下了，向他祈求健康长寿。口里狂呼："大司命！大司命！赐寿我等！赐寿我等！"

狂热声浪中，李神君跳到地上，又有八名女巫手挽花蓝，环绕他身边，宛若天女散花一样向人群抛洒鲜花。人群喊声更加热烈，八名女巫跳跃着，歌唱着，簇拥李神君向王安病床走去，大约离两丈远，王嬚突然跳起来，指着李神君发出一声尖叫："鬼啊，七孔流血的厉鬼！你别过来，别过来！"

"啊！"有人发出惊叫。这突发的变故，全场愣住了。

"让开！"李神君长剑一晃，厉声吆喝。谁知王嬚不但不让开，反而叫着"厉鬼！厉鬼！"迎着他的剑扑上去。小小女童如同神灵附体，居然表现出她的年龄不可能具有的勇气。李神君担心血染当场，剑往回一缩，左手一掌击了过去，王嬚当胸中掌，仰面倒地。李神君从王嬚身上向前一跃，直奔王安，谁知吕焉突然跳到了他的前面张开双手，"别，到碰三叔！"王宇不知发生了什么事，拔剑护住吕焉，"敢问神君，这是怎么回事？"

"厉鬼附体！"李神君话没说完，吕焉回骂，"你才厉鬼附体！"王嬿右手直指，"厉鬼！他就是厉鬼！"

"厉鬼！厉鬼！"人群中有人跟着叫了。

吕焉向李神君猛扑过去，李神君见她疯狂的样子，竟如厉鬼一样恐怖，慌忙躲闪。吕焉不知是出于对王安安危的极度关注，还是神智陷于极度迷乱，势同疯虎直冲过去，"厉鬼！我打死你！打死你！"李神君转身逃窜，呼啦一下，十几个人冲出来围住了李神君。八个女巫吓得四散奔逃，口里也尖声叫着：

"厉鬼啊！厉鬼啊！"

形势突变，打鬼者变成了被人喊打的厉鬼，人们凶狠喊着：

"打！打鬼！"

这些人满腔愤怒，满腔仇恨，有如汹涌的波涛，恣肆的狂潮。刚刚从心灵释放出来的对神魔的狂热，唤醒了对神魔与生俱来的原始恐惧，远古洪荒的野蛮倏忽回复到他们身上，使得他们毫无顾忌毫无怜惜挥拳踢腿狂怒地殴打李神君。

李神君暗暗叫苦，在他数十年巫师生涯中，自己虽然没有经历过，但听过不少打鬼的被人当鬼打死的悲惨故事。他只得冲出包围，在八卦阵中逃窜。他身形轻盈，纵跳如飞，在火堆上跳来跳去。不说这十几个人，就是几十个人也奈何不了他。

在这诡异的黑夜，在这恐怖时分，火焰像魔鬼吐出的长舌，黑烟像魔鬼驾御的云雾，他的身影在烟和火中飞腾出没，更加增添了几分魔幻的诡谲。

"厉鬼！厉鬼！"人们从四面八方吼叫起来，他们拦截他，唾骂他，李神君胆寒心裂。随着时间的延长，逃跑纵跳越来越觉力不从心。他向右一跃，腿儿突然发软，腾空的身躯摔倒在火堆之上。

"啊！啊！"人们狂叫着："烧死他！烧死他！"

他挣扎着站起来，身子一歪又跌倒到火堆中。他拼命往外滚，刚刚滚出火堆，几个人冲上去，有的抓住他的手，有的抓住他的脚，四个人把他抬起来又把他扔进火堆。四周喊叫的声音更加狂热："烧死他！烧死他！"

　　"听着！听着！"一个清脆的声音穿透嘈杂的声浪，"睁开眼睛看看，他身上还有厉鬼附体吗？厉鬼跑了！跑了！早跑了！快救他，把他救出来！"

　　人们看见一个十四五岁的少女挺身站出来。这是十分勇敢的行为。每当祭祀的虔诚达到狂热，极易"出偏"。如果有个人看见神君头顶有光晕，说他是神，就会有十个百个人也看见他头顶上的光晕，跟着说他是神；如果有个人看见神君头顶冒黑气，说他是鬼，也会有十个百个人看见他头顶冒黑气，跟着说他是鬼。无论是神灵附体，还是鬼魂附体，都会转移，如果这时有人指着这个少女，说她青面獠牙七窍流血，是个厉鬼，也会有十个百个人跟着说她是厉鬼，厄运就从李神君转移到少女身上。巫觋深知其中利害，所以谁也不敢伸头。

　　看见这个少女出头，几个巫觋壮着胆跑出来站到她的身后，也跟着大叫，"厉鬼跑了！厉鬼跑了！"他们跳进火堆，把李神君抬出来。

　　顿时一群人围住他们，暴怒喊着，"烧死他！烧死他！"

少女勇敢的向暴怒的人群走去，对迎面的一个年轻男子说："你睁开眼睛瞧瞧，他是厉鬼吗？"那男子愣了一下，她追问，"是吗？"那男子无声闪开了。她挥动手臂：

"都别吵，别吵！我把嬿儿妹妹找来，让她看看厉鬼是不是跑了。等着，都等着。"

谁都不知道"嬿儿妹妹"是谁，也不知道这"嬿儿妹妹"有何神通，正因为谁也不知道，少女的话才具有神秘感和震慑力。人们见她小小年纪，能够看出"厉鬼跑了"，神态那么勇毅，说话那么有担待，想必那个"嬿儿妹妹"更具神灵，大概是天仙下凡一类人物吧？这个少女朝王嬿走去，王嬿正处在极度张惶惑乱之中。

"嬿儿妹妹！"

王嬿眼睛一亮，眼前不断变幻着的云翳般的怪影倏忽消失，认出了她。她扑过去喊了一声："于姐姐！"哇地一声哭了。

这个少女是馆陶公主的孙女于雯。王府行"除祟之祀"，馆陶公主也送来了"牛酒"，于雯作为贵宾应邀观礼来了。"除祟之祀"鬼魅作祟，对主家不样，她挺身而出，无疑是对主家的关怀和爱护。她紧紧抱住王嬿，"好了，厉鬼跑了，别怕，别怕。"

几十个巫觋一齐大叫，"厉鬼跑了！厉鬼跑了！"

那些狂乱暴怒的人，一下子泄了气。吕焉身体一歪，倒在地上；其余的人，一个接一个委顿在地，好像体内的真元耗废殆尽，没一点生气了。

祝看到场上失控，完全没了主意。这会儿出现了转机，他连忙高呼，"厉鬼跑了，邪魔消遁了，大司命下凡了，舜祖爷显灵了！恭喜香主，祖宗保佑，香主三子定然安泰。"

刚才王莽也恍惚看见了厉鬼，那个七孔流血的董昭仪。见到吕焉和女儿站出来与厉鬼搏斗，自己也想冲上去增援，但定睛一看，那不是李神君吗？哪里有什么厉鬼？

王寻王邑领着十多个子侄高叫，"恭喜二哥！"

"恭喜二伯！"

"恭喜二大爷！"

其余的亲朋好友也都希望早点结束这可怕祭祀，纷纷上前道贺。

王宇王临把王安抬进屋去。他一直昏迷着，无论歌声咒语，无论爆竹手鼓，都没能把他唤醒。

巫觋抬着李神君蔫悄悄离去。喧闹的新都侯府，顿时冷冷清清。

子夜王莽回到堂上，在神龛前跪下。谁劝就斥退谁，把家人骂得远远的。直到四周没有一丝声息，他那纷乱的思绪才慢慢理清。他看见了变成厉鬼的董昭仪，确实看见了她七窍流血附在李神君身上。他再也不能回避这个可怕事实，也就是说再也不能回避自己的罪孽了。

那个根儿的死，自己果真没有错吗？自己明明知道那个小貂铛要去杀害根儿，为什么不追上去救他？说穿了，不就是为了保住自己的前程保住自己的宠信，个敢以死相谏，害怕开罪太皇太后陛下吗？为什么没有想到会开罪亡灵，开罪良知，开罪天地神祇和百世祖宗？自己一再自诩无愧于天地良心做到了吗？自欺欺人而己，结果降罪到了儿子身上，报应啊！报应啊！他大声哭喊：

"是我的错，我有罪啊！饶了三儿，降罪于我吧。"

他不停地叩头，不停地默祷，到了天明，三儿依然昏迷不醒，他忍不住涕泗滂沱，全家响起哭声。他吩咐准备后事，派人打造棺木寻觅墓地……

九　唇舌侠后堂疗义士　锦衣少柳林戏公子

空场一片狼藉，几十个火堆还冒着烟。晨风扬起灰烬和火星在地上打着滚儿。天亮之后，王寻王邑从家里派来一群仆役在门前清扫。一队羽林军飞奔而来，高声叫喊："回避！回避！"中书令齐安骑着马带着一群貂铛直奔门前。他滚鞍下马，"侯爷，准备接驾。太皇太后陛下探视你家三公子来了。"

说罢手一挥，貂铛鱼贯进入府中，两两相对站定，从堂上到堂下，一直延伸到门口，再延伸到广场直达路口。半个时辰后，太皇太后陛下的车驾到达王府。她登上凤辇，直接抬进中堂，王莽率全家跪在堂前迎接。

"平身，平身。"王政君走下凤辇，"不必多礼，朕是回娘家来了，一家人应该亲亲热热才是。"

"谢陛下隆恩。"王莽率全家站起。

王政君向王嬿招招手，王嬿欢快地跑过去。王政君牵住了她的手，"你是嬿儿？"王静烟说："快叫太皇太后陛下。"王嬿却甜甜叫，"姑婆婆！"王莽忙说："小孩子，真不懂事！"王嬿说："陛下是姑婆婆嘛，叫姑婆婆亲嘛。"王政君大喜，把她搂进怀里，"真是个好外孙女儿，这就对了！怪不得小小年纪能挺身而出，不让妖孽加害兄长！"

王莽听到太皇太后陛下前来探病，估计昨夜董昭仪鬼魂作祟的消息传进了皇宫，惊动了圣驾。

"朕听说昨夜那个贱婢作祟，特来看看三儿。那个贱婢生前狐媚主上，秽乱宫帏，伪造遗诏，阴谋篡夺汉室；死后竟然阴魂不散，预作绝笔于前，欺世惑众；兴妖作祟于后，害我忠良。朕今日御驾前来，就是来镇镇这个妖孽。她若再敢作祟，朕鞭尸毁体，轧骨扬灰，让她永世不得超生。"

"陛下万乘之尊，为犬子冒鬼祟之不祥。微臣感激涕零，但更多是不安。陛下身系社稷安危，岂可亲赴不祥之地，直面不祥之祟？臣万死，臣子万死，臣全家万死，都难报陛下隆恩啊。"王莽率全家又跪倒在地。除了王嬿，其余的人都感动得流下了眼泪。

"这是什么话？"王政君调头问，"嬿儿，你说说，你父亲说得对不对？"王嬿眨巴眨巴眼睛，"臣父说得又对又不对。陛下冒鬼祟之不祥，臣父臣母感动，臣孙也感动。然而稍有差池，社稷动摇，那就有失明智了。可妖孽作祟，为人父母者不能坐视，陛下为天下人之父母，虽万乘之尊焉能坐视？何况臣兄还是陛下的亲外孙！"

这番话不但说得王政君喜悦，也说得王莽喜悦。他不但感念太皇太后陛下之隆恩，而且感念太皇太后陛下之睿智明断。这几天那个灵幡似的绝笔，那个根儿的死，那个七窍流血的鬼魅，不断纠缠他叱骂他鞭笞他，使得他的心布满阴霾，一刻也不能平静，此刻一扫而空了。他不再内疚不再自责，他意识到那个绝笔的险恶用心，那个淫贱女人该死，那个"谬种"根儿也该死。怎么可以因为一时之仁，为汉室留下无穷后患呢？怎么可以拘泥区区小仁，不顾君国安危之堂堂大义呢？以致对太皇太后陛下心生微词，实在是太迂阔太不忠了。

王政君牵着王嫕，"走，看看三儿去。"她来到病房，王安仍旧昏迷不醒。王莽担心病人的体气对龙体有害，忙把她送出来。

王政君宣布，"王宇随父进宫平定董贼，靖难有功，敕封五官中郎将，宿卫宫禁。"又把吕焉叫到跟前，"昨日你勇斗厉鬼，宫中传为美谈，好啊！你婆母素有贤名，听说你也贤惠。有了你俩贤内助，巨君父子修身齐家都算做得不错了，就看他们有没有能耐替朕治国平天下了。"她的话有如和煦的春风带来了皇恩圣眷，还带来了亲情温馨。

她登上凤辇，王莽王宇护驾前行。王政君说："三儿病情沉重，还是留在家里照看吧。"王莽激动得流泪，"臣子死生，自有天命。不可惰臣父子勤劳国事一日之力，不可怠臣父子追随太皇太后陛下一时之心。"

王政君不再说什么，登上乘舆去了。

第二天下午，有个壮士登门求见。这人三十多岁，满脸络腮胡子，长得浓黑茂密；身高八尺有余，腰粗如桶，狙犷威猛，豪气逼人。

"壮士高姓大名？"门子问。

"在下楼获。"

门子大惊："你就是楼大侠？"

楼获字君卿，祖上为医，救人无数。传到楼获，不但医道精湛剑术高强，还练就一张能言善辩的铁嘴，京师盛传"楼君卿唇舌"，号称唇舌侠。他交游极广，酒量极宏。以医、酒、辩、剑"四绝"独步江湖。长安倾慕他的人何止千万！成帝河平三年（公元前26年），楼获父亲病逝，送葬的舆车就有二三千乘，前来吊唁的人排满半个长安城，公卿将相也没这份哀荣呢。

门子很钦佩这位大侠，但不敢进去通报，连连作揖，"楼大侠请回吧，我家老爷不在家。"

楼获微微一笑，"楼某非为拜晤王公，而为王三公子而来。"

门子知道他会错了意。因为他家老爷一向对豪侠深恶痛绝，时常指名道姓唾骂，其中就包括这位楼获。豪侠快意恩仇，以武犯禁。表面上与盗匪不同，但妄动私刑随意杀人，同样是朝廷大患。早在河平年间，王莽任北军射声校尉，生擒了著名大侠城西万子夏和神箭张回，将二人枭首莱市。

这回三公子身中飞刀，刀上淬有剧毒，显然是江湖豪侠所为。他家老爷就曾咬牙切齿发狠，逮到行刺的人必将碎尸万断。当时老爷提到许多江湖人物的名字，其中也有这位楼获，并且誓言：如果这事与楼获有牵连，无论楼获的徒众有多少，他将亲自领兵把他们一网打尽，斩尽杀绝。

"唉！"门子很为难，"我家老爷的为人，想必楼大侠也略知一二。趁他这会子不在家，楼大侠还是快走吧。"

楼获听懂了他的意思，"王公不喜楼某，楼某也无意攀附王公。但少年义士命在旦夕，楼某岂可见死不救？甩句话给你吧，你家三公子的伤已经毒入心脉，太医束手，神君无术，除了楼某只怕全长安城没人能治。若再延误，神仙也救不了了。"

门子这才进去禀报。家里的男子只有四公子王临。他做不得主，只好请示母亲；王静烟怎知江湖勾当？好在吕焉的兄长吕宽与楼获素有交往，对楼获为人极为赞赏。吕宽任侍御史之职，在京师也算一个清流，相信兄长的话绝非虚妄：

"媳妇倒是听说，这楼获世代行医，精通歧黄之术。何不请进来瞧瞧三叔的伤呢？"

王临说："三哥是江湖豪客所伤，听他的话，显然与行刺的人有关联。父亲一再告诫，别与这种人沾边，谁知他安的什么心！"

　　"三叔既然为江湖豪客所伤，中的是江湖豪客淬的毒，只怕只有江湖豪客才治得了。退一步说，三叔病到这份上，不管他安什么心，我等只能相信他是真的，这可是三叔一线生机啊。"

　　"可是父亲……"王临还是很犹豫。

　　王静烟摆摆手，"请他进来！死马只当活马医了，哎。天底下哪有听到来救儿子，不让人家救的！老爷怪罪下来，妈顶着。"

　　楼获随门子进后堂来了，王临一旁陪着。他生性腼腆，不善言辞，对楼获又满肚子疑虑，竟然连一句应酬话也说不出来。楼获同样一言不发，仔细把了一阵子脉，看了看王安的伤口，径直到案前开了个药方，又从袖口摸出一包药膏和一支百年何首乌放在案上，旁若无人出门去了。

　　好大的雨！倾泻着，倾泻着，倾泻在荒漠之上。雷霆追赶着，追赶着，在他身前身后爆炸，好大的声响，好吓人哪！他要回家！回家！跑啊，跑啊，拼出全力跑啊，还是荒漠！还是沙丘！没有边际，没有尽头，没有树，没有草，没有鸡鸣，没有犬吠，没有一个活的物事，没有一丝活的气息。家呢？家在哪儿呢？两腿越来越沉重，仿佛灌上了重金属。他跑不动了，再也跑不动了。轰！两腿一软，栽到了泥水之中……

他看得很清楚，确确实实看得很清楚，水漫过了他的身体，黑黑的稠稠的泥浆向他流过来，流过来，在他身上荡漾。渐渐的，慢慢的，在他身边淤积……他想走，想爬起来，身上可就是一丝力气也没有，眼睁睁的，眼睁睁看着黑黑的稠稠的污泥，一点儿一点儿一寸儿一寸儿把他掩埋，胸口好闷好闷啊。

雨下得真大哟，真大哟。眼前一黑，什么都不知道了……

不知过了多长时间，当！长安钟楼的晨钟响了，震颤着喷薄欲出的红日，震颤着天野发亮的云霞，震颤着拂晓清新空气，穿透薄雾，穿入屋宇，穿进人们的梦乡，嘹亮，庄严，悠长……

不知哪一声音响，也还知是震颤了他的耳膜还是他的魂魄，他醒了。身体却飘浮起来，头好晕好晕啊，身子打着旋儿。四周好黑啊！不知是黑黑的云还是浓浓的雾，包裹着他，推举着他，鼓荡着他。他在哪里？飘向何方？这是没有星光月色的夜空，还是灵魂流落飘零的冥界？

不知什么时候，有个声音穿过乌云，穿过浓雾，飘到了他的身边。这声音好遥远好飘忽啊，却又好熟悉好亲切啊。时有时无，时东时西，像夜空掠过的一丝风，像大海明灭的一星火。他屏息等待着，倾听着，捕捉着，他终于听清楚了：

"三弟！"

那是有人喊他，谁呢？他想跑过去看看。可手不能举，脚不能抬，想飘飘不动，想飞飞不起。也许鬼魅不具形体，这黑黑的云，这浓浓的雾，就是鬼魅吧。它具有最原始最古老最顽强的力量，不用桎梏就能把他限制得死死的，不用绳索就能把他捆绑得紧紧的，叫他一动也不能动。最后，他没了力气，没了意志，也没了好奇的兴致……

也许只是一忽儿，也许过了一百年，遥远的声音又飘了过来，好悲伤好深情啊！

"三儿！"

这声刺痛他的心，温热了他的血。他向声音奔去，黑黑的云暴怒了，云海掀起了惊涛骇浪；浓浓的雾暴怒了，雾幛里卷起羊角飓风。他的身体猛烈巅簸

着，飞旋着，向寒冷的高空，向漆黑的远方飞驰，飞
驰……

然而那声音连接着他的心，无论飞得多高飘得多
远，只要那声音响起，他就从高寒的远方跌落下来，
那暴怒的云雾又裹挟着他飞升而去。来回升降之中，
他耳边响起呼呼风声，这乌黑死寂的世界终于有了音
响。伴随着音响，黑暗也似乎没有那么沉重了，身上
也松动了许多。倏然他从高空直线坠落下来，吓得心
儿卟卟跳。

时间不长，他睡熟了。仿佛坠进了沉睡的深渊，
没有一丝儿梦的光影，没有一丝儿声的音波，漂泊的
惊魂回到了躯壳，灵与肉一齐沉睡了。这里也许就是
地狱的入口，若非永远沉睡下去，步入不归的黄泉
路，那么沉睡的生命元素慢慢聚集，生命就将从这里
重新起航了。

哗，什么声音？水声，又是水声！大雨还在倾
泻，还没有停？哗哗，不，不是雨声，不是！哗哗，
好熟悉好熟悉的水声！啪啪，热腾腾的水声啊！他的
心卟卟跳了起来，眼睛兀的张开了。啊，白光光的身

影，直挺挺的乳峰，在白蒙蒙水汽中飘浮，飘浮，抖动，抖动，旋转，旋转，飞上了天际……

他颤栗着合上了眼睛。顿时黑暗又裹挟着他，向更深更黑的黑暗飘逸而去，他不敢再偷看那白光光的身影，更不敢再偷看那直挺挺的乳峰，可脑海里满是白光光的身影和直挺挺的乳峰。他不愿回归黑暗，他还要回去……回去……偷听那熟悉的热腾腾的水声，偷看那……

"三叔！"

声音近了，就像在眼前又像在身后，轻若吐气，温柔得像后园的清风吹拂着他，环绕着他，抚慰着他。一下子他的心扉扇起美妙的梦幻，幻出漫天的吉光片羽……

他躺在绿茵地上，额头拂着一抹阳光，脸上和身上都流荡着暖意；一股兰草香味飘入鼻翼，觉得怪舒服的；有水滴滴落到面颊，一滴，又一滴，清凉的，晶莹的，好像还闪着亮儿。天还在上雨？不，他明明看见太阳露出的笑脸，高高挂在天空。啊，那是雨过天青，绿树技头灵动的水珠……

"大嫂……"他抓住了一只手，软软的，暖暖的。这只手握住了他："三叔醒了？大嫂在这儿呢。"

啊，声音！振动耳鼓，贯穿耳膜的声音，满耳满世界的声音，好响亮好热闹啊！他抓住了这只手，紧紧紧紧抓住了，不能再让它挣脱了："大嫂……"

"三叔，三叔！"

他睁开了眼睛，这里好多人啊！

"三哥！三哥醒了！"

好惊喜好脆亮啊！这是四弟和小妹。

"四叔，快去禀报母亲！"吕焉说。她的手一直让他握着，俯身站在榻前。脸儿红红的，盈溢光鲜喜色。啊，那不正是梦幻中向他展露笑脸的太阳？眸子亮亮的，射出暖心的笑意：闪动着泪花那不就是绿树技头灵动的水珠？

吕焉嫁到王家头一年，她喊他三弟，后来就改了口，竟然像婆母那样喊他三儿了。不是吗？长嫂为母啊。对于小小叔子、小小姑子，她就是母亲啊。每到吃饭的时候，几个孩子不知野到哪里去了，她就屋里屋外院前院后满世界找：

"三儿！"

小时候王安特别好动。每到夏天都要抓蛐蛐玩。毒虫出没的地方，生长强壮善斗的上好蛐蛐。有毒蛇、蜈蚣、癞蛤蟆守护的蛐蛐，称为龙头、虎头、豹头将军，特别善斗所向无敌。他就成天往这些地方钻，身上沾满污垢，脏得像条泥鳅。她一逮住他，就把他的头摁在盆里洗；有时还扒掉他的衣服，赤条条的，逼他洗个热水澡。给他擦身子的时候，他常常说："大嫂，你身上真香真好闻啊。"

"香什么？是你自个儿臭吧！"她笑着抢白他。平日她喜欢用兰草熏衣服，即便在夏日，衣服天天换洗，她也要把衣服放进干茉莉堆里捂一阵子。有一次他抓住她的手，"大嫂，你手真香啊。"

"瞎说！嫂儿成天洗洗涮涮，泡到水里百八十遍，哪还有香味？"看他认真的样子，她抬手细细闻了闻，"哪儿香了？尽瞎说！"

他又闻了闻，一双黑湛湛的眼睛满是困惑："真的，是真的，真香，不骗你！"

那时王安大约十一岁。就在那年夏天，一天傍晚，他记得很清楚，晚霞燃烧得特别红特别艳，他听见大嫂房间墙下有只蛐蛐叫声异常脆亮，跑过去叫声忽地停了。蹲了半天也没动静，正准备离开，听见房里一阵水声。哗哗，哗哗哗，他知道大嫂在里头干什么，心儿嘣嘣直跳，慌忙弓着身子跑开了。调头一看窗户没关严，有条两寸来宽的缝。这时蛐又叫了。不知是蛐蛐的叫声，还是屋里的水声牵引着他，他又蹑手蹑脚走了回来。这时，蛐蛐叫声听不见了，哗哗，哗哗哗，满耳都是水声，水声，他爬到窗下一点一点儿伸直身体，把脑壳伸向窗户……屋里光线很黯，热腾腾灰蒙蒙的水汽中，有个白光光的身影，一对挺起的乳峰……

"谁？"

他撒腿逃跑了。跑啊跑啊跑出了家，跑到了渭水边上，他知道撞了祸，很丑很丑。父亲不会饶他，大哥不会饶他，大嫂也不会饶他。他不敢回家也没脸回家，望着满天燃烧的晚霞，沿着河岸闲逛。天渐渐黑了，肚子饿得咕咕响，他走不动了，坐在河边，不知怎么办才好。

直到天黑透了，老家人找到了他。回家的时候，所幸没有碰见父亲和大哥。母亲一股劲儿唠叨："一天到晚逮蛐蛐，野得不知回家了，非得叫你父亲狠狠管管不可了！"他一声不吭扒了几口饭，就躲进房里睡觉去了。他仄着耳朵倾听外面动静，不一会，父亲回来了，大哥也回来了，想到即将临头的斥骂，头皮直发麻。

第二天过去了，第三天过去了，什么事也没有发生。莫非大嫂没看见他？可大嫂沉着脸没了昔日的笑容。真叫他心里七上八下，没个准星。再也不敢单独和大嫂在一起，见到大嫂就躲得远远的。

转眼秋风起了，天气凉了，到了砧衣时节，四邻的女子都到清水塘砧衣。萧萧高秋寒，四邻砧衣声。寒暑易节，该换季了。人们陆续脱下穿了一春一夏的单衣夹衣，换上棉装。这换下来的衣物都得清洗，千家万户从早到晚一片砧衣声。

这天下午，他路过清水塘，忽听大嫂一声呼唤，"过来！"他的心吓得卟卟跳，低着头走了过去。"脱鞋，上去踩！"大嫂说。

砧是砧石，把衣物在水中浸泡之后，放在砧石上用木杵捶打。有个省力的法儿，叫孩童在砧石上用脚踩，他只好脱下鞋上去踩。

塘边还有好几个砧衣的妇女，有个女子说："你家小叔子真规矩！"大嫂一声冷哼，"规矩里头挑出

来的，他呀，坏死了！"这女子打趣，"不规矩？是
不是小叔子爬上大嫂子的床，摸着奶子要奶吃啊？"
大嫂又哼一声，"他敢！"另一个女子说："那咋不
规矩了？"大嫂说："你问他！"女子们起哄，"说
呀！说呀！"

他的脸发烧，恨不得一头扎进水塘里去，满塘响
起了咯咯笑声。

大嫂叫他帮她拧衣服，麻布长衫又重又厚，两人
合力拧很吃力。他偶尔扬起头，看见大嫂满脸含笑看
着他。这时他才知道大嫂没有真生气，也许在大嫂眼
里，他只不过是个小毛孩子，值不得生气。

一大堆衣服洗完了，已是红日西沉，红霞满天。
两人抬着一个大木盆往家走，大嫂卟哧一笑，"那
天，你跑到渭水边上干什么去了？"他垂着头臊得不
行，哪里说得出话来？再说他也不知跑到渭水边上干
什么去了。

啊，那天的晚霞真红真粲啊。

从那以后，大嫂与他和好如初，常常把他叫到身
边做点事儿，说会话儿，他也变得自在快活了。

不久父亲贬到了新野。大概家庭经历了变故吧，他长大了，大嫂喊他三叔……

一忽儿传来了母亲的声音："儿啊，你醒过来了？"大嫂把他的手交给母亲手里，母亲宽厚的手掌包裹着它："吓死妈了，五天五夜啊，儿啊，神灵保佑，祖上有德啊！"

王安路过西市口，看见一个紫须汉子从晏明楼走出来。他在北军军门就是中了紫须汉子的飞刀，仇人见面，分外眼红，斜刺追上去。

西市车水马龙，紫须汉子穿行人群中，脚下生风，走得飞快。阳光一晃失去了踪影；双目定神又见紫须汉子在人群中露出头来。大约一顿饭时间，紫须汉子出了雍门，进入一片柳林。

柳林中有条车道，车辙很深。间隔十来丈，绿荫中就有一间小屋。既有秦砖汉瓦的精舍，也有茅蓬瓮牖的蒲柳人家，其中还有酒帘招摇，妙女当垆的茶楼酒肆，实在是一个幽雅旖旎的去处。柳丝之下，三五成群的妙龄女巫出出没没，把笑声和香味撒在青枝绿叶中。更叫他脸热心跳的是，每走数十步就有一个女巫向他扬手帕，挤眉弄眼冲他吃吃笑。

紫须汉子进入一家酒肆，王安追进去。临窗坐着一位锦衣少年，看见他进来，显出怪讶样子，抬头狠狠瞪了他一眼。这少年大约十四五岁，面白如玉，身材秀颀，头戴儒生方帻，身穿黄色滚边绵绣长衫，腰悬金鞘玉柄长剑。神色分外冷傲，俨然一位遗世独立的翩翩佳公子。

酒奴弓着腰，"客官这边请。"王安问，"可看见一个紫须汉子进来？"酒奴笑了笑，"啊，啊，客官找人呀，后堂请！"后堂由屏风间隔，形成一间间雅室。雅堂里每个客人身边都坐着一个妖艳女子，说说笑笑十分欢洽。王安到每间雅室看了一眼，不见紫须汉子，向后门奔去。门外浓荫匝地，满耳蝉声，哪有人影？

他到柳林找了一阵折转头来，酒奴问，"客官要找紫须爷台？"王安点头，"不错。"酒奴尖脸上漾出诡谲的笑，"客官何不坐下，小的叫人去找。"王安犹豫着，酒奴扬声叫，"公子爷一位！"把他带进了一间雅室。王安刚刚坐下，有个盛妆女子击鼓载舞

而至，在他案前扭动了一阵，长袖冲他一甩轻声唱
了：

彼狡童兮，不与我言兮，维子之故，使我不能餐
兮。

彼狡童兮，不与我食兮，维子之故，使我不能息
兮。

听着艳歌，心儿怦怦跳。谁知盛妆女子在席前舞
了片刻坐到他身边，勾住他的肩臂，蟒首靠过去。王
安心儿狂跳，窘迫得好像坐在火堆旁边，不单脸儿发
热，浑身都发热。盛妆女子越靠越近，张开右臂环抱
着他，热烘烘的身体挤压着，使他喘气不赢。盛妆女
子调头冲着他笑，"公子好香啊，嘻嘻，想必家有娇
妻。"他推开她，急急起身，抬脚要走。

盛妆女子轻轻拽住他的衣袖，"公子别走啊，紫
须爷台一会就到。"王安问，"他在哪？"盛妆女子
说："急什么呀，坐一会嘛。"王安说："在下不能
奉陪。"盛妆女子却说："公子不想见紫须爷台
了？"王安说："这话怎讲？"盛妆女子幽幽说：
"公子只晓得要见紫须爷台，不晓得赏奴家一卮酒

喝？家有娇妻也不能把奴家视为厌物哟，没听说家花没有野花香吗？"王安无奈，掏出几枚钱放在桌上。盛妆女子说："公子倒慷慨，不过还得……"她指看脸蛋儿，"亲奴家一下。"王安一怔，"这！"盛妆女子咯咯一笑，蠕首闪电似伸过去在他脸上"叭"地亲了一口。不等他发恼，凑在他耳边低声说："向西一百来步有间茅庐，紫须爷台正与相好的饮酒作乐呢，嘻嘻。"接着扬声，"公子回头再来哟。公子身上那个香呀，迷死人了。别让奴家等久了，想死奴家了。"咯咯咯，一阵荡笑。

王安朝她指引的方向走去，柳荫下果然有间茅庐门开着，右脚在门槛一迈，左脚被一条草绳套上了。只觉被人猛劲往后一拽，身体向前扑倒，脚儿腾了空，整个人硬生生倒吊起来。没见有人，没听有声，懵懵懂懂的，一头雾水，压根儿不知怎么回事。

他吊的位置很绝，身体正好在树荫外边。太阳当顶，热辣辣，亮光光，喷火似地直刺眼睛。他死死闭上眼睛，一会儿，浑身像开锅似地大汗淋漓；很快汗全干了，无数灼热的细针刺着他发粘的肌肤。全身毛孔，包括头发根儿，没有一处不疼得冒火。

　　“呸！勒公狗呢，骚！骚狗子！骚气熏天！”有人笑着击掌。“好啊，好得很，今儿可有热闹瞧了。”

　　他睁开眼睛一看，却是那个锦衣少年，不由得怒火攻心，破口詈骂，“小贼，我与你无冤无仇，为何暗算我？”

　　“哟！”锦衣少年拖长声调围着他打转，“哟哟，你是晒昏了？还是瞎眼了？竟然说本少爷暗算你！”他又拍了拍手掌，“你说本少爷暗算你，你倒是说说，你看见了？听见了？常言道，眼见是实，耳听是虚，你没看见，没听见，全是自个儿想的，连虚的都不顶，作不得数。”说着得意笑了。

　　王安被他说得哑口无言，闭上了眼睛。

　　锦衣少年在对面的树荫下坐下嗤笑，“不是说你身上香吗？本少爷咋没闻着？呸，同气相求，臭味相投！骚！骚狗子！骚气熏天！”王安只觉血往上涌，太阳穴上两根筋砰砰发胀，哪里还有精神与他斗嘴？锦衣少年见他的头由红变成紫，由紫渐渐变乌了。拍拍手，“勒狗的呢？怎么还不来呀？这会儿不趁活勒，只怕要晒成狗干了。本少爷还要看光景呢。”隔了一会又拍手，“不好玩，不好玩，是不是看见本少爷来了，勒狗的不敢出来了？”他扬声大叫，“勒狗的，出来！勒狗的，骚狗儿快吊死了，出来，快来剐狗皮呀！”

汉朝建国以来，长安盛行吃狗肉。汉初名将樊哙狗屠出身，做得一手好狗肉，汉高祖刘邦喜欢吃，沛县出身的开国丞相萧何、曹参也喜欢吃。君臣共同的嗜好，狗肉成了汉朝的国宴。相传沛县樊氏宰狗，不是用刀杀，而是用绳勒。把狗勒得将死未死的时候倒挂起来，破开两只后蹄放出少许血。然后从后蹄往上剐皮，把一张狗皮毫无损伤剐下之后，狗肉还在颤动。

“喂喂，要不要本少爷救下你呀，小骚狗？这样吧，你汪汪三下，叫一声小爷，说‘求你了’，本少爷就救你。”

王安睁开眼睛，见他满脸轻薄，又死死闭上了眼睛。

“不好玩，不好玩，这么一小会儿就晒成哑巴狗了。”锦衣少年咯咯笑了几声，“好吧，晒哑巴了，免下汪汪叫吧。你不是还会睁眼睛吗，冲本少爷眨巴几下。三下，怎么样？”他见王安还是不理睬，“好

266

好，本少爷不为难你，眨一下意思意思总可以吧。一下，就一下，本少爷就把你从树上救下来。"

王安狠狠翻了他一眼。

"好，这才乖呢。"锦衣少年一跃而起，拔出佩剑，忽听一声断喝：

"慢着。"

锦衣少年哟了起来："你会说话，没晒成哑巴狗呀，怎么了？"王安恨恨说："你暗算我，耍戏够了，又来卖人情救我，没那么便宜！"锦衣少年说："哟！骚狗子变成疯狗子了，狂犬乱吠呢。本少爷说没暗算你就没暗算你，你赖上本少爷不成？"王安说："我赖你？呸，耍赖的是你！"锦衣少年叫嚷，"本少爷没赖！"王安也叫嚷，"你赖了！"锦衣少年哟哟两声，后退了几步，长剑冲他一指切齿说："你说本少爷赖了，本少爷就赖了，你要怎样？"王安说："给我滚远点！"锦衣少年又哟了一声，"你不怕晒成狗干？"王安说："是死是活，不用你管！"

卟嗤，锦衣少年突然笑了，"你不要本少爷管，本少爷偏管！你不要本少爷救，本少爷偏救！"说着长剑挥出，草绳两断。王安身体下坠，他两手往下一撑，双脚着地，身体直立起来，随即弯腰解开脚上的绳子拔腿就走。

"哟，佳人有约哟！"锦衣少年嘲弄，"好个小淫贼，走得好快哟！"

王安充血的脸又一阵充血，"你！"

"怎么？冤枉你了？"锦衣少年杏眼圆睁满脸不屑，"不是有人说你身上好香，迷死人了，叫你回头快去吗？哼，好好一个士子若不是起了淫心，治游花柳地，何至于像狗一样叫人倒吊到树上？活该！"

这锦衣少年舌尖口快，说话像刀子，自有一派颐指气使的刁蛮气度。不用说雅室里一幕全叫他看见了，自己还能说什么呢？夹紧尾巴逃之夭夭算了。

身后传来一阵唾骂，"呸，羞死人了！要是本公子，一头扎进渭水死了得了，省得活在世上丢人现眼！"

王安回到家里冲了个澡，看见大嫂正在回廊上洗衣服。他抱着换下的衣服往盆里一放，"大嫂，要不要提水呀？"吕焉说："打两桶吧。"

回廊当中有口深井。王安到井边一看："嗬，好多甜瓜！"吕焉说："想吃捞一个吃吧。"王安欢快叫了声"好嘞！"打了两桶水倒到盆里，就捞了个甜瓜咬了一口，"好冰凉，甜津津的！"

如果说长兄如父，那是父亲过世之后；长嫂如母，却是从她嫁进门头一天就开始了。吕焉十五岁嫁到王家，十多年了。那时王安七岁，王临三岁，王嬿还没有出生。公公贬到新都之后，二叔强奸婢女未遂把婢女杀了，公公一怒之下，把家里年轻婢女一概嫁了出去。打那以后，她每天黎明即起，没有闲暇时候，精神头却总是那么好。脸儿红扑扑的，挂着温馨平和的微笑。王安王临王嬿肚子饿了，不去找母亲，而去找她；磕了碰了摔跤了打架了哭着回家，不去找母亲，也去找她；衣服脏了破了，不去找母亲，还是找她……

吕焉抓起衣服一看，油汗腻手，眉头一蹙，"你上哪儿野去了？"王安连忙否认，"没没，没有呀。"吕焉哪里肯信？她仰着脸，眼睛睁得更大了，"跟人打架了？"他连连摇头，"没没，没有呀。"吕焉不依不饶，"这是怎么回事？怎么汗成这样！这是油汗，脱力冒的汗，大嫂洗了这些年衣服了，瞒得了我！"他知道瞒不住，吱唔了一阵，把柳林的遭遇讲了出来。

吕焉开始还搓着衣服，双手渐渐停了，全神贯注听他讲。待他说完，俏目飞快一瞬吃吃笑了，"小淫贼！嘻嘻。"

"大嫂，你！"王安耳根都红了。"人家……有话再也不告诉你了。"

吕焉在搓板上猛地搓了几把，咯咯笑了几声，"三叔可是掉进温柔乡风流堆里去了。"说罢发出婉转清脆的楚音，唱出一曲巫歌：

浴兰汤兮沐芳，华采衣兮若英。灵连蜷兮既留，烂昭昭兮未央。

这不是楚地巫歌《云中君》吗？玉女新沐，遍体流芳；晚妆既成，华衣若英。舞姿宛曲，周旋回环；光采照人，璀璨如星。这不正是林中那些妙龄巫女吗？王安知道她们是什么人了。"巫"与"舞"同音，与"灵"同形，巫，就是跳舞降神的人，多数为少女。她们面目姣好，能歌善舞。只因是与鬼神打交道的人，不能嫁与凡人，只好偷偷寻找相好。

吕焉接着唱：

悲莫悲兮生别离，乐莫乐兮新相知。

不用说这正是巫女生活的写照。她们不时与心爱的男人分离，又不时去寻找心爱的相好。心里不禁歆羡，"大嫂真是什么都知道！"

"你！"过回轮到吕焉脸红了，"这紫须汉子是什么人？怎么可以冒冒失失自个去找！幸亏有位公子出手救了，否则不定怎样呢。想起来真叫人后怕！要是父亲知道了，不揭你一层皮才怪！"她笑了笑，语气缓和下来，"你说的那位公子，倒是怪有意思的。"

"哼，什么公子，说不定就是暗算我的小贼。"王安想到锦衣少年说的那些话就脸红，从心往外激烈反对，"得便宜卖乖，阴险小人！"

"你敢确定？嗯？"吕焉定睛望着他，"不会吧，别把好心救你的人当恶人了。"不知怎的又吃吃笑得花枝乱抖，"依大嫂看哪，那个'什么公子'，真的不是'什么公子'，倒是一个女扮男装的俏佳人呢，嘻嘻。"

王安连连摇头，"佳人？不可能。这样的人会是佳人，天下再没恶人了！"

"准是个佳人。"吕焉思忖了一会，"我问你：那锦衣公子俊不俊？有钱没钱？巫女为何只缠你不缠他？"王安答不上来。"那是因为巫女认出他是女的，你不是。我再问你：你入花柳地，他骂你淫贼，他不也在花柳地吗，淫贼会骂淫贼吗？"王安也答不上来。吕焉又笑了，"瞧他说的那些话，那是看上你了。三叔好福气哇！"王安偏着头，"大嫂什么都知道，不会也女扮男装进过花柳地吧？"吕焉脸红了，扬起手，"你敢戏耍大嫂，大嫂不拧你的嘴。"王安一溜烟跑了。

十　宣室殿小殓二传哭　未央宫廷议大司马

入夜，红阳侯王立驱车来到新都侯府，他头戴九寸通天冠，身着绿领藕荷色绸衫，胸前绣有四爪大张的巨蟒，背后绣着日月山川。金箔银珠间缀于五色彩线之中，锦囊玉佩悬挂在滚边博带之上，其中尤以"刚卯金刀"格外耀眼。

这"刚卯金刀"形如小刀，简称金刀，是汉时通用的钱币，极普通，极平常。自从汉高祖立国以来，无论贵贱都在正月卯日，用桃木镶嵌金刀，刻上"正月刚卯"以及姓名、生辰一行小字，如同护身符悬挂腰间，讨求一年吉利，摈除一年疫气。二百年来积渐成习，成了民间风俗。王莽身上也戴，桃木而外再无装饰，金刀上铜色发乌，个头也小，很不显眼。王立则不同了：桃木与金刀镶嵌在一块红宝石中，硕大无朋，用麻花金链拴系，金光熠熠。

大丧期间，尽管皇帝大行没有引起臣民悲恸，但穿得这样鲜丽，实在有点扎眼。王莽心里不快，引他走进书房，"六叔深夜辱临，不知有何见教？"他与王立有隙，虽然敬礼如仪，神情始终保持距离。

"嘿嘿，贤侄的书房好香！书香，墨香，还有芝兰芳香，六叔敢说全长安没这么高雅的书房了。嘿嘿。"王立嗅着笑着，有点像妇人，多少带几分媚态。王莽淡淡的，"六叔错爱了。"王立拉着他的手亲昵地捏了捏，"什么错爱不错爱，吃吃喝喝是酒肉朋友好，讲感情还是自家骨肉好，不爱自家骨肉爱谁呀？错爱也是爱。你说是不是呀？"

王莽不知如何回答才好。

"啧啧。"王立又捏了捏他的手，满脸歆羡媚笑，就像长舌妇人要把什么惊人消息说与人听。别人还不知咋回事，自己就又惊又咋了。"贤侄大喜啊！六叔特意跑来抢个先，向贤侄报喜。嗨嗨，运气找上门，门板挡不住，贤侄吉星高照，鸿运当头哪。"

"不知有何喜事？"王莽见他卖关子，其实对他来意心中早就有数。

"六叔从太皇太后陛下那里讨到一个天大的喜事，嘿嘿。贤侄就要官复原职，重任大司马了。"王立翘起拇指晃动着，表现出深得圣眷的情态。"这大吉之日嘛，就在大行皇帝小殓之礼的当天，嘿嘿。"

大行皇帝尸体入殓，依《周礼》分小殓、大殓两次进行。小殓是给尸体穿上金缕玉衣，下到棺木中；大殓则是给棺木盖上，钉上钉子，封闭起来。小殓之礼在各郡国诸侯王接到丧诏抵达京城之后，择吉日举行。天气大热，刘欣的尸体虽经太医处理，已开始腐烂，不能久放，必须尽快行小殓之礼。看来王莽官复原职就在这一两天了。

王立显得很得意："这小殓之礼嘛，六叔还讨到了一个消息。圣意由贤侄做太祝(司仪)，贤侄这回可真占尽风光了，嘿嘿。" 接下去，他说起如何晋见太皇太后陛下，如何举荐王莽担任大司马之职；太皇太后陛下始而犹豫，继而意决……太皇太后陛下与他越说越融洽，连小殓之礼由王莽当司仪的事也都告诉了他。

六叔拾了点牙慧就到这儿卖弄来了，王莽心里很不自在。前天太皇太后陛下让他出任大司马，他当面拒绝了：

"外戚专权，朝野侧目。孝成皇帝之时，王氏十侯五司马，权倾朝野，市井腾议；孝哀皇帝，董吕高官显爵把持朝政，民怨沸腾，尤盛于前。而今董吕刚去，王氏复来；黎元失望，贤臣痛心，前车之覆辙岂可再蹈？为社稷计，陛下还是另选贤能为好。"

太皇太后陛下问他，"卿以为何人为宜？"他推荐了何武、鲍宣，太皇太后陛下俱不满意，于是他提出"廷议公决"。只有示公心于天下，朝野才会心悦诚服，太皇太后陛下同意了。

王立暗暗着急，难怪不少人背后骂他是驴头猪脑憨巴公。王立只得直说了，"六叔此行是奉太皇太后陛下圣谕，特来与贤侄商议拥立孝成皇帝流落民间之遗子。悠悠万事，莫此为大，拥立之事刻不容缓。圣意寄望我叔侄通力合作，尽快拥立新君，承绪续统，安定社稷。"他已认清当前情势：拥立大计必须获得王莽支特，这个民间的"成帝之子"才可堂而皇之公诸朝廷；只有获得王莽认同，朝野才不会对这个民间的"成帝之子"产生疑义。

王莽的眉头蹙了起来。"

"唉。"王立长叹，"贤侄对六叔尚存蒂芥啊，过去都怨六叔，都是六叔的不是。但不可误了拥立之事啊。"

话说到这份上，王莽意识到拥立之事回避是回避不了的，不单要面对这位六叔，更要面对太皇太后陛下。如果说六叔的意向他可以视而不见，太皇太后陛下的意向他却必须正视。他已经感觉到太皇太后陛下多么希望有个嫡孙来继承皇位啊！鉴于大行皇帝对她的冷落，鉴于傅昭仪对她的排挤，对于民间这个"成帝之子"她多么希望他真是儿子的亲肯肉啊。

"六叔至亲，小侄安敢稍存蒂芥？拥立之事太过重大，请六叔稍候数日……旬日如何？再向六叔讨教。"

"旬日！"王立担心夜长梦多，希望早点定下来，可王莽不松口，他不无讽刺说："巨君一诺真比千钧还重啊，六叔只好伫候佳音了。"

各郡国诸侯王陆续抵京，小殓之礼在即，大殓之礼也就不远了，《周礼》明确规定：大殓之礼，新君在灵前登基。礼毕，百官出殿换吉服，重新进殿朝拜新君，表明新朝伊始。眼下民间这个"成帝之子"真假难辨，尽早确定实在迫在眉睫了。

王莽责成王寻王邑调查那个民间"成帝之子"。

五天后，二人报告：这个"成帝之子"名叫子龙，今年八岁，生母是许后的侍女杨寄。现住北门水巷，与老貂铠裴年生活在一起。许后被废后住在长定宫，成帝偶尔到长定宫走动，应该说杨寄有机会接近成帝与成帝暗结珠胎。许后深恨赵飞燕姊妹，有意为皇上保全一根苗裔，也是可能的。得知杨寄怀孕，谎称她脖子上长鼠疮臭气熏人，将她返回原籍。杨寄得以回家分娩，母子俱获平安。

"谎称长鼠疮，太招摇了吧？"鼠疮很扎眼，流脓流血，给人印象深刻。没长鼠疮谎称长鼠疮，得做多大手脚！许后有这个能耐吗？王莽觉得可疑，"给杨寄诊断的太医是谁？"

"太医名叫郑宾。" 王寻说："五年前死了。"

"死了？"王莽心头一动，见王邑自始至终未吐一言，心中更疑。这个六弟呀，口里没话就是心里有话。"老六，那孩子生于何处？查清楚了？"

"隗里。"王邑短短吐出两个字。

王邑三十四五岁，面容奇瘦，前额隆起。一双眉毛又粗又宽，特别显眼。眼眶深深陷进眉骨里，眼睛总像隐藏在浓眉里头，阴凄凄的。而当抬起眼睛，两个眸子又黑又亮，精光四射。

隗里有座黄山，山灵水秀；山下有条桃溪，周围数十里广植桃树，尤其出名的是出美女。京师民谚说：桃园桃如蜜，桃溪女如花。不但是文人墨客猎艳的去处，皇宫选采女也少不了隗里，各朝的宫女四停就有一停来自隗里。

王莽接着问，"何时出生的？"

"绥和元年（公元前 10 年）四月十三。"王邑说。

绥和元年四月十三出生，那杨寄怀孕时间当在元延四年（公元前 11 年）六月前后。十月出宫，怀孕已经四个多月了。王莽计算着，"四月十三这个日子准吗？有证人吗？"

"有。"王邑嘣出一个字。

"嘿嘿。"王寻笑了笑，"不光有，还多着呢。小弟与老六专程到隗里，询问县令、掾曹、亭长以及乡邻，数十人众口一词证明杨寄在桃溪分娩，对杨寄分娩日子记得很清楚。"

众口一词？对一个妇人分娩的日子？竟有这事！王莽疑心大起。

　　"嘿嘿。"王寻又笑了笑，"二哥疑心六叔做了手脚？起先小弟与老六也疑心。一打听才知杨寄还没到到家就发作了，在村口找到一间牛棚分娩了。当时晴天红日，谁知婴儿呱呱堕地的时候，雷雨大作。乌云中还垂下一条龙尾，生下的孩子取名子龙，不少人说是龙种，乡邻印象十分深刻，至今还有人不时提起呢。"

　　还可真巧了。王莽有些意外。

　　"还有巧的呢。"王寻说："这子龙的面相，实在长得稀奇。小模样酷似孝成皇帝；额前还长有一撮壮发，与孝元皇帝相似。单凭这一点，不由人不信。"

　　"壮发"是向下生长的头发，怎么梳也梳不上去。覆在额前，呈三角形，十分显眼。

　　王寻比王邑大两三岁。这个人最大的特点就是没有特点。国字脸，黄皮肤，五官周正。长得不算英俊，倒也顺眼；眼睛不大，眉毛不粗，无论官民人等，无论何时何地，这样一张脸都不会惹人注意，说话做事不显山不露水。但有一桩，凡是王莽交托的事踏实认真；说话不添油不缩水，有一句是一句，诚实无讹。

"依你之言，此子确为孝成皇帝之子了？老六，你的看法呢？"

王莽要王邑发表见解，王邑不作声。催促了一遍，还是不作声。他与王寻不同，疑心特重，这表明他心里存有巨大疑虑。不回答就是回答。

"父亲！"远远传来王嬁脆亮的叫声。她兴冲冲跑上堂，看见王寻王邑在场，连忙行礼。

"什么事啊？把你急的。"王莽满脸都是笑。

"大嫂把礼服做好了，叫父亲穿呢。"她两手大张，"这大这大，可好看可好看了！"

王莽对别的不大讲究，唯独对上朝的朝服和祭典的礼服讲究。元延三年主持祭天大典，就是因为礼服新都庄穆，得以封侯；这回主持小殓之礼，自然更加求新都求庄穆了。

王莽招呼二人，"老四、老六，一块看看去。"

礼服放在神龛下面，王莽进入后堂，夫人和吕焉帮他除去外衣，服伺他把礼服穿上。礼服以黑缎为底料，四周滚着白边。右上角绣着一轮云海中崭露头角的红日，中间绣着一条云雾飘绕的金色盘身巨龙。这云海，这红日，把背景从黑色调换得五彩斑斓，构思极其巧妙。金龙不是在黑色中翻滚，而在景云里翱翔了。尤其一双龙眼，借龙头回首翘望之势，恰巧居于前襟当中。它是两粒黑宝石，晶光闪烁，宛如一双灵动的黑眸子打量着人们。

接着王莽戴上通天冠，换上朝天靴，一下子高大了许多，粗壮了许多，整个人变得魁梧雄奇，足以雄视天下了。

"好一身海日金龙袍！"王邑忍不住喝彩，"新都庄穆，真正新都庄穆！"

以大玄为底，符合丧礼庄穆基调；又从庄穆中突显华瞻贵重。王嬿拍着手儿，绕着圈儿观看。

王安走到大嫂身边，"大嫂手真巧！"王嬿故意挑字眼，"错了，是心灵手巧！"王安赶忙说："小妹说得对，三哥错了，三哥认错。"吕焉满面溢彩，不知是嗔三弟还是嗔小妹，"自家人夸自家人，也不怕四叔六叔笑话！"

"又错了！四叔六叔不也是自家人吗？"王嬿今日特别兴奋，跑过去拉着王邑的手搡着，"是不是嘛？"

王邑把她抱起举过头顶："说得对！"一家人欢快笑了。

宣室大殿，哀乐低回，朝廷为大行皇帝举行小殓之礼。

夜漏未尽，文武百官身穿丧服，按照品秩进入皇宫。昼漏上水的时候，五官中郎将王宇、羽林中郎将孔永、驸马都尉刘垒、虎贲校尉扈钧率领所部将士，持戟守卫端门以及宣室左右两厢。侍中、常侍、黄门郎手持兵器在丹陛下站立。傧相和谒者引导诸侯王最先步入大殿立于西北阶下，他们身后站着宗室成员；三公九卿在北面就位，他们身后站着文武百官；贵人、公主，宗室妇人立于东面。按定制，俸禄四百石以上的京官全都进宫参加哭祭，人数三千有余。官员从殿内排到殿外，长达一里。宣室内外，银白一片。

灵堂设置在丹陛之上，一对巨烛如同火炬把灵堂照得通亮。下面是一口朱红色巨大梓棺。灵堂笼罩着一层蓝灰色轻烟，如云如雾，如同神冥境界。刘欣的尸体躺在梓棺之前，陈放在一个硕大的木槃之上。木槃宽八尺，长一丈，其中有冰床，冰床上满布圭璋、翡翠、红宝石、五色珊瑚镂刻的奇花异草。刘欣静静躺在中间，他的面容经过描眉傅粉，安祥如睡。

辰时正，太皇太后陛下銮驾进入大殿，登上丹陛，拄着龙头拐杖，立在遗体之旁。

王莽巍峨高冠，宽大礼服，庄重威严的仪容，出现在丹陛下边。他翘起头躬着身，张开双臂，衣袖垂地，迈着细碎的步伐，如同一只张开羽翼的玄色巨鸟趋步向前。一步一式，翼如也，跃如也。一阵黄钟大吕，声如呜咽，他登上丹陛，高呼一声：

"哭祭！"

西面有谒者响应，"哭祭！"诸侯王及宗室成员一齐向前踊，前行数步，同时跪伏大哭。

接着东面有谒者响应，"哭祭！"贵人、公主以及宗室妇人一齐向前踊，前行数步，同时跪伏大哭。

每隔三丈有一个谒者呼应，前踊跪伏的人一片连着一片，哭声也一片连着一片，宛如大海突起狂澜，一浪逐着一浪向前激荡，一直传到殿外。片刻间殿内殿外，全都跪伏。

"尽哀！"随着王莽的呼声，人们呼天抢地放声大哭。许多人哭得死去活来。少顷惊咋之声四起，谒者不时报导有人哭闭了气。太医与貂铠抬着人里出外进，气氛更加紧张，哭声更加响亮了。

这就是周礼"传哭"仪式，小殓之礼传哭二通，大殓之礼传哭三通。

"哭踊如仪！"这是头一通传哭仪式结束的指令。

一个谒者一个谒者传呼下去，哭声一片一片停息，人们一片一片站立，一片一片退回原地，屏气敛息注视灵堂。这时四名宫女进入灵堂给刘欣戴上黄金打造的皇冠，口中含上明珠，身上裹上十二层丹黄色绣花缇绘，最后套上金缕玉衣。穿戴就绪之后，她们躬身退出灵堂。

八名金甲虎贲抬起刘欣尸身放置在梓棺之中，随后把木槊抬卜丹陛。

"哭祭！"王莽再次高呼。

谒者又一个一个传下去，哭声又一片一片响起来。传哭之后，王莽高呼：

"止哀！"殿里殿外一片肃穆。最后他宣布：

"小殓如仪！"

中书令齐安、中太仆何闳各领一队貂铠，引导三公九卿、军政大臣一百余人，喝令其他官员闪开。这些大臣神情庄肃，目不斜视，缓缓在人群中穿过，列队向未央宫前殿走去。齐安宣布：

"各位大人，太皇太后陛下有要事廷议公决。"

少顷，殿中韶乐奏起，太皇太后陛下御辇进入大殿，登上丹墀，接受百官起舞山呼，"众卿辛苦了大半天，都请坐下吧。"

"谢太皇太后陛下！"百官齐声道谢。

"朕年已老迈，久居后宫不问朝政。只因皇上大行，董贼作乱，朕迫不得已临危受命。望众卿群策群力辅佐朕躬，无堕国事。近来匈奴进犯定襄，南越入寇梧州，山东盗贼蜂起，都需朝廷用兵。董贤已死，大司马一职不可久旷。众卿以为何人能担此任，不妨当廷举荐，朕唯公议是决。"

"太皇太后陛下圣明！"御史大夫彭宣当即站起，急趋上前伏于阶下，"大司马执掌天下兵马，唯贤能者居之。新都侯王莽仁德睿智，曾任大司马之职。爱兵如子，将士同心。当此之时四海安靖，胡夷不侵。董贤幸佞之徒，焉知军国大计？法纪废弛，兵

骄将惰，致使军武不振，国威不张，胡夷猖狂，边境
蹂躏。今董贤伏诛，王公理当复职，重振国威。"

司隶鲍宣接着上奏，"太皇太后陛下圣德天覆，
子爱海内，且虚怀若谷，求言求贤，必可使天下贤者
在位，能者在职，百姓安，阴阳和，神灵应，嘉瑞
生。"他的嗓门特大，说话带有感情，这番颂词十分
煽情。"诚如大司徒彭大人所言，新都侯王莽肃敬敦
厚，实为大司马上上之选。"

鲍宣一向敢言敢谏。是白的，即便皇上说黑，他
敢逆鳞廷争，直到皇上把他逐出庙堂；是黑的，即便
士大夫都说白，他敢逆势抗辩，不怕被视为庸俗媚
俗。他以大实话，大嗓门，大无畏著称，朝野公认清
流。

孔光出班伏在阶下，"皇上宾天，董贤作乱，新
都侯王莽义动北军，勇闯宣室，信安董吕，义勇信兼
备。大司马一职非新都侯莫属。"

三位大臣奏罢，好几个大臣出班附和。王政君见
到王莽众望所归，经过廷仪就不会再有人唾骂牵裙牵
带牵引所亲所爱，心中大慰。环视群臣，显得更加谦
逊，"众卿不妨集思广益，可有更佳人选？"

　　话声刚落，前将军何武出班环顾群臣，"大司马一职，若以德义智勇而论，除新都侯王莽朝中不作二人想。对此太皇太后陛下心中有数，文武百僚心中也有数。太皇太后陛下却要廷议公决，原因何在？三位大人倡言于前，众位大人附议于后，太皇太后陛下再次求言求贤，原因又何在？"

　　他连续发问，满朝文武都被他吸引住了。

　　"下官还要恭请各位大人注意，适才新都侯王莽主持典礼，真可谓'新都庄穆'，无不仰慕。这会儿却不在场，这难道不是太皇太后陛下刻意安排？"

　　他又发一问，进一步引导百官深思。

　　"小殓之礼刚毕，太皇太后陛下即召我等廷议，不会只是让我等歌新都侯之功，颂新都侯之德吧？"他嘿嘿笑着，显得十分自信，"微臣不惴妄测，太皇太后陛下圣虑幽远，必定另有深意。"

　　这番洋洋颂声中，含有扎人的钉子。人人"心中有数"，这大司马一职已属王莽无疑了，却要"廷议公决"，这种做法岂非虚矫？岂非走过场？岂非有意愚弄群臣？他把问题尖说地提到每个人面前：此举若非另含"深意"，便是"虚矫"；若非虚矫，王莽就不宜出任大司马！不少人体味到了他的真正含意，拈须一笑，表示赞同。这给何武极大鼓舞，他接着侃侃而言：

"先贤有言：一僚贤莫如百僚贤；一吏能莫如百吏能。新都侯王莽行可以励群臣，义可以厚风俗，何必一定要出任事务冗繁的大司马之职呢？"至此他顺理成章提出了王莽不宜任大司马的主张：

"大司马掌兵，兵者凶也，新都侯王莽素以仁德著称，何如任太师，为天子师为天下之师？又何如任廷尉，督察百官为百官之监？何如另设新职，让新都侯王莽大展长才，而使贪夫廉，懦夫有立志，百僚百吏贤能，仁义流布天下？若此天下必可大治，朝纲必可大振。不知太皇太后陛下以为如何？"

王政君目视群臣，有些大臣面带微笑，饶有兴味，显然被他这番议论说动了心，不禁愠恼，"你以为何人为宜？"

"后将军公孙禄。"何武说。"后将军将门之后，娴于军旅，能征善战，素有'亚夫治军'之称，堪当此任。"

他的提名大出人们意料。公孙禄这个人的确善于治军。他屯军细柳，细柳营继周亚夫之后再度煊煌，成为元成哀三世最具战斗力的军队。但是不幸得很，他虽然像周亚夫一样善于治军，也像周亚夫一样恃才傲物，却没有遇到造就周亚夫的时势。时异势异，命运也迥异。当年汉文帝之所以对周亚夫的不敬行为大加赞赏，是因为外有虎视眈眈的匈奴，内有野心勃勃的强藩。否则细柳营他可能连问津也不会问津，就像元帝、成帝、哀帝三代君主从没光顾细柳营一样。这个人性情暴烈，语言粗鲁，朝中交恶的人甚多。廷议公决，能有他的份吗？

头一个站起来反对的是左将军甄丰。他也是直性子，说话直来直去，"启奏陛下：公孙将军任大司马不妥。臣思来想去，最妥的还是新都侯王莽。"

接着右将军孙建出列伏于丹墀下，"陛下，何将军的高论，臣越听越不明白。陛下的'深意'，臣虽不敢妄测，但绝非道德淳厚的人不适合作大司马，而桀骜粗鄙的人反倒适合作大司马。"

刘歆也起身上奏，"何将军的高论虽高，可惜理不直，言不正。不正则枉，不直别屈，言枉者必诡，理屈者必蔽，所以叫人越听越不明白。孙将军之惑自在情理之中，嘿嘿。何将军所谓'贪夫廉，懦夫有立志。'并非泛泛言之，出之有典。"他环视百官说：

"此典出自《孟子》。这是孟子赞扬伯夷叔齐不食周粟，饿死首阳山所说的话。莫非何将军要新都侯归隐林泉，最好饿死首阳山不成？诚如右将军所言，道德淳厚的人不适合作大司马，桀骜粗鄙反倒适合作大司马，岂非咄咄怪事？下官倒要请教何将军：新都侯一旦重任大司马，其行就不可以'励群臣'，其义就不可以'厚风俗'了，是何道理？"

奉车都尉甄邯伏在地上嗤笑，"道理很明白，就是不让新都侯出任大司马。"

公孙禄见反对者甚多，急忙出班上奏，"臣德鲜力薄，难堪重任。前将军何武无论德行才具还是朝野人望，都适合作大司马。"

奉车都尉甄邯抬头嗤嗤一笑，"何将军的道理更明白了：就是要让自己出任大司马。"

何武连连叩拜，"微臣绝无此意。"

刘歆冷笑一声，"陛下，何武、公孙禄互相推举，互相标榜，实在有辱斯文，不齿士大夫流。"

何武虽有人望，但也得罪过不少人。在汹汹反对声浪中，同情者不敢作声，反对者一个接一个露头了。

"何武、公孙禄朋比为奸，公然向朝廷伸手要官要权，实为无耻之尤！"

"何武巧言令色，堵塞贤路，应予严惩。"

"哼！"王政君连连冷笑，"何武、公孙禄，尔等可知罪？"

何武伏地不言，公孙禄脖子一挺："臣无罪！"

王政君猛地捶案，"大胆！你还敢抗辩，藐视朕躬！你俩结成朋党，公然在庙堂之上狼狈为奸，互相举荐！朋党为国家大患，社稷大患，必须彻底清除，绝不姑息！来人哪，将二人拿下，押送御史台，交司隶查处！"

几个虎贲应声而出，把二人带出大殿。

王政君说："除两个败类而外，各位大臣一致推举新都侯王莽为大司马。朕从众意，任命王莽为大司马。"

刘歆等一干大臣欢呼："太皇太后陛下圣明！"

十一　拘请室恶咒伪为人　设盛筵解颐妙趣客

御史台是朝廷最高监察官署，俗称"柏乌台"。早在高祖建都初期，御史台四周广植柏树。随着官署扩大，御史及其从属举家住在这里，逐渐成为一个住宅区。很多乌鸦栖息在柏树之上，每日晨昏成群结队，飞起飞落，啼声如雷，因而叫它柏乌台。御史大多"喋喋其口"，"哓哓其声"，皇上有时嫌他们聒噪不休；百官有时嫌他们摇唇鼓舌，都把他们视为一群乌鸦。一语双关，柏乌台的名称不胫而走，传之全国传之后世。

虎贲把二人押进御史台的"请室"。请室是汉代预审官吏的牢狱，意谓"请罪之室"。因为尚未定罪，所因者又是官吏，所以斗室之中窗明儿净，衾被齐全，有别于普通牢狱，环境和待遇还算不错。

二人进到请室刚刚坐定，有个狱卒送来热茶，茶香扑鼻，显然是上品。公孙禄又气又急正觉舌干口燥，举杯就饮，连呼"好茶！好茶！"何武曾任大司空，管辖过御史台。请室的规矩他清楚，虽说拘押的官员尚未定罪，狱吏狱卒不敢轻侮，但也没见过用这样好茶接待的，"此茶何人所赠？"

狱卒不作声躬身去了。

何武把茶杯往案上一顿，公孙禄问，"有何不妥？"何武连连冷笑，举起茶杯扬声说，好像赠茶的人就在间壁。"喝！这么好的茶还不喝？有好吃的只管送来，何某一概照吃不误！"公孙禄又问，"何侯已知何人了？"何武冷哼一声"除了那个人还会是谁！"公孙禄唔了一声，"小将知道了。"

片刻狱吏走来，"二位大人，请。"何武嘀嘀直笑，"可是请我二人用膳？"狱吏说："正是。"公孙禄说："来得正好，本座正饥了，何侯，走，吃他狗日的去！"二人仰面大笑走出去。

堂上摆着筵席十分丰盛，二人举筷就吃。公孙禄喳吧喳吧嘴唇，何武知道有菜无酒，撩起了他的酒虫，亟想呼喝狱吏上酒。然而大丧期间臣民不得饮酒作乐，而又身处请室，比不得在家里偷偷喝几卮，"将就吃吧，这儿可比不得你的细柳营啊。"气得公孙禄嗷嗷直叫，"吃！吃！吃他狗日的！"他伸手拿起盘中的猪肘子咬了一口，满嘴流油，一边嚼一边说：

"真肥啊，真像'伪为人'的肉啊！"

"啊，'伪为人'的肉？可有说道？"

"'伪为人'的肉偷着肥！"

二人同声笑了。

笑声中有人说，"'伪为人'的肉留给下官一口尝尝，如何？"二人抬眼望去，正是他俩切齿唾骂的"伪为人"王莽，不禁愣住了。只听王莽说：

"下官特备几样小菜，以解二位口中寡淡，谁知有人捷足先登，膏脂尽呈，下官可就显得寒酸了。嘿嘿，也好，吃几口青菜，换换口味，请二位大人笑纳。"

他身后有个老仆拎着一个食盒，把四样素菜一样荤菜，端到案上。

成帝时王莽任大司马，公孙禄曾在他麾下效力，王莽迎宾筵上，正是这四素一荤。他不禁有些愧疚，"王公十年如一日，罪官佩服。"

堂外狱卒报："公孙公子到！"只见公孙钧与王安走进来。片刻堂外狱卒又报："何公子到！"只见何钦与王临走进来。公孙钧说："母亲听到父亲押进御史台，焦急万分。王三公子来了，邀孩儿同来看望父亲，母亲令孩儿来了。"

王安与公孙钧年龄相仿，王临与何钦年龄相仿。王莽令二子把二人的儿子请来，无疑对犯官及其家人都是一种安慰，可见他处处细心周到。

何武满心疑惑，"这筵席……会是谁呢？"王莽笑笑，"除了立夫不会有旁人了。"何武还是怀疑，"会是那个死胖子？"王莽扬声，"孙胖子，还不跟我滚出来！"

只见头圆脸圆肚子圆屁股圆，圆圆鼓鼓的孙复踅了出来，公孙禄指点着，"好啊，死胖子，你咒本座啊！先不先给本座摆下了这丧门宴！"

孙复胖脸满是笑，"公孙将军高抬下官了！下官算定必有人来吃这筵席，就叫人预先备下了，没料到会是二位仁兄，哈哈。"他连连作揖，"多谢二位大人，多谢了！"

"谢什么？我等罹难入狱，你倒致谢！幸灾乐祸不是？你这死胖子又在玩什么玄虚？"公孙禄一迭声质问。

孙复毫不介意，嘻嘻嘻一味笑。可不是吗，多谢什么？这个人样子可笑，说的话常常叫人费解。更要命的是，这些费解的话，事后又每每证实是充满智慧的智者之言。众人都疑虑重重望着他，唯有王安抿嘴一笑。 孙复瞟了他一眼，"下官眼拙，公子大约就是喋血军门的王三公子吧。"王安躬身一拜，"正是晚生。"孙复两眼一瞪，两只圆圆鼓鼓的大眼珠几乎要从两只圆圆鼓鼓的大眼睛里蹦出来：

"呸！看你人模狗样的，你笑什么？"

谁都没料到他会突然翻脸，不但王安怔住了，别的人也都诧异。孙复接着数落：

"下官一副尊容就那么可笑！即便可笑，也该顾全下官颜面，不该当着众人的面笑啊。年轻人，是不是觉得你美得冒泡呀？是不是令尊官复原职，忘乎所以呀？"

说罢这番不伦不类的话，摇着胖脑袋连连叹息。

王安想恼不敢恼，想笑不敢笑，只得再拜，"晚生没笑大人。"孙复眼珠一翻，"没笑下官，笑谁？笑天笑地笑令尊不成？"语气咄咄逼人。

公孙钧在一旁说："笑也不一定笑话人哪。孙大人话儿大有深意，会意一笑不行？"孙复直摸圆脑袋，"这么说王三公子是会心之笑，尽知下官之意了。"王安不敢抬头，依旧弓着身子，"晚生不敢妄测。"孙复大为不屑，"嚅嚅！不敢'妄测'，那是'确知'罗。哼！小小年龄不学乃父恭谦，倒学满口矫饰。"听他的话锋，真不知是讽刺乃父还是讽刺王安，王安低头不言了。

王莽笑笑，"孙大人猾稽机智，较之前朝东方朔有过之而无不及。往后可得多与孙大人亲近。"王安应声，"是。"孙复鼓掌，"这可真是当众教子啊，好，好！只是……嘿嘿。"他只说了半截话。王莽笑嗔，"立夫，今儿怎么了？真的摽上犬子了？"

王安上前一拜，"孙大人既然抬爱，晚生就不惮惴度了。刚才孙大人之所以多谢何大人公孙将军，是因为他们在庙堂上说了孙大人想说的话。还因为他们代替孙大人进了请室。"

公孙禄一怔，"什么？本座代替这死胖子进请室？"王安说：

"不错。二位在大殿所说的话，二位不说，别人会说；别人不说，孙大人会说。"

"说的哪儿话？自作聪敏，自作聪敏啊，哪有在请室之中，自己设筵自己吃的？不通，不通嘛。"孙复连连否认，圆脸上笑意却更浓了，"依你这么说，反对令尊复职，岂不是人同此心？心同此理？看起来令尊确实不该出任大司马一职啊。"他爆发一阵大笑，哈哈声中，把刺儿刺向了王莽。

"哈哈哈。"王莽也仰面大笑。"人同此心，立夫，说得过份了点，部分人吧。不过，区区也在其中。"

"王公恭谦。"何武口气平淡，却掩盖不住怨毒和讥刺。"今日见识到了，果然恭谦，佩服，佩服。"

"何大人、公孙将军，容小子斗胆一言。家父并非恭谦，正如二位大人并非伸手要官一样。就以孙大人说吧，大行皇帝在位之时，孙大人力主家父回京复职；大行皇帝晏驾之后，他倒准备出面谏阻家父复职了。此中道理，不是很清楚吗？"

刘欣晏驾之后，朝中形势发生了根本变化。这首先表现在太皇太后王政君临朝，当年王氏十侯五司马的架势，很可能重现朝中，王莽复职就是信号。老妇临朝，外戚专权绝非朝廷之福。朝中必须有一股制衡王氏的力量，有识之士必然是"二位不说，别人会说；别人不说，孙大人会说"了。

公孙禄是直性子，"王公仁义，名播四海。这回复职未始不是社稷之福。岂可与外戚专权等量齐观？仁者爱人，义者无私，但愿王公将仁旌义帜遍布域中。"

王莽还揖，"公孙将军盛赞，下官实不敢当。躬行仁义，愿与二位将军共勉，并望二位将军与下官同心协力共渡时艰。下官视事之后，第一件事就是恭请公孙将军率兵北上驱逐匈奴；恭请何将军率兵南下平定南越，还望二位将军勿辞。"

何武公孙禄一齐下拜，"愿在王公麾下效命。"

"啧啧，你们倒成一家人了。"孙复圆脸上的八字眉变成倒八字了。"只有下官冷落到一边，成了外人了。"

王莽知道他还有话要说，"外人好啊，当局者迷，旁观者清，怪不得你孙立夫事事看得比人远比人深。"

果然孙复啧啧连声，拿"外人"做上了文章，"外人这么好，王公怎不当外人？"王莽沉吟良久，

"身不由己，事不由人啊。"孙复说："王公说得这么可怜，不会抽身出来？"王莽又沉吟良久，"谈何容易！"

何武问，"二位打什么哑谜啊？"

公孙禄比较率直，"他们在说红阳侯拥立幼主的事。"

孙复连忙否认，"这是你说的，下官可没说。"大嘴巴咧了咧，声音夸张，不知是嘲讽还是不屑，"红阳侯拥立幼主的事何等神圣！何等重大！何等机密！是下官这等人可以妄议的吗？"

红阳侯王立在民间找到了孝成皇帝的子嗣，准备拥立为新君。这件事尽管严守秘密，仍然透露出去了。谣言在大臣中流传：有人说王立把一个民间孩子谎说为成帝之子，还有人说这个孩子是王立的私生子。如果这样一个幼君登基，如果朝中再不奋起节制王氏，大汉天下竟是谁家天下？

"抽身，妙！"何武大为称赞，"立夫大才，大才！此子是真是假，贸然赞同固然不妥，贸然反对也不成吧？大司马抽身旁观，谁还敢乱来？存疑就得调查，调查方可辨别真伪。"

"啊。"公孙禄明白了，"死胖子，总是吞吞吐吐话里有话，既然胸有成竹，还不吐出来！省得我们猜谜。"

"哎哟！"孙复夸张叫着，"下官胸中可没有什么竹啊，你们瞅瞅，下官身上长出竹鞭竹笋了吗？"

王安在一旁暗暗思忖，这个孙立夫既然暗示父亲"抽身"，绝非无缘无故。莫非他有什么根据？他上前躬身，"长出来了！"孙复问，"在哪儿呢？"王安说："孙大人的话里。"孙复眼睛一瞪，"竹鞭竹笋长在话里，读书读进屁眼里去了！"王安仍旧坚持，"请孙大人赐教。"孙复上下打量他："你怎么一点不学乃父恭谦？"

"事关社稷，当仁不让。"

"啧啧。"孙复圆脸满是不屑。"你也不惦量惦量自己，说这种大话你佩吗？"王安神情平静，"晚生分量之轻重，无碍晚生请教之诚。"嘻嘻，孙复笑了，"你这脸皮只怕比下官还厚。下官的脸皮厚得像城墙，你的脸皮呀只怕像宫墙。哈哈哈。孺子可教。"王安再拜，"请孙大人赐教。"孙复顿了一会，"多行不义必自毙，你该知道吧？"王安说："晚生知道。"

孙复又问，"下官问你：你要捉鱼还是摸虾？"
王安觉得含有玄机，心中一动却又一片茫然。孙复
说："鱼有鱼路，虾有虾路，你该知道吧。"王安
说："晚生知道。"孙复说："你既知道，就该明白
了。"王安说："晚生不明白。"孙复又大笑，"哈
哈哈，你倒老实，干嘛要找下官这不老实的呢？好
吧，下官也老实一回。告诉你实话吧，下官也不明
白。不过嘛，现在不明白不打紧，就怕事到临头也不
明白。那可是糊糊涂涂，涂涂糊糊，又糊又涂，又涂
又糊，大大圆蛋蛋一个啊。"王安说："大人越说，
晚生越不明白了。"孙复两眼突然一瞪，"不明白不
会去找明白的，还啰嗦什么！"

　　"死胖子，又在打什么哑谜哟？"公孙禄不以为
然直摇头。

　　王安与公孙钧从请室出来，已是暮鸦还巢时分。
无数的乌鸦在空中盘旋，成群结队降落到树枝上，屋
檐上，旋即又成群结队飞起，把嫣红的晚霞搅碎成斑
斑驳驳。它们你呼我应，聒噪不休，似乎争抢着夸耀

一天的收获和快乐。房前屋后林立的柏树不胜其烦地摇曳着，把头高高伸向薄暮的天空，懒得听它们无谓的喧嚣，墨绿的叶片迎着半空巡游的晚风，抖动着行将熄灭的夕照。

二人并辔而行，"孙大人的话，公孙兄可明白？"王安问，公孙钧摇头，"小弟也不明白。"他们边走边谈，不觉到了公孙府邸。门口车马声喧，冠盖如云，前来探望慰问的人络绎不绝。这年头朝中风气大变。受到拔擢的人常常遭到齿冷；遭到贬斥的人反倒博得广泛同情。孔子曾说："邦有道，贫且贱焉，耻也；邦无道，富且贵焉，耻也。"这句话，如今可真大行其道。

公孙钧把王安引进书房，王咸等一群太学生在座。

王咸字君卿，年龄不过二十多岁。身材瘦小，却是一位鼎鼎大名人物。京师号曰："楼君卿唇舌，王君卿文辞。"楼君卿是大名鼎鼎的大侠楼获，王君卿就是这位其貌不扬的太学生。

落坐后，王咸喧宾为主引领谈笑，"我等与公孙兄相契，是这儿常客，至少三日一至。随意行止，随意言笑，公孙将军治军峻严，却对我等优渥宽容。王三公子幸勿拘束才是。"言谈中，自然流露出一见如故的歆欣和领袖群伦的大度。

"不羁不忌，名士风流，在下倾慕之至。"王安一拜。

公孙钧说到孙复，王咸说："孙大人哪，说话滑稽可笑，实则言有所据，暗有所指，王三公子留心细味才是。"王安拱手，"孙大人的话在下也觉暗藏机锋，但无迹可循，尚望兄台赐教。"王咸激赏，"王三公子恭谦坦诚，发之于心，形之于口。"

年轻人话不在多，只要投机，心意就沟通了。王咸自告奋勇，"王三公子说孙大人的话'无迹可循'，实不相瞒，在下也觉'无迹可循'。在下愿尽犬马之劳，托人询问孙大人，五日内给公子答覆。"

王安诧异，"托人询问？孙大人肯实言相告？"王咸笑笑：

"鱼有鱼路，虾有虾路吧。"

又是鱼有鱼路，虾有虾路！王安沉吟间，门口人影一闪，王咸追出去带来一位少年。王安一看，两颊腾地红了，原来是柳林酒肆中遇见的那个锦衣少年。

王咸正要介绍，锦衣少年抢先拱手，"王三公子，又见面了。"

王安想到柳林受到的辱骂，心里窝着火。只因大嫂的话，弄不清是恩人还是仇人。蓦然重逢不知说什么才好，默默拱了拱手。

"二位早就认识？往后……"

锦衣少年打断王咸，拿腔拿调，"王大司马的三公子，喋血军门的义士，父荫蔽日，名声噪天，京师谁个不知哪个不晓呀？在下虽孤陋寡闻，也不会不知长安新秀王三公子呀。"声调夸张，讽刺之意再明显不过了。

这少年无端斥骂于前，当众冷嘲于后，王安眉头一蹙，脸调向一边。年轻人热烈的交谈一下子哑了场。锦衣少年满脸不屑转身走了。王安觉得无趣，也拱手告辞。

到了家门口，天已黑透。门前挂着一排大红灯笼，老远看见"大司马王"字样。门口戈矛如林，牙旗飘飘，黑沉沉的门檐亮如白昼，一排盔甲鲜明的护军站在两旁。短短几个时辰气象一新了。门前空场停着十几乘豪华乘舆，不用说家里来了贺客。只是比公孙门前少许多。王安认出，其中还有几乘刚才到过公孙家，心里觉得好笑，这些人真够忙的，奔走权贵之间，说不定出了这个门还要去敲何家门呢。

王府原本就是钦命敕建的大司马府，头三进作大司马衙署，后两进住家。按朝廷定制：大司马有固定的从官属吏和仆役侍卫，今日一复职，护卫的武士就进府守卫了。穿过花厅，听见二堂上父亲的笑声。

王安走到后门，黑暗中闪出一条黑影躬身一揖，"三公子！"

他定睛一看，"蔺大哥，是你！"

这人名叫蔺苞，现年二十二岁。忠厚老实，做事勤谨，且膂力很大武艺超群。五年前他在王莽帐前做护军，深得王莽信任，还与王家兄弟十分相契。王莽贬回新都，蔺苞一再请求追随王莽前往新都，王莽执意不肯，把他安排在孙建帐下。这回复职，点名把他要回身边任护军都统。蔺苞二话没说，带人明桩暗哨地把王府前前后后护卫起来了。

二人紧握着手，久久不分开。五年前王安还是孩提，蔺苞教他练功习武。亦师亦友，情深意笃。星光下再次再逢，心里都热呼呼的。

后堂上家人围着母亲席地而坐，笼罩喜庆兴奋。素常的兰草香味闻不到了，弥漫着糕点甜香气味。王嬿也没有老老实实坐住母亲身边，一忽儿跑到前堂看热闹，一忽儿又跑回来叽叽喳喳报告。见到他回家，"三哥，大嫂做了好多好多甜糕，等你回来吃呢。"

王安欢快应了一声，讲起请室趣事，绘声绘色学着孙复的动作和腔调逗得王嬿咯咯直笑。

王临问，"孙大人说话东一句西一句，云天雾地，是不是故弄玄虚？"王安说："不会吧。孙大人不是那种无聊的人，大概确有所指吧。"

"真苯！"黑暗中卟嗤一笑。只见吕焉端着食盘走过来，把甜糕搁在席上。"我问你：多行不义必自毙，下一句是什么？"

"子姑待之。"王安兴奋极了，"太对了，大嫂！"

王临说："我还是不明白。"

王安说："多行不义必自毙，讲的是义理，只是泛泛言之，未必实有所指。'子姑待之'，语气肯定，表明事情必然发生。你想想是不是这样？"王临说："是有这么点意味，可是到底什么事，还是叫人摸不着头脑。"王安说："他虽没明说，但暗示父亲提高警惕，却是可以肯定的。"

吕焉嗤嗤笑着，故意催促王嬿："快吃！快吃！等他俩讲经说法去，嘻。"

"我俩脑子笨，吃甜糕可不苯。"王安往口里塞了一块。

王静烟起身回房睡觉，王安说："大嫂，今日又见到他了。"吕焉说："谁呀？"王安说："还不是柳林那小子，尖酸刻薄，满身是刺，哼，俏佳人！坟圈里的刺猬还差不多。"吕焉打趣，"哟，还惦着呢。大失所望不是？"

客人陆续走了，王莽留下要好的朋友和兄弟谈论民间"成帝之子"。

"必是假的！"孙建说得率直，"红阳侯的话一句也信不得！长安城中议论纷纷，没一个相信的。"

"议论纷纷！这可是宫中机密啊。"王莽在请室听到大臣议论，没想到全长安都在议论。

孙建嗤笑，"宫中机密！哼，满长安传得吼吼声，小弟前六七天就听说了。"王莽一怔，前六七天，不是六叔刚向太皇太后陛下奏报吗？当时他震惊小顺子消息来得快，却原来已经传遍长安城。如今可真是的！朝廷政令一年难得传出京城，宫中机密一天就传得家喻户晓。

他急切问，"外间有些什么议论？"孙建说："大家伙都说，这下就看大司马王公凭不凭……"王莽又是一惊，"都……看愚兄什么？"

"天地良心。"

王莽怅怅叹气，孙建连忙解释，"小弟不是有意冒犯……小弟担心，皇上子嗣是宫帏中事，外臣谁能说得清？那帮貂铛别的能耐没有，在宫中搞起阴谋来，准能把水搅得浑浑的，把天搅得暗暗的。谁要是趟上这浑水，准会被他们弄得晕头转向，到时候死都不知怎样死的。"

王莽连连叹气。

王邑说："二哥不必烦恼，近日小弟与四哥打听到当年给长定宫宫女治病的不光郑宾，还有孙亮、杨辉，或许可以从他们口中探出一些真相。"

　　"不见得吧？"刘歆却说："如果孝成皇帝'民间之子'真是个骗局，其人必是大奸大恶之人，其局必是至诡至秘之局，哪能那么容易查得水落石出？"

　　众人都沉默了。

　　王莽苦笑，"愚兄德鲜力薄，但求无愧于心啊。"

　　刘歆反驳，"迎立之事，国之大事。兄长国之重臣，连所迎之人真伪都分辨不清，能无愧于心吗？以后万一发现是假的，朝纲大乱，兄长能无愧于心吗？"

　　王莽默然。

　　刘歆说："兄长现已复职，军务政务日渐繁忙，何不迎请一位经世之才入赞幕中？为兄长掌管机要，谋划方略，襄助兄长大展鸿图。"

　　"幕"是幕府。它是一个集智囊、耳目、爪牙为一体的机构，朝中辅臣无不拥有自己的幕府，为其出谋划策，为其刺探情报，为其处理本人不便处理的事务。它是一种为私人服务的半官方机构。

　　"经世之才！谁呀？"

　　"故相平当之公子平晏。"

　　成帝时，平当任丞相，王莽还是宫中一名黄门郎。平当为相颇有政声，可惜在位时间不长就病逝了。平晏的名字他曾听到过，只是未曾谋面。

　　"平公子对兄长心仪已久，以为当今天下能成大事者唯兄长一人。小弟断言，当今天下能助兄长成大事者唯平公子一人。"

　　"不虞之誉啊，言过其实。贤弟学界泰斗，著述等身，当今天下哪有才智出乎贤弟右者？有一天愚兄遇到难处，你我兄弟，焉能袖手看愚兄笑话？"

　　"兄长大谬！兄长面前，小弟不必虚矫。若言小弟有才，小弟之才乃经学之才；平公子急智奇谋，神策妙计，随机变幻，神鬼莫测，乃经世之才，小弟岂可与之同日而语？"

　　"好了！好了！"王莽听明白了，原来这位平公子是个善于权术的申韩者流。他这一生最讨厌的就是玩弄权术的申韩者流，"申不害、韩非倡言权术，荼毒天下。大丈夫以仁义为本。坦坦荡荡，何需尔虞我诈？何需钩心斗角？何需阴谋诡计？狡诈之徒愚兄躲避唯恐不及，何言招之入幕？"

　　刘歆叹息，"人生际遇，天命所定，岂能相强？这话说得一点也不错啊。"

　　"是啊。"王邑应声。

　　"鱼走鱼路，虾走虾路，才有鱼虾闹海；龙腾龙的，虎跃虎的，才能龙腾虎跃；君子喻于义，小人喻于利，才成人间万象，这话同样说得一点也不错啊。"刘歆又叹息。

　　"是啊。"王邑又应声。

　　二人一唱一和，其中似乎隐含深意，王莽朝他俩望了一眼，但见王邑那双阴凄凄的眼睛大放光华，不觉微微有点诧异："你俩打什么哑谜啊？"

　　王邑笑笑，"到时候只求兄长，别鱼吃虾米，龙咬虎就好。"

　　王莽正要追问，刘歆又叹了一声："唉，龙咬虎的事情，世上还没发生；鱼吃虾米却是人间万象中的一象啊，那也是无法避免的。"

　　"是啊。"王邑三次应声。

一十二　访掖庭查询知情人　掘坟茔验看枉死尸

　　“大司马求见！”何闳低声禀报。

　　“快传。”王政君正与王立交谈，小顺子在一旁侍候，不时插科打诨，气氛分外活泼。

　　走进慈恩殿就听见王立朗朗笑声，“陛下，巨君一向守信重诺，微臣说他今日来，他就一准来。嘿嘿，微臣还敢打赌，巨君一准带来好消息。”他言谈洒脱，如同家居年幼小弟弟对老姐姐说话似的，又随便，又亲昵。

　　王莽伏地上奏，“红阳侯所言孝成皇帝‘民间之子’，微臣派人调查，尚未发现不实之处。可惜只是一些表面证据，尚无确证，天下恐难信服。”

　　王政君手一扬，“来人哪。”

　　两个老貂珰和一个中年妇人应声而出。老貂珰一个叫晏方，一个叫裴年；中年妇人叫伍彦。晏方曾在光华殿供职，他说许后废黜之后，孝成皇帝多次把许后召进光华殿，都是由他秘密前往长定宫宣召的。每当许后身体不适，就由杨寄伴驾。

　　伍彦作证，当年她在许后身边任女史，每次许后应召入宫，都由杨寄陪同，她亲眼看见杨寄多次伴驾。

裴年也作证，他曾是长定宫中常侍，亲眼看见孝成皇帝御幸杨寄，还知道杨寄怀有孝成皇帝的骨肉。杨寄出宫后，他与杨寄结为"夫妻"。他们夫妻是假，主奴是真。他一直把杨寄当主母侍奉，直至今日。

齐安捧着一卷木牍进来。这是掖庭登记宫女的名册，木牍由苇草编排，俱已发黄，显然是陈年老册。他翻拣了一阵，翻出一条木片，上面记载着杨寄的姓名、年龄、籍贯、入宫时间、出宫时间等等。齐安朗读，"杨寄为长秋宫许皇后侍女，其后随许后入住昭台、长定宫等地。元延四年十月因患鼠疮，太医郑宾诊疗无效，遣返回籍……"

齐安刚读完，太医令卓明也捧着一卷木牍走进来。这是宫女病案，他翻拣了一阵，找到一条木片缓缓宣读，"长定宫宫女杨寄元延四年患鼠疮，溃烂流脓，臭气熏人，郑宾诊疗无效，十月遣返回籍……"

杨寄元延四年十月出宫，绥和元年四月生下一子，说明此子是在宫中怀上的，也就是说他是孝成皇帝的子嗣。

王莽却说："晏方、伍彦的证词，以及中书令、太医令所举证据很难视为确证。许多关要之处未能澄清。"

杨寄没有恶臭说成一身恶臭，没患鼠疮说成患有鼠疮，怀有龙种说成没有怀孕。许后已是冷宫废后，哪有这个能耐瞒天过海？当年赵飞燕姊妹权焰熏天，时时捡查宫女肚子，发现哪个宫女怀孕，或者肚子稍稍鼓起，她们就当场杖毙，怎能容忍这类事在她们眼皮底下发生？而今给杨寄作假诊断的太医郑宾死了；指使郑宾作假诊断的许后也死了；貂铛会不会作伪，谁能说得清？

"哟！"小顺子拖着长腔对侍立在一旁的宫女映映眼，"各位姐儿妹儿，看见了吗？太皇太后陛下心里开了一朵花！七彩儿，八瓣儿，闪着金光呢，可好看可好看了。"几个宫女抿嘴笑了。他又指着王政君头上戴的一朵栀子花，"各位姐儿妹儿，太皇太后陛下头上戴了一朵花，白白的，可香可香了，看见了吗？"侍立的宫女都抿嘴笑了。小顺子显得十分得意，

"那么说，各位姐儿妹儿都看见了，太皇太后陛下心里开了一朵花，头上也戴了一朵花。这叫啥？这

叫人上一百，形形色色，再实的话总有人不信；再不实的话总有人信。这又叫啥？林子大了，啥鸟儿都有。"

王立看见一丝笑纹在王政君脸上漾过，大声喝彩："绝，绝了！陆公公说得真对啊！这事儿陛下信，陆公公信，齐公公信，卓大人信，小侯信，大司马也未必不信，可叫人人都信，可就难了。"接着他眉开眼笑称赞，"什么话呀，从陆公公嘴里出来就有趣了；什么理呀，从陆公公嘴里出来就透透的了。"

"嗯，是这么个理。"王政君微笑，"这样吧，看看有没有反证吧？你有，你快提出来；别人有，别人快提出来。大殓在即，时间不等人。规定一个日期，不能长期拖下去。帝位怎可长虚！"

王立大声赞同，"陛下圣明！"小顺子啧了一声，向四周宫女睒睒眼，翘起大拇指压低嗓子，"明智！"王政君大约听到了，笑容绽得更开更大，"如果没有反证，或者反证不能成立，朕以为这些证据就可以当成确证。"王立又赞，"陛下圣明！"小顺子又睒睒眼，再次压低嗓子，"明断！"

王莽垂着头无言以对。没有反证，就是确证。这种说法无法认同。他不禁想到了王邑，当时他无论怎样劝王邑说话，王邑就是不作声。那心境，那尴尬，大概就是此刻的感受吧。

王政君接着说："朕意先把子龙接进宫中，看看是否具有帝王之资；同时收集证据辨别真伪，两不耽误。"

"不可！"见到王立与小顺子互相唱和，王莽忍不住了，"证据不能令人信服之前，此子不宜迎进宫中。"

小顺子跪下，"陛下，奴婢有句话不知当说不当说？"王政君笑了笑，"朕的小顺子，还有什么不当说的？"小顺子叩拜，"谢陛下！听大司马这一说，奴婢请陛下速将子龙迎进宫中，一刻也不能耽搁。"王政君问："为什么呀？"小顺子说："子龙起先没人知道他是孝成皇帝之子，自然没人害他；这会儿满世界都知他是孝成皇帝之子，那就不会没人害他。子龙的处境十分危险，不如迎进宫中确保他的安全，稍有闪失后悔就来不及了。"

王莽心头愠恼，紧绷着脸，"陆公公的大才下官甚为钦佩。但在大臣奏事之时，幸勿僭越才是。"

小顺子的脸顿时潮红，抬眼望着王政君，但见王政君眉头蹙了几蹙没有吭声，眼泪成串流出来。

王立说："陛下，陆公公又没说错。巨君，不，大司马这样说话何苦乃尔，嗨！"

"陛下！"王莽见王政君的脸色变得难看，昂起头鼓起胆，"陛下，若为此子安全，可议安全之法；若视此子资质，可议视察之法；断不可轻率迎入宫中。"王立质问，"陛下，小侯真弄不懂，迎入宫中有何不可？反正真的假不了，假的真不了。"王莽扬声，"迎立之事岂可儿戏？迎进宫中容易，万一发现有误，如何面对臣民？岂非皇室蒙羞，贻笑后世？"王立忿然，"危言耸听！"

王莽说："陛下，微臣并非不信红阳侯之言，只是未敢尽信。而今朝野蜚短流长议论纷纷，微臣尚不能信服，何况群臣？何况兆民？微臣并非不知陛下获悉嫡孙喜悦之心，不过力主谨慎求实求稳而已，望陛下慎思熟虑。"

王政君问，"外间有哪些议论？"

王立忙说："大司马夸大其辞吧？这事只在长信宫议论，都是陛下身边的人，怎么会泄露到宫外去呢？这，这，蜚短流长，议论纷纷，从何说起呢？这不是说……陛下身边的人不可靠……”

“好了！” 这可小瞧他的老姐姐了。王政君在宫中数十年，岂不知宫中至机至密之事恰恰是身边至亲至信之人泄露出去的？她的手微微抬起，沉声训斥，“你知道不知道？越是机密的事，越有人打听，越容易传出去。皇宫几千口子人，什么话传不出去？”

王立害怕外间议论传进太皇太后陛下耳里，尤其害怕子龙是他的私生子的传闻传进太皇太后陛下耳里，谁知心慌则意乱，企图在一个绝顶精明女人面前隐瞒无法隐瞒的事儿。王莽没和他计较，“陛下不必在意外间议论，其实议论并不可怕，只要有确证，经得起议论。不好的议论会自消自灭，好的议论会自起自生。”

王政君终于明白，迎立这个从地底下冒出来的嫡孙，心急是急不来的。她伸手虚扶了一下，“都起来吧，迎立之事关乎社稷，证据必须确凿。这事就交由你二人经办吧。”

二人叩拜，“遵旨。”

“啊，对了。这事以大司马为主，红阳侯帮办。”

二人再拜，"遵旨。"

从长信宫出来，已是午初了，十里宫阙掩映在浓密的苍翠之中。中天的太阳还很热辣，穿行在浓荫中的清风带着花香带着鸟语，把炎热驱赶一空。王莽在路边徐行，心气俱感恬恬。出了中黄门，迎面遇上王邑王宇。二人站立行礼，"免了。何事进宫来了？"

王邑说："小弟特来找太医孙亮、杨辉问话。"

"很好。" 王莽神情严肃，"愚兄奉太皇太后陛下谕旨，主持迎立之事。调查取证交托尔等了。可持愚兄令符出入宫禁。"王邑应声，"是。"王莽谆谆叮嘱，"真的不可误以为假；假的不可误以为真。上要对得起孝成皇帝，下要对得起黎民百姓。"

"嘿嘿，又叫他言中了！"王邑一双阴凄凄的眼睛在浓眉下闪光。

王莽双目一凝，"什么言中了？"

王邑显得异常兴奋，"孙胖子貌似智者，'抽身'之论貌似智者之言，然而兄长身负太皇太后陛下圣眷重托，怎能不替太皇太后陛下排忧解难 '抽身'

自好？污浊之事洁士不为；义烈之举宵小远避。怎能指望烈士不赴义？啧啧，这才是智者，这才是智者之言呢。"

王莽眉毛一扬，"谁说的？"王邑笑着，"嘿嘿。别管谁说的，二哥看对不对吧？"王莽点点头，"嗯，有道理。"王邑这才告诉他：

"平公子。"

王莽眉头皱了起来。昨天晚上王邑与刘歆一唱一和打哑谜的时候，他就疑心到这位平公子在暗中作祟，果然是他。他实在想不通，睿智如刘子骏居然做了人家应声虫。他一向不喜欢智术之士，但这位智术之士似乎锁定了他。

"放心吧。平公子说了，大司马王公道德巍崇志向坚定，谁也不可能左右大司马王公，谁也不可以干扰大司马王公。请问谁可以使龙不腾云，虎不生风？不可以，世上没有人可以！如果真有一个人使得龙不腾云，虎不生风，那龙就不是龙，虎就不是虎了。只有顺其自然，龙从它的云，虎从它的风，那才风云际会，成就一番伟业。"

王莽沉吟了一阵，觉得这位平公子倒也知他三分。想说点什么，想了想，还是不说为好，挥挥手，"你们去吧。"

王宇头戴银色武弁大冠，身披银甲，腰佩银鞘长剑，一身戎装。他浓眉俊眼，嘴上一排短髭，威风凛凛，英俊极了。御道上他后王邑一个马头缓辔随行。王邑有五官中郎将引路，宫府的大门谁能不向他敞开？

太医院属中书台管辖，王邑王宇进入中黄门，很快找到了杨辉。杨辉六十开外，一头白发，满面银须。他医术精湛，是闻名宫内外的国手。他请二人坐地，王宇不肯落座，垂手站立在王邑身后，更加显现王邑尊崇。杨辉一向谨慎，哪敢怠慢？

王邑拱手发问，"请问杨太医，当年赵飞燕姊妹宠幸，杀死嫔妃及宫女产下之子。那些怀孕在身尚没分娩的宫女有否可能避开赵飞燕姊妹的耳目，悄悄出宫生产，母子双双得以存活下来？"

杨辉断然说："不可能。"

　　王邑又问，"譬如长定宫位于未央宫外，又在许后管辖下，也无可能避开赵飞燕姊妹的耳目？"杨辉说："赵飞燕姊妹飞扬拔扈，多次闯进长定宫迫令宫女脱掉衣裳亲自查验，许后本人也不能免。只因腹部隆起而非身孕，累累杖毙当场，死者多达七人；何况暗藏耳目之歹毒残忍！这帮人听风就是雨，无事也能生出非来，宫中一个卑贱宫女怎么可能逃脱重重魔爪？"王邑接着问，"如果许后立意与赵飞燕姊妹作对，费尽心机不惜钱财做手脚，也无可能？"

　　杨辉自然懂得做手脚的含意。无非向宫人行贿，向太医行贿，甚至向赵飞燕姊妹的耳目行贿，他依旧连连摇头。一个小貂铛匆匆跑来，"不好了，长秋宫有位宫女得了急症，卓大人请杨医官去会诊呢。"

　　杨辉起身拱手，"君侯，不巧得很，改日再谈吧。"

　　"杨太医去忙。"王邑慌忙还礼，"事情紧迫，不容拖延。今日小侯在西市晏明楼设筵，恳请杨太医事了之后前往一晤。小侯虚席以待，杨太医勿辞是幸。"他以手加额，那双阴凄凄的眼睛埋在浓眉里头，显得格外恭敬。

　　"老朽从命。"杨辉一揖，随小貂铛匆匆走了。

　　长安北门有座里社，位于渭水横桥下百丈之遥。它是祭祀土地神的庙宇，四周是宽阔的广场。广场北靠渭水，南通皇城，东面大街是长安东市，西面大街是长安西市。东西两市是长安最繁华的街道，晏明楼座落在西市，正对广场。门前车水马龙人头攒动；楼上眼界开阔，俯瞰渭水烟波，两岸苇荡，是个饮酒会客的好去处。

　　红日西垂，一辆豪华乘舆驶到楼下。乘舆上有悬壶，这是医者标志。王邑下楼迎接，乘舆停稳之后，立候多时，杨辉久久不下车。王邑只好在车前呼唤，"恭迎杨太医。"车里也没应声。怎么了？端驾子？睡着了？御者打开车门，掀帘一看，杨辉斜倚在车上一动不动，鼻孔和嘴角有血痕。摸摸鼻息已经死在车上，身体还是热的。

　　御者是杨府老家人，赶车快二十年了。他说，老爷出宫好生生的。红光满面，走路很稳当，没用搀扶稳稳当当登上车，说了声"晏明楼。"放下帘子。御者摊开双手，反复对围观的人诉说：

"天哪，这是怎么回事啊？从北宫门到里社，顶多半个时辰，哪儿都没去，真的哪儿都没去啊！好好的怎么就死了呢？要死也该回到家里，怎么死在大街上呢？"

四周围了数十号人，人们都很惊讶。王邑却显得很沉着，他吩咐酒家派人四下守定，不许闲人接近，令从人飞马到御史台司隶衙门向鲍宣报案。

不一刻鲍宣骑着一匹火龙驹急驰而至。他身体威猛粗壮，紫面虬须，头戴武弁大冠，身穿大红紧身绣袍，腰挂佩刀，跳下马直奔乘舆验尸。杨辉显然是中毒身亡，车上还发现一个装药的白瓷瓶，上面残留鸩毒。如果乘舆确实没去别的地方，途中又没遇上什么人，杨辉只能是服毒自杀。

第二天早上，王宇又陪同王邑出现在中黄门，这回他们是找太医孙亮。孙亮不在宫中，王邑当下驱车上孙府造访。孙府一片哭声，王邑心头猛震。一双阴凄凄的眼睛倏忽鼓凸，又倏忽缩进浓眉里。孙亮昨夜得急症死了。王邑要求瞻仰遗容，孙亮之子孙楠一再婉拒，王邑亮出大司马钧旨，孙楠才把他引进卧室。

卧室帷帐低垂，光线黯淡，远处有盏孤灯照着尸体。死者的脸黑糊糊的不甚明晰。孙亮的年龄与杨辉相仿，死相也与杨辉一样。鼻孔与嘴角隐约似有血痕。

王邑阴沉着脸，"速向鲍大人报案。"孙楠说："先父急症身亡，药石难治，自有天命，何须报案？"王邑冷冷说："孙府世代为医，莫非孙太医服毒自杀也看不出来！"孙楠放声大哭，"君侯慧眼，先父确系自杀身亡。家门不幸，偶生龃龉，先父一时想不开寻了短见，这等事怎可报与官府，岂非亡灵蒙羞？"

"不，孙太医之死，绝非自寻短见，必为他人胁迫所至。"王邑把昨日杨辉之死讲与他听。孙楠哭得更加伤心，"草民不敢再瞒君侯，先父就是得知杨太医自杀，才服毒自戕的呀！"

孙楠告诉他，昨日夜晚杨辉的死讯传到家里，父亲惊呆了，久久说不出话来。快到半夜的时候，把他叫到床前，"为父如有不测，不得报官，不得追究，不得张扬，埋进祖茔算了。"还要他发誓，不得进宫当御医，后世子孙也不得当御医。孙楠连连叩拜，"君侯既已看见，还望遵从先父遗愿，不再向外张扬。小子求你了，先父亡灵不远，也求你了。"

　　王邑阴凄凄的眼睛一闪埋进浓眉里，没有作声。他离开孙府不久，鲍宣追上他，"成都侯留步。"王邑浓眉一蹙，"司隶大人有何见教？"鲍宣拱手，"劳烦君侯衙门问话。孙太医自戕，孙府不愿报案。声称已经入殓，不肯开棺验尸，把下官拒于门外。自古民不举，官不究，本台也不便强行过问。但二位太医之死，似有某种联系。君侯目击此事，不会没有疑问吧？"王邑拱手，"鲍大人目光如炬，明察秋毫。小侯乐于从命。"

　　二人到达司隶衙门，鲍宣问，"君侯以为二位太医之死涉嫌貂铛？"

　　"不会有错。"王邑直视着他。

　　"君侯之意，是说貂铛杀人灭口，掩盖民间'成帝之子'的真相。"

　　"不会有错。"王邑从与杨辉晤谈说起，"杨太医一再认定，宫女出宫分娩绝无可能，这无异宣称民间'成帝之子'是假的。正要深谈，杨太医被貂铛唤走。小侯断定，貂铛以鸩毒相威胁，强迫杨太医作假证。杨太医担心遭致灭门之祸，便于赴会途中以死明志，借以告知貂铛之阴谋。"

鲍宣令掾吏一一笔录在案。王邑一出衙门，驱车径直进宫，与王宇再次大摇大摆叩问掖庭，要求询问元延年间在长定宫服伺许后的宫女。王邑提出了三个宫女的名字。

掖庭丞颜平三十多岁，脸上皱纹深刻，面相极其阴沉。一双灰色眼睛不见一星神采。他弓着身子把三个宫女引上堂交与王邑。三个宫女二十四五岁，都有几分姿色。王邑提了几个问题，但听颜平轻咳一声，三个宫女伏在地下竟如木雕一般不吭一声。王宇见状拱手，"颜公公，成都侯问讯多涉机密，暂请移步堂外如何？"

"奴婢遵命。"颜平弓着身子出去了。

颜平一走，三个宫女嘤嘤哭起来，诉说当年长定宫的遭遇。成帝刘骜是只骚鸡公，走到哪星就搂住哪里的宫女不放。她们三人先后都曾被刘骜御幸过，但不出三天赵飞燕姊妹就知道了，把她们打得死去活来。长定宫有赵飞燕姊妹的探子，还不止一个，谁能逃出她们的耳目？吓得她们听见皇上驾到，躲都躲不及，接下去三人骂开了杨寄。

“呸呸！鹰钩鼻，三角眼，一张寡妇脸，恶心死人了，皇上会看上她！”王邑见过杨寄，年龄也在二十四五岁，丹凤眼，白净脸，不说天姿国色吧，倒也算得佳丽。竟然被她们说得如此不堪，看来三个宫女的话不那么实在，至少应该大打折扣才是。继而一想，妇人妒忌心而已，不觉莞尔。

一个宫女说：“光华殿伴驾！哪有这回事？怎能瞒过赵飞燕姊妹的耳目？回来不剥她的皮！”

另一个宫女说：“三天两头查肚子，怀孕怎能瞒得过！”

王邑觉得这是铁证，要把三个宫女带到大司马府。颜平说什么也不让：“无太皇太后陛下懿旨，宫女不得带出宫外。”王邑只得说：“三人俱为重要人证，不得稍有闪失。”颜平喏喏连声，弓着身子把三个宫女带下去。

第二天一早，王邑王宇来到掖庭，要把三个宫女带到长信宫交与太皇太后陛下问讯。谁知颜平告诉他俩，三个宫女死了。

“死了？都死了？”王邑拖长声调，似乎意外却又在意料之中，“怎么死的？”

　　颜平卑谦一拜，"恕奴婢不能奉告。"王邑双眼一凝精光疾射："小侯奉大司马钧旨，出入宫禁调查取证，只怕颜公公非得回覆不可。"颜平说："既有大司马钧旨，奴婢就把三人药案，呈与君侯查验。"说罢他拿出三个宫女的药案，上面记载着死因、用药、太医诊断、最后注明死亡，时间就在昨天。

　　"急症？"王邑一惊。

　　"唉。"颜平连连叹气。"最近宫中出了急症，吓死怕人哪。昨天还活蹦乱跳，今天就死了。"近日长安有急症流传，宫中也有人染上急症，这是王邑王宇都知道的。

　　颜平拜了一拜，"宫中出了急症，望成都侯、王将军千万不要外泄。引起朝廷不安，惊动太皇太后陛下，那可不是闹着玩的。宫中有宫中规矩，掖庭机密外泄，依律杖死。"

　　王宇问，"三人尸体呢？"颜平说："瞧王将军说的，急疾尸体也能存的！当晚就埋了。"王宇说："埋了？埋在何处？小将前去查验。"颜平很为难："这这……"王宇冷冷的，"莫非也要请太皇太后陛下懿旨？"颜平说："瞧王将军说的！二位大贵之人干万不可啊，开棺不祥哪。那些卑贱之人掘墓暴尸倒没什么，如果阴晦之气冲撞了二位贵人，一生一世阴魂附体不得安宁。那就太不值了。"王宇说："小将职司所在，纵有不祥，义无反顾。"颜平不再推阻，"二位执意查验，那就请吧，奴婢带路。"

王邑见颜平真要带路，"今日尚有事料理，改日吧。"二人出了掖庭，王宇说："貂铛行事诡秘莫测，小侄信不实，还是查验一下稳当。"王邑冷笑，"贤侄多虑了。貂铛杀人灭口，意料中事，值得多此一举吗？二哥常说我多疑，贤侄只怕比六叔还多疑呢。"

第三天早上，王邑要王宇陪他三访掖庭，王宇面露难色，"还查呀？查一个杀一个。"王邑毫不迟疑，"当然哪，看他们杀多少人！查！一查到底。"他提出了另一个宫女的名字要求晤谈，颜平告诉他俩：不巧得很，这个宫女前两天得了急症。

"哼，连人都不让见了！"王邑一点也不气馁，午后又与王宇到掖庭去提了另一个宫女的名字，颜平告诉他俩：这个宫女也得了急症……

尽管掖庭向有活地狱之称，难道什么条律也没有，可以如此明目张胆肆无忌惮杀人？王宇越来越生

疑，"小将今日定要查验一下。"颜平眉尖一颤，
"王将军非要查验……唉唉，七月刚打头，鬼门关开
着，冤魂恶鬼四处游荡啊。"

"走，看看去。"王宇不等王邑表态向外走去。
他入宫任职时，他的妻舅吕宽曾对他说，貂铛一口一
个屁，一步一个套，正话反着听，一句也别信。昨日
他见到吕宽，吕宽大起疑心。告诫他世上的事不怕人
示巧，就怕人示拙，拙人不示拙，示拙非拙人。

王邑与王莽一样笃信鬼神，自然不愿亲临不祥之
地验看不详之物，阴凄凄的眼睛缩进浓眉里一言不
发。

一行人出了皇宫后墙，跨上马朝西南方面约行一
里，进出一处野生平林。林中长满荆棘一类灌木，藤
萝缠绕在荆棘枝干上，高高扬起头把叶儿花儿开在荆
棘上面，严严实实覆盖着这片平林。地势渐行渐高，
坟包一个接着一个。风在林中呼啸，呜呜地像无数冤
魂哭诉。颜平把他们领到一排新坟前面：

"成都侯、王将军，就在这儿，要掘吗？"

王邑阴沉着脸不作声。王宇知道开罪了这位六
叔，但到了这田地没有转圆余地，"掘！"

坟墓掘开了，露出一口口新棺木。撬开一口，一股又臭又腥又霉的异味扑鼻而来。这种气味比腐烂的恶臭还要难闻。腐烂的恶臭只是叫人恶心，这种墓穴中将腐未腐的尸体带有墓穴的阴气霉气，以及泥土的腥气湿气，不但令人作呕，还叫人心魂震颤的恐怖。颜平身子弓得更低，"成都候、王将军，请。"

王邑胃里作呕，又厌恶又惊惶偏了偏脸，王宇只得跨步上前验看。死者大约二十四五岁，皮肤白皙，面相平和，不像暴毙；头上没有伤痕，也看不出杖毙迹象。除此之外王宇再也看不出什么了。

颜平说："请问王将军，要不要召太医来查验死因？"

王宇没看他的脸，就知他在暗暗讥笑，"速请鲍司隶鲍大人来！"

"哇。"王邑胃里一阵翻涌呕吐起来，决口似地吐了一地。颜平慌忙跑去搀扶，"请问成都侯，还要不要去请鲍大人？"王邑哪里说得出话来？哇哇痉挛着，继之以黄水，继之以呻吟……

"唉。"颜平叹气，"成都侯吉人天向，百邪不侵，只是这坟圈阴气太重了。"正说着，他发出一声尖叫，手臂颤抖着指着地下。

　　只见棺材边的松土蠕动，渐次翻涌起来。隔了好一阵子，一个铜褐色黑团从泥土里钻出来，蹦了几下跳进棺材里，踏着尸体的脸，鼓着眼睛惊愕地望着人们，原来是一只硕大无朋的癞蛤蟆。

　　"啊！"王邑惊叫一声调头就走，王宇只得作罢，讪讪跟在后边。

　　王邑回家后又呕吐了一阵。肚里早吐空了，再也呕不出秽物来。请来医官也止不住哇哇痉挛。香案摆上了，香烛点燃了，爆竹点响了，一家人慌了神，张罗请神君除祟。

　　王莽刘歆闻讯前去探望。王莽见他难受样子，一门埋怨王宇不知尊重长辈自作主张，刘歆精通岐黄，切完脉笑了，"恭喜老六！"

　　王邑咧着嘴巴有气无力，"子骏又寻开心了。"刘歆哈哈大笑，"老六呀老六，你我相交也有一二十年了，你把我刘子骏说成什么人了？我刘子骏再不济，也不会拿病人开心吧？告诉你吧，你肚中有虫，名曰尸虫，生于臭鱼腐肉，长于腹中积秽。闻到尸臭汹涌欲出，故而呕吐。而今积秽尽去，尸虫尽出，你倒要好好谢谢字儿呢。”

王邑精神一振，“真的？”刘歆说：“你不信？赌个东道如何？你现在难受不是？不要紧。躺下好生睡上一觉。心里作呕，睡不着不是？闭上眼睛静静吐纳。到了戌时你就会喊饿，食量大如牛。若有一言不验，我输你羊酒，还亲自赶羊进府谢罪；如果验了……”王邑抢着说：“我输你牛酒，亲自牵牛进府道谢。”刘歆大笑，“这东道赌得过。巨君兄今日别回府了，请到寒舍烹牛对饮。”王莽还有公务，正要婉谢，刘歆向他眨眨眼，“怎么？巨君兄不信小弟之言？咱俩再打个东道如何，你羊酒我牛酒？”王莽看出他是在给王邑治心病，“我可不跟你这精明主儿打东道。老六，你又上子骏套了，厩里一头牛姓刘了，哈哈哈...”

戌时刚过，王邑牵牛到了刘府。王莽刘歆一阵大笑，王邑叫他们笑愣了。王莽说：“老六，说你上子骏的套，你真上子骏套了。俗话说，疑心生暗鬼。疑心一除，暗鬼自然就跑了，哈哈。”王邑跟着笑了，“今日这东道小弟乐意输，兄长不知道，呕有多难受。”不到一个时辰，牛肉上了席，三人开怀畅饮。

过了两天，王邑又到掖庭点了两个宫女的名字；颜平的回答还是得了急症。他像瘟疫使者，进宫提到谁的名字，谁就会得急症。不，他是死亡使者！因为凡是得了急症的人没有一个可以活下来。他那阴沉的脸上，除了阴沉，还是阴沉，一双阴凄凄的眼睛总是深深埋在浓眉里面，而当它一闪，喷吐出来的也是来自墓穴的死亡般阴沉。

一十三　公主府问路锦衣少 柳林居陷身蒙

面客

天刚破晓，王安骑着白玉骢，沿着宫墙向辟雍飞驰。王咸与他相约，托人询问孙复，五日内给他答复。今天到期，他赴约去了。

辟雍是古时最高学府，又称太学，按南北东西中五个方位，分列五座殿堂；五座殿堂四周建有学子住宿的学舍。殿堂中每日都有博士鸿儒传授"六艺"，讲演学术，成百上千太学生前来听讲。诵读之声，歌吟之音，丽日晴空中，萦绕绿树红墙不绝于耳。

到达学舍，王咸不在舍中；怎么回事？王咸不该是那种轻诺寡信的人啊。同舍的学子告诉他，"不敢有瞒公子，君卿为公子的事，前日找楼大侠问讯去了，一直没回舍。"

京城口号：楼君卿唇舌，王君卿文辞。两位君卿交好，过从甚密。

王安抱拳告辞，到公孙家问讯。

公孙钧说："君卿没来啊。是不是找敝舅家舅老爷去了？"

王安问，"于世伯？"公孙钧之母于萍是馆陶公主长女，于恬是他的舅老爷。

"正是。"公孙钧说。"小弟舅老爷与楼大侠是酒中知己。有人找楼大侠常常向舅老爷打听。舅老爷哪天不醉得一塌糊涂？找的人在他床边一等就是两三天，舅老爷见他心诚，就把住址告诉他。京师口号：'要上西绣楼，先沽九缸酒。酒漂绣楼走，不顶鱼一口。'西绣楼是指楼大侠，鱼一口是指舅老爷。"

常言道，狡兔三窟。像楼获这样的豪侠，除暴惩恶，哪一年不杀几个豪强犯几桩命案？官家和仇家常常辑拿他追杀他，行止怎能不隐秘？吃紧的时候一天常常调换几个地方，住处何止三窟？于家两代为相，广厦千间；于恬又是东园丞，长安的木匠瓦匠无不熟识，楼获的秘密住所，若非于府物业，就是于恬通过木匠瓦匠替他租借的。他的行踪于恬自然知道得一清二楚。

　　"嘿嘿，于世伯真是奇人奇事！"王安告别后，径直跑到馆陶公主府求见于恬。门子说，他家老爷醒醉不醒，已经三天三夜了。

　　"三天三夜？"王安早就听说于恬饮酒以日夜计，他可没功夫在这里死等，转身要走，忽听门内有人叫，"王三公子，可是来问楼大侠住处的？"

　　王安望去，有个人快步走来，万万没想到却是那个锦衣少年。他领教过这位锦衣少年，小小年纪出言尖刻，对他怀有敌意，只好矜持地皱着眉头不作声。不意锦衣少年上前拱手，"本公子没说错吧？"

　　"不错。"王安不情不愿吐出了两个字。

　　锦衣少年他脸上扫视了一遍，似笑非笑盯着他，"楼大侠的住址就在公子常去猎艳的柳林，只是不知三公子真是去找楼大侠，还是去厮会'相知'？"王安见他满脸揶揄，扭头就走。锦衣少年一阵哂笑，"柳林怎么了？心虚了？胆怯了？不敢去了？可笑，真可笑。"王安扭过头脖颈一挺，"谁不敢去了？只是不想去了，怎样？"

　　"你不想去，本公子偏要把住址告诉你。"锦衣少年的刁蛮劲又上来了。不管人家听不听，自己一股劲儿说，说罢一阵冷笑，"哼哼，你当本公子度量跟你一般小！反正告诉你了，爱去不去，干本公子甚事！"头一扭向东走了。

王安怔了一阵，心里信不实锦衣少年的话，可太想知道王咸的回话，打马向城西雍门驰去。日已过午，白玉骢跑了一身汗，进到柳林，凉爽宜人。白玉骢咴咴叫了几声，脚步放慢下来。不一会又见到了那家酒肆。一个又一个花枝招展的女巫在门前在树下冲他挤眉弄眼，招手嬉戏。还有两个女巫挽着手挡住他的马，长袖向他脸儿甩去。他的心突突鹿跳，脸腾地红了。左闪右闪才从她俩身边跃过，身后响起一阵银铃般笑声。这个锦衣少年是不是又在恶作剧？有意把他诳到这里再次羞辱他？自己真是鬼迷心窍，听信他的鬼话，心里又悔又疑。正想提缰快行，早点离开这不尴不尬的地方。前方蹄声踏踏，烟尘突起，一队巡街士兵骑着高头骏马从柳林中跃出，迎面向他驰来，为首的官员头戴武弁高冠，身披大红绣袍，手持红木长矛，跨下一匹火龙驹，却是司隶鲍宣。

王安慌忙勒住马头，跳到地上，让到路边，"小侄见过鲍世伯鲍大人。"

鲍宣大嗓门响了，"贤侄在此何事？"

王安不便明言，"小侄闲下无事，随意走走。"

鲍宣双眉紧蹙，心中不悦，狠狠瞪了他一眼，提缰就走。走了几步，调头一看，王安还垂着双手恭敬站在那里。本不想搭理，忍不住冷峻告诫，"这花街柳巷，不是贤侄随意行走的地方。"

真不愧大嗓门，"花街柳巷"四字，震得满世界都能听见，那些游逛的妖童姹女赶紧躲闪，有的隐身树后，有的钻进屋里。

"是。"

"请代下官向令尊大人致意。"鲍宣打马去了。

"是。"王安脸上发烧，耳根都红了。他懂得，鲍宣之意是要他把今日之事主动禀告父亲，让他检点行止，一颗长者劝善之心溢于言表。这位司隶大人博得朝野尊崇，绝非虚誉，心里充满敬佩。他跳上马，那个锦衣少年又浮现到了眼前，都是这小子闹的！他今日非要看个究竟不可了，如果真是有意戏耍他，他日相遇，不管他是恩人还是仇人必定双倍回敬。

柳林深处，有个小山丘。按照指点，左手转弯，山脚下果然看见一弯溪水，东行数十步有座木板桥。桥下又是一片柳林，有条青石板铺成的小路径直通向一道篱笆墙，墙上开满木槿花。篱笆里面草木葱茏，绿荫掩映着一座高朗轩阔的砖瓦精舍。他把白玉骢拴在柳树上，走到门前抱拳大声说：

"在下王安，前来拜会楼大侠！"没人应声。大门洞开，四下无人，他跨步走进去。庭除洁净，花树婆娑，满园芬芳。"有人吗？"他连问了几声，还是没人应声。他觉得蹊跷，进到堂上，杯盘狼藉，酒坛破碎，地上还有几处血渍。显然这里发生了打斗。是醉酒使性？还是……

王安忽觉不好，慌忙转身。蓦地一面大网当头罩下，他未及拔剑，四条蒙面大汉从四方跃出，把他摁到地上，捆绑起来。

有个蒙面的黑衣大汉大笑，"王三公子委屈了。只要你肯合作，在下保你毫发无损。"王安见他知道自己的身份，不禁一愣，"你是谁？我不认识你！"黑衣大汉冷笑，"王三公子不认识在下了？晏明楼跟踪一路，忘了？真是贵人多忘事，可在下没忘王三公子。"

王安想起紫须大汉，但蒙着面看不清，心里更惊。莫非楼获与他们一路？江湖险恶，游侠诡谲，丝毫信任不得，无怪乎父亲一生对他们深恶痛绝，必欲斩尽杀绝而后快。他大声叫嚷，"本公子要见楼获！"黑衣大汉应声，"好说，好说。"王安唾骂，"呸，什么侠义中人！明地送药施诊，暗地设计谋害，当面是人，背后是鬼，什么东西！"黑衣大汉好一阵嘲笑，"嗨嗨，叫王三公子别性急，怎么这样沉不在气？娇生惯养不是？绑着难受不是？忍住点吧。一会你全都知道了。"说罢捂住他的嘴，蒙住他的眼睛，塞进一个草袋里。在地上拖着，拖到门外，把他放进柴禾堆里，上头堆满茅草。

茅草堆了一人多高，王安蜷缩在地上动弹不得，四下黑洞洞的，密不透风。开始还有人走动，不一会死一般沉寂了。黑暗的沉寂特别长特别难耐，仿佛隔绝了喧闹的世界，进入了地狱的门墙，眼前变幻着种种恐怖影象。唧唧，两只雀儿飞到茅草堆上，又把他带回了人寰。它们飞来飞去，呢喃着久久不绝。

不知过了多长时间，一阵急促的脚步声响起，王安听见了鲍宣的大嗓门，"你亲眼看见王三公子进来了？这可怪了，白马还拴在外头柳树上，怎么不见人影了呢？"他不能出声，也不能动弹，听见有人在茅草堆前走来走去，只能干着急。

“搜！仔细搜！”鲍宣厉声吆喝，“看看有没有暗室，有没有地道。你不是没见王三公子出来吗，本台不信搜不出来。”

鲍宣以大无畏、大嗓门、大实话著称，长得腰圆膀大，满脸虬须，合整儿给人粗犷印象，其实心思慎密，是个细致人儿。他对城中盗贼，里闾豪侠，可以说了如指掌。对于这类人他从不轻率惊劝他们，只要老老实实不作案，他还不时带上薄礼造访他们，劝导他们，与他们交朋友。施展以盗制盗，以侠制侠手段，严密监控他们。监视他们与哪些人来往，尤其与朝中哪些官吏来往。就这样，日有所积，月有所累，一步一步扩大他的监控视线。经过多年惨淡经营，形成了一个效率极高的情报网，使得他眼线广阔，消息灵通，办案如神。

两年前，两个小贼绑架了一个黄门郎。这个黄门郎家道富有，两个小贼要他家拿一百金赎人。家人报案之后，鲍宣就派两名差役去叩这两个小贼的门，“司隶鲍大人向二位致意，你们没有杀害黄门郎，还算有点善心。快快把人放出来，投案自首。说不定遇到大赦，幸免一死。”两个小贼惊愕万状，又震于鲍宣威名，双双出门束手就擒。前后不到两个时辰，黄门郎平安回到了家。两个小贼关进监狱后，每逢节日，鲍宣都送去酒菜。那一年朝中没有大赦，冬日处决之前，鲍宣把行刑的日期告诉他们，并给他们准备了棺木，两个小贼临刑时都说"死而无恨"。

楼获自然也是他的监控对象，也算他的"朋友"，知道这个住址，今天巡查柳林就亲自登门"造访"来了。室中空无一人，但见打斗痕迹，派人把这座精舍监视上了。不意途中遇见王安，以为年轻人寻芳猎艳来了。走了一阵觉得不对头：王安这种知书明礼少年，不像轻佻之徒。莫非为楼获而来？于是折转回来，探究一下王安以及乃父与楼获的关系，谁知扑了个空。

茅草堆反复搜查了几遍，茅草也掀得满地都是。一只长矛已经戳到王安大腿，疼得王安直冒汗，可是叫不出声。鲍宣连说"怪事！怪事！"来回踩着他面前的茅草，吱嘎吱嘎的声音直震耳膜，也真是怪事，居然发现不了他。

搜查的人走了，两只雀儿又飞到茅草堆上觅食来了。两只脚在草上扒拉，有一声没一声唧啾着，提不起精神，好像倦了。不大一会飞走了，虫鸣声在四周响了起来，黑夜的脚步就是踏着虫鸣声走近他的。压在茅草堆底下，初秋太阳的热力，不可能感受到。这会儿，茅草掀掉了许多，初秋夜露的凉意从天空从地面浸袭他，他深切感受到了。他知道，夜深了。

有只蛐蛐嘀嘀叫着，叫得特别起劲，听上去算不得一只上好蛐蛐，又入了秋，蹦哒不几天了。正当他一门心思辨析蛐蛐的时候，蛐蛐不叫了。怎么了？叫累了？他养过蛐蛐，知道有的蛐蛐在子夜最黑暗时刻停止鸣叫。也许像人一样要睡一小会儿，也许像人一样对最黑暗的黑暗充满本能的恐惧，吓得不敢吭声了。

脚步声又响了，有人掀开茅草，把他扛起。他扭动躯体表示抗议，那人毫不理会，铁匝也似的右臂紧抱他的双腿一路疾走。夜很静，很静，没有一个人说话，嗖嗖嗖，听脚步声音，轻盈，快捷，脚下生风；一个，两个，一共四个，大约就是那四个张网擒他的人吧。哗哗，远处传来流水声，估计到了渭水边上。

忽然响起一声暴喝：

"站住！"

　　他感到身躯底下的脚步紧了，右侧有人高声问，"扛的是王三公子吗？把人放下！"他发不出声音，只是身躯无谓地扭动了几下。不一会，有个人跃到了跟前大喝一声：

　　"放下王三公子！"

　　当！叮当！刀剑撞击声在头顶迸发。前方后方都响起喊声，"捉贼啊！来人啊！"他的心提到嗓子眼，紧张分辨四周的声音，估计援救的人不下十个。环绕他身边的贼人闷声不响，挥动兵器奋力抵抗。越来越密集的刀剑撞击声中，他身子下面的脚步一刻也没停，窜跳着，闪避着，左右跨跃。"啊！"前方一声惨叫，他的身躯兀然腾空，呼呼的风声在耳边一响，整个人向前飞奔。片刻一片柔枝拍拂他的脊背，他知道钻进芦苇丛里了。刀剑撞击声渐渐远去，流水声音更响了。跑着，跑着，忽听有人招呼：

　　"快上船！"

　　砰！他被扔到船板上，右额不知撞上了什么铁器，撞得好疼！桨声一响，船开了。

　　不一会，岸上有人大叫，"停船！不停船放箭了！"

嗖！嗖！羽箭破空声音，很清晰，很密集，从船舱上头飞过去。

"哎哟！"船头船尾都有人发出惨叫，卟嗵！卟嗵！有人落了水。船却没有停。一阵一阵羽箭射来，嗍！嗍嗍！箭簇雨点般撞击桅杆、船舱、船舷。呼呼，哗哗，船在风声水声中飞速行驶。大约一盏茶时间，呼叫声、羽箭声全都沉寂，风帆拉了起来，耳边只有吱吱嘎嘎的桨声。

走了好长好长时间上了岸。一阵车轮轧地声音传来，他又扔到了车上。身子猛地往后一挫，车轮动了，马蹄声响了。他的身子颠簸着，在车上撞过来撞过去。这里大约还是河岸，还能听到流水声，没有车道，坎坎坷坷的，他的身子在车厢打滚。他感觉这车特宽特大；车厢里铺的不是寻常草席而是毛毡；车子启动时马蹄声很纷乱，片刻齐整了。他听出是四匹马，心里惊骇不已：难道是皇宫的安车驷马不成？

马车平稳了，大约上了驿道。斜刺传来一阵喝叫声，好像鲍宣声音。马车越跑越快，鲍宣紧追不舍，喝叫声不停传来。然而越来越远，越来越微弱了，不知跑了多长时间，也不知跑了多远路程，马车停止了。他被人扛起，吱嘎一声开门声音，有人问，"又钓到了一条？"声音特尖利，有点儿怪。

背他的那人说："王三公子，大鱼呢。嘿嘿。"笑得很得意，很谄媚。

他觉得正顺着台阶下行，身体一坠一坠的。台阶好几十级，哐哐！当！一阵铁门开启声音，他进了铁门，黑衣汉子把他扔到地上，去掉蒙眼，解开绳套，把他从草袋里拖出来。四周很黑，他的眼睛蒙了好几个时辰，什么都看不见，黑衣汉子给他戴上了镣铐。

黑暗中有人叫，"王三公子！"

王安抬眼一看，眼前一抹黑。有顷，眼睛逐渐感受到微弱光亮，看见墙角上蜷缩着两个人，都戴着镣铐。他们衣衫破烂，满脸满身都是血渍。其中一个正是他要寻找的太学生王咸，另一个是位长须大汉。

"君卿兄！"王安心头一震，脱口叫出来。

"王三公子，这里有两个君卿呢，哈哈哈。"黑衣大汉仰面大笑，乐不可支。

两个君卿？是了，王君卿文辞，楼君卿唇舌！这长须大汉，定然是楼获。他也被人囚禁在这里，自己错怪他了。"在下眼拙，不识楼大侠大驾。"

"不敢。"那人应声。

王安镣铐当当作响，躬了躬身，"谢楼大侠救命之恩，王安有礼了。"楼获忙说："公子快请坐下，手脚都不灵便，不必多礼了。"王安说："在下一直想拜会楼大侠，只因侠踪飘忽，无缘得见，想不到相逢竟在地牢之中。"王咸在一旁说："恓惶之中，公子叨念旧恩，不失豪杰情怀。"楼获说："贤弟说得好！解毒疗伤，医家本份，何况楼氏向有祖训，克世仇之毒，疗义士之伤，公子不必言谢了。"

"嘿嘿。"黑衣大汉一阵讨好的谄笑。"不是在下驳楼大侠，冤仇宜解不宜结。把三位请到这儿来，是想一醉泯恩仇，共享荣华富贵，何必总说仇呀仇的。"

楼获一声厉喝，"张清，你这狗彘不如的东西，也配在老爷面前夸口卖乖！"

王安调头望去，黑衣汉子的蒙面已经摘除，果然就是晏明楼遇见的紫须大汉，原来名叫张清。

王安在北军军门中的飞刀，就是张清所发。他是神箭张回之子，祖上曾是江湖一霸，他家祖传飞刀和机簧袖箭淬有剧毒，十分歹毒，横行数十年，江湖谈虎色变。楼获祖上曾中张家机簧袖箭，死于这种剧毒。到了楼获祖父，研制出一种专门克制这种剧毒的解药，并且传下遗言：张家毒一个，楼家救一个。这样一来，楼家就成了张家独霸江湖的克星。王安中的毒不惟长安，恐怕普天下也只有楼获一人才能解救。

张清拱手，"好好，张某不该在'京华三杰'面前多嘴。而今'京华三杰'聚齐了，三位一定有好多话要说，那就好好叙旧吧，张某不打扰了。"他嘿嘿笑着，向外走去。

"站住！"楼获又一声厉喝，"什么'京华三杰'，你这狗贼玩什么花样？"

张清没有答话，当当！铁门关上了。

地牢沉寂了。地牢阴湿昏暗，对面墙角上插着一根松树明子，颤抖着昏黄的光形成一个光圈。光圈界限分明，在它外边黑糊糊一片。乌黑的墙角照亮的地方，全由秦砖砌成，看上去坚固异常；地面铺着茅草，散发发霉的潮气。

王安心里很乱，"这是哪儿？"

王咸摇了摇头；楼获也默不吱声。

王安又问，"这张清，在下素不相识……"

楼获告诉他，"张清是神箭张回的儿子，神箭张回被令尊枭首莱市，公子想必知道吧。"

王安点点头，这么说，他们也算世仇。然而他与王咸楼获相交甚浅，怎么并称"京华三杰"呢？

一十四　圆融妹圆融荐皇裔 偏执狂偏执矫

谕旨

王莽走近中黄门，有个中常侍躬身一拜，"大司马留步。"王莽还拜，"下官有要事陛见太皇太后陛下。"中常侍说："大司马稍候，小的前去传报。"王莽一怔，任他重任大司马以来，进出长信宫从来不用传报。今天怎么了？这种事又不便发问，只好闷在心里，站在门外等候。

门外两侧菊花盛开，花儿铜钱般大小，一簇一簇的，黄灿灿一片。他随口问，"这菊花开得真旺，花儿怎么这么小？"一个中黄门满脸谄笑，"敢情，它叫满天星。"王莽摇头，"满天星？不好，不好。"中黄门应和，"可不，这花一点也不好。"王莽又摇头，"花儿倒好看，下官是说名字不好。"中黄门又应和，"可不！满天星，不成黑夜了吗！皇宫岂非昏天黑地？"王莽瞪了一眼，"公公！"中黄门满脸堆笑，"下官是说大司马说得极是……"王莽浓眉一蹙，"下官的意思，这花不如叫遍地金。"中黄门正要奉承，只见小顺子施施而来。

"大司马，小的有礼了。"他拱拱手，"太皇太后陛下正与馆陶公主叙旧，大司马且请回府吧。"王莽说："下官有要事请太皇太后陛下裁示，"小顺子说："大司马稍候，小的去请示圣上。"王莽致谢，"有劳公公了。"

王莽等了一个多时辰没有动静，只得再请中常侍到内廷传报，不一会，小顺子又踅来了，上下打量了一阵，好像突然想起似的，堆满歉意笑了笑，"大司马呀，还没走啊。瞧我人不大，忘性倒不小，忘了私下给大司马回个话了。嘻嘻，害得大司马在这儿傻等。"说着连连作揖。

他强调"私下"， 换句话说，太皇太后陛下并没吩咐他"回话"；再换句话说，你自个儿在这儿"傻等"，与他一点干系也没有。他笑得很甜很谄媚，王莽知道这个小貂铛心里不定怎样笑话他呢。

　　"太皇太后陛下只怕今日不能召见大人了，她和馆陶公主谈得正欢呢。大司马，请回吧。"

　　见到一脸谄笑，王莽觉得他笑得特假特阴：莫非这个小貂铛故意设置障碍，妄图割断他与太皇太后陛下的联系？他不能不弄个明白，"下官斗胆问一下，不知太皇太后陛下与馆陶公主都谈些什么？"

　　"嗬！"小顺子一声叫，嘲弄意味可掬，"这事儿大司马官大势大胆子大，斗胆相问；小的可是人小职小胆子小，耗子大点胆儿怎敢回答？"他晃着脑袋，帽顶上的貂尾直摇。"再说哪，大司马前几天还训诫小的不可在大臣面前僭越，小的再没记性，也不敢在大司马面前再'僭越'呀。"

　　王莽见他满口都是理，满身都是刺，沉着脸辩解，"卜官的意思是问太皇太后陛下与馆陶公主谈的是国事还是家事，随口问问而已，并非探听她老人家谈话内容，公公何必说些不相干的！莫非公公也疑心下官僭越不成？"

　　小顺子见他口气不善，口气更加温婉了："大司马，这话说的！小的怎敢疑心大司马僭越！只是，嘻嘻，大司马让小的作难了，叫小的咋说呢？"他也（[miē]眼睛略眯）斜着又嘻嘻一笑，"太皇太后陛下的国事就是家事，太皇太后陛下的家事也就是国事，是不是这个理呀？大人这不是给小的出难题吗？大司马，你叫小的怎样掰得开呀？太皇太后陛下就是没事闲聊，随便说笑，也是天大的事！你再掰掰，这世上再大的事也没太皇太后陛下龙体康泰龙颜愉悦大呀，大司马，你说是不是这个理呀？”

说话口气温婉，却比顶撞还要呛人三分，活像一个幼童连冤带损教训一时失言的长者，叫人难堪极了。王莽心里冒火，只得自认晦气怏怏告退。谁知小顺子叫住他：

“大司马，近日令郎王三公子名震京师，号称‘京华三杰’之首，风头正健……”

“公公说什么？”王莽转身。“什么‘京华三杰’？”

小顺子嘻嘻一笑，“大司马别逗小的了，这不是明知故问吗？”

“放肆！”王莽脸一沉，口气骤变，“本座怎的明知故问？”

“小的多嘴！”小顺子扇了自己一耳光，口里嘟囔，“可长安谁个不知，令郎王三公子、太学生王咸、大侠楼获情同兄弟，并称‘京华三杰’？”

王莽眉头蹙成了一团，这个小貂铛恃宠而骄，人小心可不小。说三儿与江湖豪侠结交，难道异想天开，要把他和江湖豪侠联系起来不成？这赃就那么好栽？太皇太后陛下就那么冥暗不明？

“大司马真不知道？”小顺子惊讶得瞪圆了眼睛，

“下官说不知道，还是诳语不成？”

小顺子回敬，“大司马的话不是诳语；小的的话……”他学看王莽的腔调：“‘还是诳语不成？’”这个小貂铛学啥像啥，维妙维肖。“嘻嘻。”笑得自然极了，一脸天真无邪，似乎他的冒犯无非幼童勾当，无伤大雅的顽皮而已。

王莽瞥了菊花一眼，哼，满天星！貂铛弄权也真到了天昏地暗地步。他袖子一拂离开中黄门，忿忿去了。

馆陶公主刘施是宗室中硕果仅存的皇姑奶奶。她是宣帝的爱女，元帝的爱妹，成帝的爱姑，哀帝的好姑奶奶。她与王政君不一样，从不与人结怨。元帝时，王政君失宠，她是王政君最亲近的小姑子；成帝时，王政君厌恶赵飞燕姊妹，她是赵飞燕姊妹最慈祥的姑母；哀帝时，王政君与傅昭仪（皇太太后）斗得不可开交，王政君与傅昭仪都向她倾诉衷肠。她这一生，永久的微笑，永久的和善，永久的慈祥，永久受信赖，永久受尊敬，永久受欢迎……

"哎呀，你呀你，这些日子不来，是不是把老姐儿忘了？"王政君拉着她的手一门抱怨。

馆陶公主笑得满脸皱纹堆起来，头上的凤钗一阵乱颤。"陛下，这话说的！臣妹忘别人，也不敢忘你这一国之尊的陛下呀！你做陛下呀，臣妹心里那个乐呀，乐得合不上口，做梦也要笑醒好几回呢。嘿嘿。"

"哎呀，你还乐呢，老姐儿可愁死了！这陛下可不是咱女的做的！"

"陛下，今日怎么了？这话说的！汉室危难之际，你不出头谁出头？你不做谁做？愁，该你愁；

难，该你难：别人想愁想难，臣妹拼了一条老命还不让呢。”

几句话说得王政君热泪盈眶，“哎呀，只有你知老姐儿的心啊。可这么一把年纪了，也该享几天清福了，唉，劳碌啊，天生的劳碌命啊，不知哪天是个头啊。”

“嘻。”小顺子在一旁笑，“快了。”

王政君知道他暗示那个民间的“成帝之子”。嫡亲孙儿登了基，母亲又是一个出身农家的宫女，她这临朝才临得有滋味呢。劳碌会劳碌一点，这劳碌不正是临朝特有的滋味吗？她长长叹了一口气，“唉，还不知有没这福份呢。”

小顺子忙说：“有！怎会没有呢？陛下洪福齐天，指定有，只是……”他中途实然一顿，把矛头指向王莽：“有人尽意阻挠。”

“什么事呀，陛下？”馆陶公主显得很气愤，“谁这么大的胆子，陛下的美事也敢阻挠，大逆不道，交御史台严办！”

“唉！”王政君挥挥手，“不说这些恼心的事了。咱老姐妹好久没在一起，不是老姐儿嘴冷，咱姐妹可是过一天少一天；聚一回少一回，好不容易凑到一块儿，何不开开心心热闹热闹？小顺子，快想个乐子，让老姐俩乐和乐和。"王政君并非有意隐瞒，只是不愿提起王莽－－自己最倚重最亲近的舅侄不顺她的心，不遂她的意。

小顺子摸摸小脑袋，眼珠嘀溜一阵乱转，却说不出话来。

馆陶公主说："得了，别为难他了。莫说大丧期间，就是平时，老姐俩这么一大把年纪，要找个乐子也难啊，还是老姐俩说会话吧。"小顺子甜甜叫着连连作揖，"哎哟，公主殿下，皇姑奶奶哟，还是你老人家心疼奴婢哟。"王政君说："不行，朕就不信找不到一个乐子！"馆陶公主说："臣妹倒有个主意，只怕没等乐就伤心了。"说着真的掏出罗帕抹起了眼泪。

王政君一怔，"哎呀，你怎么了？"

馆陶公主说："遥想先帝在世时，陛下与臣妹这辈，兄弟姊妹九人，加上后妃，加上驸马，吃，一大排；玩，一大排，何等兴旺，何等热闹。就是吵架吧，也能吵它个天翻地覆。而今呢？凋零殆尽哪，只剩下陛下与臣妹二人了。这倒也没啥，谁叫咱姐妹俩……”她急忙把“老不死”咽进肚里去了。“叫人最伤心的是，子孙不蕃，一代比一代稀少，还病病歪歪，唉。”她的眼泪涌出来，顺着皱纹流得满脸都是。“小殓时，臣妹一看，咱这一辈只剩下咱姐妹两个，这还是好的；子侄一辈更惨，居然一个都不剩了；孙子这一辈呢？皇兄这一支，除了中山孝王衎儿，也都不在人世了。衎儿是个病秧子，皇兄宾天这样大的事都没来，身子骨可想而知；就剩下侄孙辈的几个小子，心里真不好受。臣妹哭得好伤心，不单哭大行皇帝，还哭我皇家，哭我刘氏宗室啊。”她称的先帝是她的父亲宣帝刘询。

“是啊。”王政君心有同感，不能不慨然相应。

馆陶公主说：“现在各藩王都在京城，多少年难见一面，那些后生小辈啊，陛下大概认不全了。何不接进宫来，大家在一块亲近亲近？也是一家人哪。”

王政君叹息，“何止认不全？多数没照过面呢。唉，要说生分，普天下没有皇家生分的了。一家人不能住在一起，说什么‘藩屏天子’，东一个西一个，山南海北，三年五年也难得照个面。好好，今日把他们都接进宫来，照照面也是好的。”

一时间，貂铛乘坐快马四出传召。不到一个时辰，宣帝的后裔，他的嫡传曾孙：淮阳王刘缤、思王刘纡、定陶王刘显以及十三个侯身穿丧服，陆续进入承明殿。他们年龄都不大，没一个满二十的。说起来青春年少，身体却单薄得很。绵延二百余年的汉室，子孙逾万遍及全国，可宣帝近支就剩这丁点人了。王政君看了着实有点凄凉，馆陶公主又抹起了眼泪。

王政君说："哎呀，你呀你，不是说好了大家伙聚聚，开开心心热闹热闹吗？你怎么……"

"臣妹想起了云儿……"

云儿是东平王刘云。两年前一场怪风袭击东平王的属地危山，山下有片长满黄倍草的广袤草地，倒伏出一条宽五丈，长十余里，形状如"驰道"的覆草地带，山上还有一块倒地的巨石居然"站立"起来了。消息传出，朝野震惊，东平王刘云亲临拜祭。拜祭之后，在王府立起一块相似巨石，经常在石前祭祀。

当时刘欣正巧生病，谣言随之而起，说"驰道"是皇帝御舆巡幸之道，"倒石立起"预兆宣帝之孙当立。刘云为宣帝之孙，正应他当皇帝。有人告发到京域，说刘云妖言惑众，企图谋反。这件事传到董贤耳里，董贤奏与刘欣。刘欣当即下旨缉拿审问，东平王王后和两个婢女下狱。两个婢女供认：王后曾在祭祀之时，诅咒刘欣的病"必不能愈"，刘云当为天子。据此剥夺了刘云王位，下到大狱。尤其令人啼笑皆非的是，刘欣正愁没由头赏赐董贤，竟然敕令告发人把这桩案件说成董贤一手发动一手领导的。董贤得了首功，授爵高安侯。

"唉，荒唐！"王政君叹气，"朕记得云儿有三个儿子，没因这无妄之灾，有什么闪失吧？"

馆陶公主说："托先帝在天之灵，三子俱无闪失。皇上大行，臣妹听说三子前来奔丧，但都废为庶人，宗正府不管，没人敢接纳，只得住在横门馆舍。"横门馆舍是客商人等皆可入住的馆舍。

"哎呀，皇妹，又在老姐儿面前玩花样了！"王政君上下打量她，"老姐儿就不信，皇妹家的门不向三子敞开？几十年来，皇妹见义勇为，为人伸冤，抱打不平，怕过谁呀？今日倒怕到老姐儿头上了。"

"陛下，这话说的！臣妹怎敢在陛下面前玩花样呀。臣妹是想在陛下宫门向三子敞开之后，臣妹的寒门再向三子敞开也不迟。"

"这是为何？"

馆陶公主抿嘴笑了笑，却不说话。

小顺子在一旁说："这是公主殿下一片心啊。陛下你想想，如若公主殿下先将三位王子迎进门，那是表明公主殿下要为三位王子申冤翻案；如若陛下先将三位王子迎进宫，那就表明陛下为三位王子平反昭雪。而今东平王一案已经真相大白，公主殿下开门纳客，岂不是让天下人说陛下眼蔽不明？与其公主殿下抢先，何如陛下居先？"

"哎呀，皇妹啊，说你是人精，倒向老姐儿卖起关子来了。"王政君不等馆陶公主说话夸张叫着，其实她已窥知馆陶公主的用心了。

馆陶公主笑而不答。

王政君定睛望着她，"皇妹，今日你绕了这么大个圈子，大概就是为三子来做说客的吧？"

什么事做得大巧就不自然了，容易被人看破。馆陶公主深知王政君目光犀利，知道瞒不住，"陛下，什么也瞒不了你。不过陛下说得不全对，臣妹可不是来当说客的，而是来当好姑婆婆的，但愿陛下也能当个好祖母。"

二人相对笑了。

王政君派人到横门馆舍去接三子。不大一会，三子进宫来了。嫡长子刘开明，今年十七岁；次子刘信，今年十四岁；三子刘璜，今年十岁。刘开明面色苍白，尖嘴猢腮，不像有福有寿的相。刘信刘璜却黑里透红，尤其刘信虎头虎脑，相貌堂堂，在这些王侯中一站，显得结实健康有神采，且知书达礼，谈吐不俗，有如鹤立鸡群，与这些病弱而又乖戾的从兄弟迥然有别。

大丧期间，宫中不宜备酒作乐，这些王侯聚在一起，寒暄一阵后，彼此没什么话好说了。往往是王政君问一句，他们答一句，尽管小顺子在一旁插科打诨，交谈也没能活跃起来。

元帝的嫡孙，只剩下年仅九岁的中山孝王刘衍，这些都是元帝的侄孙，王政君遍观众人，暗暗叹息汉室衰微。她的心又惦记起那个"成帝之子"子龙，正想对馆陶公主提出，目光恰巧与刘信相遇，一股贵胄昂扬之气，使她心头蓦然一动。缄住了口。

"报！太皇太后陛下谕旨到！"

“啊！”王莽十分惊诧，午时求见，太皇太后陛下不愿见他；酉时却传来了谕旨，这是怎么回事？

打开中门，中书令齐安昂然走进来，“大司马，有旨意！”王莽慌忙振衣跪下，“臣王莽接旨。”齐安说：“大司马，你听好了。太皇太后陛下圣谕：有几件事，敕令大司马如实回答。”王莽叩拜，“臣遵旨。”齐安说：

“圣谕问：小殓那天，你可在请室设筵款待罪臣何武，公孙禄？太皇太后陛下为你复职拘押二人，而你当日设筵，向二人施恩市义，刁买人心。试问太司马，欲置太皇太后陛下何地？”

王莽浑身一震，思忖片刻叩拜，“臣死罪。”

“圣谕问：太皇太后陛下复你之职，你不感圣恩，反而与罪臣沆瀣一气。甚至被罪臣公孙禄讥为‘伪为人’，还与罪臣一道妄发议论诋毁圣躬。试问大司马，亲者谁？仇者谁？”

王莽叩拜，“臣死罪。”

“圣谕问：未经奏明太皇太后陛下，擅封罪臣公孙禄为征北将军，何武为征南将军。试问大司马，你眼里还有没有太汉律法？还有没有太皇太后陛下？”

王莽叩拜，"臣死罪。"

"太皇太后陛下气忿难当，圣谕问：敕令将罪臣何武、公孙禄交司隶衙门论处，关进大狱，试问大司马，对此有何异议？"

王莽深深内疚，送去几样小莱，没想到给自己带来了无限麻烦，还陷二位将军于大狱。二位将军会怎样想？世人又将如何议论？真叫他胆寒心颤。

齐安厉喝，"大司马，如实回答！"

王莽叩头，"太皇太后陛下敕令，臣无异议。"

齐安说："大司马，你可听明白了，对太皇太后陛下的谕旨不加辩解，也没什么话要说，那就是属实啰。"

"属实。"

齐安定睛望着他，这些"圣谕"，其实只是太皇太后陛下要他借请室的事，给大司马敲敲警钟，使其知道深浅，不要固执已见。他却加油添醋，故意说得极尖酸极刁钻极难听，每句话都变成极端严重的指控。他预料会激起抗辩，谁知王莽一一认罪，涵养之深厚叫他惊疑不已，反而自己心虚了。"大司马既已认为属实，下官就据此回奏了。"

王莽说："是。"

"大司马请起吧。" 齐安长长叹口气："太皇太后陛下对大司马霈泽之盛，依托之重，本朝不作二人想。大司马你好糊涂啊。"王莽拱手，"公公赐教。"齐安说："太皇太后陛下春秋已高，大司马凡事不知顺着点？何必拗着劲儿惹她老人家生气？"说罢连连辩解："下官不可过问朝政，失言，失言，大司马见谅。"

王莽知道他在暗示那个民间的"成帝之子"。既未点明，他也不想说破，"公公所言极是，往后还请多多赐教。"

"不敢，不敢，倒是下官应该多请大司马赐教才是。大司马对太皇太后陛下的忠心，下官今日亲眼看到了。"他担心日后姑侄见面把事捅穿了，怪罪到自己头上，又把话拉回来，温言抚慰，"请室之事看上去并不大。如果往大处看，可也大上天。是不是呀，大司马？致于太皇太后陛下的圣谕，那是责之严爱之切。"

王莽俯首，"是。"

齐安说："大司马放心，今日的事哪说哪了了。有事只管吩咐，下官无不从命。"

"公公客气了。"王莽见他变得友善，拱拱手，"请公公奏请太皇太后陛下，下官有事陛见。"

"大司马晋见太皇太后陛下，本该畅通无阻。这点小事，包在下官身上了。"齐安谄媚笑着，"嘿嘿，不知大司马何事陛见，下官也好回去向太皇太后陛下奏明。"他的口气很随便，问的却是最为关切的问题。

"山东匪患猖獗，征剿无功，下官拟就剿抚之策，恭请太皇太后陛下圣裁。"

齐安一听就知言不由衷，警觉起来。这类事太皇太后陛下从来不管，只要找个机会奏明就可以了，犯不上在中黄门傻等一两个时辰。他冷冷一笑，"大司马心系国事，日夜劬劳。太皇太后陛下春秋已高，不能事事亲理亲为。朝廷政务军务分由三公九卿料理，大司马不会不知道吧？山东剿匪方略嘛，大司马，嘿嘿。"

他说得不错，王莽今日进长信宫去，剿抚之策不过是个由头，向太皇太后陛下奏报杨辉孙亮之死以及宫中流行的"急症"，才是他真正目的。但是这些事都与貂铛有关。他对这位貂铛总头目一向深具戒心，怎能对他坦诚相告？

"下官还想借这个机会，向太皇太后陛下披心沥胆，直抒胸臆。坦陈下官所作所为之用心，以解太皇太后陛下的误会。"

"误会！"齐安更加警觉，刚刚热乎的心冷却下来。不问清楚，岂非自己替人"奏请"告自己的状，这不是自己掘墓自己埋吗？"不知大司马坦陈何事，又要消解何种误会？"

王莽思忖片刻，"请室之事，与何大人公孙将军无干。"他很小心，齐安却不放过，"大司马不是说，对太皇太后陛下的敕令没有异议吗？"王莽说："说不上异议。请室所为，下官本意安抚受责之人，期望君臣同心，朝廷睦洽，实无施恩市义，刁买人心之意……"齐安打断他的话，"如此说来，大司马适才所言全非出自肺腑啰。"王莽说："公公不要误会……"齐安再次打断他的话，"下官误会了吗？大司马口口声声认罪，口口声声属实，口口声声无异议，却又要向太皇太后陛下'披心沥胆，直抒胸臆'，这到底是什么意思嘛？太皇太后陛下的谕旨原本就是圣谕质询，大司马原本就应该'披心沥胆，直抒胸臆'。大司马不屑在下官面前直抒胸臆，不屑在下官面前直言辩解，直说便了，何必绕这么大弯子！"

"下官不是这意思……"

齐安哪里还听他解释？冷冷一笑，"下官这等卑贱之人，大司马不屑与言，下官早有自知之明。只是大司马把下官弄糊涂了，下官不知如何回复太皇太后陛下谕旨，还请大司马示下。"

王莽连连作揖，"公公误会了，真的误会了，下官绝对没有对公公不恭的意思。下官一向以为：为臣之道，君命所责，不出异声……"

"为臣之道，大司马向别人讲去；下官刑余之人，只知为奴之道。这为奴之道，最重一个'实'字，不像有些'伪为人'当面一套，背后一套；君前一套，臣下一套。"齐安再一次打断他的话，情绪更加激动，竟然不惮用刺人字眼出口伤人。

齐安这个人圣眷极隆，权势极大。在王政君眼里，他和王莽同等重要，一个是她宫中支柱，一个是她朝中支柱。但在世人眼里，齐安和王莽云泥之别，一个是天上的龙凤，一个是地上的臭虫。两种截然不同看法，两种截然不同感受，齐安全都尖锐体验到了。所以他特自尊，又特自卑。像王莽这样"君命所责，不出异声"，本是儒家为臣之道。并无"不屑与言"之意，但齐安数十年辛酸的宫廷生活养成的偏狭性格使他偏要从偏狭方面想，那也是没有法子的事。

"看起来，大司马是要驳回圣谕了。"

王莽一怔，"公公怎么这样说？下官怎敢……"

齐安尖着嗓子，"大司马敢做敢说，怎么就不敢承认呢？怎么一而再再而三出尔反尔呢？"

王莽定睛看着他，"公公是认定下官抗旨不尊了。"

"这可是大司马说的。"齐安抱拳，"告辞。"

公然断章取义，致人死地。王莽一向谦和，也不禁大为愠恼，长袖一拂："不送。"

齐安走后，王邑从后堂出来。王莽忿忿说："陷人不义，陷人于狱，歹毒之至！张狂之至！"长叹一声，"唉，先师孔子说：唯妇人小子难养也，他忽略了这帮刑余之徒。这一疏忽，后世门生不知有多少身受其害！"

王邑阴凄凄的眼睛一闪，"二哥！你不觉得我等与貂铛已结下不可两存之仇？"

"不可两存之仇？"王莽兀自一惊。话是说得不错，但它出自《韩非子》。诸子百家他最讨厌韩非。这样的话老六说不出来，"谁说的？"

不意王邑反问，"兄长以为说得不对？"王莽叹息，大概又出于那个平晏之口吧？

"小弟进宫查问，触到貂铛痛处，他们反扑过来了。我等要回击，不可束手待毙啊。对君子行君子之道，对小人行小人之道。二哥不知变通，一条道跑到黑，哪有不碰壁的呢？"

"不必再说了。"王莽这才明白"鱼有鱼路，虾有虾路"的含意。不，君子什么时候都得行君子之道，这是不可以变通的；如果对小人行小人之道，与小人又有什么两样？同时他也不相信太皇太后陛下对他的霈泽已尽，不相信太皇太后陛下会那样昏冥不明。这一切不过是受到奸佞蒙蔽的暂时现象。作臣子的不应该受到委曲和挫折，就对太皇太后陛下失去信心。他沉着脸默默望着窗外。

一十五　勘凶宅八尸血染地　审里社七人露蛛丝

初秋的太阳还很热辣，俗称秋老虎。鲍宣手提红木长矛，脚跨火龙驹，巡行到城东。巡城的士兵大汗淋漓，他的大红绣袍也汗透了。离宣平门一箭之地有棵古槐，浓荫匝地。树下有个茶棚，鲍宣跳下马，下令进棚饮茶歇息。茶水还没润湿嘴唇，一个锦衣少年奔进来纳头就拜，"启禀鲍大人。"

鲍宣打量着他，有点面熟，想不起是谁，"什么事？"

锦衣少年说："刚才有几个人满身是血从此经过，说隗里发生命案，要向鲍大人报案，有人却把他们引到右扶风衙门去了。"

鲍宣觉得他的声音有点耳熟，微微一笑，"那也不错嘛。"右扶风是行政区划，与左冯翊、京兆尹，合称三辅，鲍宣是司隶校尉，掌管三辅治安。三辅府衙都设在长安东城。隗里属右扶风管辖，隗里命案到那里去报也是顺理成章的事。

"不是的，你听我说嘛。"

鲍宣觉得这少年的声调语气都很熟悉，不觉更加留意他的话。

"那些人信不过右扶风衙门，一定要找鲍大人。有个人跑来说，'越级上告，就是没把右扶风衙门放在眼里，有理也短三分。'生拉硬拽把那些人拉到右扶风衙门去了。晚生以为其中有鬼，特来禀报鲍大人。"

"有这等事！"

"晚生还敢诳鲍大人不成？鲍大人不信去问城门口的人，问问店家也成啊。"

当时茶棚的店家也在场，状况与锦衣少年说的完全相反。那伙人身上满是血，说要报案，问右扶风衙门的路。旁观的人都说干嘛找右扶风衙门，何不找鲍大人呢？大路朝西，司隶衙门离这儿不远。还有人自告奋勇要领他们到御史台去，那些人说什么也不去。不一会有个人把他们引到右扶风衙门去了。当时店家也主张去找鲍大人，听锦衣少年一说不置可否笑了笑。

"那些人刚走过去，鲍大人若去追，指定追得上。"

　　"是吗，有人生拉硬拽把人拉到右扶风衙门去了？"鲍宣沉吟片刻，提起红木长矛，"上马！"

　　巡城士兵飞身上马。不一刻果然看见一伙人闹闹哄哄往前走。有人高呼"鲍大人来了！"

　　鲍宣走上前去，看见七个人满身是血，十分刺眼，显然是一桩死伤惨重的特大杀人命案，"本台司隶鲍宣，尔等可是要向本台报案？"

　　七人连连作揖，"不敢劳烦大驾，右扶风衙门眼看到了，本乡本土的，还是找本地父母官为好。"

　　鲍宣一怔，想到那个锦衣少年，顿时知道他是谁了，不觉莞尔。很明显锦衣少年有意颠倒事实，反话正说。用意极其明显，暗示其中必有蹊跷。其实七人行状，明眼人一看就知不地道；锦衣少年示警，更激起他的警觉。

　　鲍宣打马迳直走进右扶风衙门，府尹熊忠把他迎进堂正要下拜，鲍宣驾手一拦："熊大人不必多礼，快升堂吧，隗里出了血案，有人前来报案。"熊忠微微一怔，一脸谄笑，"啊，不去御史台司隶大衙，来找下官这座小庙，有眼不识泰山啊。"

门外讯鼓响了。熊忠躬身让座，"鲍大人请。"鲍宣还礼，"熊大人请。隗里乡亲向父母官报案，你是主，下官旁听好了。"二人并排坐下，不一会七个人走进堂跪伏在地：

"今日早晨，天蒙蒙亮，大盗楼获带领一伙歹人闯入隗里桃溪，杀死杨寄一家老小八口。匪徒杀伤亭长、游徼以及五名村民，全村村民奋起抗贼，擒获两名匪徒，余皆逃走。请大人缉拿凶犯，为小民作主啊。"

楼获的大名，堂上的衙役没有一个不知道，大堂紧张起来。熊忠问，"你等怎知凶手是楼获？莫非认识不成？"这七人都是村民，其中一人说："两个被擒匪人供出楼获，还供出了太学生王咸，另外还有一个王三公子。"熊忠问，"王三公子？哪个王三公子？"那人说："小民不知。"熊忠问，"两个匪人现在何处？"七人说："押在桃溪里社。"

鲍宣说："熊大人，案情重大，下官愿陪大人前往桃溪勘查。"

熊忠看出有人指使七人向他报案，想把案件交由他审理。这人是谁他不知道，其中必有图谋则是可以肯定的。但案情重大，烫手得很。在长安地面上不说叫鲍宣撞上了，就是鲍宣压根儿不知道，最终也得上报给司隶衙门。见他主动提出，何不顺水推舟？"下官正有此意。"

鲍宣令掾吏记下七人名字起身，"熊大人，请。"

一行人飞马到达桃溪。残阳之中，杨寄家从大门口到卧房，血流满地，横躺竖卧着八具尸首，凶犯手段残忍，状况十分可怖。

鲍宣验看后，前往里社审问。汉时二十五户为一里，每里都有一处供奉土地神的庙宇，称为"里社"。它是节日祭祀的场所，也是乡民聚会的场所。鲍宣差人把亭长、游徼以及五位受伤的乡民找来。不一会，里社四面墙上点燃松树明子，大堂中央燃起火堆，熊熊大火把大堂照得通亮。全村的人差不多都来了，里社大堂站得满满的。

五位受伤乡民住得离杨家较近，听见杨家呼救声，纷纷跑去援救，与匪人展开搏斗。亭长、游徼先后赶到，村里响起钟声。匪人见势不妙，向村外冲去。两名匪人受伤被乡民生擒。

鲍宣查验五个乡民伤势。伤势有轻有重，但都不是致命伤。他吩咐把两个匪人押来。两个匪人头上、肩上、腿上皮开肉绽，血流满身。据乡民描述，一个匪人头上被乡民摔出的石头砸伤，身子一趔趄，大腿挨了一枪，倒在地上爬不起来了；另一个右手被一个乡民大砍刀砍伤，受伤倒地。乡民围上去砍杀，砍了六刀，要不是被人喝止，这个匪人早没命了。

两个匪人招供：今日早晨，楼获、王咸、王三公子带领十名匪徒，总计十三人，前来桃溪杀杨寄母子，谁知杨寄母子不在家里住，楼获一怒之下，下令见人就杀，不留一个活口。

"哪个王三公子？"熊忠问。

两个匪人说："小人不知。"

乡民在现场拾到两枚"刚卯金刀"：一枚刚卯金刀刻着王咸的名字生辰，另一枚刻着王安的名字生辰。

熊忠一惊："这王安不是大司马王公的三公子吗？"说着连连叹息："唉，最近传闻王三公子与楼获结成'京华三杰'，竟然是真的。"

鲍宣拱手，"这桩案子案情复杂，牵连的人众多，熊大人有何高见？"熊忠还礼，"下官能有什么高见，只是牵连的人是朝廷重臣，棘手啊。大司马王公德高望重，谁会想到暗中指使儿子勾接江湖匪类行凶杀人呢？难怪城里议论纷纷，都说他是……"

鲍宣问，"是什么？"

"鲍大人不知道？还上了莱谱呢。唉！"熊忠似乎感慨无尽，"朝中重臣，权焰熏天，嗨，嗨。"

近日酒肆茶楼流传看一句俏皮话："伪为人的肉偷着肥。"有人拿这句话打趣，有人拿它当莱馔，向店家点名要买"伪为人的肉"，常常引得哄堂大笑。哄笑声中，有人讲起请室里头的故事。太皇太后陛下为了王莽官复原职，拘押了何武公孙禄，王莽不知感激太皇太后陛下大恩，反而跑到请室去讨好卖乖，被左将军公孙禄讥为"伪为人的肉偷着肥"，王莽恼羞成怒，回头又跑到太皇太后陛下面前告发何武公孙禄大放厥词，太皇太后陛下将何武公孙禄关进大狱……

"下官有僭了。"鲍宣抱拳，把七个报案人带来一一询问。搏斗之时，身在何处？与谁搏斗？杀伤几个匪人？身上如何沾了这么多血？七人面红耳赤答不上来，围观的乡民全都笑了。啪！镇堂木一拍，"尔等伤在何处？"

七人吱吱唔唔了一阵，有个人小声说："我等没有受伤。"原来这七人都没与匪人对搏，

鲍宣喝问，"尔等俱未受伤，又没与匪人对搏，身上血从何而来？"

七人跪下了。

鲍宣早就看出其中古怪：七人身上浑身是血，受伤的匪人只有两个，就算两个匪人全身的血都流到这七人身上，也不会有这么多的血。

围观的乡民又一阵哄笑，七人只得供认：他们衣服上的血全是在杨家八人尸体上染的。

"哈哈哈。"鲍宣不怒反笑。他看出七人都是庄稼汉，而非刁滑之徒。"报应啊，报应啊，尔等涂死人之血，招摇过市，欺瞒本台，业已犯罪。本台想放过尔等，杨家八口冤魂不放过尔等。谁叫尔等涂他们的血呢？那可是冤魂的血啊，尔等抹血时候，八个阴魂的眼睛瞪着尔等，血还是热的，他们阴魂都没散啊。冤魂缠身，一世不宁。嗨，嗨，如何是好啊？"

　　火堆上的火焰像无数的火蛇吐着红信，一伸一缩的，照在鲍宣脸上，时红时黑，或明或暗，威严中平添了几分诡异。七人吓得战战兢兢伏在地上。

　　"想必尔等也知道，本台办案如神。这等事本台见得多了。不是本台夸口，尔等身上尽管冤魂附体，本台自有禳祛之法，就看尔等听不听本台的话了。"

　　七人连连叩头，"听，听。"

　　"从现在起，尔等必须对本台说明实情。如有半句谎话，冤魂怪罪，本台想救也救不了了。"七人面面相觑，鲍宣说："尔等不信是不是？以为本台诓尔等是不是？"他发出一阵冷笑，"哼哼哼。"指着其中一个人问，"本台问你，你认识杨老丈吧？他为人咋样想必也知道吧？打个比方说，他的孙子叫东家的小小打了，你偏说是西家鼻涕娃儿打的，他会咋样？他准瞪你，牛眼睛似的，骂你缺德不是人，是不是？"

　　那人张大嘴巴望着他，不知他什么意思。但杨老丈一双牛眼睛瞪人的模样，却浮现到了眼前。

　　鲍宣说："今日杨老丈可不是孙子叫人打了这点小事，而是一家八口全叫人杀了，他本人也死了。他可是亲眼看见谁杀了他，杀了他的全家呀。他的阴魂想不想报仇？你若是糊弄本府，他让不让？他要真凶！杀他一家八口的真凶！你就必须说实话。你若说瞎话，他的眼睛就在冥冥中瞪着你，他家八口的眼睛全瞪着你呢。"那人吓得直颤，其余的人也不知所措，鲍宣又是一阵大笑："哈哈哈，其实尔等不说，本台也知道。杨家冤魂已经告诉本官了，尔等不信？"他指着一个人问，"有人指使尔等到右扶风衙门报案的，是不是？"

那人慌忙磕头，"是。"

他又指着另一个人问，"有人许下尔等银子是不是？"

第二个人也磕头，"是。"

他指着第三个人，"这个人就在尔等……"

那人没等他说完就磕头，"是是……"

鲍宣手一抬，要他别说。眼睛却反复打量第四个人。这人连连叩头："不是小人，不是……"鲍宣冷冷一笑："是你，你赖不掉；不是你，也冤不上。不做亏心事，不怕鬼上身。"他扫视余下的三个人，"这个人是谁，杨老丈的冤魂早就告知本台了。本台给他一个机会，只点他的姓。"兀地加大嗓门，声色俱厉，"他若执迷不悟，不肯自首，本台纵然容你，天理不容；苍天纵然容你，王法难容；王法纵然容你，杨家八口冤魂不容！"他又一次环视三人，拖长声调：

"这个人姓曹……"他猛地擂案，"还不给本台滚出来！"

话音刚落，一个人哭喊，"大人救我！"

"曹凡，本座早对你说了，杨老汉的冤魂已经把你指给本座了，还要本座千呼万唤才出来，你可知罪？还不向土地爷请罪！向杨老丈请罪！"

其实早在右扶风大堂，他令掾吏记下名字，就把七人名字记下了。他利用问话，排除了前面四个人，剩下的三个人都姓曹。

曹凡爬到神龛前，向土地神磕头如捣，砰然有声，"小民有罪，小民有罪啊！"

鲍宣说："曹凡，本台问你：你认识楼获、王咸、王三公子吗？"曹凡说："不认识。"鲍宣说："你让人涂上死人的血，许下银子。这银子不会是你掏的吧？"曹凡说："不是小民掏的。"鲍宣说："这么说，你也是受人指使的了？"曹凡说：

“是。”鲍宣咂叭着嘴啧啧有声，“曹凡啊，曹凡，你有七死七无不死，你知不知道啊？”

曹凡又一阵磕头，“大人救我！”

鲍宣问，“你知道楼获、王咸、王三公子吗？他们可是有大势力大来头的人啊。你在长安城中张扬他们行凶杀人，他们岂能饶你？他们三个，无论哪一个若要你的小命，就像掐死一只蚂蚁，这是三死三无不死吧？加上王法、天理、杨家冤魂，就是六死六无不死。最后一死嘛，最厉害，最凶残，你自己也该想得到吧？”

“大人救我！”曹凡自然想得到：就是指使他的人。这个人一定会杀人灭口，取他性命。

鲍宣看在眼里，相信那个指使者一定是心狠心辣的地方一霸，才使他这么害怕，“若要本台救，必先自救，懂吗？”曹凡急急说：“小民不懂，不懂啊！怎的自救，小民实在不懂啊，还请大人明示啊。”鲍宣唾了一声，“呸！不知自救的人，本台无话可说。”曹凡又一阵哀求：“小民听大人的，都听，全听，大人叫小民咋做小民就咋做。小民上有老母，下有妻儿，大人救我呀！”

"曹凡，本台令你带路，将指使者捉来归案，你可愿意？"

曹凡缩成一团，吓得牙齿打颤，"是……是……"

鲍宣点了三什人马，一什十人："事不宜迟，速去速回！"

一个什长驾起曹凡，掀上马背，三十人风驰电掣而去。

熊忠在一旁看得眼睛都晕了，又羡慕又嫉妒又失落又庆幸，心情复杂得很。表面看来，鲍宣从破绽中查出涉案人犯，又从涉案人犯发现新的线索，案子审得既便捷又顺当。然而折开来看，有什么了不起的？那些破绽，啧啧，实在太明显了，然而……当时……怎么疏忽了呢？尤其那些手段，算什么呀？连唬带蒙，不过是些鸡零狗碎的小伎俩，谁都会使，却偏偏叫他得了采头成了事功。不过嘛，这采头这事功还是不贪的好。这桩杀人案子案中有案，朝中重臣斗法呢。他拱拱手，"这宗案件，不是下官所能审理的。就此移交司隶衙门，请鲍大大劳神了。"鲍宣说："熊大大何必过谦？你我共同审理便了。"熊忠说：

388

"鲍大人办案如神，自知驽下，安敢与骐骥并驾？"鲍宣说："熊大人如此谬赞，倒叫下官无以自处，不敢接受这宗案子了。"熊忠说："下官发自肺腑，实在能力低微。"鲍宣说："熊大人实在不愿淌这趟浑水，请呈文御史台。"

回到司隶衙门，已经二更天了。两个匪人跪不稳，站不住，蜷着身子，闭上眼睛装聋卖哑，一副耍死狗模样，自报姓名一个叫温三，一个叫黄二。鲍宣令狱医给两个匪人验伤。两人身上的伤口，肉翻翻的看上去挺吓人，都不在要害部位，其实并不严重。他升堂审问，两个匪人把桃溪里社招供的话重复了一遍，再也没有力气回答了。鲍宣冷冷一笑，不再多问，令人押进死牢，重枷囚了。

四更时分，曹凡带去的人马，把指使者抓来了。这人是霍庄庄主霍鸿的堂弟霍波，三十上下年纪。儒巾儒服，自称晚生，长得短小精悍，全无惧色，硬气得很。鲍宣问：

"唆使乡民涂污死者之血，你可知罪？？"霍波说："晚生无罪。"鲍宣说："招摇过市，骇人听闻，扰乱京师治安，敢说无罪！"霍波说："大司马权倾朝野，一手遮天，其子行凶杀人，若不使长安万人侧目，妇孺皆知，细民的冤情怎能惊动庙堂，直达天聪？"鲍宣喝斥，"大胆刁民，唆使乡民满身涂血，原来是给大司马抹黑！"霍波说："不是抹黑，而是血诉。"他大展辩才，对鲍宣的话——驳斥。

鲍宣质问，"你指使七人上右扶风衙门，状告楼获等三人杀人，怎么又扯到大司马身上了？"

"出手杀人的是楼获等三人，主谋却是大司马。"

"哼哼。"鲍宣冷笑，"如此说来，你要改变诉状，状告大司马了。"

霍波说："大司马之子行凶杀人，要告；大司马纵容其子杀人，也要告。"

这位盛气辩才矛头直指大司马王公，不意透露出了重大内幕：隗里血案不是一桩寻常血案，而是矛头直指大司马王莽的一桩血案。显然与红阳侯王立拥立新君所产生的政争相关。这个判断尽管不难推定，但经涉案人亲口道出，效果毕竟大不一样，更使人深信不疑。

"那么楼获呢？不再是你告的主犯了？"楼获一介草莽，怎么牵扯进拥立新君的血案中？这是他一直萦绕脑际，未能得到合理解释的一个问题，显然另有缘由。

"不错。"霍波说。"楼获不过是帮凶。"

"哈哈哈。"鲍宣突然爆出一阵大笑，"当你是谁呀？主谋、主犯、帮凶都由你定，你还想定什么？"

霍波不作声了。

鲍宣挥挥手，衙役把他带了下去。夜已深沉，天上的星星大多躲进天幕里头睡觉去了，几颗疏星无精打采地眨着眼睛，它们熬夜也熬得疲倦极了。

护军都统蔺苞来报："司隶鲍大人鲍宣带兵进门来了！"

大司马府鼓乐齐鸣，警卫持戈挺立，中门洞开。王莽迎上去，鲍宣大嗓门响起，"王公请了。"

王莽还礼，"鲍大人请了。"

二人步入中堂，刘歆王邑孙建等人也都拱手，鲍宣满脸庄色，"下官特为拘捕王安而来，请王公叫他出来。下官不敢打扰王公公务，也请王公协助下官执行公务。"

王莽拱手，"不知犬子王安所犯何法，有劳鲍大人亲自前来拘捕？"

"昨日隗里乡民控告楼获率领一帮匪人杀死杨寄父母一家八口，两名匪人受伤落网，招供王安参与血案，现场还发现王安佩戴的'刚卯金刀'。"

王莽说："不敢有瞒鲍大人：犬子三日前离家后，至今未归。"三日前他在柳林遇见王安，日期相符，鲍宣说："王公所言下官并无怀疑，但因职司所在，还须照章行事。"王莽问，"不知鲍大人如何行事？"鲍宣说："下官查看一下，确认王安不在府上。"王莽说："请便。"鲍宣拱手，"冒犯了。"

"且慢！"刘歆手一抬，"请问鲍大人，搜查大司马府可有圣谕？"

"没有。"

刘歆冷笑，"鲍大人声称照章行事，这也是照章行事？"根据秦汉律法，搜查拘捕三公，必先请旨。

鲍宣拱手，"下官深信王公所言无讹，王安并不在家。下官搜查，不过走走过场，以便记录在案。一时疏忽，尚望大司马恕罪。"

王邑浓眉下燃起一团火，阴凄凄的眼睛怒目圆睁，"鲍子都，你分明没把大司马放在眼里，有意折辱！"

"六弟不可无埋！鲍大人忠于职司，下官一向钦佩。既为公务，搜查就搜查吧，下官说话从无诳语；下官行事无可不对人言。不怕搜查，没那么多讲究。"

刘歆抗声，"法不可枉，典不可废，岂可私相依违？王公力排邪佞，砥柱中流，权奸侧目，宵小进谗，貂珰上下其手，阻隔天阶，致使兄长难见天颜，想不到堂堂鲍子都也跟着落井下石！"

"得罪了。"鲍宣再拜，"下官这就进宫请旨，告辞。"

"且慢！"刘歆说："这么说，你是非要搜查大司马府不可了，莫非你认定王三公子确实涉案，确实藏在府中？"

"两个匪人招供出王安，下官职司所在，不可不仔细查实。"

"好一个大实话啊！盛名之下，其实难副哪。"刘歆咄咄逼人，"鲍子都啊鲍子都！真人面前不说假话，想不到对我刘子骏也玩花样！你也忒大胆了，不怕我刘子骏拽你胡子到太皇太后陛下面前告你欺世欺君？”

刘歆斥骂，鲍宣咧嘴笑了，连连作揖，“刘大宗师面前，学生怎敢玩花样呀？”看得出二人私交甚好。

“王三公子一案，从头到尾就是一桩假案，想必你这位‘办案如神’的司隶大人心中有数。有个极其简单明了的问题，刘某想要请教你这司隶大人：楼获非等闲之人，王三公子非等闲之人，堂堂大司马更非等闲之人。如果堂堂大司马真的指使儿子勾结楼获去杀杨寄母子，怎么连杨寄母子住在哪儿都不知道？这可能吗？合乎情理吗？”

“不错。”王邑插言，“小侯不妨奉告司隶大人：早在小殓之前，兄长尚未复职，曾令小侯查访杨寄母子，便知杨寄母子住在北门水巷；其后红阳侯奏请把那个‘成帝之子’迎进宫中，曾在慈恩殿对太皇太后陛下提到杨寄母子住址，当时大司马在场。司隶大人不妨想想，大司马怎么可能指使儿子到杨寄母子不在的地方去杀杨寄母子？”

　　鲍宣登门，"拘捕"王安只是借口。如果说他亲眼看见王安落到歹人手里，也许夸张了；但他确信王安已经落到歹人手里。他到王府目的是想破解另一个疑问：那帮人为什么要把楼获与王安联在一起？江湖恩仇所在多有，楼获一介江湖匹夫与一些江湖恶贼结仇不值得大惊小怪。但是楼获这个江湖豪侠是否与那个"成帝之子"的真伪存在某种干系？从而与王安以至王莽搭上某种干系？他相信波谲云诡的政争中，一个江湖豪侠涉嫌其中不会没有缘由。不料刘歆等人在场，挑剔他的纰漏，哪里容得他迂回探究其中缘由？他拱手告辞离去。

　　"哈哈哈。"刘歆大笑，"无论多么高明，作伪者必有破绽；作大伪者，破绽必定又多又大。"他告诉大家，鲍宣已经亲临桃溪血案现场发现了一些破绽，"鲍子都当不负所望，让兄长面谒天颜。伫候佳音吧，不出今天。"

一十六　老成相老成安圣虑　强项尉强项樱
龙鳞

王政君把孔麟接进宫里玩，已经两天了。

孔麟不怯生，不恋家，睡在她的碧纱厨中，坐在她的凤辇之上，居然把王政君当成亲祖母一样亲，使得王政君十分欣慰。如果膝下有这么一个嫡孙该有多好！这使她更加强烈想迎立子龙。其实她把孔麟接到宫里来玩，何尝不是为了子龙？王莽偏狭执拗，深深辜负她的心，她只好转而笼络孔光，求得他出面领袖群伦，给她有力支持。

今日一早，孔光进宫接麟儿，王政君说："丞相，你好福气啊。"孔光说："天下之民，皆陛下之臣；天下之子，皆陛下之子。"这话说得很得体也很平常，谁知王政君潸然泪下。孔光吓了一跳，"陛下！"

"天厌汉室，二世无嗣，天降麟儿，何无龙子？朕感怀系之啊。"王政君抹着眼泪，"皇上大行一月有余。立君之事迫在眉睫，朕忧心如焚啊。"

"陛下殷忧，不可太甚。"孔光劝告，"高祖创业以来，历二百余载，子孙逾万，可谓枝繁叶茂，分披四海。昔周勃之举孝文，霍光之举孝宣，皆一代明君，光大汉业。陛下加意遴选，何愁没有龙子？"

惠文皇帝逝世后无嗣，吕氏作乱，周勃陈平杀吕产吕禄，迎立高祖之四子刘恒为帝，是为汉文帝；孝昭皇帝逝世后无嗣，霍光举荐武帝的曾孙刘询为帝，是为汉宣帝。汉文帝创"文景之治"，汉宣帝使"汉室中兴"。

"请问丞相遴选之法。"

"选亲不选疏，此周勃之举孝文；选贤不选不肖，此霍光之举孝宣。"

"请丞相为本朝遴选明君。"

孔光伏地，"老臣不敢与议。"

"丞相盛赞周霍，宁无周霍之志？"

孔光磕头如捣，"惠文皇帝新丧，吕氏作乱，始有周勃之举；孝昭皇帝夭亡，皇太后年仅十七岁，幼弱无能，始有霍光之举。今太皇太后陛下英明睿智，执掌国柄，岂可同日而语？臣安敢作周霍之想？"

王政君执意请他谋划，"依卿之意，本朝该如何遴选新君？"孔光说："宗室之事，宗室内定，宗室

难断，太皇太后陛下圣衷独断，何容外臣妄议。”王
政君要的就是这个话，“近日红阳侯奏报，孝成皇帝
尚有子嗣在世，今年八岁，名叫子龙，朕大喜过望。
虽言之凿凿，但有人不信。朕恐朝野物议，一直难
决。不知丞相之意若何？”

　　孔光身为大司徒位居首辅，对于围绕那个“成帝
之子”的纠纷知之其详。太皇太后陛下说的“有
人”，他当然知道是谁。但疏不间亲，尽管眼下太皇
太后陛下已与王莽发生尖锐分岐，自己也不宜说东道
西。前天太皇太后陛下召麟儿进宫，他就想到了可能
与那个“成帝之子”有关。

　　“恭喜陛下，贺喜陛下，孝成皇帝尚有子嗣在
世，陛下之福，大汉之福！”孔光再次伏地叩拜，
“只要证据确凿，宗室即可内定，陛下何须多虑？”

　　王政君叹气，“汉宫不祥，赵飞燕姊妹作乱，宫
人暗结珠胎，销毁证据犹恐不及，哪里还敢私藏证
据？杨寄母子流落民间，历时数载，物事湮没，所幸
还有些证据没有销毁。”她讲了杨寄出宫及分娩，掖
庭丞、太医令列举的证据，“不错，上述证据很难称
为‘确证’。但往事如烟，证据销毁贻尽，岂可苛

求？朕意以为如无反证，可先迎进宫中，视其有无帝王之资君主之德，如无不妥即可立为新君。有人却极力反对，一味强求‘确据’，岂非强人所难？结果消息走露，不逞之徒挺而走险，妄图杀死此子灭朕嫡裔。幸赖皇天护佑，此子无恙，但此子生母之父母兄弟一家八口惨遭屠戮，闹得朕寝食难安。”

孔光昕了，觉得证据实有不足。“如无反证”，即可确认。这种做法不能说没有一定道理，但是一时没有反证，谁能担保一世没有反证？如果迎立之后出现反证又将如何收场？如有不轨之徒加以利用，乘机作乱，岂非酿成大祸？他一向老成持重，“立君之事虽迫在眉睫，却也不可操之过急。不如先迎到外宫，既表明皇家对此子一定程度的认同，又表明对此子尚有一些疑问。观望一些时日，如无反证当可确认，朝野也无话可说。不知圣意以为如何？”

“丞相之论真是持重之言，谋国之策。”王政君十分欣慰，“传旨下去，择日将子龙接进长定宫。”

“鲍宣求见。”小顺子奏报。

　　王政君手往上一扬："告诉鲍宣，朕正忙着，有事上表来吧。"小顺子应了一声出殿去了，不一会回报，"鲍宣声称有要事面圣不肯离去，还骂人呢。"王政君说："骂人？"小顺子瞟了孔光一眼，"奴婢不敢说。"王政君眉头一蹙，"说。"小顺子说："他说貂铛只给奸佞放行，堵塞贤路，蒙闭圣聪，看样子是冲丞相来的。"

　　这个小顺子可真是掉个屁股就是一个屁，眼睛眨巴眨巴就神不知鬼不觉放了一支冷箭。鲍宣确实骂貂铛"堵塞贤路，蒙闭圣聪"，他却不着痕迹的在前头加了一句"只给奸佞放行"，后头又不经意加了句推测之辞，就轻轻悄悄让孔光又恨又臊如坐针毡了。

　　孔光满面愧色，"微臣告退。"

　　王政君大怒，"丞相安坐，何闳，你去问他到底有何要事，若大言诳语，乱棍打出！"

　　片刻何闳回奏，"鲍宣请旨搜查大司马府。"

　　"搜查大司马府！莫非大司马做了不法之事？带他进殿！"

　　鲍宣走进慈恩殿跪伏在地。

王政君两颊凝霜，"鲍宣，大司马所犯何罪，你要请旨搜查？"

鲍宣却说："臣非为请旨搜查大司马府，是为大司马鸣冤来了。"

王政君直指其面，"鲍宣，出尔反尔，好大的胆子！你可知罪？"鲍宣脖子一梗，"臣无罪。"王政君大怒，"你为大司马鸣冤，为何诳称请旨搜查大司马府？欺罔朕躬，还敢嘴硬！"鲍宣叩拜：

"臣本意请旨搜查大司马府，但于中黄门受到小貂铛陆顺种种刁难，同病相怜，感同身受，改为大司马鸣冤了。"

王政君更怒，"鲍宣，你颠倒反复，语无伦次，又无端扯上小顺子，胡搅蛮绕，戏耍朕躬不成？"

鲍宣大声辨解，"陛下，臣不敢。"他从到王府拘捕王安讲起，说到受到刘歆等人阻拦，只得前来请旨……一路讲来，说得又急又快又响亮又简炼。临了叩头如捣，"大司马王公曾有要事晋见陛下，因受小貂铛陆顺阻拦，废然而返；微臣请旨搜查大司马府，也受到小貂铛陆顺无理刁难。心想大司马王公请求晋见的事是'大事国事'，微臣请旨搜查大司马府不过是'例行公事'，孰轻孰重，不言而喻。尤其身受小貂铛陆顺刁难之后，更觉请旨事小，为大司马鸣冤事大。虽言辞颠倒反复，并无罪愆，望陛下圣裁。”

他嗓门特大，胆气特大，在王政君盛怒之下据实直言，直通通，硬梆梆，像铁锥一样直锥每个人的心，具有很强的震憾力量，王政君不出声了。良久她问，“小顺子，阻拦大司马晋见，可有此事？”

小顺子说：“绝无此事。”王政君脸色一沉，小顺子连连叩头，“奴婢不敢有瞒陛下，那天大司马求见，陛下与馆陶公主谈得正欢。奴婢奏报大司马，陛下抬手打断奴婢的话；隔了一会奴婢又奏报大司马，陛下又抬手打断奴婢的话，奴婢才请大司马回府的。”

王政君回想与馆陶公主交谈的情景，记不清小顺子奏报的事了。但老姐妹谈得正欢，小顺子奏报被自己打断也未可知。摆了摆手，“鲍宣，你请旨搜查大司马府，拘捕王安，所为何事？”

鲍宣并不作答，却大声说：“臣冒死请求陛下，急速召见大司马！”说罢再次叩头如捣。王政君调头朝何闳望了一眼，“传大司马陛见。” 鲍宣听她发出了敕令，这才重新振衣叩拜，“杨寄一家八口命案，隗里乡民状告楼获。有人说王安也参与作案，现场还留下了王安的'刚卯金刀'，故而请旨搜查。"

"怎么会这样！前天听说不逞之徒杀死杨寄一家八口，朕很震怒，想不到却是三儿……王安，这……有没有搞错？"

鲍宣说："陛下不信，微臣是办案之人，不该先入为主，同样难以置信。试想王安少年俊彦知书明礼，喋血军门义薄云天，怎会与楼获一类江湖豪客去滥杀无辜？微臣受理此案之后，种种迹象表明王安早已落入歹人手中。有人把他的'刚卯金刀'留在现场，有意栽脏。"

王政君问，"这么说，杀死杨寄一家八口的另有其人，你敢肯定？"鲍宣说："微臣敢肯定。"王政君说："这就好，不是三儿就好。"鲍宣说，"这桩案件，微臣觉得里面黑幕重重，这也是微臣为大司马王公鸣冤的原因之一。"

"黑幕重重！"王政君一颗心又悬了起来，她意识到这事与子龙有关。这些日子也许是至性的关爱，也许是老年的偏执，凡属与子龙有关的不好消息，她都担忧，焦虑，反感。她质问，"鲍宣，你任司隶多年，难道不知误告的事每每常有，为何夸大其词，说什么‘黑幕重重’？”

“待大司马王公来了，必有惊人之事奏闻。”

惊人之事？不用说，又与子龙有关。她最担心就是这类不样的“惊人之事”！王政君一迭声，“传王莽！”

慈恩殿里谁也不敢出声，她的心悬了起来，旁人的心也悬了起来。死寂，一片死寂，死寂特别难挨，良久，王莽气喘吁吁进殿来了。王政君没等他气喘匀就问，“三儿……王安到底怎么回事？‘黑幕重重’又是怎么回事？如实奏来。”

王莽伏地，“启奏陛下，臣三子王安三日前离家一直未归，微臣也不知他身在何处。微臣虽无曾母之贤，却也不信犬子滥杀无辜。微臣以为，红阳侯所言‘成帝之子’，虽无确证断言讹骗，但极其可疑。太医杨辉、孙亮中毒身亡；十一名宫女得了急症；以及犬子王安失踪，可能都与此事有关。”

接着他详尽讲述王邑王宇询问大医，查访掖庭的经过。王政君今日真是吃了一惊又一惊，那颗衰老的心在震惊中提到了嗓子眼，怦怦怦，好一阵乱跳，直想从喉咙蹦出来，连连拍案大叫：

"传王邑！传王宇！传齐安颜平！"

王邑王宇齐安颜平四人很快传到了慈恩殿。齐安神态自若分辨：

"太医杨辉医道高明，救人无数，与奴婢私谊甚好，溘然而逝，奴婢心里很不好受，从没听说'中毒身亡'；太医孙亮，今日奴婢还见过，不知大司马为何也咒他'中毒身亡'？莫非太医院有两个孙亮不成？"

颜平伏地，"启奏陛下，太医院只有一个孙亮，奴婢今日还与他品过茶。"齐安接着说："成都侯和五官中郎将查访掖庭，奴婢听说了。他们提了十名宫女，没听说十一人。十人都好好的，更没听说宫中有人得了急症，真不知这急症从何说起。"

"陛下，齐安颜平欺君！"王邑阴凄凄的眼睛寒光疾射，"微臣曾亲自前往孙府，亲眼看见孙亮死在床上，齐安颜平怎会见到他？另外，微臣与五官中郎将王宇确实提了十一名宫女名字！"他把十一个名字一一报出来。

齐安连连叩头，"陛下，成都侯欺君！奴婢性命担保，孙太医此刻还在宫中，成都侯、五官中郎将所提十名宫女也都在宫中，何曾得了什么急症？大司马道德巍崇，轻蔑卑贱刑余之人，也不该无中生有，信口雌黄呀。"

"传！"王政君大喝。

十名宫女传进了慈恩殿跪伏在地。王政君问，"王邑！是不是这十人？"王邑并不认识，缄口不言。她调头问，"王宇，你说！"王宇老实说："微臣不认识。"王政君问，"谁认识这十人？"小顺子踅出来点着她们的名字。王政君又问，"不错吧？"王邑王宇都不作声。王政君连连冷笑，"尔等怀疑小顺子是不是？鲍宣听旨，将十人带出长信宫查明身份，看看她们到底是不是王邑名单上的十人。"

鲍宣带着十人出去了。

不一会，太医孙亮走进了慈恩殿，看得王邑阴凄凄的眼睛都直了。王政君喝问，"王邑，你看他是谁？"王邑垂着头不敢作声。王政君铁青着脸，正襟危坐；王莽等人跪伏在地，大气都不敢出。不一会，鲍宣回殿覆旨：这十名宫女确是王邑名单上的十个人。另外提到的一名宫女也到了殿外等候传召。

"王莽！"王政君厉声质问，"你还有什么话说？"

王莽惊愕，困惑，怀疑，脑海里一片昏乱，"臣无话可说。"

王政君十分气忿，"朕复你大司马之职，将互相推举朋比为奸之徒何武公孙禄送御史台严惩。你却在请室大摆筵席，私授二人征北征南将军之职，刁买人心。朕派人斥责，你当场抗旨不遵，事后也不向朕谢罪，你眼里还有没有朕？"

王莽很快冷静下来。宇儿和六弟都不是颟顸的人，不会愚蠢到把活人说成死人；更不会睁眼说瞎话。这是堕入貂蝉设计好的陷阱中去了，申辩无益，急得大汗淋漓。

王政君怒不可遏："说！怎么解释？"

王莽依旧说不出话来。

王政君连连冷笑，"王莽，你这大司马是不想当了！"

王莽自然不想失去大司马职务。然而这当儿叫他怎样回答？不知怎样回答最好的回答就是不回答。这种固执的倔强的沉默，构成了对太皇太后陛下尊严和权威的蔑视，使得王政君十分愤怒和痛苦：

"你是真不肯认错了！"

在太皇太后陛下面前，王莽并不计较自己的荣辱，更不想惹她生气；如果只是一般的小事，即便没有错也情愿认错，所谓"君命所责，不出异声"。然而这件事能认错吗？如果说在这之前他还不敢认定那个"成帝之子"是假的。就在这一瞬间，就在这殿堂，尽管没有确凿证据，从直觉到理智他已认定貂铛作乱，欲危汉室，那个"成帝之子"肯定是假的。"认错"意味欺君，意味从贼，意味丧尽天良。为一己官位，怎么可以祸国殃民，把江山社稷拱手让给奸人？他抬起双手，默默摘下头顶上的武弁高冠。

王政君怒气直冲脑门，"来人，乱棒打出宫去！"小顺子雀跃高叫：

"遵旨！"

蓦地孔麟从侧门跑出来，跪在王政君面前，"陛下，别打大司马王大人，他是好人。"

"好人？他藐视朕躬，抗旨不遵，拒不认错！"

"大司马王大人是好人！"孔麟坚持。

小小孩童说不出什么道理，也许他想起那个风雨如磐的夜晚，王莽带人从天而降解救了他，解救了他的父亲，这给他的印象太深太深了。刚才他躲在门边，看见太皇太后陛下发怒，吓得不敢吱声。听见太皇太后陛下要打王莽，身不由已跑出来了。

小顺子和几个貂珰操着棍棒，讪讪站在一旁。

鲍宣也直挺挺跪到孔麟身边，那天他也曾到过孙府，孙亮之子孙楠死活不让他进门，更不用说报案了。当时只当孙楠害怕貂珰，谁知竟与貂珰合谋，居然"活"过来了！此刻他不能把原委说出来，说也说不清：

"陛下息怒，事情扑朔迷离，实有许多迷惑难解的地方，看来很不单纯。大司马王公忠直，不是随风摇摆的人，一时想不透，转不过弯来，情有可原。"

王政君阴沉冷笑，"你与王莽合谋，欺罔朕躬。铁证面前居然巧言令色，以'忠直'相标榜，简直不知羞耻！"

她把鲍宣骂得狗血喷头，鲍宣大嗓门哑了，不料孔光跪下，"陛下，大司马王公德高望众，只因对子龙心存怀疑一时失察，不可轻废。"

　　齐安愠怒瞟了他一眼，小顺子的眼珠气得差点鼓突出来。他们自以为计谋巧妙，哪知计谋越巧妙，越发难以掩盖阴谋气味，怎能逃过老谋深算的老丞相老到嗅觉？他不是当事人，却与当事人王莽想的几乎一样。王邑王宇都非易与之辈，怎么可能愚蠢到在太皇太后陛下面前把活人说成死人？显然貂铛利用他们的成见设下骗局，误导他们的判断。这会儿貂铛佔尽上风，但是只要鲍宣这样的司隶还在任上，他们的上风将转瞬即逝。他虽然心怵貂铛的歹毒，更惧王氏姑侄和好之后的冷落，就出面替王莽求情了。

　　王政君俯身把孔麟拉进怀里，也许她也想起了那个风雨如磐的夜晚，想起了她们姑侄数十年亲密无间的情谊："朕何尝想废他！他太不听朕的话，太叫朕失望了！"说着两行老泪流了出来。

　　王莽油泣，"陛下之恩，山高海深！微臣敢不听陛下的话！但迎立之事臣不能听，也不敢听。"

　　"你！你无中生有，信口雌黄，还不认错！"王政君的火气又冒上来了。"你别以为，迎立之事离了你就办不成！从今以后，这事由丞相来管，你就别管了。"

“遵旨。”王莽叩拜。

“看在孔相份上，朕不废你。而今山东盗贼猖獗，你身为大司马，理当剿灭匪患，安定四域。朕命你巡抚山东，克日平乱，收拾收拾起程吧。”

“遵旨。”王莽再拜。

一十七　立战马回心石回心　望飞岚阴伏谷阴伏

三千车骑过了华阴，踏上了通向崤山六百里大巴山地。古之山东，是指崤山函谷关以东疆域。崤山函谷关是关中屏障，当年的秦国就因"崤函之固"雄视天下。崤函之固固然凭借崤山函谷关之天险，其实真正的固，就固在这大巴山六百里山林地带。这六百里山林地带，高山深谷，崎岖险峻。满山原始森林，荆莽野藤横绝道路；遍地湖泊沼泽，苔藓泥石滑泞难行，有些路段蜿蜒在潦水大淖之中，稍不留意，泥足深陷，行军极其艰险。

队伍行进到华山脚下，古木参天，巨石嶙峋。初秋的太阳当空照着，虽然还具热力，但习习山风吹走了燥热，反倒感到阴寒。时近中午，队伍顺斜坡上行。路边长满野花杂树，渐行渐陡，渐行渐窄，树木也逐渐稀疏。到了路口一路陡峭向上，通向华山绝顶；一路逶迤向下，前往山东。仰面望去，半坡有巨石横亘路上，上端尖削，下座方正，竟如斧劈一般平直壁立，面对每一个东行路人。下行路也极崎岖，左边陡峭石壁，右边百仞深壑。只容单人独骑踏着山梁通过。王莽骑着一匹黄骠马，突然人立长嘶，差点把他掀到地上。

身边一个将领纵身下马，迅疾拉住黄骠马马头斥骂，"畜牲，你也要回心不成！"

"回心？"王莽心里一动。

这个将领名叫严尤，年龄不到三十岁。头小，个头也小，浑身上下好像比常人小一个尺码。但小得匀称，小得精悍。小头小脸上一双眼睛特大，精光四射，人们戏称"獐头虎目"。他指着半坡巨石回答：

"此石华山道士命名回心石，石后有小径直通华山绝顶，告诫东行路人前途危险。只见其出，难见其归，何苦追逐财货以身犯险？不如回心向道，上山修炼，求得长生。"

王莽感触的"回心"，自然不是希冀"求得长生"。此番出京皆因悖忤了太皇太后陛下，恐怕从此姑侄离心恩宠不再了。尤其三儿下落不明，生死两茫茫啊。独卧帐中深夜惊魂，每每潸然泪下。回心石啊，是不是警示自己该回头呢？唉，地上的路都可回头，不能回头的路就不能算路。然而人生的路也可回头吗？禁不住忧思百结，难以自已。

蓦地石后有人吟唱：

登彼山阿兮危石倾，翘首西望兮马不行
石后有径兮飞升去，不恋神仙兮恋帝京。

唱毕有人高声口号，声音粗犷有力：

仙乡漂渺兮山有路，尘寰纷扰兮世无径。
日落路穷兮阮生哭，我笑阮生兮不回头。

哈哈哈，石后爆发一阵大笑，闪出一个人来，却是刘歆。他从石边绕过，后面跟着甄丰。

王莽大吃一惊，"二位好兄弟缘何在此？"

刘歆拱手，"特来迎接巨君兄，恭候多时了。"

"迎接？"王莽一怔。在这荒山野岭前不着村，后不着店，正要动问，刘歆与严尤寒暄上了。

严尤出身行伍，家境贫寒，投奔刘歆门下。刘歆慧眼识人，不嫌严尤身世卑微，与他平辈论交。元绥元年，王莽任大司马，刘歆向王莽举荐。王莽见严尤满腹经纶，智勇双全，保奏进宫当了侍郎。其后在细柳营任校尉，治军严谨，娴于阵战，深受将士拥戴。严尤是郑人，山东匪患赵地最烈，王莽从细柳营把他抽调出来，以便实施剿抚方略。刘歆拱手说：

"严将军，下官与大司马有要事相商，可否传令全军就地安营扎寨？"

不问主帅，反问将校，严尤只得目视大司马；见王莽满脸困惑，更不知如何回复。怔忡间，王莽问，"伯兄有何要事，竟要军旅中途屯驻？"

"事关社稷，事关太皇太后陛下安危。"

王莽离京，上忧太皇太后陛下，下忧自己前程。孔雀东南飞啊，五里一徘徊。走一步，忧一步；远一程，重一程。六叔纠合貂铛作乱，短短数日京中出了变故不成？

"京中之事，我与甄将军将向仲兄详尽禀报，请巨君兄先把军中之事安排好再说。"

王莽严尤见他说得如此郑重，惊异望着他。这时王临和另一位将领从后队赶到。这位将领名叫廉丹，年龄也不到三十岁，身材威猛，紫面红须，长相极其奇雄。他原是甄丰麾下的校尉，多年跟随甄丰出生入死情同手足。廉丹武艺超群，勇猛善战，甄丰举荐给王莽，助他平定山东匪患。

王莽说："我不知京中发生何事，如何决定三军行止。"刘歆含笑，"我岂敢贻误军旅大事？既然贤兄放心不下，在下不妨先就军中之事讨教贤兄以及严廉二位将军。"他拢住青须，"巨君兄此次巡抚山东，不知用何方略？"

匆匆赶来，神秘出现，来问用兵方略，真不知葫芦里卖的什么药！王莽顺口说："剿抚并举吧。"

刘歆拱手，"敢问严将军，何谓并举？如何才能并举？"

严尤躬身，"能剿者方可行抚，善抚者方可进剿。只有雷霆奋击，重创顽寇，威震山东，方可言抚；剿而不抚，擅行屠戮，杀不绝剿不尽，贼寇越剿越多，故而必须行抚。"

刘歆又拱手，"敢问廉将军，如何才能重创顽寇，威震山东？"

廉丹躬身，"出其不意，攻其不备，出如迅雷，攻如骤雨，必可重创顽寇，威震山东。"

刘歆说："大司马行辕过此古道，日行不过三十里，何日才到山东？二位将军何不各领精兵偃旗息鼓轻装疾进，突然出现敌前，打得顽寇措手不及，不知二位将军以为如何？"

"好计！"严尤甄丰齐声喝彩。

甄丰身为将军，精通兵法，"匪人之计无他，避实就虚而已。官兵势大则化整为零；官兵势弱则合而击之。所谓打得赢则打，打不赢则跑。若严将军提一旅之师直插二崤，截断贼人逃向大行山通道，张网以待；廉将军分兵奇袭瞎老大、刀疤六一干悍匪巢穴，即便不能剿灭二匪，亦可吓破敌胆，抱头鼠窜，此乃'驱雀投网'之计。二位将军则可会师二崤，饮马谷水，成不世之奇功了。"

"二位高瞻远瞩，胸罗雄兵，好计！"严尤这次叫好却是出于衷心："春秋战国时，晋军大破秦师就在二崤。南崤北崤之间，谷水奔流，其间葫芦谷长达二十余里最宜伏击。"看得出，他对这处古战场稔熟于心。

"哈哈。"廉丹一阵大笑，"好啊，你我就在二崤狩猎。"

　　"巨君兄以为如何？"刘歆虚问一声，不等他表态，喧宾夺主说："既然此计可行，兵贵神速，二位将军还犹豫什么？何不立即部署，日夜兼程直捣匪巢，杀得贼寇闻风丧胆，而后传檄山东，报捷阙下，以迎大司马？"

　　甄丰跟着说："是啊，时机稍纵即逝，山东顽寇还以为大司马行辕盘桓古道之时，二位将军的利刃就已插进他们胸膛，岂不快哉？"

　　"哈哈。"刘歆跟着爽朗笑着，"四公子可带辎重，紧随二军前往山东。如果二位将军进军顺利，山东那几个毛贼，只怕大司马未进山东就已平定了。"

　　甄丰大声应和，"说得是！大司马没到山东，四公子去了，也像大司马亲临一般。是不是呀，二位将军？嘿嘿。"

　　他俩一唱一和，严尤廉丹都是用兵之人，又与他俩渊源极深，对二人的意图怎能没有察知？而今皇上新丧，新君未立，朝中乱象如麻，像大司马这样的重臣岂可远离京师？大司马两面受敌，除了山东盗匪，还有京中奸佞。京中奸佞奸计得逞，山东的仗打得再好也是白搭；同样山东毛贼不灭，大司马威信无存，京中奸佞也难以铲除。两面受敌必须两面出击。这就是说，剿抚之事交托他俩去办，而把大司马驻留回心石，一旦京师有变，即可返回长安应急。二人所说的长途奔袭之策，确是破敌上上之策。政事军事兼顾稳妥可行，称得上深谋远虑。

严尤带领的是细柳营精兵，躬身请命，"小将愿带本部人马，直插二崤，以待匪寇。"

廉丹带领的是棘门营精兵，也躬身请命，"小将愿带本部人马，以迅雷不及掩耳之势分击匪寇，杀他个七零八落！"

"壮哉，二位将军！"刘歆大声赞扬，"破贼决胜之机更待何时！兄长发令吧。"

王莽在一边拈须听着，明知醉翁之意不在酒，二人别有图谋。一方面破敌之策切实可行，大获其心；另方面不甘心被人挤出权力核心，极想听听二人到底有何机宜，于是首肯答应，"二位将军依计而行吧。"

"得令。"

王莽护军只有三十二名，由正副都统蔺苞、戴级带领。刘歆令副都统戴级带领八名护军保护王莽，其余二十四名由蔺苞带领，保障王临安全："时时处处簇拥四公子，时时处处把四公子推到军前，让全军将士见到四公子如见大司马。"

蔺苞应声，"末将听命。"

刘歆对王临面授机宜，"你父亲不在军中，要让三军以为你父亲就在军中；你父亲未到山东，要让山东父老以为你父亲就在山东。大司马行辕不得让外人靠近，不得让外人偷窥，严拒京中大臣探视大司马，回绝山东官民晋见大司马，总之你父亲的行藏，必须严守机密，不得走露。"

随后甄丰下达严令，"大司马旂纛照旧，大司马乘舆照旧，晨昏定省如仪，供奉茶饭如事。每时每地不可稍息，每人每事不可玩忽。泄露者斩！误事者斩！懈怠者杖五十！嬉笑不庄者杖三十！"

刘歆将一锦囊授与王临，"事有不决，与廉将军商议；廉将军不决，拆锦囊依计而行。"

王临叩拜，"小侄记住了。"

王莽传令全军择地扎营，当即与严尤廉丹二人交割兵符。

翌日，严尤廉丹三更造饭，四更起程，剩下百余人在西坡山谷扎下营寨。山谷东靠云台峰，远眺青龙岭，绿树兰天之间，山岚吐纳，云雾升腾。不远处有一黑褐色石崖高可百仞，泉水从石崖孔隙喷出。条条水流细如银丝，闪着晶光垂落到半山腰，被山风吹散，形成白濛濛的水珠，似岚非岚，似瀑非瀑，恰似一片云雨。崖下汇成水塘，顺着东流小溪，流到营前。

王莽换上便装顺小溪下行，山谷幽深，不见人家。行十数里才见一个樵夫，"此谷可有名字？"

"阴伏谷。"

阴伏谷！怎么这样一个名子？少顷哑然失笑了。可不是么？这里不说埋伏百十人，就是千军万马也不易被人察觉。阴伏，嘀嘀，果然阴伏！

护军副都尉戴级来报："有十余骑过回心石东去，锦衣战袍，一色白马。"

"一色白马！"王莽暗暗吃惊。十余骑锦衣战袍，看样子是官兵，但十余骑白马就出奇了。遥想当年高祖皇帝出巡，御辇要配足六匹同一色的马都办不到，可见出动十余骑白马如何不同凡响了。他意识到这些人东行与自己有关。

甄丰说："东行者必貂铛。"

"貂铛！"王莽一惊。

刘歆微微一笑，"兄长不信？他们对兄长不放心，前去督察兄长行止的。"王莽苦笑，"逐出了长安，还有什么不放心的？"

果然驿站飞马来报："掖庭丞颜平带领十二名貂铛今夜在站中留宿，打听大司马行踪，飞驰山东。"

王莽脸色凝重。颜平阴险狡滑，六弟宇儿都上了他的套，手段何等老辣！四儿尚幼，阅历尚浅，他违背太皇太后陛下旨意，阴伏在阴伏谷，四儿如何掩盖得了？一旦露出马脚，日后如何面对太皇太后陛下？如何再立朝廨？

刘歆说："红阳侯所用非人哪。"甄丰哂笑，"他本来就不是人。除了貂铛，谁能为他所用？"刘歆说："貂铛此行，意在督察兄长行止。而要督察兄长行止，恰恰不该用貂铛。貂铛平素与地方没有来往，无法在地方培植亲信。尽管持有太皇太后陛下谕旨，地方官员也不屑充当貂铛鹰犬。别看貂铛在宫中兴妖作怪，一旦出宫就像鱼儿离开水，兴不起风作不起浪了。"甄丰应和，"是啊，将在外君命有所不受，何况貂铛之令！军队有军队的规矩，军队有军队的纪律，不让他们进入战区，他们就进不了战区；不

让他们走进行辕，他们就进不了行辕。"二人一唱一和无非要他放宽心，

王莽滞留谷中忧思重重，朝中状况如何？严廉进军如何？俱无消息；加之三儿下落不明，四儿面临凶险，国事家事无一难以释怀。

刘歆说："且请宽心吧。"甄丰也说："再过几天，必有佳音。"

"几天呀？"阴伏以待时，然而时何日来？运何日转啊？

刘歆与甄丰对视一眼："十天吧。最多半个月。"

"半个月？这么肯定！"

刘歆说："半个月内，伪皇子必定败露。"

"是吗？"王莽长叹一声，"这大约是平晏之计吧？二位兄弟为何如此信心满满？"二人齐声，"确信无疑！"王莽沉着脸，"你们信，我可不敢乐观啊。如果我所料不差，催促我尽快离京的是这个平晏，把我半道留下的也是这个平晏。这不是计无定策，出尔反尔吗？"刘歆大笑，"巨君兄何不细细思量一下，这'出尔反尔'之妙！"王莽冷哼，"妙？"

刘歆问，"当今朝廷足以左右政局者何人？"甄丰应声，"兄长。"刘歆接着问，"红阳侯貂铛最忌惮者又是何人？"甄丰应声，"兄长。"刘歆又问，"兄长如不离京，红阳侯貂铛敢不敢动作？"甄丰应声，"不敢。"刘歆继续问，"红阳侯貂铛不动作，阴谋能不能败露？"甄丰应声，"不能。"刘歆接着说："小弟还要问，红阳侯貂铛一旦败露，朝廷会是一幅怎样景象？"甄丰应声，"朝中大乱，太皇太后陛下受到攻讦。"刘歆追问，"太皇太后陛下受到攻讦，朝廷又会是一幅怎样景象？"甄丰应声，"有人推出新君，神器将落入另一伙阴谋者手中。"刘歆嗬嗬嗬笑了：

"巨君兄不出长安成吗？出了长安不在山野隐匿应变成吗？"

顺理成章啊，他不能不服。这个平晏的计谋，所谓"龙腾龙的"，"虎跃虎的"。尽管他一直抵制，实际早已按照人家的意图在"腾"在"跃"了。只是这次，四儿替他前往山东，自己在山野藏匿起来，两头都充满变数，两头都不踏实啊。一旦山东剿匪失利，或者消息走露，朝野哗然，后果不堪设想。然而君子义理在先，风险在后，只要有义有理，他能说什么呢？

刘歆是他多年知交，那就耐心等待半月吧。看着那片似岚非岚似瀑非瀑的云雨，不禁想起孙复的"抽身"之论，此刻他不也是"抽身"吗？不过此"抽身"非彼"抽身"，彼"抽身"光明正大，此"抽身"充满阴谋。智者和术者的分野大约就在于此吧？阴伏谷阴伏啊，"阴伏"本义就是见不得人的阴私，实际上他已经卷进阴谋中了。

回心石啊，他还可以回心吗？

一十八　探隐情情牵多情女　望疑云云横拨云人

　　柳林深处，一位锦衣公子和一位六旬老者走进楼获的秘密住所。泥巴围墙上木槿花开得正旺，香气扑鼻。大门洞开着，遍布灰尘，看来多日无人居住了。他们进入二堂，堂上杯盘狼藉，酒坛破碎，还有几处血渍。

　　"君卿遭人暗算铁定的了。"老者指着血渍，"酒卮一对，筷子两双，君卿和谁在饮酒呢？"

　　"王三公子。"

　　锦衣公子把王安询问楼获住址的经过讲与老者听，老者点头，"看来就是这位王三公子。"锦衣公子思忖说："楼大侠武艺高强，王三公子功夫也不俗，谁这么厉害拿住他们？"

　　二人仔细观察，地面、屋顶、门窗看了个遍。终于在东面粉墙离地面一尺左右的地方，发现三个呈品字形的小孔。三个小孔圆锥形状，深寸许；墙脚上有零星白粉，是从墙上溅落下来的；白粉上面已经蒙有灰尘。很明显，白粉落地后一直没人扫去，说明主人遭暗算与白粉落地在同一时间，有些日子了。

"张清！"老者叫桑进，是楼获的看家师爷。楼获各种事务都经他的手，江湖上称他桑五爷。

三个小孔洞口相似，深度相同，只有连发的袖诊机簧弩箭才能射成。机簧弩箭巴掌大小，藏住袖口之中，恶斗时猝然发出，叫人防不胜防，一丈之内杀伤力极大。机簧袖箭是张清的独门暗器。

二人从屋里查到屋外，走到后院，锦衣公子跑到茅草堆，掀开茅草，地面没有异状，什么也没有发现。气得一脚踢去，一束茅草飞到半空，上面却垂掉一个五彩绣香囊。她拣到手里，一面绣着翠鸟，一面绣着玉莲，做工极其精致。闻了闻有股兰香味儿，无疑是姑娘送给年轻公子的香囊。

"老夫看看。"桑进仔细看了看："这不是君卿身上之物，大概是王三公子的吧。"

"大概是吧。"锦衣公子冷冷应着。

"哈哈哈。"一阵大笑兀地响起，只见鲍宣飞马而来。"什么锦衣公子啊，原来是雯儿呀，我一猜就是你，可有什么发现？"原来这个宅邸一直处在官兵监视之下。鲍宣听到报告，快马加鞭赶来了。

　　原来锦衣公子是馆陶公主的孙女于雯，她奚落着，"人说鲍世伯办案如神，小侄没看见过；猜人如神，这下可见识了。"

　　"你这鬼精灵，没大没小！不是耍你鲍世伯就是损你鲍世伯，看我不告诉公主殿下！"鲍宣又是一阵大笑。他的笑声极富感染力，使人觉得亲近。

　　桑进上前拱手，"拜见鲍大人。"

　　"桑五爷，幸会。"鲍宣拱手回礼，看来他俩早就相识。"下官正想登门请教，不意在此巧遇。"桑进说："鲍大人只管垂询，老朽知无不言。"鲍宣说："请问'京华三杰'是什么回事？有人状告他们杀人，又是怎么回事？"桑进说："这正是老朽日夜悬心的事。君卿失踪多日，外头盛传他与王君卿、王三公子并称京华三杰。楼君卿王君卿早已齐名，王三公子少年义士，三人并称本无不可。只是老朽从未听君卿提起，江湖上也向无此说。至于说他们杀死杨寄一家八口，老朽斗胆断言，纯系诬陷。"鲍宣说："两名匪人自称楼获门下，招供楼获三人带领他们在隗里杀人也会有错？"桑进说："江湖诡谲奸诈，亡命之徒所在多有。一纸供状何足为凭？"鲍宣说：

"人证物证俱在啊，真叫下官犯难。"桑进一揖，"敢问鲍大人，他们姓甚名谁？可否让老朽一见？"鲍宣说："下官正有此意，请。"

一行人来到司隶衙门，鲍宣将两个匪人提出。两个匪人看见桑进坐在堂上，一改疲惫神色大叫，"桑五爷，救我！"桑进没有理会，鲍宣笑笑，"尔等既然认识桑五爷，自家姓名该报出来了吧？"一个说："小的温三。"一个说："小的黄二。"鲍宣说："尔等怎的认识桑五爷？"

温三说："桑五爷与小的一道到隗里杀人，小的怎能不认识？"

"哈哈哈。"桑进一阵宏笑。"花狐狸温涛、黑泥鳅黄宏，你俩诬陷楼君卿不说，竟然当堂诬陷老夫！江湖盛传二位阴毒狡诈，赖皮难缠，果然名不虚传。"

黄宏说："桑五爷眼睛花了吧？在下长得黑一点，可不是什么黑泥鳅啊。"

"桑五爷眼睛没花，心花了，颠倒说话。" 温涛说："江湖上谁不知道阴毒狡诈桑五爷，赖皮难缠五爷桑！"

两个匪人全然不惧，不像前日耍死狗，竟然在公堂上摽住桑进，公然寻衅，鲍宣镇堂木一拍，"住口！"

于雯说："两个匪人把'不是'当理说，无理取闹是不是？"鲍宣嘲笑，"硬气得很哪。"于雯哼了一声，"硬气？那是鬼符在身。小侄写个咒语，把鬼符破了，两个狗贼就蔫巴了。"鲍宣大喜，"啊，贤侄还有通神之能，快快施出！"

鲍宣令人取来一片木牍，于雯提笔写了个字，鲍宣拿到手里，木牍上写着一个"赦"字。啊嗬嗬开怀大笑："一语点醒梦中人，贤侄说得有理。两个狗贼的确有鬼符在身。"

扔到两个匪人面前。两个匪人对视了眼，黄宏说："啥啥呀，小的不识字！"温涛说："这是啥咒语，唬人呀！"

其实，鲍宣早就知道两个匪人想些什么了。俗说说：贼咬一口，入木三分；何况不惜一死的死士咬一口，就得"入土三尺"进入黄泉了。两个匪人承认参与血案，死咬楼获王安不放，供词必然受到极端重视。明明是冤案变成了铁案，明明是诬陷变成了铁

430

证。与此同时，皇上大行，新君即将登基，朝廷必然大赦天下。两个匪人虽犯死罪却不会处死，他们才气壮如牛。只要许以钱财，就会有亡命之徒丧尽天良干这类栽赃勾当。

鲍宣问，"贤侄以为该怎样办？"于雯说："他们不是自供杀人吗？"鲍宣说："不错。"于雯说："杀人者不是应该偿命吗？"鲍宣说："不错。"于雯说："这种罪该万死的人，不必一定死在'秋决'吧？死在公堂，死在大狱，不都可以吗？"鲍宣笑了，"说不得，说不得。"于雯也笑了，"说不得做得，是吗？这就好办了。"鲍宣说："如何办？"于雯说："请问鲍世伯，'有力之口并非口'，是什么？"鲍宣说：

"木也。"

"非也，铁也。"

二人仰面笑了。他们说的是字谜："有力之口并非口"取其"力"、"口"，合而为"加"，鲍宣再加上"木"，合起来就是"枷"了。于雯说"铁"是指重枷，木头里面灌有水银的枷。

这是狱中秘密处死囚犯最阴毒的方法。戴上四十斤、五十斤、六十斤的重枷，不说寻常人，就是练过武功的铁人，最多压上十二个时辰，就会压得脊骨错位而死。而且不见外伤，掩人耳目。

两个匪人叫了："不是说鲍大人不用酷刑，犯人死而无怨吗？"

"不错，鲍大人办案，犯人死而无怨。"于雯说："本公子倒要问问尔等：杀死杨寄一家八口，江湖规矩，杀人者偿命。尔等自己说说，该不该死。既然该死，那就不能让尔等活到大赦诏令颁出的时候！"

"说得好！"鲍宣看见两个匪人脸色突变，内心快慰，大声赞许。"给这两个匪人上四十斤枷，午后再审。再不吐实，枷上加枷！杨家八口死得悲惨，就算告慰杨家八口冤魂吧。押下去！"

堂下一阵呐喊，几名衙役涌上来，架着二人就走，两个匪人一阵哀求："大人，不要啊！"

于雯卟嗤一笑："小侄的咒语破了他俩的鬼符吧，瞧这熊样！"

过了不到两个时辰，鲍宣又把两个匪人提到堂上审问，黄宏温涛戴着重枷跪伏在地不出声了。于雯和桑进慢步走进大堂，折扇击着手掌哂笑，"小侄何幸，躬逢盛筵。"鲍宣说："本台没有设筵啊。"于雯说："堂下怎有两只死狗？"鲍宣说："那不是死狗，那是花狐狸黑泥鳅。"于雯说："小侄怎没听见嗷嗷狐嗥之声呢？必是死了吧。那可是上好野味啊。"鲍宣大笑，"这会儿还没死，呆会可就保不住了。"于雯说："好饭不怕晚。"二人哀求起来，"鲍大人饶命。"

啪！鲍宣镇堂木猛劲一拍，"堂下何人喧哗？抬起头来。"

二人怎敢抬头？他们把木枷一头搁到地上，重力就从肩臂卸到地上了。抬起头来，重力全压在身上，二人又一阵求饶。

"啧啧。"于雯咂着嘴，"今年的确会有大赦，可花狐狸黑泥鳅今日难逃一死。可叹啊可叹。"鲍宣说："没什么可叹的。大赦本是给罪犯改恶从善的，不是给恶贼继续作恶害人的。这两个恶贼心存侥幸，不但杀人，而且诬陷好人！不杀他俩，天理不容。"

两个匪人叫起来："我等吐实！"

二人当即招供奉霍庄庄主霍鸿之命，行苦肉计，有意让乡民擒获，以便诬陷楼获、王咸、王三公子，矛头直指大司马王莽。

鲍宣问，"霍鸿的目标是陷害王三公子及大司马，为何把楼获扯进去？"这一直是鲍宣心中悬而不解的疑问。把楼获扯进隗里血案，扯进民间"成帝之子"的政争，又为哪桩？

温涛黄宏答不上来。

"楼获、王安、王咸是不是都落到了尔等手里？"

"是。"

"三人关在哪里？"镇堂木拍得震天响，鲍宣连连喝问。

真是咒语破了鬼符，温涛黄宏心颤了，胆寒了，精神头儿没了，浑身吓得直抖，"小的不知……真不知啊。"

高层机密小蝼罗未必知道，鲍宣令人押下去，"今日就不给你等带枷了。本台若发现尔等欺瞒，定将尔等枷死狱中！"

二人带走之后，桑进说："二人所知不多，知情者不是大有人在？"

他是老江湖，说话阴毒之极，却又含而不露。鲍宣佯装不懂，于雯直通通说：“两个狗贼供出了霍鸿是主谋，何不将他捉来，真相岂不大白了？”

鲍宣沉默不语。不错，两个匪人的招供，可以派出缇骑逮捕霍鸿。但霍鸿不同这两个匪人，后头有红阳侯王立和貂铛撑腰，而且大赦在即，如无足够证据，捉人客易放人就难了。那时候进退维谷，桃溪血案、王安失踪以及一切与拥立新君有关的案件，永无破案之日了，他叹了口气。

桑进忍不住说：“鲍大人犯难不成？区区霍鸿，有什么不得了的？鲍大人如有难处，那狗贼交给老朽对付好了。”

交给他？ 鲍宣还是没有作声。桑进想利用官府打击对手，救出楼获，自然会想出既达到目的，又不使他“犯难”的手段，他何需说话？让别人说出自己想说的话，去做自己想做的事吧。

桑进说：“为救君卿，老朽豁出去了，谁也不怕！”于雯又卟嗤一笑：“说过头了吧？鲍世伯也不怕？”桑进连忙拱手，“鲍大人老朽当然怕。”于雯说：“这不得了？要想对付霍鸿呀，还得鲍世伯拿章程。是不是呀，桑五爷？”

兜了个圈子，又回到了原点，鲍宣依旧默不作声，二人相视一笑，知道他俩的话投合他的心意。眼下这种情势，利用江湖豪侠对付江湖豪侠，去做官府不便出面的事，无疑是最佳的变通方法。

霍鸿家住城东霍庄，霍家祖传五禽拳，江湖早有名声。霍鸿祖父开馆授徒，五禽拳传扬开去，渐次形成门户。到了霍鸿，雄心更大，居然开坛立派，号称鸿门。不但把许多作恶多端作案累累的恶贼藏匿庄中，而且招揽江湖豪客，神箭张回的子侄及其门生投奔门下。把势力扩充到整个三辅，总坛设在霍庄。

三天后，桑进徒众一百余人，有的扮着赶集的，有的扮着行乞的，有的扮着过路客商，陆续潜入城中。天交二鼓，他们把霍家谷草垛点燃，一百多人四面八方冲进院去。霍鸿徒众从睡梦中惊醒，仓猝应战，不少人受伤倒地。一阵恶斗之后，斗志更加涣散。有人抛下兵器跪在地上求饶，只有十多个人还在拼死抵抗，他们浑身是血，伤痕累累。

　　马蹄声急风骤雨般传来，只听一声唿哨，来敌四散奔逃。大队官兵举着火把冲进院中，"拿下，全拿下！"鲍宣挥动红木长矛吼声如雷。十多个浑身是血的人逮个正着。桑进的人早跑得没影了，霍鸿徒众三十六人被擒，霍鸿不在其中。

　　"怎么回事，啊？聚众斗殴，还有王法没有？"火光中，鲍宣大红绣袍在夜风中胸襟鼓起，衣角飘举，使他显得更加粗壮。

　　"大人，楼获匪徒袭击我庄，我等都是守法良民啊。"受擒的人齐声喊冤。

　　"胡说！霍鸿欺压良善，危害地方，还说什么守法良民！"鲍宣严词痛斥，虎虎生威。"聚众斗殴，本属江湖纷争，是非恩怨，本台无意过问。但说楼获袭击尔等，倒叫本台气不打一处来！"他指着一个徒众：

　　"我问你，你怎知是楼获匪徒？"那人看见他眼中射出的逼人光芒，心早怯了，埋下头再也不敢抬起。他又调向另一个人：

　　"你看到楼获了？"这个人也埋下了头。鲍宣连连冷笑：

"真是恶人先告状！你道本台不知道？楼获早被尔等抓住了，尔等杀了隗里杨寄一家八口，安到楼获头上；尔等聚众斗殴，又想安到楼获头上！尔等口口声声说楼获袭击你庄，今日本台倒要向尔等要楼获，快把楼获交出来！"

官兵一齐发吼："把楼获交出来！"

受擒的人噤若寒蝉，不敢吭声了。

"掌灯！升堂！"随着鲍宣吆喝，霍府中堂灯烛齐明，鲍宣坐到案前，就地进行审讯。受擒的人不过是些留守总坛的三等角色，最大的是霍家总管。他已负伤，血流不止，鲍宣五指插进虬须大喝一声，"楼获关在哪里？快快交出来！"

总管吓得筛糠似的，"大人饶命，楼获没关在庄上啊。"鲍宣厉声喝斥，"胡说！没关在庄上关到哪里？"总管声音发颤，"长安，长安。"鲍宣追问，"长安什么地方？"总管叩头，"小民不知，不知啊。"鲍宣冷哼，"不知，非要本台动刑不成？"总管哀叫，"大人！大人！霍大爷没对小民说，小民实在不知哪！"

鲍宣见他不像说谎，"这事本台暂且按下。霍鸿在哪里你该知道吧？"

"霍大爷一个月前到长安去了。"总管看见血汩汩外流，"大人，饶了小民吧，血……血……"

"血！霍鸿杀了人还是受了伤？嗯！"鲍宣故意打岔，一把抓住虬须，双目炯炯盯视，"不管霍鸿杀了人还是受了伤，你先告诉本台，霍鸿到长安干什么去了？否则，哼！"

总管已经慌不择言了，"霍大爷找楼获去了……不不，小民是说，霍大爷找楼获秘密住处去了。"

"秘密住处？找楼获秘密住处干什么？"

"楼获秘密住处……听说把两个重要证人藏起来了。"

两个重要证人！鲍宣豁然开朗，一直困惑的问题终于解开了。楼获一介江湖草莽怎会卷进宫廷斗争？因为他藏有两个重要证人！这两个证人肯定与民间冒出来的"成帝之子"有关，而且足以证伪。鲍宣精神振奋，紧钉着问讯，"两个证人？男的还是女的？"

　　"小民不知，确实不知啊！大人，饶了小民吧。"

　　鲍宣挥挥手，"去吧，给他敷药。"两名吏卒把总管驾到一旁。鲍宣对在场的徒众挨个审问了一遍，这时天已大亮，声称江湖殴斗，一概交与县衙处置，带兵出庄去了。

　　鲍宣头疼欲裂，把妻子桓少君吓坏了，慌忙去请医官。等到医官进门，鲍宣已经睡熟。医官说："鲍大人两天两夜没睡觉，劳紧过度，睡一觉就会好的。"

　　鲍宣是渤海郡人氏。在渤海，提起桓少君，名头比鲍宣还大。鲍宣少时家境贫寒，就学于桓少君之父。桓父见鲍宣有志节，守清苦，把女儿嫁给了他。出嫁时，陪嫁的衣物首饰甚丰，鲍宣对妻子说："少君生于富家，习惯美饰，我实贫困，不能受此重礼。"桓少君说："贱妾既嫁君子，唯君子之命是从。"把侍女和嫁妆退了回去。与鲍宣推着鹿车来到鲍家，当天就改穿短衣裙，像村姑一样提瓮到塘边汲水，乡里都以为贤。

鲍宣这一觉睡了一天一夜。待他醒来，桓少君告诉他：大司空彭大人昨日来过了。"彭大人到此何事？为何不唤醒我？"桓少君说，彭大人拦住了，让你好生睡上一觉。

鲍宣慌忙更衣，直奔大司空府。两家都住在柏乌台，相距不远。房前屋后遍地古柏，直插天际，挺立在午后金色阳光中。秋霜白露几经点染，翠绿更见风骨。树上不见乌鸦，大约都出去觅食去了。这是柏林最安静的时刻，走在林间小路上，鲍宣感受到一阵静谧的幽深和翠绿的轻寒。

彭宣把他迎进书房，"听说案清大有展获啊。"

鲍宣摇头苦笑，"案犯倒是供出有两个重要证人叫楼获藏起来了。可藏在哪里，是男是女都不知啊。"

"应该说大有突破，至少廓清了一些迷雾吧，嘿嘿。"彭宣笑容可掬，"楼获一介江湖匹夫，霍鸿一介江湖豪强；一个把证人藏起来了，一个全力寻找证人，立储立君大计，好像变成江湖纷争了，岂非咄咄怪事？"

“各有其主啊。”

“是啊。”彭宣首肯，“现在可以排除了一些人的嫌疑了，比如大司马王公。可以肯定，他与楼获没有什么见不得人的关系。”

鲍宣依旧焦灼，“霍鸿徒众四出寻找，形势更加险恶。一旦他们得手，不说王三公子三人性命不保，社稷堪忧哪。”

“不至于。”彭宣摇头，“老夫料定，王安三人眼下不会有事。原因有二：其一，两个证人被楼获藏匿起来了，他们一天没找着，一天不会杀楼获；其二，大司马王公皇恩未尽。可以预料：即便那个子龙即位登基，即便红阳侯显贵一时，太皇太后陛下也不会让红阳侯主持朝政，倚重的还是大司马王公。如果悍然杀害王安，无论做得如何机密，终有一日被大司马王公查知，红阳侯以及一帮杀人者还会有命吗？红阳侯即便庇佑不死，又何以立足朝廓？除非到了彻底绝望的时候，不得不杀人灭口，王安三人才有性命之忧。”

“大人言之有理。”鲍宣频频点头，心悦诚服。

"昨日听说你头疼欲裂，把尊夫人吓得要命，用不着那么焦急嘛。而今案情逐渐明朗，比如说，审出两个'确证'存在于世。如果真正称得上'确证'，必须满足两个条件：一，确知杨寄是否受幸，二，确知杨寄生下的婴儿是否真是龙种。这就是说，这两个证人宫里宫外都和杨寄生活在一起。裴年不是自称宫里宫外都和杨寄生活在一起吗？再加上两个宫里宫外和杨寄在一起的人。也就是说，四人住在一起。四人真的住在一起吗？一查就查出来了。"

　　鲍宣出了大司空府，直奔水巷。水巷背靠柳林，顺着渭堤蜿蜒向西。这时红日西沉，夕照的柳林百鸟争喧。两边的高墙遮住了夕阳光线，巷子显得狭窄幽深。这里是达官贵人富商巨贾金屋藏娇的金粉之地，进入巷中，家家笙歌，院院曼舞，丝竹之声不绝如缕。

　　鲍宣到了裴府门外，看见屋檐上瓦当在夕照中闪闪发亮，图案有棱有角，没有风雨剥蚀痕迹。十分明显，房屋落成的年头不长。他转圈看了一遍，把里正传来问话。

　　水巷是个很特别的地方，住的都是外室，成天关门闭户，特别忌讳外人窥探打听。这里的里正也很特别，不是住户推举出来的，也不是里社的头面人物，而是里社头面人物雇佣的仆役。这人五十多岁，长得精瘦精瘦。

　　鲍宣问，"宅邸很新啊，住的是谁呀？"里正身子一弓，"裴老爷，宫里的，新新，嘿嘿，新。"鲍宣随口说，"这宅邸大概是绥和年间建的吧？"里正谄笑说："鲍大人好眼力，不大离，嘿嘿，还要晚一点儿……"

　　"还要晚？那就是建平年间建的了，建平几年？"

　　"差不离吧，小的说不准。"里正封了口。

　　绥和年间是成帝在位年间；建平年间是哀帝在位年间。鲍宣知道这儿的里正守口如瓶，一问三不知，不再多问。回衙之后，吩咐把建造宅邸的工头找来。秦汉时建房大多以瓦工为工头，据说他们精通《九章算法》。盖房子要多少砖多少瓦，完工的时候，不多一块砖，不少一片瓦。

工头是个六十多岁的老头，说起他盖的房子简直如数家珍。不但记得裴年的宅邸用了多少砖多少瓦，还记得建平元年四月初三辰正开工的时候括的是东北风，同年十一月二十二日申初完工的时候飘着轻雪……

杨寄进住水巷的时间大致可以确定，那就是裴宅落成之后，也就是哀帝建平元年十一月二十二日之后。另一个时间也可以确定，那就是成帝绥和元年四月十三日，杨寄在桃溪分娩。杨寄分娩前裴宅尚未落成，她住在哪里？杨寄分娩后，到哀帝建平元年十一月二十二日，其间两年半时间，她又住在哪里？

鲍宣家也不回，直奔桃溪，不意在村口碰见于雯和桑进，心里暗暗吃惊，口里却嗬嗬大笑，"贤侄与世伯心有灵犀啊。"桑进陪笑，"英雄所见若同，嘿嘿。"

"小侄可不是英雄。"于雯开口就带刺，"小侄此行，无功而返，只能说愚人愚见若同。" 鲍宣又一阵嗬嗬大笑，"贤侄自谦'愚人愚见'，世伯不认'愚人愚见'也不行，嗬嗬。世伯这'愚人愚见'倒想听听贤侄之'愚人愚见'。" 于雯见他大度包容，有些不好意思了，就把此行的目的和结果合盘托出。

　　霍鸿杀死杨寄一家八口动机是什么？嫁祸王三公子、楼大侠只能是稍带的目的，真正的目的是杀人灭口。因为杨寄父母兄嫂对杨寄产下的婴儿是否是龙种最为知情。霍鸿杀死杨寄一家八口，恰恰反证杨寄产下的不是龙种。这是唯一的解释，不可能有另外的解释。现在杨寄一家八口既已被杀，也许杨家亲朋邻里还有人知情。他们昨天就到了桃溪，挨家挨户走访却没有一人提供出有用的线索，倒有不少人说杨寄产下的是龙种。

　　鲍宣也把此行的目的合盘托出：他想查访有没有人知道杨寄分娩前后住在哪里。三人又挨家挨户走访，到了第二天晌午也一无所获。他们只得回转了。

　　"嗬嗬。"鲍宣自嘲，"愚人愚见啊，愚人愚行。"

　　"哞！"村口东头牛棚一声牛叫。

　　于雯指了指，"杨寄就是在那个牛棚分娩的。"心有所动，口里唸叨，"巧，巧，牛棚分娩……" 鲍宣问，"于姑娘是说当时神龙现尾？天有不测之风云嘛。"于雯定定望着牛棚，没有理会，看得出她唸叨的"巧"，不是指神龙现尾，指什么呢？似乎也说不上来。

桑进到底是老江湖，谙熟人情事故，"挺着个肚子，临盆前往家赶，巧倒不巧，倒是蹊跷。"于雯接应上了，"可不，她不是与裴年住在一起吗？住得好好的，为何跑到乡下分娩？"桑进应声，"是啊，裴年身为中常侍，何等显贵！不派安车送，让她孤身一人回乡，也有点蹊跷吧？"

鲍宣大手一挥，"回去，回去！"三人又回头走访，询问杨寄回乡及回乡以后的情况。

有人说杨寄是孤身一人回乡的；有人说还有两人陪同，到杨家报信就是这两人。杨寄分娩后住了不到一个月，把婴儿留在家里，被两人接走了。当时她布衣荆钗，上乡下人无异，至于两个什么样的人就没人说得清楚了。倒是子龙两三岁时，杨寄乘坐一辆安车把他接走。她满身绸缎，出手阔绰，杨家着实风光了一阵子。

鲍宣五指插进虬须里，推算了一下，子龙回长安时，正是裴年的新宅落成后不久。这说明杨寄分娩前后并没有与裴年生活在一起。

"太蹊跷了！太蹊跷了！"于雯又唠叨了，"临盆前急匆匆回家，没满月急匆匆回京，急啥呀？不会出了什么事吧？"

鲍宣沉吟不语。杨寄莫非……牵扯进什么案子里了？那两个接送的人莫非是押解的差役？

淳于长案！鲍宣心头一震，却没有出声。

大约在杨寄分娩前一两个月，孔光夜巡，发现王融从淳于长家中出来，车中载有御用之物，由此淳于长案发。其后发生了一连串大事：王融自杀，许后赐死，淳于长枭首菜市……

"出了什么事呢？"于雯唠叨了一路。

回衙之后，鲍宣吩咐把淳于长一案的案牒翻拣出来。嗬！居然查出了杨寄的名字。许后废黜后，先后住在昭台和长定宫，淳于长出入其间，先勾搭上了许后之姐许嬜，其后又勾搭上了许后身边的侍女杨寄与蓝枝。许嬜被淳于长纳为"小妻"，杨寄蓝枝也被淳于长从宫中弄到家中与许嬜住在一起。这说明她已于元延二年（公元前 10 年）就出了宫，貂铛把她出宫时间整整延后了两年。杨寄绥和元年四月十三日产下之子不可能是成帝之子。

448

绥和元年（公元前 8 年），淳于长事发，淳于府人仰马翻。许孊杨寄蓝枝都以"外室"论处，没籍为官奴。杨寄即将临盆，官府的差役押回乡下娘家分娩。分娩之后，官府的差役又把押回长安，自然不会是裴年的安车了。

当即前往大司空府告知彭宣，彭宣问，"你打算怎样搜寻？"

"下官还是想请于姑娘出面。楼获秘密藏身之处，唯有于恬知道得最清楚。许孊蓝枝若被楼获藏匿，也只能到楼获秘密藏身之处寻找。不请于姑娘出面，恐怕谁也不成啊。"

彭宣未置可否，又走到窗前将须仰望夜空："孙立天说的不错，'鱼走鱼路，虾走 虾路'啊。"

鲍宣差一名狱吏把许孊蓝枝的名字悄悄透露给一个线人。这线人与楼获几个徒众交往甚密，这几个徒众又都是桑进的亲信。不到几个时辰，于雯桑进就到衙门报信来了：

"鲍世伯，该如何谢小侄？小侄打听到楼大侠藏的两个证人是谁了。"鲍宣佯作惊喜，"是吗？是谁？"于雯得意笑了，"许孊和蓝技。"鲍宣思忖着，"许孊？蓝枝！是她俩？嗯，嗯，不错，不错，太对了！肯定是她俩！"他击着条案，高兴得大声叫好。"不瞒二位说，下官盘算来盘算去，前后不下百人，独独没想到她俩！"接着满脸堆笑询问：

"贤侄，是公主千岁慧心独运想到的吧？"

于雯撇撇嘴，"她老人家才懒得伤神呢。"

鲍宣大声说："是谁探听出来的？桑五爷记下他的姓名，破案之后下官重赏！"

桑进上前一拜，"谢大人。下一步该怎么办，鲍大人请吩咐，老朽无不从命。"

"这正是下官要与二位商议的。眼下许嬷蓝枝的下落要查，王三公子楼大侠三人的下落也要查，哪是主？哪是次？"于雯没等他说完调头就走，"桑五爷，我等走。"鲍宣唉唉连声，"二位留步，听下官把话说完。"于雯冷笑，"鲍世伯无非说，查找许嬷蓝枝是主，先把王三公子楼大侠三人撂到一边。鲍世伯你该明白，查找许嬷蓝枝是朝廷的事，是司隶衙门的事；我等只关心王三公子楼大侠三人的下落。"鲍宣摇头，"贤侄聪慧无人能及，这回可错了。"于雯反问，"如何错了？鲍世伯不就是要我等当你的鹰犬，帮你把许嬷蓝枝找出来吗？"鲍宣指点着，"你你，甚么说得这么难听！听鲍世伯讲嘛。"于雯说："不听不听，你不设法把王三公子楼大侠三人找出来，小侄都不听。"桑进只好解劝，"于姑娘，听鲍大人怎么说。"

"谢桑五爷。"鲍宣拱手，"王三公子楼大侠三人在谁手里，二位都清楚……"于雯忍不住插嘴，"那有啥用？又不知关在哪里。"鲍宣说："我说贤侄呀，不是鲍世伯驳你，即便知道关在哪里，譬如说，某某公侯密室，某某官署大牢，你又能怎样？派人杀进去劫狱？能不能杀进去暂且不说，即便杀进去了，谁能确保红阳侯貂铠那帮人不趁乱杀人灭口毁尸灭迹？"

于雯不作声了。

"下官以为，当务之急是找到许孀蓝枝。真相大白之日，王三公子楼大侠三人也就水落石出了。"于雯冷哼，"真相大白之日，三人也就没命了。"鲍宣也哼了一声，"这要看怎样查了。只要行动隐密，不透风声，不露行迹，不让红阳侯貂铠那帮人察觉我等意图，摸清我等动向。一当他们阴谋败露，即以迅雷不及掩耳之势，直扑囚室救出三人，才能确保三人生命无虞。"

于雯桑进瞪大眼睛，这太玄了！人在人家手里，这"迅雷不及掩耳之势"，谈何容易！

"是啊，难啊！"鲍宣嗟叹。"不过下官敢向二位坦陈，只要找到了许孀蓝枝，王三公子楼大侠三人必可生还。"于雯双月一凝，"这可是真的？"

鲍宣笑而不语。

"骗人！"于雯黑眸子一轮。

"哈哈。鲍世伯从不骗人。"

于雯黑眸子又一轮："那准是知道王三公子楼大侠三人的下落了。"

"哈哈。小精灵！什么也瞒不了你。只能说有了线索。相信鲍世伯吧，一旦找到许孀蓝枝，鲍世伯定会想出法子保全王三公子楼大侠三人性命。"

桑进说："于姑娘，既然鲍大人这样说了，我等就是上天入地，也要设法把许孀蓝枝找出来。"

"谢桑五爷，"鲍宣拱手，"许孀蓝枝在哪里，眼下没有什么确实线索。只是听霍鸿的人说，她们被楼大侠藏起来了。是不是真的被楼大侠藏起来了，藏在哪里，眼下一无所知。下官之见，不妨从这个线索着手。"

　　"如果真是君卿藏的，找到这两人应该不难。"桑进思忖说。"你说呢，于姑娘？"

　　于雯点了点头。

　　"是了！"鲍宣像偶然想起似的。"楼大侠住的地方，令尊最清楚，只要一处一处查看，就会水落石出。"

　　"鲍世伯！"于雯突然叫他。声音低沉短促，像是提醒，像是警告，含蕴着不容利用不容捉弄的庄严。

　　鲍宣一眼看出她的心思。"贤侄，你放心。事情总有大白之日，到时候如有不符今日之言，贤侄不会饶我，公主千岁不会饶我，大司马王公也不会饶我。鲍世伯一生清誉岂不毁了？鲍世伯不会那样干的。"

　　"好！小侄信你。"

　　于雯从司隶衙门出来，换上女妆，驱车前往王府。吕焉引她到自己房里叙话。吕焉出身大家闺秀，又嫁给公侯之家，房里的摆设洁净雅致，色彩协调。铜镜玉壶，纤尘不染。绿窗红帐间，游移一丝若有若无的淡香。

吕焉问，"可有我家三叔消息？"于雯拿出五彩香囊："小妹正为这事来。"王嬿一眼看出："这是三哥的香囊！"吕焉接过香囊："这香囊怎么到了姑娘手里？三叔有了消息？"于雯把拾到香囊的经过讲了一遍，"鲍大人已经有了三公子的线索，三公子眼下尚无性命之忧……"

话没说完，王嬿从吕焉手上拿过香囊，跑出房大声喊着："妈！妈！三哥的香囊！"不一会跑回来了，"于姐姐，妈请你过去一下。"

老夫人正在神龛前祷告，拿着香囊哭着，"天可怜见！三儿总算有了信儿。"说罢磕了几个头。王嬿上前把她搀起来，喜鹊似的，小嘴喳喳不停：这位于姐姐啊，北军军门把三哥送回家；除祟之祀给三哥驱除厉鬼……

老夫人想起馆陶公主对三儿的喜欢，似有攀亲之意，牵着于雯的手好一阵端详，越看越亲，越看越爱，"好！好！"说得于雯垂下头，脸红到脖子上去了。

　　"去吧，跟你大嫂她们玩去吧。"不知是有意还是无心，王静烟说"你大嫂"，也不知是有意还是无心，于雯应了声"哎"，拉着王嬿回吕焉房里去了。

　　于雯拿香囊闻了闻，眼波俏皮地闪了闪："手儿真巧，不知出于哪位俏佳人之手。"王嬿嘴快，"大嫂给三哥做的。"吕焉拿起香囊咯咯一笑，"手儿巧吗？老姐儿可是拙手苯腮啊，这香囊除了给我家三叔将就用用，想不到今日受到了于姑娘夸奖。怎么说来着？无独有偶吧？"

　　一席话倒把于雯说得脸红了，她可不是甘心落败的人儿，一阵吃吃地笑，"少夫人过谦了，如果少夫人也是拙手苯腮，普天下就没巧手利口了。嬿儿妹妹你说说，这花儿鸟儿好不好看？"王嬿小鼻头一翘，"当然好看哪。"于雯得意笑了，"怎么样？少夫人？这玉莲啊亭亭玉立，楚楚动人；这翠鸟啊延颈而望，张口而呼，韵味深长呢。"王嬿赞叹，"于姐姐锦心绣口，出口成章呢。大嫂的香囊花儿艳，鸟儿翠，但主要是好闻，可好闻可好闻了。"她把腰上悬的香囊举起来给于雯看。

　　于雯闻了闻，"可不，真好闻！和这房里的香味一样样。"

王嫣说：“大嫂身上的香味还要好闻呢。”

“小丫头！”吕焉嗔她，“尽瞎说！”

于雯笑嘻嘻凑到她身边，鼻子夸张地紧了紧，“啊啊，真香呐，香人一筋斗呢。”她是舌头底下打人，庸脂俗粉才香人一筋斗。

王嫣不懂这些，“才不呢。大嫂的香味是暗香。”

“可不。”于雯吟哦：“暗香盈袖，红绡裹身，这才是真风流呢。”又一阵吃吃地笑，掩饰过去了。

晚上王宇回家，听到三弟有了消息心中大喜，问起细情而又语焉不详，好一阵埋怨。吕焉也觉愧疚，当时只顾斗嘴了，没能揌捺心性细察细问。

王宇每天总是小半夜回来，在家里睡上两三个时辰，天不亮回宫去。他也不睡觉了，半夜去敲六叔的门。王邑披衣起来，二人在堂上商议了一夜。

第二天一早，王邑来到大司马府，叫王嫣去唤吕焉，那双阴凄凄的眼睛深深埋在浓眉里头，“别看于姑娘是个女儿身，可有通天之能哪。受太皇太后陛下宠爱不说，朝中大司空彭大人、司隶鲍大人、御史孙大人她哪个不熟？江湖上又与楼获，桑五爷交游密切，要找到三儿，揭穿孝成皇帝民间之子骗局，她可是一个用得着的人物哪。"

吕焉昨夜受了丈夫埋怨，寻思了一夜，也没想出一个补救的法子。王嬿在一旁说："给于姐姐送个香囊去，她准喜欢。"她把昨天围绕香囊的话学了一遍，好在她还不明白那些话蕴含的意味，给人的印象只是于姑娘对这香囊喜欢得不得了，吕焉偷偷吁了口气。

王邑说："嬿儿这主意不坏，是个见面的由头。"

于雯骑马从西市经过，吕宽拦住马头，"于姑娘留步。"于雯下马还礼，"吕大哥啊，日前见到令妹，秀外慧中，女中姣姣，真叫小妹倾倒。"吕宽直打躬，"于姑娘谬赞。小妹之于于姑娘，乌鸦之于凤凰罢了。"于雯脸色一沉，"吕大哥，颠倒说话吧？"吕宽讪笑，"哪里，哪里。"于雯问，"有事？"吕宽指着晏明楼：

"有位锦衣公子，楼上有请。"

于雯说："锦衣公子？不见也罢。"吕宽笑了，"慕名而来，竭诚求见，于姑娘岂可拂逆人家一片美意？"于雯冷哼，"谢了。今日锁事缠身，对不住了。"吕宽说："姑娘一身锦衣，出入闹市，'锦衣公子'大名响遍公卿，何独不见别的锦衣公子？不会是同类相轻吧？"于雯说："嘿，激将法也使出来了！还有啥法？"吕宽苦着脸，"还有嘛，就是'没法'。"于雯笑了，"看来小妹非得上楼了。"吕宽说："请。"

于雯上了楼，临窗果然坐着一位锦衣公子。那人起身相迎，眼前突觉一亮，却是吕焉。头戴白巾，身穿白色滚边锦袍，腰佩长剑。颀秀的身材，柔细的腰肢，如果世上确有玉树临风，她可真是玉树临风。二人拱手一揖，忍不住笑起来。笑得花枝乱颤，更像玉树临风了。

于雯拱手，"王府家风谨严，少夫人易服出游，难得难得。"吕焉谦让，"舍下再严，也严不过公主府吧？只求于姑娘不嫌老姐儿东施效颦就万幸了。"于雯咦了一声，"少夫人真会颠倒说话，只怕是西施炫色吧，少夫人的丽色，小妹黯然无光了。”吕焉见她又要斗嘴，赶紧说：

“于姑娘喜欢我家三叔香囊，特意做了一个送给于姑娘，还望笑纳。”

于雯接到手里闻了又闻：“好香，好香，多谢少夫人。”她吃吃笑了笑，“小妹喜欢那个香囊，可不知是你家三公子的啊。”吕焉忙说：“知不知道有甚要紧，喜欢就好。”不料于雯又吃吃笑了，顺口蜇她一下，“少夫人香倒一世界人，小妹能不喜欢？”吕焉老着脸，“是吗？于姑娘想不想知道香料配方？”她压低声音，“这可是秘而不传的‘媚术’啊。”

这下轮到于雯脸红了。

在古代，宫中和民间都流传“蛊惑之术”和“狐媚之术”。方法很多，其中包括“房中术”，利用肢体、动作、声音、气味增强魅力，它是诱偶固宠不可或缺的法术。这些法术，无论多么正经的女人都不能不在意，不能不动心。

“少夫人又打趣小妹了，小妹甘拜下风如何？适才令兄相邀，小妹确有要事在身，本不想来。”于雯与桑进约定查找许孃蓝枝，此刻露出和解意味，“幸

亏令兄使出浑身解数，否则这么好的香囊得不着不
说，还与少夫人失之交臂了。"

　　"不知于姑娘有何要事？"

　　于雯左瞅瞅右瞧瞧咯咯笑了，"少夫人陪小妹走
一趟如何？"她觉得与吕焉结伴比桑进更方便更合
适，也更有趣。

　　"哪去？"

　　"柳林。"

"冶游步春露，艳觅同心郎。于姑娘常去的地方，用
　　得着老姐儿陪？""看小妹这样儿，像觅'同心
　　郎'吗？小妹就是叫这些'怀春女'缠
怕了，什么正事都做不了。那些巫女啊，那个骚劲，
　　那个邪劲，真不要脸！
要不怎么邀少夫人同去呢。"

　　　　"你一个去被人缠，两人去不被人缠？只怕
　　缠得更上脸更邪乎了。""那就扮一男一女吧。
　　怀春女不敢靠前，同心郎也不敢问津。"

　　　　吕焉受六叔及丈夫之嘱，结交于姑娘，也就
　　不再拒绝，"好主意。那就请于姑娘屈尊换女妆
　　吧。"

　　"不好不好，事要小妹办理，人要小妹应对，哪有多嘴婆娘闷葫芦郎？"

　　"不好不好，小丈夫老婆娘，太硌眼了。"

　　于雯摁住她的胳膊嘻嘻一笑，"咱俩正一对儿。"吕焉推开她："打趣老姐儿不是？老天八地的。要说与于姑娘一对儿，不说老姐儿，只怕天下间打灯笼也找不着。说句不自量的话，三叔也许还凑合，可三叔……"于雯的脸由红变紫，正要发恼，见吕焉眼泪汪汪，又不知该恼还是该劝了。

　　冶游步春露，艳觅同心郎。此刻她俩只有同为同心郎，才能同觅同心郎。吕焉抓住她的手，"老姐儿就扮黄脸婆陪你疯一天。"于雯沉着脸，"小妹可不是去疯。"吕焉说："好哇，好哇，咱去找三叔。"于雯冷冷说："小妹可不是去找你家三公子。"吕焉揽住她的腰央求，"好哪，好哪。于姑娘去办于姑娘的国家大事，老姐儿找老姐儿三叔，这该可以吧。"她倒反客为主了，于雯老大不高兴，忍不住蜇她一句，"少夫人对你家三公子倒是满关心的。"

　　"长嫂如母嘛。"

　　"长嫂如母？"

　　"不明白？"吕焉咯咯一笑，"不知三叔有没这福，哪天老姐儿变成老嫂儿，你就明白怎么回事了。"

　　"你！"于雯真恼了。

　　"好哪好哪，今日于姑娘恼也罢，烦也罢，老姐儿跟定了，走哪跟哪。"吕焉揽住她的腰，连推带搡向楼下走去。

　　吕焉换回女妆，扮相比平日艳丽，仿佛新婚不久的少妇，金钗珠环，黛眉红唇，娇滴滴，笑盈盈，整个身心辉映出幸福光环，一下子年轻了好几岁。二人骑马来到柳林，深秋的柳林显得黯淡。这对璧人所过之地，无论怀春的巫女，还是猎艳的儿郎变得丑陋。没人敢冲她们扬手绢，也没人敢尾随。

　　除了柳林精舍，楼获还有两处秘密住处，二人前去查看，里面空无一人。于雯叹息，"大海捞针，空跑一趟啊。"吕焉说："空跑也得跑，白捞也得捞。"于雯拖长音调，哟了一声。蜇人的话刚到嘴边，噘进肚里去了。她的嘴像刀子，吕焉的嘴不像刀子，可比刀子还厉害几分。俗话说，不打不相识，通常说的是男人；女人则是不斗嘴不相知。较量了，知道讨不到便宜，也就不想佔便宜了，反倒萌生惺惺惜惺惺的情愫。"小妹可是乱闯乱碰啊，实在没啥把握。"吕焉笑了笑，"跟着你这同心郎，乱闯乱碰心也甜啊。"于雯高兴说："好，少夫夫不怕跑冤枉路，咱明天再聚。"

五天后，二人出现在御史台。

御史台除了官署，大部分房屋是御史及其僚属的官邸。御史及其僚属一言可能升官，一言可能获罪，升迁调动比较频繁。有些官邸随着原有官员的去离空出来，等到新任官员到职住进去。搬出搬进之间，总有一些空官邸长期无人居住。这些空官邸大多需要维修，让两个女人住下，给工匠烧茶做饭做佣工。里正查不着，官府管不着，住得安生不说，连生计也解决了。

于雯吕焉走近一座空官邸，敲了敲门。一个妇人打开门，于雯说："本官听说官邸正在修缮，特来瞧瞧。"妇人把二人让进屋，于雯边看边说："官邸过于老旧，委屈娘子了。"吕焉说："得随郎君进京，贱妾知足了。"步入堂上于雯调头问，"修缮何日完工？"妇人说："厢房漏雨，必须串瓦，墙壁也须粉刷，尚须月余。"于雯嗯了一声，"你是何人？为何住在此处？”妇人说："贱婢为人佣工。"于雯又问，"一人住在此地？”妇人说："尚有一人。"于雯说："你夫君？”妇人默默摇头。于雯突然拔剑说："你就是蓝枝罗，许孀在哪？”

蓝枝吓得哆嗦，"后头……厨房……"

于雯令吕焉捆住她的双手，自己进厨房把许孀逮了过来。

一十九　擒奸佞扬威长定宫 聚亲贵请愿中

黄门

　　鸾铃铛铛，马蹄哒哒，二十余名锦衣高冠的骑者护着一辆豪华乘舆，迎着初升的红日向长定宫驰去。宽阔的驰道在烟尘中延伸，车骑驶进一片葱笼密林，淡蓝色的薄雾袅动着日出时分树木的馨香。马儿打着响鼻，四蹄合一向前奔跑。不一会，长定宫高阁的尖顶就在绿树丛中跳进了眼帘。他们穿过密林，跃入宫前广场，一队官兵排列在广场中央，拦住了去路。跑在前列的几个骑者挥手大叫："让开！让开！"

　　他们的声音尖利，一听就知道是宫中的貂珰。原来，这些人都是跟随陆顺和红阳侯王立迎送杨寄母子进宫的。

　　一马跃出，但见鲍宣衣披红袍，挥动红木长矛大喝，"下马！全都下马受擒！"持戟的士兵两面包抄过去，把车骑团团围住。

乘舆停下了，小顺子打马上前轻蔑笑了，"我道是谁这么有孝心呀，看见本中官出巡，屁颠屁颠跑来护卫，原来是鲍司隶啊！本中官不劳你护卫，哪儿凉快到哪儿凉快去。不过嘛，鲍司隶这番孝心，本中官一准上奏太皇太后陛下，嘿嘿。"

"住口！小阉贼！"鲍宣大怒。"快快下马！"

小顺子尖声喝斥，"鲍宣，你要造反不成？该下马的是你！"

"胡说！"

小顺子冷哼，"好啊，你敢骂太皇太后陛下谕旨是胡说！鲍宣听旨，太皇太后陛下有谕旨！"

鲍宣心口猛震，壮着胆子质问，"太皇太后陛下谕旨何在？"

"太皇太后陛下口谕！"

"口谕？有何凭证？"

"本中官就是凭证！"小顺子的口气真是狂上了天。

"哼哼，小阉贼，瞎了狗眼，竟然虚声恫吓本台！"鲍宣连连冷笑，"假传圣旨罪加一等。快快下马伏法！"

"岂有此理！"小顺子偏着头，"你不接旨，倒要本中官下马，本中官要是不下马呢？"鲍宣钢牙一咬，红木长矛向他一指：

"你敢！"

"谁说本中官不敢？"小顺子竟然向他枪尖直撞过去，胸膛顶住枪锋。"有种的就刺，你刺！你刺呀！"

鲍宣也很强项（犹强横），红木长矛挺直不动，扬声吆喝，"儿郎们！谁敢拒捕，格杀勿论！"接着冷笑，"你要拒捕，那也怨不了别人，想死本台就送你去死！"红木长矛随即一顶，响起一声雷霆般暴喝："下马！"

小顺子只觉胸口一凉，鲜血流了出来，从头到脚悚然震动了一下，好像身不由已似的，身体一歪滚鞍下了马。而当胸口热辣辣发痛的时候，才羞愧地发现自己跪伏在地上，那感觉比死还难受。他猛地昂头，瞥见鲍宣的红木长矛的红缨在左肩晃动，终于无力地垂下了他那骄傲的头颅。

红阳侯王立和余下的貂铛全都乖乖下了马。"捆起来，捆紧点，紧点！"鲍宣在马上绕着圈儿吆喝。

"把这帮阉贼的威风打掉，哪个阉贼还敢张狂，给我掌嘴，打他个皮青脸肿！满街示众，满宫示众，看看他还威风不！”随后鲍宣冲进长定宫，把杨寄和子龙押出来。

　　一干人押进司隶衙门，大司空彭宣正在大堂守候。瞥了小顺子一眼，一言不发，心事重重站起身向外走去。屋后的柏林早已失却青翠，一派老绿，更见郁郁苍苍。在这霜寒风峭的早晨，显得很有精神。鲍宣也没说什么，跟在他后面，二人一先一后跳上了马……

　　早晨起床，王政君就觉心绪不宁。这是怎么了？一大把年纪了，临事还兴奋过度不成？这么沉不住气，真可笑！

　　今天她就要见到企盼已久的子龙了，听小顺子一帮貂铛说，子龙眉清目秀，知书达礼，头上一绺壮发，虎虎实实的，小模样比孔麟还可爱。这是真的吗？身边的人总爱选喜歌唱，拣好听的说。一来实就变样了。然而她多么希望自己有一个像孔麟一样聪颖可爱的嫡孙，又多么希望汉室有一个像孔麟一样知礼守义的幼君啊。近乡情更怯，人逢喜事，情何尝不怯？

巳正，大司徒孔光进宫来了，"恭喜陛下。"看得出他是特意来道喜的。王政君说："丞相同喜。"孔光接着说："大汉同喜，兆民同喜。"王政君笑了笑："丞相，不怕你笑话，朕一早心儿就嘭嘭跳呢。"孔光说："老臣的心也嘭嘭跳啊。"王政君说："丞相也这样？"孔光说："期望过殷，都会这样啊。"王政君叹息，"此子生之不易，得之不易啊。但愿不负朕望，不负众望，不负天地造化之恩，不负祖宗护佑之德啊。"

二人絮絮叨叨，只见日影渐短红日中天，王政君突然说："小顺子怎么还不回来，该回来了呀！"

算算时间，该回宫覆旨了，吩咐何闳，"快！快派人到长定宫看看，叫小顺子急速回宫覆旨，急死人了！"

何闳派出人去，又如泥牛入海杳无音讯。她问，"啥时辰了？"

"未末了。"

王政君知道出事了。孔光也感到不安，识趣闭上了嘴。自从听到"成帝之子"尚存人间，她就企盼上了。她企盼是真的，也担心是假的。但企盼总是多于担心，随着时光，企盼渐次取代担心。企盼这，企盼那，日夜企盼，苦苦企盼，甚至生出幻想的翅膀，想得天花乱坠，光影璀璨，但集数十年的经验教训，她知道企盼的事往往不及自己所企盼，甚至与自己所企盼相反。这会儿，她的心反倒安稳下来。

果然，何闳弓着身子走来，在她耳边低声奏报，"陛下，小顺子回宫了。是司隶鲍大人押解进宫的。"王政君大怒，"好个鲍宣！小顺子犯了什么罪？竟敢押解进宫！"何闳说：

"听鲍司隶说，那个'成帝之子'是假的。还说小顺子、中太仆齐安、掖庭丞颜平、太医令卓明、太医孙亮都参与了这起阴谋。鲍司隶在长定宫外，把红阳侯王立、杨寄、子龙、小顺子一起拘捕起来了，涉案犯人只少齐安、颜平、卓明、孙亮四个人。彭御史、鲍大人都在宫门外请求晋见。"

"鲍宣真能断定……那个子龙……是假的？"何闳奏报鲍宣找到了证人，一个叫许嬷，一个叫蓝枝。王政君唔了一声，传彭宣鲍宣进殿，给小顺子松绑。

何闳弓着身子退出去了。

　　片刻，引着彭宣、鲍宣走进慈恩殿，跪伏在丹墀前面，只不见小顺子。王政君问，"小顺子呢？"何闳说："鲍司隶不让松绑，也不让进殿。"王政君大怒，"鲍宣，你好大胆子，竟敢违抗朕的谕旨！"

　　鲍宣叩拜，"微臣素来胆小，是陛下授臣司隶之职，不得不行司隶之事，为陛下龙体安全，像陆顺这类欺君作乱的奸恶之徒，依律不可松绑陛见。"

　　王政君更怒，"你抗旨不遵，遵的是哪条大汉律法？"

　　"臣死罪。"鲍宣又一阵叩拜，指着大殿匾额，"望陛下暂息雷霆之怒，大发慈恩，救人要紧。"

　　彭宣也连连叩头，"陛下大发慈恩，救人要紧。"

　　王政君怒气冲天，没料想他们答非所问，呼喊救人。想发作发作不出来，"救什么人？"

　　"大司马三公子王安，太学生王咸、草民楼获。"鲍宣奏报，"三人俱囚于'北宫地牢'，稍有延宕必遭毒手。时间紧迫，望陛下速降谕旨，以便臣等施救。"北宫本无地牢，只因傅昭仪居住期间，把一些貂铛宫女关押在一间冰室中，这间冰室就称为北宫地牢了。

"你说什么？三人囚于北宫地牢？这是真的？"王政君大惊，眼睛都瞪圆了。

"陛下，可传陆顺进殿，审问他就知道了。"

"传！"

小顺子满身是血，五花大绑走进殿来，远远跪下，蛇行膝步来到近前，低垂着头，浑身筛糠似的抖个不停，平日精灵劲儿一丝儿也看不着了。王政君问，"小顺子，你是怎么了？"小顺子哇地一声哭嚎，"陛下，奴婢有罪啊！"他以头抵地，重重磕着，砰砰有声。

"陛下，恕臣无状。微臣有话询问陆顺，望陛下恩准。"王政君沉着脸没搭理，鲍宣不待允许，沉声说，"陆顺，你听好了，当着太皇太后陛下的面，说出王安等人囚于何处。你别以为本官不知，这是本官给你一个免于死罪的机会，你可别耍平日那些小滑头小花样。"

小顺子战战兢兢，"王安三人都囚在北宫……"

"你，你……"王政君抬手指着，气得说不出话来。

小顺子哭叫，"不是奴婢，陛下，不是奴婢，是齐安……都是齐安哪。"

鲍宣奏请，"陛下，请速降旨拘捕齐安、颜平、卓明。时间紧迫，救人要紧。"

王政君调头望了何闳一眼，何闳弓着身子出殿去了。大约一炷香功夫，何闳进殿奏报：中太仆齐安、太医令卓明、中常侍裴年以及太医孙亮全都畏罪自杀。

"颜平呢？"王政君吩咐，"速将颜平带来走见朕。"

"颜平不在宫中，不知上哪儿去了。"何闳说。

不移时，五官中郎将王宇、驸马都尉刘垒从"紫房复道"抬着遍体鳞伤的王安、楼获、王咸进殿来了。

王政君气得浑身发颤，尖声嘶吼，"出去！出去！都跟朕滚出去！"

孔光、彭宣躬身后退；王宇、刘垒抬着三人往外走；鲍宣揪住小顺子后领出了大殿。王政君看了又恨又气，泪光莹莹，切齿痛骂，"鲍宣小儿，欺我老妪，朕必杀你！"说着，她感到一阵被出卖被轻蔑的孤独和老弱，两行浑浊的泪水顺着眼角的皱纹逶迤流下。

孔光等人退出长信宫，各怀心事，默默走了一路。孔光轻声喟叹，"君子不为已甚，而况人臣。"鲍宣止住步，"丞相德高望重，如有教诲，下官洗耳恭听。"孔光见他语含讥讽，"鲍大人忠直，下官钦佩。但先祖有言，勇而无礼则乱，直而无礼则绞啊。"

"绞"是语言尖刻，出口伤人的意思，鲍宣听了十分生气。今日他有九条命，也都吓掉了八条，正因为他拼却最后这条命不要了，才保住他在这儿喘气。眼下太皇太后陛下龙颜震怒，缇骑随时可能前来缉拿他，最后这条命能不能保住还在未知之数。一向被人看作德高望重的丞相不但不略加慰勉，反而有意挑剔他的毛病，"丞相教诲，下官受领了。下官有一事不明，要向丞相讨教。"

"鲍大人请讲。"

"红阳侯所谓'成帝之子'真伪莫辨之际，大司马王公力排'进宫'之议而遭贬斥；丞相却力主迎入长定宫，说'进宫'而非未央宫；非'进宫'却是皇宫。骑墙之态可掬，不知该如何称谓？"

孔光默然。

"嗨嗨。"彭宣忙说："哪有什么称谓？鲍大人此言不大妥当吧。今日破案救人，高兴了不是？会当痛饮三五斗啊，掉什么书袋子，考究什么称谓不称谓呀。"说着定睛望着鲍宣，切望不要开罪孔光。鲍宣心里气苦，不管不顾，"令先祖所言'乡愿'，未审合适否？"

乡愿，孔子称之为"德之贼也"；孟子称之为"同乎流俗，合乎浊世，居之似忠信，行之似廉洁，众皆悦之。"

孔光大怒，拂袖就走。彭宣夹在中间，说也不是劝也不是，抱了个空拳，也转身走了。

鲍宣满腔愤懑，令护卫缚住陆顺，大步流星往前走，忽听身后有人叫喊，"鲍大人留步。"鲍宣调头一看，却见五官中郎将王宇驱车驰来，车上躺着刚刚获释的王安，"谢鲍大人救弟之恩，请受小将一拜。"王安也挣扎起身，"谢鲍大人……"

王宇瞟了小顺子一眼，"这个小貂铛，鲍大人如何处置？"鲍宣冷峻说："依律处置。"王宇微微一笑，"老子有言：古之善为道者，豫兮若冬涉川，犹兮若畏四邻。"

鲍宣见他以《老子》的话 "豫兮"，"犹兮"暗示他要"犹豫"，体会出规劝善意。在这诡谲的宫廷，处处阴谋，处处凶险，怎能不处处如履薄冰？像小顺子这样的貂铛，以坑人害人诬陷人为能事。他在宫中盘根错节，朋党甚多，就算依律把他杀了，后患也将无穷。这样的人鬼蜮似的，招惹了他们，一生一世都会缠得你不得安宁。处置这样的人，岂可粗率大意？刚才孔光伤透了他的心，使他深深感到孤立无援。大约他救了王三公子，王宇投桃报李向他表达善意，心里兴起一种同气相求的情愫，不禁热乎乎的，上前躬身一拜："多谢王将军。"

王政君心绪烦乱难以入眠，刚刚迷糊过去，翠林萧萧飒飒一阵风声，宛如暴雨骤至，波涛夜兴，把她惊醒了。这是秋风初临大地，摇撼草木的声音。仰望窗外，烟霏云敛，星月皎洁，天气十分晴好。然而她知道，绿茂的丰草，葱茏的佳木，从此色褪叶脱衰败零落。她不禁坐起身来，连连惋叹，花开花落，斗转星移，人老了就会死亡，物盛了就会衰败，这可是谁也抗拒不了的啊。

这几天，弹劾红阳侯王立的奏章来势汹汹，一卷一卷传进了长信宫。有卷奏章说得蝎虎极了，谴责王立"素无德行"，阴谋篡夺汉室天下，居然胆大包天把自己的私生子冒充为"成帝之子"，王政君读得冷汗直流。

私生子？真的是私生子？恶劣，真的太恶劣了！然而她知道，这些奏章喊着六弟名字，矛头却是指向她。事态严酷的摆在亿兆臣民面前：如果不是她有意把"亲弟之子"冒充为"亲子之子"，私相授受，变刘氏天下为王氏天下，那就是老糊涂了，连"亲弟之子"与"亲子之子"也分不清白。怎么还可以君临天下，临朝执政？

秋风阵阵，衾被生寒，她的心也寒了。她之所以那么企盼有个嫡孙，无非企盼大权不致旁落，但年过七旬，垂垂老矣，何必还要计较那么多呢？她这一生百忧感其心，万事劳其形，难道还不够吗？

适逢朝日，哪里还有兴致上朝？她懒得起床，何阀催请了几遍，被她呵斥走了。何阀只好推说太皇太后陛下龙体欠安，取消早朝，万万没有想到，满朝哗然，彭宣率领文武百官涌到中黄门，要求陛见。

这是干什么？起哄？逼宫？哼！王政君披衣下床恨恨说："传孔光进来见朕！"

何闳奏报，"孔丞相今日没上朝。"

王政君冷哼，心里有种说不出的滋味，又庆幸又失望。庆幸的是，孔光没有跟这帮大臣起哄，还算有天良；失望的是，一旦有事就退避三舍，依靠不得。"那就传鲍宣这个狗贼进来见朕！"

何闳回奏，"鲍司隶今日也没上朝。"

"鲍宣没上朝？"这倒使她惊诧，这个得理不让人的张狂东西唯恐天下不乱，居然没跟百官前来起哄。

"鲍司隶向陛下进了谢罪表，还放回了小顺子……"何闳躬着身子，小心翼翼奏报。

"什么？他进谢罪表！不是逼朕下罪已诏吧！哼。"王政君对他恼怒透了，胸中一口恶气吐又吐不出，咽又咽不下。

何闳偷觑着她的脸色，一句一顿试探着，"尚书令姚恂对奴婢说……鲍司隶所上谢罪表十分紧要……

忠直之心，感人至深……一再三叮嘱奴婢得空奏报陛下，请陛下尽早批复，干万别耽误了。"尚书令可先审阅群臣奏章，以减省皇上心力。

王政君龙颜大怒，"何闳，你这狗奴，还敢提鲍宣，你要气死朕不成！"何闳慌忙跪下，"陛下息怒，奴婢听尚书令姚恂说……"看样子，他还要进言。

"掌嘴！"

何闳左右开弓啪啪扇自己耳光。王政君挥手，"下去吧。"

何闳却不动弹，连连叩头，砰砰作响，"尚书令姚恂说，鲍司隶奏请陛下召回大司马，平息眼下纷争，安定政局……"

王政君听他依旧喋喋不休说鲍宣，怒气上升，她突然意识到他话中的内容至关重要，"把奏章呈上。"

"是。"何闳在御案上取出一卷奏章呈上。王政君看了看，对鲍宣的厌恶，骤然改变了许多，"这个……鲍宣所奏，倒也不失一策，只是远水难解近渴啊。"何闳躬身说："诏令快马寄出，大司马快马返回，不过旬日之间。"王政君思忖了一阵，"刚令大司马出征，又召大司马回京，匪患未除，劳师无功，朝令夕改，何以取信群臣？”

何闳自然明白她的顾虑："只要陛下圣裁，其余的事交由尚书令姚恂酌办，定可消除臣民误解，朝野圆全，陛下不必多虑。"王政君沉吟片刻，"姚恂拟旨吧。"何闳接着说："尚书令姚恂还说，'伪皇子案'朝野关注，案子既然是鲍司隶破的，不如还是由鲍司隶审理。中途易人，恐遭物议。"王政君挥挥手："姚恂一并拟旨吧。你去敕令彭宣，叫他们散了。"

何闳来到中黄门，一百多个大臣立于门前声讨红阳侯王立，群言汹汹，他大声宣呼，"大司空彭大人听好了，下官奉太皇太后陛下谕旨，传话与你。"

彭宣当即振衣跪倒。

何闳说："太皇太后陛下龙体欠安，须要清静养神，今日不能接见彭大人，彭大人请回吧。"

彭宣跪伏不动。

何闳只说"传话"而非传旨，彭宣跪伏而不口称"接旨"，这都是老官吏的老官场，给自己留下转圆余地。彭宣身居御史之首，朝廷出了这么大的事，他不能不出面直谏。不意百官跟着前来，他也担心扩大事端。何闳是来平息事端的，彭宣也无意扩大事端，彼此会意，何闳才郑重其事宣布：

"太皇太后陛下口谕：咨尔彭宣，朕偶感不适，尔且退下，听候传召，钦此。"

"臣遵旨。"彭宣叩拜后站起，调头就走。

有的大臣默默跟在后面，但大部分大臣不想离去，还在门前观望，何闳说："太皇太后陛下龙体欠安，诸位大人请回吧。谁有急事，请留下名，写明事由，待太皇太后陛下龙体康复，再行传召。"

说罢，他让小貂铛拿出卷轴，请在场的人签名。这一招很管用，谁愿意把姓名留下招惹是非呢？大臣们纷纷离去。

灞陵大营军门紧闭，三里开外派出巡逻人马，禁绝通行，气象异常森严。昨天深夜，车骑将军王舜把一彪人马迎入帐中，下令全军戒严，不得擅自出入。唯有派往长安的探马，一个时辰报一次。朝日太皇太后陛下罢朝，百官涌进中黄门请求陛见，一一传进大帐。

"这不是逼宫吗？"王莽忿然站起。

前天，王邑单人独骑跑到回心石报告，鲍宣侦破"伪皇子案"，红阳侯王立被捕，救出三儿……一桩桩一件件都如平晏所料，听得王莽惊喜交集。王邑一双阴凄凄眼睛精光大炽：

"平公子真是神人！"

"三儿获救，福至天佑。"刘歆上前以手加额，"咱们兄弟的半月之期幸未爽约，子骏之幸，巨君兄之幸，社稷之幸啊！时间紧迫，赶紧起程回京吧。"

就这样，昨天深夜他离开阴伏谷，秘密潜入灞陵大营。

百官逼宫，政局动荡，太皇太后陛下孤立无援，自己回京正是时候，那个平公子处处算无遗策，料事机先。

"各位贤弟，我已返京，下一步……计将安出？"

"哈哈哈。"刘歆等人一齐大笑，王莽跟着笑了。他仰着头，比别人笑得更爽朗更响亮。"愚兄有眼无珠啊，简慢了平公子，愚兄知错了。请为愚兄引见平公子，愚兄当面谢罪。"

“哈哈哈。”刘歆等人又是一阵大笑，这下可把王莽笑懵了。笑声未落，只见大帐帷幕后面，走出一人上前叩拜：

“牛马走平晏拜见大司马。”

王莽惊愕得说不出话来。这人面白如玉，纤秀姣好，表情还带几分腼腆。他就是众家兄弟崇拜的平公子？王莽觉得不大对劲。哪儿不对劲？又说不清，猛可间不知如何应对。刘歆微微一笑：

“兄长一定以为平公子魁梧奇伟，谁知其貌若妇人好女。”

刘歆的话“其貌若妇人好女”，是前朝太史公司马迁对留侯张良的描绘。一语双关，既是对平晏相貌的形容，也是对平晏智谋的赞美。

王莽是知道太史公这句话的。不过平晏的形象在他的想象中从来不是“魁梧奇伟”，而是尖嘴猢腮一脸阴贼，见到真人却是眉宇俊秀，风姿飒爽。年龄二十七八之间，一般而言，称公子稍嫌老点，但对平晏倒恰如其分。大约颏下无须吧？不，而是那青春不老的雅致。心头不觉平添了几分好感，“久闻公子大名，多蒙赐教。今日得见公子风采，恍若留侯再世，且喜且愧。”

"大司马忠信仁德，何愧之有？京师口号：大司马严于律己，峻峻如也；宽以待人，融融如也，仆景仰之至。"

平晏字可夫，王莽与他再次对拜，携手一笑。

"汉室二世无嗣，奸邪累累作乱，太皇太后陛下春秋已高，不胜宸忧，还望平公子妥为筹谋，为太皇太后陛下排难解忧。"

"大司马且请宽心。仆已与子骏兄筹谋多时，只待大司马首肯，即可施行。"

"平公子请讲。"

"请速上表向太皇太后陛下报捷，为严廉二位将军请功。"

什么？报捷！请功！王莽惊愕地张大眼睛，平晏拿出木牍诵读：

"严尤廉丹二将奇袭渑池悍匪，首战告捷，斩首二百级，生擒五百人，顽寇丧胆，贼众溃散。臣传檄山东，挥师南下，匪患克日可平。"

人都没去，杀什么敌，报什么捷，说谎就像真事似地郑重其事！一点也不心虚，一点也不脸红。正经得不能再正经，气壮得不能再气壮。这不正是俚语说的，"瞪大眼睛说瞎话"吗？俚语不过是俚人闲得没事磨磨嘴皮喘喘气而已。喘喘气，风一吹就散了，无影无踪；嘴皮是肉做的，磨一磨不留痕迹；这可是杀青镌刻著于简牍，呈于天阙，藏于秘阁的奏章啊。欺君欺人欺后世，算什么事啊！一旦败露，后果将如何？这种事他没做过也没想过。说真的，连想都不敢想。

平晏却说："大司马如不报捷，如何回师？如不回师，如何现身天阙？不能现身天阙，如何解救太皇太后陛下之危难？"刘歆在一旁说："解救太皇太后陛下之危难，即是安国家定社稷之大计，此乃大中之大，德中之德。因小信而坏大德，君子不为。兄长何必瞻前顾后畏首畏尾？"

他俩振振有词，王莽无言以对，王舜王邑一齐振衣跪下，"二哥不可迟疑，速向太皇太后陛下报捷！"王莽只好叹气，"唉，唉，只要救得太皇太后陛下急难，听凭诸位贤弟处置吧。"

报捷奏章刚刚发出，太皇太后陛下的召回圣谕就到了灞陵大营，王莽大惊。世有神骏日行千里，也没这般快捷！显然发诏书的人不是发往山东，而是知道他身在灞陵，派人直截送达的。这件事至少串通了尚书令姚徇，知情者一定还有不少。这……极易败露，今后叫他如何立足朝廨？立足天地？想到这里，先是鼻翼沁出几粒细汗，接着头像蒸汽似的，浑身大汗淋漓。

刘歆微微一笑徐徐发问：

"敢问各位兄弟，苍天有缝吗？"

众人不解为何问这等古怪问题。刘歆摇着羽扇，"当年地陷西北，天倾东南，女娲炼五彩石补天，试想能没缝吗？为何看不见苍天有缝呢？因为它穿了天衣。"刘歆又问，"各位知道天衣是谁织的？"王邑韵出味儿来了，"大概也是女娲娘娘吧。"刘歆说："没错。敢问各位：衣裳都有缝，为何天衣没缝呢？"众人又答不上来了。刘歆说：

"因为天衣不是针线缝的。"

王邑说："杞人有人忧天倾，我等何必担心天衣有缝呢？"

他一说完，众人会意笑了。

　　又到了朝日，何闳再次宣布罢朝。百官一齐喧哗，何闳劝阻不住，涌到中黄门。五官中郎将王宇、驸马都尉刘垒一身戎装手持长戟守在门前。

　　大司空彭宣上前叩拜，“下官有要事晋谒太皇太后陛下，烦请王将军转奏。”王宇执戟行礼，“小将奉旨守卫中黄门，军务在身。彭大人请求晋见，请往尚书台，小将不敢从命。”百官上表或晋见，依律由尚书台转呈转奏。

　　彭宣再拜，“王将军，事关社稷，下官求你了。”

　　王宇沉着脸不作声。

　　氾胜之上前叩拜，“王将军，令尊铁骨铮铮，砥柱中流，不惜犯颜获咎。将军把我等晋谒之请转奏一卜也不行？”

　　王宇执戟挺立，看也不看他一眼。百官又激愤起来，“奸佞欲窃神器，作乱宫掖，为何不闻不问？还想包庇不成？”

　　没有指名，没有道姓，矛头所向却很明显。何闳担心扩大事端，不敢驳斥，反而赔着笑脸一门作揖，“各位大人，‘伪皇子案’，太皇太后陛下十分重视，已经敕令鲍司隶严审严判。鲍司隶公正严明，执法如山，不日即可审结，公告天下，各位大人请放心吧。”

蓦然，一群人列队走来。诸侯王打头，一百多名宗室子孙神情肃穆来到了中黄门。

何闳连连作揖劝他们回去，有人质问，"太皇太后陛下龙体欠安，我等子孙理应探视，为何阻拦？"何闳说："太皇太后陛下须要静养，各位王子王孙请回吧。奴婢定将各位的孝心奏报给太皇太后陛下。"

有人高声叫嚷，"我等要见太皇太后陛下！"叫嚷声中，诸侯王默默跪下，宗室子孙、文武大臣也都跟着跪了下去。喧闹的中黄门一派肃穆。

大约过了一炷香时间，人们开始鼓噪。有人说："大行皇帝尸骨未寒，朝中又出了董贤不成？大行皇帝不豫，董贤兄妹秘而不宣；莫非太皇太后陛下不豫，尔等貂珰又要秘而不宣？"

有人说："太皇太后陛下春秋已高，貂珰乘机作乱啊！齐安那个狗贼，一手遮天，居然把王立的野种说成孝成皇帝的子嗣！齐安死了，又出了个何闳。何闳这狗贼不让我等向太皇太后陛下请安，必有不可告人的阴谋！"

何闳看出这些人没安好心，不是他能劝说的，慌忙到长信宫报告，王政君气得发抖，老泪顺着皱纹流下来。

消息传进灞陵大营，王莽拍案而起："不行！愚兄得进宫，进宫！"

"还不到时候。"王邑的声音又冷又硬。

"太皇太后陛下如坐愁城，非得她老人家急出好歹才到时候？"王莽拱手，"平公子，赶快想想法子吧，太皇太后陛下春秋已高，愁不得急不得呀。"平晏没应声，刘歆也没应声。"说话呀！这是怎么了？叫愚兄不去山东，愚兄留下来了；叫愚兄潜回长安，愚兄潜回来了；到了愚兄该去保驾，反而踟蹰不前动弹不了了！"

刘歆怯生生说："巨君兄莫急。时未可而进谓之躁；时可进而不进谓之缓。躁则事不成，缓则事不及。贤兄一发急，我等无所措手足了。"

"可不是吗？"王邑应和，"报捷表章刚刚发出，二哥此身应该在山东，突然现身金阙，是不是要明告朝臣兄长未去山东？抗旨不遵之罪，不能替太皇太后陛下解围不说，只怕自己反被缇骑所擒了。"

王莽跌坐于地，嗒然若丧。

"路要一步一步走，饭要一口一口吃。事急人不急，人急心不急。"刘歆说："小弟与可夫为兄长拟就了回复奏章，请兄长过目。"

臣戴罪巡抚山东，日夜股悚图报，幸赖将士用命，军民同心，天兵到处，势如破竹，一战于渑池，群凶丧胆；再战于焦城，愚顽殄灭。此陛下之洪福，皇天之佑助也。

贼寇连遭重创，四散溃逃，穴无可据，食无可济，上下离心，惶惶终日，已为惊弓之鸟。臣料群寇必往太行逃窜，已于二崤设伏，横扫残敌，靖平山东，此其时也。

贼寇残害生灵，虎啖狼戾，天地不容，自知罪无可赦，常抱侥幸之心，负隅顽抗。除恶不尽，任其逃入深山潜于水泽，他日凶焰复炽，朝廷再行剿灭，必耗时费日，事陪而功半矣。

遄接诏书，臣心急如焚，涕泣沾襟，直欲插翅飞至陛前。但山东战事，行九十者半百，功亏一篑。臣请稍假时日，乘胜追击，以竟全功。臣必告捷太庙，凯歌以还。山东幸甚，朝廷幸甚！臣莽泣拜。

竟然是一封延挨不前的表章！

"这是什么话！"王莽把奏章掷到地下，"太皇太后陛下忧惧终日，还要给她老人家忧上添忧，这是人臣之所为吗？"

说罢，瞟了平晏一眼，平晏始终不出声。王邑的沉默是疑心，平晏的沉默却是意志坚定。这是一种冷峻的不可动摇的意志，一种没有心肝不顾别人死活的意志。只要得计，即便太皇太后陛下身陷汤火，也不会动摇毫分。

王邑拾起奏章嘿嘿直笑，"以退为进，以虚为实，兵家之常事嘛，二哥何必动怒呢？"一向沉默寡言的他，怎么变得饶舌了？王邑接着说："太皇太后陛下安坐长信宫，谁敢闯宫不成？兄长何必着急呢？"

"混话！"王莽呵斥，"太皇太后陛下不但是天下的君主，还是我王氏的姑母，姑祖母，姑太祖母，王氏的老祖宗！她老人家忧惧终日，我王氏子孙能不忧心如焚？竟敢说风凉话！"

王舜说："二哥着急，小弟也着急。不过急归急，必须谋定而动，依计而行。可夫智谋深远，大异凡人，听他的就是了。"

王莽看出来了，他的这些堂兄弟对平晏佩服得五体投地，他再急也不会听他的。他缄默了。

二十　说黄雀血谏守清正 烹乌兽心驰腾云雾

　　晨星还在薄明中闪耀，一群大雁从丛林扑棱棱飞起，啼叫着飞向天空，开始它们新的一天旅程。踏踏踏，疾促的马蹄声打破黎明的沉寂，黑幢幢的身影从白霜遍野的天际跃出，片刻间隐没在黄叶飘飞的丛林。临近孝文皇帝陵墓，只见王莽带领几骑护军生怕打扰这位长眠君王，牵着马从古木中走出。迎着熹微晨光，他们屏气敛声通过一条长长的甬道，荒草凄迷的原野波浪般展现到他们面前。

　　他们刚刚上马，树后转出一个人来，圆硕的身躯挡住当路，却是孙复。人未到，声先到了：

　　"巧遇！嘿嘿，巧遇！大司马别来无恙？"

　　王莽心头猛震，他从阴伏谷潜入灞陵大营极其隐密，朝中无人知晓。孙复在这霜月秋风的清晨出现，莫非这个胖子独具慧眼觅知了他的行藏？窥破了他的用心？这个人诡之又诡奇之又奇，王莽慌忙下马，

　　"孙大人别来无恙。"

"下官偶兴，欲寻白鹿一游。大司马莫非追慕周平王，晨起凭吊？"孙复言毕打了几个淡哈哈。

王莽这才意识这儿正是白鹿原。周平王把京城从镐京迁到洛邑，路过这里遇见白鹿。周平王这次迁徙标志周朝盛世终结，史称"平王东迁"。鹿是政权象征，周平王在这里遇见白鹿，意味白鹿离周而去，开始了五霸七雄的逐鹿。虽然周朝的衰落不能完全归咎周平王，后人却也无人"追慕"这个平庸君王。显然语含讽刺，来者不善。

王莽微微一笑，口吻亲昵，"胖子，有何见教，直说吧。"

"不敢，嘿嘿。"孙复圆脸漾起一圈一圈笑纹："昨日下官看见一件稀罕事儿，想讲给大司马听。"他见王莽脸上没有表情，手向上一指，"树上有只蝉，叫得正欢，一只螳螂悄悄爬到它的身后，两支夹子一张把它逮住了。正在洋洋得意的时候，一只黄雀……"

"螳螂捕蝉，黄雀在后，是吗？"

　　"是啊，是啊，大司马也看见了？"孙复拍着手欢声喜气。那模样儿如果不是过于肥胖，差点要像他讲的黄雀一样飞起来。

　　"老掉牙了，胖子，别卖关子了。"王莽笑了笑，"下官军务在身，回京面圣呢。"孙复搔搔头，"下官卖关子？没有啊。"王莽说："你不会还看见黄雀后面有位公子正拿弹弓瞄准它吧？"孙复抻出一个指头摇了摇，神情严肃极了：

　　"错！"

　　"那就是黄雀一口把螳螂和蝉都吞进肚里去了。"

　　孙复拍着手，"说对了！吞进肚里去了。"

　　"故事讲完了吧？今日下官真有急事，改日再讨教吧。"说着要上马。

　　"大司马稍候，故事还没完，精彩的在后边呢。"

　　"是吗？"王莽暗暗惊疑。像孙复这样滑稽多智的人，怎会大清早跑到白鹿原拦住他的马头来讲一个老掉牙的故事？

　　昨日晌午，众人在灞陵大营议事，就曾涉及到螳螂捕蝉，黄雀在后。当时探马来报，馆陶公主进宫连请带逼，太皇太后陛下只得答应今日上朝与群臣廷议拥立新君大计。这表明太皇太后陛下再也无可奈何，只能听凭摆布了。

"想不到逼宫篡权的居然是馆陶公主！"王莽大惊。

"哈哈。"刘歆大笑，"众家兄弟力请兄长阴伏谷阴伏正是防范这只老黄雀。"

几天来，平晏推心置腹对他谈论朝廷各种动向，心境逐渐平静下来。他不得不承认，事情虽急，实在急不得。现在馆陶公主一干人逼宫篡权到了最后阶段，汉室前途悬于最后一刻了。"该大司马现身庙堂，挽狂澜于既倒了。"要求他务必在今日巳末午初进宫，不可早，也不可迟。

他潜匿多日，原以为神不知鬼不觉，将如天兵飞降出奇制胜，谁知半路上遇见了这个神秘莫测的胖子！时间逼迫，他实在没功夫听他闲扯，但他担心行藏是否已然败露，朝野已经尽人皆知。孙复的出现，敲响了警钟，他不能不耐下心听他的高论。

孙复极尽夸张，"那才叫奇呢，下官眼睛都惊直了。说真的，若非亲眼看见，就是把死人说活了，下官也不会相信。"他瞪圆眼睛，"大司马，你道怎样？"

谁知道怎样？没头没脑的。

"那只蝉从黄雀肚子里爬出来了！捋须张翼，睥睨左右，活蹦乱跳吱吱鸣唱，神气着呢。"

啊！蝉从黄雀肚里爬出来了！

孙复苦着脸，圆脑袋直摇，"唉，那只黄雀呀，羽毛黄灿灿的，可好看可好看了。那个叫啊，叫得真惨啊，叫着，叫着，死了。"

王莽听得头发根发麻。也许长期刻苦修养使他练就了自制功夫，故作轻松嗔斥，"你这胖子又在胡诌什么！"

"胡诌？不不，真事儿。不信，下官带大司马去看。"

"哪儿？"

"山东啊。下官不打诳语，愿带大司马前往山东观看。那只死黄雀还在那里，那只蝉准定还站在黄雀身上得意地吱吱鸣唱呢。"

王莽心头猛烈震颤，"孙大人好兴致，跑到这霜天野地开玩笑！"

　　"下官像开玩笑吗？"孙复敛住笑，一脸庄容，"世人都知，螳螂捕蝉，黄雀在后，聪敏的人由此设计出了五花八门的黄雀计。谁知更聪敏的人反其道行之，设计出更加巧妙的'反黄雀计'。"

　　"反黄雀计！"

　　"譬如说，有人故意扮作一只可怜的蝉，让螳螂来捕，等黄雀去啄。其实这只蝉早已暗中披上了铁甲，涂上了剧毒。大司马，你想想，黄雀啄进口里，还有好吗？铁甲蝉能不从它肚里爬出来吗？嘿嘿。"

　　不是吗？平晏明知六叔那伙人行骗，必有把柄落在人家手里，故意卖个破绽，让他们占尽上风，而把他撵出长安；正当六叔那伙人洋洋得意迎接子龙进宫的时候，馆陶公主一伙人丢出证据，把他们打翻在地，太皇太后陛下跟着陷于被动境地。于是乎这伙人同样洋洋得意伸手去夺皇位……

　　孙复脸上又堆满了笑，恢复了原有的模样，"这只蝉啊，是自己披上铁甲涂上剧毒的呢，还是旁人给他披上铁甲涂上剧毒的？下官一直闹不清，正想找人讨教，嗬，巧了！遇见了大司马，嘿嘿。"

这不是变相质问吗？王莽笑也不是恼也不是。孙复上下打量着，口里啧啧有声，"像，嘿嘿，真像。"王莽叫他看得毛骨发颤，"像什么？"孙复一阵讨好的笑，"嘻嘻。日有所思，夜有所梦，一点也不错啊。昨晚下官做了个梦，梦见那只铁甲蝉变成了一个铁甲人！那人好面熟好面熟，是谁呢？硬是想不起来。今日大司马也披着铁甲，嘻嘻，恕下官失敬。"

"下官？"简直就是直面唾骂了！王莽错愕望着他，正待雷霆爆发，却又不能不震惊这人目光之锐利。凭心而论，他不是什么"蝉"，更无意做诱人入彀的"蝉"，可平晏那套"龙腾龙的"，"虎跃虎的"，使他这条"龙"不期然变成"蝉"了。今天他这只"蝉"复活了，赶到宫里就是去穿透"黄雀"的肚子，把"黄雀"活活戳死在庙堂之上！

"不知阴谋，误入彀中，情有可原；既知阴谋，不从彀中脱身，那就是参与了阴谋；如果从阴谋中受益，那就是阴谋的元凶。"孙复躬身一揖，"谁做新君，都是皇家血脉，宗室子孙，有什么不一样？做臣子的如果不想荣膺拥立之功，何必参与争斗呢？"他笑了笑：

　　"嘿嘿，大司马何不回转马头，与下官前往山东，优哉游哉去看那只贪吃的黄雀的下场呢？"

　　这席话说得王莽心里直抽寒气，然而他还能从"彀"中脱身前往山东吗？晚了，晚了！他只得说：

　　"孙大人的高论，下官听不懂。"

　　"悬崖勒马，时犹未晚，大司马不可一误再误啊。"孙复跪下叩头，"大司马养德修身，历数十年。克己奉公，谦谨下士，世所难为，古所罕见，不容易啊。清誉流布宇内，高标立于朝中，何苦中途改志易节，陷身泥淖，污己污人，浊乱当世？"他好像看穿了他的心事，径直向他的良知发出呼吁。

　　王莽心头电闪雷鸣，激动万分。然而从阴伏谷到灞陵大营，心里哪天不思进忧退，千转百折？现在箭已离弦，无法挽回了。就像电闪雷鸣之际，水珠碰撞骤然变成冰雹，他的心一下子变冷了变硬了。"孙大人誉非当誉，责非当责，下官急事在身，无暇细聆。事完之后，下官登门讨教。"他拱拱手，"告辞了。"

孙复跪着不动，王莽牵马绕道而行。孙复站起，拦住他的马头，，"大司马，回头吧！给人间留点正气，保住你一世清白吧！"

"上马！"王莽低喝一声，戴级和八名护军一齐飞身上马。他双手一拱，"孙大人，有人大逆不道逼宫压主，太皇太后陛下正临急难，下官岂能坐视？"王莽随之上了马。"请让开，下官失陪了。"

孙复跳起来破口大骂，"王莽，你这个伪为人，孙某瞎了眼，看错了人。"圆脸上一双鼓圆的眼睛怒火喷发，头发上指，目眦尽裂。"孙某这双眼珠应该抠掉，抠掉！为世上瞎眼者戒！"

说着，两指向双目戳去。顿时血流如注，一只眼珠抠到手里，另一只眼珠暴凸出来。孙复还要抠这只眼珠，王莽连忙扳住他的手："孙大人，你这何苦呢！"

孙复把血淋淋眼珠向他脸上掷去："呸，你还要作伪！"

眼珠滚落到霜白草枯的地上，一滴鲜红的温热的血从王莽脸上滑落到胡须，戴级拔剑喝斥，"放肆！"孙复满脸是血呲着嘴叫喊：

"王莽，杀了我吧。你杀了我，我还敬你一分！"

王莽双膝跪下，"孙大人，你误会了。你的雅意下官铭感于心，但下官实难从命，只有辜负了。孙大人如此激烈作为，叫下官何以自处？孙大人倒不如把下官杀了算了。"

"哈哈。"孙复口中喷血，发出嘶嘎惨笑。"王莽啊，你还在作伪，孙某真不知你是今日才作伪，还是早就作伪了！士不可欺，人心不可侮，一旦发现受欺受侮，孙某敢断言：你将成为不耻于人类的狗彘，死无葬身之地！孙某且留下这只眼睛吧，必能看见你可耻下场！"说罢转身向原野奔去。

薄霜覆盖的白鹿原起伏不平，犹如银白色波浪，一眼望不到边。地上点缀着成堆砾石，长满高矮不等的荒草，间或有几株树，视野很开阔。孙复胖硕的身影狂奔着，几只野雉惊得四下飞起。远了，小了，看不见了。片刻，他披着一抹晨曦，头出现了，腰背出现了，随后又隐没到下坡去了。蓦然一道白光在草丛上空掠过，穿进穹窿边际的树林，仿佛是匹白马，孙复驮在马背上。王莽恍惚看见马头上长了角，惊疑间，有个护军失声惊叫：

"白鹿！白鹿！"

"大司马王莽奉诏还朝！"未央宫前殿殿前侍卫在殿门高声通报。

午初，廷议正在进行。丹墀下跪着一大片进谏官员，他们要求严惩红阳侯王立，效周勃、霍光故事由大臣议立新君。外间盛传子龙是王立的私生子，王政君认子龙为嫡孙，是姐弟俩把汉室江山私相授受。要求严惩王立，真正的用意是想封住王政君的嘴，把她排除在立储立君之外，由大臣议立新君。这是王政君不能同意的，她铁青着脸坐在御案后头。看得出她没有松口，双方僵持着，气氛很紧张。

"啊？"王政君低喟一声。"宣。奏事的先停停，都起来，起来吧。迎接大司马，奏凯旋乐！"

百官无不惊愕，跪伏的官员一齐抬起头。凯旋乐在殿中响起，王莽头戴武弁大冠，身披黑铁铠甲，腰佩七星宝剑，一身寒霜，满脸热汗，好像星夜驱驰，赶了一夜路的样子步入大殿。踏着高亢的凯乐，通过肃穆的班列，在人们错愕目光下，大步流星奔至阶前起舞山呼：“臣王莽叩见太皇太后陛下，太皇太后陛下万岁万岁万万岁！”他伏在阶下，双肩抽动低声啜泣。

王政君大惊：“爱卿为何哭泣？”

王莽感情容易冲动，实在说不清为何哭泣。也许是重返庙堂的喜悦，也许是重睹天颜的感动，也许是重沐天恩的企盼，伏在阶下百感交集。这重返庙堂的路啊，实在痛苦欲绝啊。阴伏谷前的踟蹰，灞陵营的等待，尤其白鹿原上的鲜血，哪一桩不揪心撮肝？哪一桩不违背自己的初衷和宿愿？这会儿一齐浮现到了眼前，心头千转百结，酸苦并作，他哭出了声。

“臣巡抚山东，心念宸阙，今日得见天颜，一时情难自禁。”王政君抬手，“爱卿平身。爱卿巡抚山东，剿灭贼寇，千里驰驱，星夜兼程，本该琼楼赐宴，慰勉劬劳，但廷争方炽，众议汹汹，朕意难决，爱卿既已回朝，参与议论吧。”

“遵旨。”

王政君昏愦的眼睛突然吐射精光，尖利环视群臣，眉头微微蹙了一下，好像在审视，又好像在犹豫，轻咳一声，转入廷议："大行皇帝宾天二月有余，纷争不休，新君仍难确立，朕心日夜不安哪。近日竟有不逞之徒兴风作浪，胁迫朕躬。朕侍奉先帝以来，五十余年心系社稷，忧劳汉室，垂暮之年遭人胁迫，朕心幽愤，坐卧不宁……"说着声音哽咽，老泪纵横。

王莽又跪伏在地，泣不成声。

先期上朝的车骑将军王舜、右将军孙建、左将军甄丰、奉车都尉甄邯等三十余人一齐出班，跪于阶下跟着垂泪。几声啜泣，几滴泪珠，俨如秋雨秋风，大殿之上顿时充满肃杀秋声，两旁班列的大臣无不悚然动容。刚才还在强争直谏，这会儿心里都在打鼓了。

"陛下宸忧，臣子之罪啊。"王莽抽泣。

甄丰大叫，"太皇太后陛下功在社稷，彪炳千秋，谁胆敢胁迫，胆敢迕逆，无论官有多大，功有多高，微臣豁出身家性命参奏他，弹劾他，将他绳之以法！"

甄邯接着大叫，"微臣世受皇恩，誓死拱卫汉室，誓死效忠太皇太后陛下！谁敢胁迫太皇太后陛下，微臣和他周旋到底！"

随着他们的叫嚷，大臣们，包括刚才廷谏的大臣一个一个走到丹墀下跪倒表示忠心，只有彭宣、氾胜之二十余人站在原地。

这时王莽上奏："臣巡抚山东，朝中之事知之甚少。不过微臣以为，选定新君当循《周礼》。《周礼》规定，应由太皇太后陛下作主；太皇太后陛下圣意难决，可询宗室；宗室难决，可询三公。臣请陛下，速诏三公，倘三公各持己见，争执不下，再行廷议不迟。不知圣意以为如何？"

王莽奏言，甚合王政君之意，她顺水推舟，"立君之事，就依大司马所奏，众卿以为如何？"说着环视阶下。

"陛下，不可！"氾胜之出班跪在一边，"今日廷议，出自宸衷圣断。百官奉旨公议，岂可因大司马一人之言而废？"

彭宣跪在他身后，"陛下，氾御史所言极是。大司马新至，未闻百官公议。臣以为以大司马之贤，也不会以一己之见为定见，而废百官之言吧。"

　　"陛下，臣不敏，臣诚惶诚恐。"孙建抗声，"依《周礼》立新君，天经地义。循《周礼》，虽一人之言当遵；不循《周礼》，虽百官之言当废。"

　　"请问孙将军，奉太皇太后陛下谕旨廷议立君，如何不循《周礼》了？"彭宣当即驳斥。十多个官员振衣出班，跪到了氾胜之彭宣身后，齐声质问，"如何不循《周礼》了？"

　　甄丰出班申斥，"尔等大闹中黄门，胁迫太皇太后陛下廷议，能说遵循《周礼》吗？"

　　又有十多个官员振衣出班，跪到了氾胜之彭宣身后，齐声质问："谁胁迫圣躬了？甄将军不可血口喷人。"

　　王政君看出好转的局势可能再度逆转，挥挥手，"都起来吧，起来吧。大司马凯旋回朝，朕心大慰。适才氾卿所言不差，今日廷议乃宸衷圣断，不能视为不遵《周礼》。但当时大司徒卧病在床，大司马出征在外，三公缺其二，如何垂询？现在好了，大司徒病有起色，大司马得胜回朝，朕诏三公拿个主意，氾卿，不能说朕出尔反尔吧？"

　　氾胜之被她说得哑口无言，慌忙跪下连连叩头，"臣死罪。"

"氾卿，起来吧。"王政君神情温蔼，"朕近日忧劳过甚，神思恍惚，常在床褥，日进汤石，亟盼新君登基，省得朕耗费精神。企盼之心尤胜众卿。竟然无人体谅朕的苦衷，大闹中黄门！朕本想派出缇骑锁拿问罪。但仔细一想，除了一两个居心叵测之徒，多数用心均属忠良。怨谁呢？怨只怨老妪不祥，送走了儿子，又送孙子，无后嗣之人……"

她声音哽咽说不下去了，殿上一阵唏嘘。

听到王莽回朝，多日称病不出的大司徒孔光接到诏书麻利换上朝服，驱车进宫来了。走进尚书台，王莽在那儿等着。二人执手，相对唏嘘。大司空彭宣却迟迟不到，尚书令姚恂派人去请，彭宣声称病了。

刚才廷议还好好的，怎么病了呢？孔光眉头一蹙没作声，王莽说："丞相稍待，下官登门去请。"孔光说："大司马千里驱驰，想必困乏之至，何苦还要亲自前往呢？何况……只怕大司马请不动吧。"王莽说："君命在身，略进人臣之责吧。"孔光叹息，"王公贤德，世所莫及。"

508

王莽披着铠甲直奔大司空府，门子婉言挡驾。王莽声称圣谕在身，勉强进入府中。彭宣蒙着被子倒在床上。王莽躬身站在榻边劝说，彭宣只发出几声哼哼，叫他尴尬极了。回想两个月前，与彭宣扼腕抵掌，肝胆相照，冷暖不啻冰炭。蓦地生起疑团：孙复就住在彭宣家后边，两人素来亲近，莫非彭宣也知道他没去山东？孙复血淋淋的眼珠，掷到他脸上，滚到霜白草枯的地下，一滴冰凉而又温热的血随之从脸上滑落到胡须……疑团翻卷，脸颊上似乎又感受到了当时毛骨悚然的冰凉和温热，脑袋不禁嗡嗡作响了。

站了一会儿，觉得脸上背上都有许多蚂蚁在爬。那是炸汗，浑身难受极了，再也站不住，只得讪讪离去。

回到尚书台，孔光正坐着闭目养神。离开不过一个时辰，觉得孔光也变得有些异样了。怪怪的，越看越觉得和原先不大一样。瞧瞧，这个人一向礼仪周全，见他回来了，怎么不到门口迎接？不见彭宣跟着来，怎么不问一声？事先就说"请不动"，怎么没有一丝儿未卜先知的得意？蓦地孙复又厉鬼似地显现在孔光身边，一只鼓凸的眼睛瞪着他。这是怎么了？颜平！这个阴险毒辣诡计多端掖庭的老貂铛，十三骑去了山东！莫非……莫非颜平一干貂铛传信给了孔光，他和彭宣一样知道自己没去山东？

孔光等他开口，他一时不知该说什么，二人相对无言。官场上的矩离是由话语填充的。官话之不足，则说套话；套话之不足，则说笑话；笑话之不足，则说荤话；荤话之不足，则说废话。总之什么无聊的话都可以，就是不能没话。二人缄默了一会，只那么一小会儿，互相就感到压力，感到难堪，变得遥远而陌生。王莽又觉得脸上背上有许多蚂蚁在爬，浑身不自在了。

孔光老于官场，善于排解这种不谐的窘迫。他之所以没有开口，那是出于礼仪。明知王莽请不动，怎好动问彭宣来不来，那不是有失厚道？看到王莽窘迫，再不开口反而有失厚道了，他适时打破了沉默：

"大司马不闻，急辔御者，非千里之御也。嘿嘿，大司马不可过于性急嘛。"他微微一笑："大司马戎马倥偬，身子就是铁打的也该有张有弛吧。大司空既然没来，大司马何不暂且回府，改日再议呢。"

"谢丞相。"王莽拜谢，"君命紧急，国事蹙迫，太皇太后陛下寝食难安，学生安敢稍怠。"

孔光知道不能再度缄默，没话得找话，于是主动聊起朝中情势。其实朝中情势，王莽知道的比孔光还多，却佯装一副兴致盎然的样子。

红阳侯王立阴谋败露后，群情汹汹。宗正府邀集宗室王侯跪求馆陶公主，请她出面拥立新君。馆陶公主提出东平王之子望乡侯刘信为新君：刘信守礼修德，才学出众。今年十四岁，年龄不算大也不算小。年龄大了，陈见难移，积习难改，腻友难舍，登基之后有可能听不进忠谏，近不得贤臣，恶德恶行谁也无法遏制；年龄小了，必然导致皇太后或太皇太后长期临朝，外戚擅权。十四岁登基，一两年即可亲政，且身体健壮，不致荒废政事或不幸早夭。此议一出大获人心，彭宣等人极表赞同……

听着，听着，王莽眼前变幻出了孙复的面容，狞笑的，愤怒的，仇视的，还有悲伤的……尤其那个悲伤的神情，特古怪特恐怖特惊魂。谁见过孙复那张永远笑眯眯的胖脸悲伤过？谁也没见过。那张悲伤的胖脸啊，比什么都可怕。一只鼓凸的眼睛流着泪，一只空洞的眼睛流着血……耳朵嗡嗡作响，心里纷乱如麻。他强制自己认真聆听，不知怎的，孔光的声音一会儿近一会儿远，飘进耳朵天一半地一半，就是不往心里去。只好不时机械点点头，信口嗯嗯应着。如果不是对情势了然于心，他可能完全听不懂孔光说些什么；如果不是对官场应酬历练有素，他可能早已失仪令孔光惊诧莫名了。

孔光说完了，等待他的回应。王莽依旧魂不守舍，怔了一下拱手问，"丞相之意，望乡侯可谓上上之选了。"

话一出口就觉得唐突。直通通的，含有诘问之意，自己吓了一跳，孔光也吓了一跳。望乡侯刘信是太皇太后陛下不喜之人，如此问话叫孔光如何担待得起？果然，孔光躬身，"宗室王侯，高低上下，外臣安敢妄议？大司马会错老夫之意了。"

王莽说："丞相既已奉诏议立新君，对宗室王侯不但要分其优劣高下，还要品头论足。学生不才，不知说的是不是这个理？"他咧咧嘴挤出一个笑。孔光报以淡淡一笑。

王莽只好把自己的意向含蓄表露出来，"有人把望乡侯抬上了天，什么守礼修德啊，什么才学出众啊，金无足赤，人无完人，学生不信望乡侯竟无瑕疵。丞相何不瑕瑜并举，全面衡量，以解学生愚钝呢。"

"嘿嘿。"孔光歉意笑笑，"望乡侯下官不曾亲见，只是耳闻，人品学问，老夫不得而知。"王莽自然知道他在回避，然而他的使命就是说服孔光把望乡侯刘信从新君人选中排除出局，必须迫使对方表明意向，"望乡侯是不可回避的人选，丞相直言才是。"

又唐突了！这不是谴责人家吗？怎么可以这样对大司徒讲话！孔光城府很深，看不出是否在意，"不是老夫回避，而是无从议论。"

一下子封了门，王莽不知从何说起了。他口里说要分出"优劣高下"，但问题的症结不在品德"优劣高下"。而在于望乡侯不是太皇太后陛下钦点钦定的人选，而是馆陶公主拥立的。望乡侯一旦登基，尤其亲政之后，得意的将是馆陶公主，太皇太后陛下只能退居深宫，看新君的脸色打发日子了。事情的奥妙就在这里，莫非孔光不懂这个奥妙？他应该懂的。言谈中应该有所暗示，彼此才能心照呀。如不同心，哪能协力？如无默契，哪能奏功？

心魂不定，分寸拿捏不准，脑子纷乱得很，鼻尖沁出汗珠来了。他抬手擦拭，身上的铁甲铠铠作响，犀甲包裹的袖口如何擦得？心里更急，汗从额头冒出来，蒸汽似的，大粒大粒往下淌。孔光大惊，"大司马怎么了？奖非过于劳累虚脱吧，要不要请太医瞧瞧？哎呀！大司马不可大意啊。立君的事，不是一时半会所能议论清楚的。大司马若不回府歇息，老夫即便受到太皇太后陛下怪罪，也不奉陪了。"

王莽实在坚持不下去了，"学生恭敬不如从命。"

分手之后，王莽登上乘舆，心里疑团一个接着一个。在他印象里，彭宣刚直峻刻，什么事皆形之于色。今日对自己的简慢，大约察知自己的弥天大谎了。孔光是位宽厚长者，一向乐意与自己合作，今天吞吞吐吐怪怪的。可是哪点怪呢？又似乎没有什么可怪之处。这是怎么了？自己怎么总放心不下颜平那十三个貂铛？刘歆不是说"天衣无缝"吗？抑或俗谚所云：暗亏于心，生出了鬼胎？鬼胎生出的还是鬼哟，疑心生出的还是疑，使自己失去了固有的坦诚？也许失去的不止是坦诚，至少还失去了一个尺度，那就是对人的基本信任。而这只不过是一厢情愿的推测，会不会是另外的样子？自以为瞒天过海，其实颜平一干貂铠早把信传到了京城，不但没能瞒过这些老官场老到的眼睛，被瞒的仅仅是自己。

乘舆在大街上奔驰，满路都是黄叶。沿街的树木几乎变得光秃秃的了，稀疏的枯枝伸向高寒的天宇，还在不停的摇曳着残存的黄叶。一片黄叶在车前落下了，又一片黄叶在车前落下了。马蹄践踏着，掀扬着，有的踩进了泥土，有的溅进了水沟。街上行人稀少，远远站在路边缩缩瑟瑟看着他的乘舆通过。他在阴伏谷住了几天，又在灞陵大营住了几天，时间都不长，长安怎么变得这样冷清这样萧索这样陌生了？他看见有人指着他的乘舆，呲牙咧嘴的，莫非也知道他的弥天大谎了在那里指他戳他唾骂他？过去了，过去了，什么都一晃过去了。王莽失神看着，头脑一片空白。

回到家里，王安到门口迎接。离家之时，父子天各一方，生死茫茫。他把三儿搂起，拍着他的肩头，觉得挺拔，结实，英气勃勃，心里沛沛然兴起快慰情愫，不知怎的，眼里泪光滢滢了。进入后堂，王嬿的声音远远响起，小手高扬着扑上来，王莽张开双手抱起她。娇躯在怀里一拧，额头触到他脸颊。那冰凉滑溜的感觉，使他愀然心惊。孙复血洞洞的眼睛突然凸现在面前，两手兀地一松，王嬿摔了下去。好在她身形灵巧，抱住了他的腿，张大眼睛吃惊地望着他。他一掌推开，大步流星向神龛奔去，夫人、吕焉一干人的问候，一概不理。不待点燃香烛，也不待解下铠甲，跪到神龛前头，叩起头来。

王安上前点上香烛，一家人都跪到他的身后跟着叩头。他手一抬，家人默默退下，他祈祷说：

"皇始祖考虞舜祖爷爷，百世祖宗，保佑一百三十三代孙莽儿吧。"他向祖宗禀明：孙复的眼珠不是他抠的，是孙复自己抠的，不是他的错啊。不错，他没有听从孙复的话，那是政见不同啊。孙复曾劝他抽身，他能"抽身"吗？孙复阻拦他解救太皇太后陛下，他能不解救吗？太皇太后陛下也是王氏女，也是舜祖爷爷，百世祖宗的骨血啊！默祷着默祷着，情绪逐渐激动，不觉出了声，"一百三十三代孙莽儿心胸坦荡，从不暗亏于心，孙复为何总像厉鬼似地纠缠莽儿呢？"

啊，"厉鬼"！鬼！那不是兆示孙复死了吗？千不言，万不语，怎么独独蹦出"厉鬼"二字？福至心灵，孙复必是死了，必是死了啊。人死如灯灭，一了百了，一切秘密随之去了。至于颜平那些貂铛，刘歆保证过，甄丰也保证过，不会出事，绝对不会出事。对于心腹兄弟还信不过吗？祖宗显灵，祖宗开示啊，他那蜷缩的心骤然舒展，轻松多了。

一语成谶啊。远古之时有刺瞎囚虏眼睛的刑法，受刑者十有八九不是当场死亡就是七日内死亡，很少有人保住性命。由于太过残酷，传到舜祖爷爷治下废除了。何况孙复自己抠自己的眼珠，那不是找死吗？啊，"厉鬼"，这准是舜祖爷爷，百世祖宗向他谕示啊。世上再也没人知道白鹿原抠眼血谏的惨剧了。唉，嗨嗨！孙复也算一代智者，生前也算友好，干嘛察觉他死了，暗自庆幸呢？这是做人之道吗？

他猛地叩头。叩着叩着，武弁大冠上一块墨玉掉了下来。拾到手里，不知是什么征兆。蓦地心里一喜：玉不是宝吗？宝者，"保"也。这难道不是舜祖爷爷，百世祖宗谕示他能够"保"住秘密吗？

啪！啪！蜡烛爆着火星，结出一个大灯花。啊，灯花报喜！祖宗降临了，降临到家里来了！祖宗听见了他的祈祷，体谅他的苦心，一定会保佑他，赐福与他，赐福与全家。

他站起身，除去铠甲，换上家居便装，一家人又围上来问候。王嬿特别高兴，两只大眼睛望着父亲，怎么也看不够。好容易等到大人们问候完毕，她甜甜叫，"父亲，山东在哪儿？远不远呀？你上了阵吗？与贼寇交过手吗？杀死了几个贼寇？你怕不怕呀？四哥呢？"

随着连珠炮似的发问，王莽的脸色越来越阴沉，"女孩子家问这些杀伐阵战干什么！"

"不嘛。"王嬿搡着他："孩儿要听嘛。"

"越大越没规矩了！"王莽看见泪珠在女儿眼睛打转，心头一阵愀恻。自问没有暗亏于心，怎么总觉暗亏于心？那欺君欺世的弥天大谎像梦魇一般压在心头，即便得到了舜祖爷爷、百世祖宗的宽宥，谁碰一下还是叫他心惊肉跳。怎么怨得了女儿？他把女儿拉到身边温言，"父亲还有好多好多正事，等哪日闲了，再讲给你听，啊。"

王嬿偎在他身上，使劲把眼泪咽进肚里，可还是有一滴不听话的泪珠从脸颊滴了下去。

"三儿，说说你的事吧。"王莽赶紧转换话题。

王安说起于雯指路的事，王莽大惊，"什么！是于姑娘诱你落入奸人之手的？"王安切齿，"正是这个妖女！"王莽更加吃惊，"这么说，于姑娘是奸人一党了。"王安说："哼！阴谋后头还有阴谋，阴毒之极！"

他告诉父亲：楼获不认识许嬛蓝枝，也不知许嬛蓝枝二人，根本没有藏匿许嬛蓝枝。地牢里他和楼获朝夕在一起，知道得很清楚。楼获天天遭到严刑拷打，向他逼问许嬛蓝枝的下落，楼获是条汉子，不会招供，可也确实不知情。

"孩儿敢说，许嬛蓝枝是馆陶公主藏匿起来，又是那个妖女假惺惺拉大嫂把她俩查找出来。藏匿证人与查找证人是同一个人，用心之险恶，令人发指！"王安情绪激动，"馆陶公主假六爷和貂铠之手诬陷父亲，把父亲挤出长安，又借大嫂把许嬛蓝枝查找出来，把六爷和貂铠打倒，置太皇太后陛下困厄之中，再煽动百官逼迫太皇太后陛下立望乡侯为君，享拥立之功把持朝政！幸亏父亲从山东及时回朝，馆陶公主的阴谋才没得逞。"

这番话说得条条是道，与平晏刘歆说的不谋而合，可见公理自在人心。违背公理者是逆天之人。孙复忝为智者不讲公理正义，自抠眼珠，那是自作自受。天作孽，犹可活；人作孽，不可逭；能怨别人吗？王莽又找回了昔日的感觉，无愧于心无愧于天地。他调头望着吕焉：

“啊，焉儿，是你把许嬚蓝枝寻出来的？”其实他在阴伏谷就知道这事了，但不得不故作惊讶假意询问。

吕焉把于雯如何从木匠瓦匠口中打听到楼获秘密住址，一处一处查找，最后在柏乌台一处官邸找到了。这处官邸，房后一片柏林，柏林中有座山丘，山上有个山洞，可以通到后山，出口处正对孙复家的后门。

“正对孙复家后门！”王莽对这点特别敏感：“这么说……”他觉得在家人面前妄意猜测有失尊严，打住了。

“这不是偶合，绝不是的。”王安忿忿然不能自已，“好个‘鱼走鱼路，虾走虾路’！孙复总叫人神秘莫测，其实参与了阴谋，与妖女一路！”

“于姐姐不是妖女，不是奸人一路的！”王嬿听三哥好几次说妖女，小嘴早已噘得老高，但因不争气的眼泪总想往外涌，把话憋住了。这会儿终于憋不住了。

王安申斥，"你懂得什么！"

"就懂得！"王嬿不肯相让，"就懂得！"

"好好，懂得，乖女儿什么都懂得，嘿嘿。"王莽抱起她，轻轻拍着，满堂走动。王嬿瞪了王安一眼，"哼！"王安也不肯相让，回瞪她一眼。兄妹俩的情态天真有趣，他不禁绽出一个微笑，心头的阴霾也随风飞散。他觉得三儿经受了地牢折磨成熟了，见识比以前高明多了。孙复与馆陶公主是一路的，应该没有怀疑。孙复的激烈行为，说到底是阻挠他进宫，挽救馆陶公主的失败。他与他们的冲突不是私人恩怨，而是尖锐严肃的政争，是捍卫大汉社稷与窃夺大汉社稷的政争！自己犯得上耿耿在心吗？片刻间，王嬿的笑声银铃般在堂上响起，他的笑容也暖如春风了。

护军副都尉戴级上堂禀报："刘大人中堂候见。"

王莽放下女儿，向中堂走去。

刘歆拱手，"我刚从平府来。"王莽见他满脸红酡，醉眼陶然，看得出在平府饮了酒，"可夫途中没遇到什么事吧？"说罢暗暗叫苦，怎么问出这样愚蠢的话。这不恰恰表明心中有鬼而疑神疑鬼吗？谁知刘歆拊掌大笑：

"巧了！可夫也叫子骏叩问巨君兄：途中没遇到什么事吧？"

王莽心头震惊，莫非平晏真有先见之明，早已预见白鹿原那一幕了？目光一凝，咧嘴笑了，"啊嗬嗬，有趣，不约而同呢。"刘歆也笑，"这叫心意相通，神思合一，实属不易哪。"他连说了几个"不易"，不觉谈兴大发，谈屑四溅：

"泛泛之交见面，先问安后问事，开口头一句话千篇一律，一猜就猜着；尊长见面，只问事不问安，只要知道什么事，开口头一句话也不难猜到；知交好友见面又问安又问事，开口头一句话因人而异，因事而异，五花八门，无法猜度。今日巨君兄与可夫开口问出同一句话，若非心有灵犀，怎会这般凑巧？"

王莽见他竟如酒徒那般酒后饶舌，不无讽刺，"嘿嘿，伯兄学问大，讲究也多，什么事都能说出一套套来。"

"不不，我哪有这能耐？" 刘歆顿了顿，"言为心声。巨君兄这一问，恕我妄臆，巨君兄大约在途中遇见了什么事吧？"王莽怯于承认，反问，"这么说，可夫在途中遇见什么事了？"刘歆说：

"不错。"

莫非平晏在途中也遇见了孙复？神前驱除的厉鬼，又血淋淋浮现到眼前。王莽的心悬了起来，失声叫了，"啊！"

"可夫在途中遇上的事，说奇吧？不奇；说不奇吧，可平中见奇，怪有意思的。"刘歆嘿嘿笑了一阵：

"可夫乘车路过白鹿原，有个猎户小儿，大约十四五岁，套住了一只刍兽，分不清是狼崽还是狗崽，坐在路上痛哭。可夫觉得奇怪，分不清有什么打紧，哭什么呢？下车劝他抱回家让大人瞧瞧，不就分清了？没曾想小儿哭得更厉害了。小儿说：他父亲被狼吃了，他们兄弟发誓要杀死原上所有的狼。去年他兄弟套住了一只刍兽，就是因为分不清抱回家给他看。

他说像狼崽，兄弟说像狗崽。听兄弟一说，越看越不像狼崽，就把它圈起来养。谁知它是一只狼崽，半夜里母狼找来了，把兄弟吃了。可夫说，管它狼崽狗崽，烹而食之，岂不省事？小儿说他们猎户人家视狗为恩人，不兴吃狗的。可夫说，那就卖给我吧。小儿不要钱，把乌兽送给了他。这不，兄第我好口腹，与可夫围炉享用。那个香啊，香人一筋斗！吃得我酒醉饭饱，大快朵颐啊。"

王莽瞠目望着他，思绪何止万千！他实在分不清刘歆说的是真事还有寓言，是趣谈还是箴言。即便是真事或趣谈，经刘歆这一说，也变成了箴言寓言。这个故事无非警示他，在分不清狗崽狼崽的情况下，错放了狼崽就要付出血的代价。所以不管狗崽狼崽，一概"烹而食之"。这个警示针对什么？狗崽狼崽影射什么，他不能确定，但与白鹿原惨剧有关则可确定无疑。看来，平晏已经知道白鹿原惨剧了。莫非他长了神眼，开了天目不成？

"伯兄前来就是来讲这故事的？馋我不是？喝酒吃肉也不告诉兄弟一声，哼哼。"王莽假意嗔怪。刘歆歉意笑笑，"子骏与可夫倒是想到贤兄来着，只是贤兄进宫去了。离京这么多天，军国大事想必撂成了堆等着兄长呢，嘿嘿……"王莽挥手，"好了，吃得油嘴滑舌，说得也油嘴滑舌，今日来有什么事吧？"

"怎么说呢？巨君兄这次返京，扭转了局势，安定了朝纲，可以说万事顺遂。不过贤兄恐怕高兴不起来。不惟高兴不起来，忧心恐怕更重。"王莽重重叹了一声，刘歆说："贤兄担忧的，子骏与可夫妄自揣度，大概就是驻留阴伏谷这档子事了。这件事马虎不得，风声鹤唳也不得；时时得留意，可又不能事事都疑心。弄得不好会成为贤兄一块心病，不知贤兄可有去疑解虑之策？"

王莽反问："是不是有人已经知道愚兄违旨驻留的事了？"

"不会吧。"

"不会？"王莽定睛望着他，"颜平那些貂铛呢？谁能担保他们不会察知愚兄的行藏？他们是死人？"

"贤兄真有先见之明。"刘歆再次拊掌大笑，"子骏刚刚接到廉丹报告，颜平那些貂铛已经成了死人。十三个全被流寇杀死，无一幸免。"

世上巧事多多，哪有这般巧的？战争期间，前线常有"杀使抗命"的事情发生。军中有些将领不愿接受朝廷旨意或上司命令，就把传令的使者杀死，暴尸荒野，谎称被敌军或流寇杀死，自己不曾接到旨令，借此掩盖抗拒上命的罪行。会不会是这样？希望不是这样。但不管怎样，他的心安稳了许多，"可夫既知愚兄所疑所虑，怎不前来与愚兄商议？"刘歆从怀中摸出一束竹简说：

"可夫有策在此，请贤兄定夺。"

"啊嘀嘀，伯兄是信使。" 王莽展开竹简，上面写着：

"令戴级及随行八名护军速赴山东。"

他的心倏然一动，戴级及随行八名护军是白鹿原惨剧的目击者。让他们"速赴山东"远离长安，自然是"去疑解虑"之策了。

刘歆说："贤兄如觉可行，即令戴级前往平府，可夫还要对他面授机宜。"

"好吧。可夫凡事看得远，看得透。"王莽口里说着，心里又在犯疑，戴级等人离京远去，只不过暂时"去疑解虑"，心病还是心病。近日他常常感到自己的生活脱离了固有的航道，驶进了自己全然未知的水域。眼看丽日晴空，突然来了风暴；前面波平浪阔，水下却潜伏急流险滩。唉，暂时离去就暂时离去吧，至少暂时无虑；以后的事以后再说吧。

过了一个多时辰，戴级从平府归来，带回两卷竹简呈与王莽，"平公子吩咐，请大司马过目后，泥封下达。"古代书信及旨令防止外人偷看，用泥将竹简封住，并在泥上加盖印章称"泥封"。王莽接到手里，两卷竹简都未加泥封，展开来看，一卷是给戴级的手令：

"敕令将所带护军及前此赴山东护军，计三十二名，与都尉蔺苞密商，于战地秘密处死，以战死报大司马府，不得有误。"另一卷是给王临的手令：

"回京前将戴级秘密处死，不得有误。"

王莽心头猛震，毛发竦动，神情凝重逼视戴级，见他毫无异样，慢慢收摄心神，指着一卷竹简温言说："这是平公子给你的手令。你都看过了吧？有什么想法你说出来，老夫自有主张。"

戴级躬身，"平公子没叫属下看，属下不曾看。"

王莽定睛望着他，戴级躬身站着一动也不动，看来他确实没看。"那……"王莽随手把两卷竹简放在案上，抚须沉吟良久，"平公子召你进府，面授机宜，都说了些什么？"

戴级说："平公子收集了许多山东民谣和传说，都是颂扬大司马巡抚山东剿灭盗匪的。他预料四公子凯旋之日不远了，敕令属下带领护军速往山东，让护军扮成农樵渔商各色人等于田间地头、茶楼酒肆，广为传播。凯旋之后，朝廷必派采风谒者前往山东采风，大司马的功业就可上达天阙，流布四方了。"

骗了还要骗，一骗到底。而且骗中有骗，计中有计，王莽不知说什么才好。既可让戴级和护军广布他的"功业"，又可于分散中一一诛戮。然而……谁叫这些人知道他的秘密？知道秘密的人活在世上该有多危险啊。怪不得哟，怪不得平晏起杀心要杀他们。然而……他们无辜啊。

"请问大司马，属下何时起程？"

王莽不置可否挥挥手，示意他退下，独自在堂前徘徊。

日落时分，晚霞像火一样燃烧，天空还很明亮。暮霭好像从中堂冒出来，扩散到阶下的花坛，缓缓聚合在庭院下面，冉冉上升，与天光汇合交融。这时，庭院上空飞过一群又一群麻雀和乌鸦，有些落在屋檐上，叽叽喳喳叫个不停。不知什么时候，麻雀和乌鸦飞走了，暮霭已经在庭院上空合拢。戴级到堂上点灯，王莽手一抬，让他退下。天上没看见月亮，只有几颗稀疏的星，很快，眨巴眼睛那么一下功夫，屋里屋外变成黑沉沉的夜色了。他走走停停，堂上堂下不知走了多少圈，心里还是拿不定主意。四周静极了，远处传来梆梆更鼓声，他向堂上一瞥，发现有几个黑影在那里屏气站着。他知道他们是谁，也知道他们会米，还知道他们为何而来，心里更加烦乱懒得理会，继续踱自己的步。他不开口，他们也不敢开口，这么挨着挨着，挨了很长时间，实在过意不去了：

"都从平府来？"

"是。"

"听到狼崽故事了？"

"是。"

"大概还吃了残羹吧？"

　　几个人不作声了。

　　"孙复的事都知道了？"

　　"孙复？不知道啊。"黑暗中，这是王邑的声音。"孙胖子出了什么事？"这是王舜的声音。还是王寻比较老实，急切之情溢于言表，"平公子没对我等说孙复的事，他叫我等请二哥当机立断，速派戴级等人前往山东，否则夜长梦多坏了大事。"

　　"夜长梦多！哼哼。"王莽对着黑影冷笑。"这么说，两道手令，尔等已经知道了？"

　　"不知道。"王寻说。"只听平公子说，两道手令可保住二哥的秘密，不知为何叫二哥压下了。平公子很着急，一再说如不决断，会误大事的。"

　　王莽又扑朔迷离了，平晏究竟知不知道白鹿原发生的事？这个人说话一向滴水不漏，倒是自己心虚，一下子把孙复冒出来了。他叫了声："掌灯！"

　　四人就坐之后，王邑说："二哥，当断不断，反受其乱。平公子说，令戴级速往山东，刻不容缓。小弟真不明白二哥犹豫什么。"

　　"什么当断不断，你知道什么！"王莽呵斥。"你要愚兄怎样断？"

“小弟不知。”王邑阴凄凄的眼睛缩进浓眉中去了。

“你既不知，跟着瞎吵吵什么！”王莽继续呵斥。心里却暗暗叹服，这个平晏真够能的！没把缘由告诉他的三个堂兄弟，就把他的三个堂兄弟驱使来为他说项，威望之高恐怕远在自己之上呢。

三人见他生气，缄住了口。良久，王舜说：“前一阵子，立君之事宗室争得不可开交，大臣斗得不可开交，二哥突然返京扭转了政局。如果巡抚山东的事泄露出去，政局逆转将更加剧烈。那时真不知会发生什么事……”

是啊，泄露不得啊，不单在座的官爵不能保全，他们的姑母太皇太后陛下也不得不拱手让权了。

他终于确信平晏已经知道白鹿原发生的惨剧了，消息走露的途径只有一个：那就是他身边的护军。今日平晏差刘歆来，又差他三个堂兄弟来，无非转弯摸角把这个信息传递给他，而且意志执拗坚定。事情明摆着，既然身边的护军可以泄露给平晏，同样可以泄露给外人；既然白鹿原的事可以泄露出去，巡抚山东的事同样可以泄露出去。不管狗崽狼崽，一概“烹而食之”，血啊，血啊，他手上从未沾过无辜者鲜血啊，这下恐怕不能不沾了。然而舍此又有什么良方呢？

形势确实很严峻，他必须做出决断。

"唉！"他长长叹了口气。孙复在白鹿原劝他回头，他觉得已经晚了。回想起来孙复说得不错，那时还不算晚，现在可真晚了，想回头都来不及了。他取出一卷竹简递给王舜："此议不妥，退给可夫。如果他仍有异议，明日可来面议。至于戴级，明日即令起程。"

"是。"三人告辞离去。

他又空落了。三十二条人命就这么勾销了？仁者爱人，仁人之心何在？然而这能怨他吗？为人臣子，君大如天，国大如天，君国大义大于一己之仁，三十二条人命难道大于君大于国吗？

夜深了，一点睡意也没有。戴级走来禀报："平公子来了。"

"啊！"王莽低喟一声。惊诧间平晏已经快步走来，当堂叩拜，"叩见主公。"

主公！

平晏叩头，“从今日起，仆进大司马府入幕为宾，追随主公左右效犬马之劳。”王莽慌忙把他搀起：“你我兄弟，怎么这般说话！是不是愚兄退回你的竹简，兄弟外道了？”平晏说：“当疑者疑之，不当疑者信之，是为明智；疑者速去，信者立用，是为明断；当杀者一个不留，不当杀者一个不杀，是为明典；叫仆感佩万分。”王莽这才知道，两封竹简是对他的试探，心里覆上一层阴影，口里却亲昵嗔责，“你瞅瞅，越说越客气了，这不是生分是什么？”平晏说：“人生在世得遇明主，庆幸犹恐不及，何言生分？”王莽连连说：“不可以不可以，你我还是兄弟相称为好。”平晏说：“名不正则言不顺，言不顺则事不成。”

“不成，不成。”王莽依旧推辞；平晏又跪了下去，“主公如不应允，仆长跪不起。”王莽只好说：“贤弟抬举，愚兄实在却之不恭，受之有愧。”

平晏站起，“敢问主公，深夜不眠，可是为白鹿原遇见孙复惊惧不安？”王莽老实说：“正是。”平晏说：“只要八名护军永远缄默，主公即可高枕无忧。相信世上再无人提及此事。”王莽沉吟有顷：

　　"立夫呢？莫非他死了……"

　　"孙复无论是死是活，绝不会再提此事。"平晏说："孙复看上去玩世不恭，其实自视甚高。发现自己料……事不准，必愧疚有加。隐讳犹恐不及，怎会四处宣扬？"他原意说"料人不准"，这不是指着瘌痢骂秃子？于是顿了顿，临时改为"料事不准"。

　　"难道只有孙立夫一人知道？"

　　"不错。孙复为人一向独来独往，他与主公友善，但不与主公结为朋党；同样他与彭宣氾胜友善，也不会与彭宣氾胜结为朋党。"

　　王莽不禁抚须颔首，有些道理其实很浅显很明白，如果彭宣氾胜知道他驻留阴伏谷，岂不早已满城风雨？

　　"大丈夫在世，当建功立业，名垂青史。然古往今来，青史留名者有几名？莫非青史之外再无丈夫？不，时也，势也。飞龙乘云，腾蛇游雾。云兴雾起之期，则为时；云雾则为势。云兴不飞为失时，无雾可游为乏势，一旦云罢雾霁，龙蛇与蚯蚓就没有两样了。"

王莽笼着胡须，头颅微微转动。那模样仿佛把对方的话放在心中吟诵，这是对交谈者的激赏。其实人心的交合，与其说靠话语，不如说靠交谈时的神态以及这类熨贴人心的动作。

"主公时至势成，就看主公作腾空一跃了。汉室不祥，二世无嗣，太皇太后陛下所立者必为幼君。"

"为何必为幼君？"王莽问，"孝文皇帝、孝宣皇帝、孝哀皇帝，大汉三朝所立，皆非幼君。"

平晏说："孝文皇帝、孝宣皇帝即位之时，宫中没有强势皇后，她们即便想立幼君能如愿吗？孝哀皇帝即位之时，宫中虽有雄踞数十年的太皇太后，但因朝中大臣被人收买难以如愿。恰恰因为孝哀皇帝在位时种种遭遇，太皇太后陛下必立幼君。"

王莽连连点头。孝哀皇帝登基后傅昭仪作威作福，太皇太后陛下受尽欺凌，不得不深居简出，避祸深宫，殷鉴不远啊。

平晏说："太皇太后陛下春秋已高，有心临朝，无力执政。这正是成霍光之功，就周公之业，百年难遇的大好时机。不知主公留意了没有？"

王莽连连摇头，"愚兄从无觊觎权位之心。"

"主公不闻老子之言？以其无私，故能成其私？正是因为主公修身立德，从无觊觎权位之心，所以美誉遍天下，诚信布朝中。主公之行，天下仰之；主公之言，兆亿从之。一旦幼君登基，太皇太后陛下临朝，不难想象，太皇太后陛下倚重者必为主公。这正是龙飞之云，蛇腾之雾，大丈夫能不乘云游雾大展鸿图？"

王莽默默站起，走到窗边，这时下弦月已经挂在东方，后半夜了。夜风很凉，露气袭人，但他的心很热。吹到身上，倒是一种令人亢奋的刺激。

"龙飞之日，大海翻涌，鱼鳖为之死亡；蛇腾之时，风雷激荡，草木为之摧折。造化使然，气运使然，劫数使然，虽圣君贤臣体恤生灵，也在所难免。武王伐纣，血流漂杵；楚汉之争，白骨山积。仆知道，王公仍为三十几个护军之无辜死亡耿耿于怀，这就大可不必了。而今太皇太后陛下已将立君大计交托给主公，行拥立之事，建襁褓之功，这是百年难遇的机遇。"平晏娓娓言说。

"是啊，悠悠万事，莫此为大！"王莽回应。

平晏说："联合孔光，大计可成。"

王莽默默回到座位坐下。

二十一　慈恩殿太后受《九如》　未央宫幼君桃大统

　　孔府中门洞开，孔光当街伫立。一辆乘舆开来，王莽下车，躬着腰张开双袖踏着碎步前趋。孔光也做出同样姿势迎上去，二人都如飞鸟张开翅膀对趋。这是庙堂朝会、祭祀盛典上的行走姿势，表示谦卑与敬畏。相隔五六步，二人同时对拜同时直身，四目相对互致问候。

　　"大司马请。"

　　"丞相请。"

　　"大司马是贵客，大司马先请。"

　　"丞相是尊长，丞相先请。"

　　二人你谦我让了一阵，孔光上前执着他的手，"谦谦君子，德懋光大。"

　　"与丞相携手并进，幸何如之！"王莽紧握他的手。

　　二人缓步走着，庭院中有两棵槐树，高大挺拔。

王莽说："古木参天，威仪棣棣；槐铉之任，镇地擎天。"

孔光说："同朝同列，槐鼎汉室，共励共勉吧。"

殷周朝会不时在野外举行，称为外朝。外朝的处所种有槐树和棘树，用以分别官员的品秩。三公立于槐树下，卿大夫立于棘树下。槐象征最高品秩；王莽称孔光为"槐铉"，孔光称王莽为"槐鼎"。鼎，三足，"槐鼎"比喻三公；铉，状如钩，是举鼎用器，"槐铉"比喻首辅。

进入中堂，分宾主坐定，孔光说："大司马戎马倥偬，拨冗光临，寒舍蓬荜生辉。"王莽说："丞相一言出而天下服，一言定而天下从，学生岂有不来求言之理？"孔光口称惭愧，"大司马功高德崇，众望所归。近日巡抚山东又立新功，老夫倒应唯大司马马首是瞻。"王莽说："丞相老成谋国，镇安全局，若论德，丞相最高；若论功，丞相最大。即以近日有人大闹中黄门而论，丞相冷眼相向就没人敢轻举妄动了。"孔光说："大司马待人，有如春风送暖，但谬誉过盛，老夫赧颜哪。"

二人又你谦我让了好一阵子，王莽指着槐枝上一只鸟儿，"小鸟啾啾，学生想起近日诵读的《鹊巢》之篇，获益良多啊。诵之再三，叹之再三，越诵越有韵味，越叹越受启迪啊，嘿嘿，不知丞相可有同感？"撇开立君之事，大谈《鹊巢》之篇，显然借题发挥，含有深意。

孔光拢须思忖片刻，领会王莽把"鹊巢"象征王位皇权，隐含试探之意，微微一笑。

王莽说："只是诗的首句，历来多有歧义，尚祈教正。"

诗的首句："维鹊有巢，维鸠居之。"《鹊巢》篇把出嫁的女子比喻为"鸠"，把夫家比喻为"鹊巢"。诗的本义是说女子出嫁，没被夫家逐出或退回，而被夫家接纳，在夫家"占"下了，含有喜庆之意；但历来不少人把这句诗诠释为"鸠占鹊巢"。意思是鸠把鹊赶走，占据鹊的巢为自己的巢，含有"霸占"之意。《鹊巢》篇歧义由此产生。

官场有官场的灵犀，只需那么一点就声息相通了。王莽的意思，把"鸠"比喻新君，把"鹊巢"比喻太皇太后陛下实际控制的皇权。暗示所立新君，如果被太皇太后陛下接纳，那就皆大欢喜；如果像"鸠占鹊巢"那样，把太皇太后陛下逐出权力中心，事情恐怕办不成。这是拥立新君必须首先考量的问题，也是朝廷纷争症结之所在。。

"歧义终究是歧义，不足为凭啊。" 孔光回应，"鸠鹊同巢，天下共庆，方为圣祖之意。"《诗》三百篇，孔子编选。身为孔子十四世孙，自然以维护孔子诠释权为已任。孔光旋即切入正题："承蒙太皇太后陛下宠信，议立新君，愿与大司马齐心协力把太皇太后陛下交办之事做得上应圣意，下顺舆情。" 他的话看似套话，其实点出了"圣意"、"舆情"两大要素。孔光既然考虑到了二者，也就表明新君人选胸有成竹了。

王莽与平晏讨论了一夜，自然也有腹案。但他为人谨慎，对方没有表明意见，自己绝不先说。他拱拱手，"丞相所言极是。学生下车伊始，上不知太皇太后陛下圣意，下不知朝野舆情，务请丞相开导。"

"不敢。"孔光还礼，"人心难测，海水难量，何况天高地远之圣意？我辈凡天俗子岂能揣度？"揣度圣意是一种"不臣"行为，先予撇清，然后字斟句酌，"圣意不可度，圣虑却可循。不知大司马以为然否？"经过一番铺垫，他撇开"圣意"而谈"圣虑"，如同剥茧抽丝那样，内含之意隐约表露出来了。圣之所"虑"，不就是"鹊巢鸠占"，大权旁落吗？

说了半天又回到原点。像磨磨似的，磨来磨去，把话磨得更细，便于双方咀嚼，便于对方吸收，心意越发磨合了。

二人又议论"舆情"，孔光说："大司马，你我灵犀相通，何不将腹案各书简上，以博一笑。"

家人取出两片木牍，二人各书一片，亮出一看，都是中山孝王，二人仰面大笑。

中山孝王刘衎，现年九岁，祖母冯昭仪与太皇太后陛下同事汉元帝刘奭，是汉元帝刘奭仅存的嫡亲孙儿。

"丞相神目如炬，佩服。"

马蹄得得，王莽坐着乘舆跟在孔光车后向皇宫驶去。刚才的会谈，几乎全都按照平晏预想的轨道进行，十分顺利。作为人臣，主导新君的确定，无疑是名垂青史的勋功，百年难遇的伟业。此刻他与孔光一同前去面圣，就是奔赴那个辉煌的历史时刻。平晏说得好啊，飞龙乘云，腾蛇游雾，到了他腾飞一跃的时候了。

轻寒拂面，神情清爽。街上熙来攘去，行人如织，他凭轼而立，风儿飘举长须，丝丝绺绺袅着面颊，痒痒的，惬意极了。为什么古人把秋风称为金风？有意思，嘿嘿。秋风虽然吹黄了草木，吹落了树叶，不也吹熟了庄稼，吹熟了果实吗？何必嗟叹月残霜白的萧索，这会儿丽日斜晖，不是风清气爽的煦和吗？

二人直奔尚书台，尚书令姚恂亲自陪同他们前往长信宫。慈恩殿上，听罢他俩的上奏，王政君说："你俩推举中山孝王衍儿？"

刘衍是冯昭仪之孙，五十年前的往事又浮现出来。说起来，当年她能保住皇后位置，得享今日尊荣，还多亏冯昭仪呢。

建昭年间，傅昭仪得宠，眼看要取代王政君皇后之位，一件突发事件终止了这一进程。一天，元帝刘奭带领后妃到"虎圈"观看猛兽搏斗。一只大黑熊与猛虎恶斗时，突然跳出栅栏，跃上观赏台，直扑元帝刘骜。傅昭仪与一群宫女吓得四散奔逃，冯昭仪却冲上去站在刘骜前面，挡住大黑熊去路。大黑熊见有人来挡，兀自一惊。就这么一忽儿，后面的武士赶到，刀枪齐出，结果了大黑熊性命。刘骜吓呆了，瘫坐在那里。当时没有奔逃的还有王政君，是不是吓呆了不知动弹了？没有人知道。她一直坐在刘骜身边，一动也不动。就因为这件事，傅昭仪失宠，没能做上皇后。

冯昭仪成了一代义妃，四年前傅昭仪气焰正炽，为泄虎圈之忿，挟嫌诬陷，冯昭仪被迫自缢了。

"衍儿不妥吧，从小体弱多病，听说还有眚病。皇上大行，上表奏称病了，没有进京奔丧。"王政君说。

眚病名叫肝厥，发病时口唇、手足指甲发青。

孔光奏言，"老臣查阅医书，特意请教太医，眚病并非不治之症，细细调养，长大后可望不再发病。"王政君调头，何闳宣呼，"传太医令季林！"

太医令卓明自杀后，季林接任太医令。上殿说的与孔光无异，王政君问，"可保长寿？"季林答不上来了。王政君叹息，"莫非二卿叫我大汉又临一个短命之君，再逢一次无嗣之局？"

孔光王莽都不敢作声，姚恂在一旁奏言，"寿夭在天，谁能逆料？若非中山孝王，只能是望乡侯了。"王政君冷哼一声，"再无他人了？"良久，王莽回应，"臣与丞相反复筛选，只怕再无他人了。"王政君脸色阴沉端坐不语，王莽只得继续说：

"中山孝王外家单薄……"

刘衎出生不久，他的父亲中山王刘兴就死了。他与寡母卫姬相依为命。卫姬出身小户人家，善歌舞受幸于刘兴。外家只有舅舅卫宝、卫玄二人，门单祚薄，人丁稀少。

王政君没作声，大殿一阵死寂。看得出她虽然别无选择，仍有许多疑虑未解，好在平晏早有破解之策。

王莽说："若太皇太后陛下担心弱子悍母外戚干政，则令卫姬不得进宫伴驾，卫宝卫玄不得进京为官。卫氏俱留中山，祭守中山王陵。"

正如平晏预料的那样，话一出口满座皆惊。素以仁孝著称天下的王莽，怎会说出这样悖逆的话来！

　　"这……这怎么可以！"王政君直摇头，"母子分居，舅甥生离，有违孝道，有悖常情，说都说不出口，怎可施行？不怕后世垢骂？"

　　"孝武皇帝杀钩弋夫人而立昭帝，可为先例。"孔光说："莫非……我朝要效孝武诛母而立子？"

　　汉武帝刘彻临终之时，膝下只剩一子，年仅八岁，叫刘弗陵。其母赵捷抒，人称钩弋夫人，也不过二十四五岁。武帝担心弗陵即位后，钩弋夫人专权无人能制，令人先杀了钩弋夫人，再立弗陵为太子。钩弋夫人死后两天，汉武帝就死了。弗陵即位，是为昭帝。

　　孔光说："孝武皇帝与钩弋夫人情深意笃，但为大汉江山社稷着想，不得已行此绝情一诛。"

　　孝武皇帝这一诛，并非"绝"情，"绝"的是后妃专政，外戚擅权。这段血淋淋历史，王政君面色更加不悦。此刻他们议的是防止后妃专政，外戚擅权，而今不正是后妃要专政，外戚要擅权吗？只不过王氏提防卫氏而已。

　　王莽叩拜，"现有一策，乃长安贤公子平晏所拟。臣以为智珠独运，可解眼下之急，可杜万世之厄，请太皇太后陛下御览。”说着从怀中掏出一卷竹简呈了上去。王政君展开仔细看了看：

“铁卷丹书，著之秘阁，以为后世之则？这个平晏的主意，看上去还不错。”说罢递与孔光，“丞相以为如何？”

平晏在简策中建言，从此之后，一旦君主绝嗣，入嗣之君若在冲龄，皆由皇太后或太皇太后养育，其生母不得入官陪伴，更不得干预朝政。为此他主张：

“铁卷丹书，惟皇作极，我朝伊始，后世之则。”

这种隔离母子的主张，显然有悖孝道，属于那种“说都说不出口”的话。然而许多“说都说不出口”的话，一旦明文规定，著之典籍，就冠冕堂皇变成亘古不移的铁则了。宫中这类规定可以说多如牛毛。譬如为杜绝秽乱宫帏，皇子年过十一岁，若无传诏不得擅自进入长乐宫，生母难得见上一面；再譬如嫔妃宫女如无皇上旨意不得出宫，更不用说回家会见父母兄弟了，一生一世幽闭宫中，不得与任何健全男人接触。不同样隔绝人伦吗？这些规定在周朝就存在了，少说也有千年，而今已成亘古不移的“铁则”。

孔光应和，"若用此策，从此入嗣之冲龄幼君，皆可免除悍妇之淫威，外戚之祸害了。不但利于当代，而且功及后世，不啻本朝一大善举。"

姚恂在一旁也极口称赞："启奏太皇太后陛下，此策大妙！铁卷之立，大汉当可长治久安传之万世了。"

"这……"王政君已为这一奇想所动，但疑虑尚多拿不定主意。"我朝以孝治国，后世又将如何看，容朕再想想。"调头问，"这个平晏与故相平当有何渊源？"

王莽回奏，"正是故相平当之公子。"

王政君说："原来是故人之子，是个人才，日后恐不在平当之下，明日带他进宫，朕有话问他。"

第二天，王莽带平晏进入长信宫，白皙的面容，秀颀的身材，晶莹的双眸，红润的嘴唇，宛若妇人好女，王政君见了，龙心大快。

"平卿之策，平中见巧，巧中见实，大获朕心。"王政君和颜悦色。"只是这规矩恐遭物议。"

　　平晏早已洞悉王政君的担心，这"规矩"是为防止后妃干政，立这"规矩"的人恰恰是一个干政的后妃。这岂不成了只许自己干政不许别人干政的"私规偏矩"？

　　"太皇太后陛下勿虑，规矩之立，只要因其时因其事即无物议。所谓时，乃不得不立之时。汉室不祥，二世无嗣。孝哀皇帝之立，只因向无'规矩'，傅昭仪干政，傅氏擅权。而今又临立嗣，前车之覆，后车之鉴，岂可一覆再覆？这就是'规矩'不得不立之时；所谓事，乃不得不立之事。冲龄幼君，谁来养育？生母养育，必将重蹈覆辙；皇太后或太皇太后养育，则可继往开来。无规矩无以成方圆，因时因事而立，天经地义。好事之徒非议，由他去吧。只要出自公心，利于社稷，清者自清。"

　　"有理。"王政君微笑颔首，"不过，隔绝母子，而且是人君之母！每念及此，朕不胜惶惑。"

　　"正因为人君之母，非同寻常，所以必须立下规矩。皇家和，天下和；皇家安，天下安。皇家非寻常人家，皇家规矩非寻常人家规炬。皇家'孝道'非寻常人家孝道，皇家'亲情'亦世俗亲情。寻常人家父子兄弟聚于一室，讲究父慈子孝，兄友弟恭；皇家父子兄弟分散全国，讲究屏藩皇室，拱卫社稷。如无传诏，不得进京。这些行之有年的规矩，谁说隔离父子断绝兄弟了？"

"是啊，不同寻常啊。"王政君吟咏似的，"皇家规矩不可以寻常规矩衡量。是啊，是这个道理……"

"铁卷丹书，著之秘阁，卫姬卫宝卫玄皆留中山就名正言顺了。任何人不得有所异议。我朝开青史先河，必可垂范后世。"

"好吧，依卿之策吧。若有铁卷，立衍儿为君，当无大碍了。只是衍儿患有眚症……" 王政君顿住了，长长叹了口气，"唉，事无十全十美之事，人无十全十美之人，越求完美，越不完美。这是定数啊，眼下也只好这样了。垂范后世啊，朕不敢想，唉。"她又一声叹息，不意把弦外之音也叹出来了。立刘衍为君名正言顺，当前危机可以消弭，政敌的挑战可以粉碎；加上铁卷，大权也不致旁落；只是刘衍患有眚症，不一定能够长寿，不是帝君合适人选。然而事情阴错阳差，闹到这地步也只有这样了。会不会又临一个短命之君，再逢一次无嗣之局？以后的事以后再说吧。

她回忆说："你父亲当年任长信少府，常在朕侧。今日见到你，音容宛在，如同见到你父亲。当年朕主长信，你父亲曾为长信少府，今朕主政，你就为长乐少府吧。"少府是掌管后宫人员、文书、钱财、舆马的官员，是一个跟随太皇太后陛下左右的显赫人物。

"谢太皇太后陛下隆恩。"平晏拜谢，与王莽退了出去。

朝会之日，孔光以三公名义提出迎立中山孝王刘衎，光禄大夫刘歆等三十余人一齐出班咐议，朝中再无反对之声。那天不但彭宣没上朝，氾胜之也没上朝，谁还敢伸头提出异议？王政君当廷诏令车骑将军王舜、左将军甄丰、奉车都尉甄邯前往中山接驾，把刘衎迎到京城。

二十天后，一个孩童头戴金色王冠，身穿缕金盘龙红袍，跨进了慈恩殿。没走几步就撇开花团锦簇也似的从人，高呼"皇祖母"，张开双臂向前奔跑，身上的环佩一路叮当作响。身后的从人，两侧的宫女都吓住了。觐见的礼仪演习了一遍又一遍，谁知临到觐见却把礼仪抛到脑后，径直撒腿乱跑。她们喊又不敢喊，拦又不敢拦，屏住气不敢出声。

慈恩殿长百步，金砖铺地，光可鉴人。卟，孩童跌倒在地上。一个女史上前去搀，他爬起来叫，"别拽寡人，寡人要见皇祖母！"说着又往前跑。女史不敢上前去追，埋下头原地跪下了。

他跑到丹陛下面，身子一翻爬了上去，扑到王政君身上，抱住她的双膝，仰面直勾勾盯着她的脸。王政君心中不悦，眉尖一蹙。也许在他面容显现出了故人熟悉的旧影，也许从他眸子流露出了至亲纯真的依恋，王政君迟疑了一下，喊了一声"衍儿"，张手去揽他。他的身形却往下一滑，跪在她脚下磕起头来。

他就是中山孝王刘兴之子中山王刘衍。眉清目秀，面色红润，身形灵敏活泼，愣头愣脑的，看不出有什么病症，大大出乎王政君意料。"快起来。"她伸手去搀。

刘衍抬起头，"臣孙还没行完礼呢。"

　　"行完了，行完了。"王政君笑着，"起来吧。"

　　"皇祖母笑了！啊，皇祖母笑了！"刘衎拍着手儿，兴高采烈跳起来，神情极其认真，"臣孙要给皇祖母唱'九如'之歌，可好听可好听了！这是臣孙从小的心愿。"

　　"'九如'之歌？"王政君定睛望着他，心里起疑：小小年纪，一点不怯生，抛开繁褥礼仪直上丹陛，扑到她怀里。一副旁若无人的样子，这是谁教的，那个善歌善舞的卫姬？心里警省，脸上笑意却更浓了，"你多大啊？还从小呢。"

　　刘衎说："臣孙小时候常问臣母，别人都有祖母，寡人怎没祖母？臣母说，臣祖母上天去了。臣孙吵着上天去找祖母，后来臣孙大了，知道祖母薨了，臣孙很伤心。臣母说，臣孙还有一个祖母，在京城未央宫呢。臣孙不信，臣母说，臣孙是皇孙，与寻常人不一样，除了亲祖母，还有一个皇祖母。"

　　"不错，衎儿还有一个皇祖母。"王政君眉飞眼笑，"皇祖母像亲祖母一样疼衎儿。"刘衎说："真的？"王政君说："当然是真的呐。"刘衎鼓起嘴，"骗人！"王政君说："朕怎骗你了？"刘衎说：

"皇祖母为啥不把臣孙接进未央宫来玩？"王政君说："朕管天下大事，事情太多，小孩子不可以打扰。只有长大了才能进未央宫，这不，朕不是把你接进宫了吗？"

刘衍说："你知道吗？臣孙有多想皇祖母！"王政君说："有多想？有天上的星星多吗？"刘衍说："当然比天上的星星多哪。"王政君有意考他，"比天上星星还多，朕倒要听听怎个多法。"刘衍说："臣孙天天想念皇祖母，夜晚对着星星想，白天没有星星对着太阳想，这比星星多不多？满天繁星想，三四颗星也想，阴天下雨没有星星也想，一年三百六十天都想，臣孙想了好几年了，比一夜的星星多不多？还有啊，臣孙做梦也想。哇！梦里的星星，比天上的星星还大还亮还多！"王政君把他搂到怀里，声青发颤，"多，多，确实多。"

刘衍趴到她耳边小声说："臣孙要告诉皇祖母一个秘密，你知道吗？今日臣孙进宫怎么想的？"王政君说："怎么想的？"刘衍说："臣孙天天想念皇祖母，天天唱'九如'之歌。臣孙想，今日见到皇祖母，皇祖母若是笑了，臣孙就当面唱'九如'之歌给她听。皇祖母若是不笑，臣孙就哭，哭它三天三夜，哭得天昏地暗，哭得皇祖母不得安生。"王政君说："啊，这么厉害！为什么呀？"刘衍振振有词，"臣孙喜欢皇祖母，皇祖母不喜欢臣孙，见到臣孙爱搭不理的，笑也不笑一下，臣孙难受死了，能不哭吗？"王政君笑了，"啊嘀嘀，这可不得了。快，快唱给朕听。"

如山如阜，如冈如陵，如川之将至，以莫之增。
如月之恒，如日之升，如南山之寿，不骞不崩。
如松柏之茂，无不尔或承。
君曰卜尔，万寿无疆。

这支歌摘录于《天保》，略加编排而成。《天保》原是一支祝福祝寿歌功颂德的吉祥歌，这么一编排就变成一支极富感情的祝寿歌了。刘衍尖着嗓子唱，虽然不那么动听，唱得却很起劲。王政君从来没听人这样唱过，暗自思忖：卫姬是个歌伎，编出歌来取悦自己，这个贱人可是聪明过了头。

刘衍却说："九'如'臣孙选了七'如'，删繁就简，一气呵成，如山之绵绵，水之涟涟，如皇祖母之万寿无疆。心想，长大之后唱给皇祖母听，祝福皇祖母万寿无疆。"王政君笑了笑，"这么说，是皇孙自己编的？"刘衎说："是啊。《诗》三百，臣孙都会唱；不信，臣孙唱《天保》皇祖母听……"说着把《天保》唱了一遍，又自信又自豪。"它有'九如'之歌好听吗？"王政君微笑，"没有。"刘衎趴到她耳边，"皇祖母与臣孙梦里见到的一样样。"

二人说了一气话，王政君令宫女带他下去歇息，把女史唤到陛前盘问。

这个女史就是陪同朝廷迎立使臣前往中山迎接刘衎进宫的宫人，年龄五十上下，进宫少说三十年了，一直在长信宫侍奉王政君，深受王政君的信任。她到中山负有特殊使命，仔细观察刘衎日常起居，脾气性格，一旦发现有什么恶习怪癖，劣迹丑行以及健康状况不宜为君，即可禀报迎立使臣，终止迎立行动。

女史说，进入中山王宫，她日夜跟刘衎在一起，没见到卫姬教他唱歌。王舜等人到达中山之前，相信卫姬不可能获悉迎立消息，不可能事先教"九如"之歌取悦太皇太后陛下。看来，刘衎没说瞎话。

今日的晤面，是对刘衍的最终测定，印象相当良好。大丧不进京吊丧，可见卫姬以及卫氏兄弟无意争夺权势，只想远离纷争，安分守己过自己的日子，更不要说觊觎王位了，这叫王政君很放心。

刘衍嘴很甜，眉宇间不时闪现冯昭仪面影，勾起王政君无限感慨，叫她又疼又爱。卫姬不跟来，好像天上给她掉下了一个孙子。前些日子对嫡孙刻骨铭心的期盼，化作了老祖母一腔慈爱心肠。她把他留在长信宫，睡在寝宫里头的暖阁，亲自负起养育之责。

元寿二年（公元前 1 年）九月，朝廷隆重举行哀帝刘欣大殓之礼。刘衍在大殓典礼上登基，大赦天下。时年九岁，是为汉平帝。

二十二　办案人办案吟《伐柯》　多情女多情剑《关雎》

大孝备矣 休德昭清高张四悬 乐克宫廷

　　丹陛大乐声中，王政君带着刘衍上朝。小小年纪身着衮冕，高踞庙堂之上，举止神态自成气象，当真贵胄天表。他很乖，很听话，不乱走动，不乱说话，偶尔插几句嘴，说得也都得体，朝臣无不悦服。

　　伪皇子案审结，鲍宣奏报，"吾皇登基，大赦天下。今案情大白，涉案宫人齐安等人已死，陆顺等十五人交掖庭处置；颜平等十三人下落不明。涉案人犯王立、杨寄、子龙等七人的罪行依律大赦，臣请即日开释。"

　　经查实，杨寄蓝枝于元延二年（公元前 10 年）十月出宫，貂铠篡改图籍，改为元延四年，延后了二年。淳于长娶许嬺为小妻，杨寄蓝枝也被淳于长从宫中弄到家中与许嬺住在一起，子龙是淳于长之子。淳于长事发后，许嬺蓝枝杨寄判为官婢。中常侍裴年曾与杨寄"配饭"，暗中做过几年"夫妻"，分外"恩爱"。裴年不忘旧情把杨寄赎出，在水巷置了一处房舍，成了他的家室。西市珠宝商人胡某给许嬺蓝枝赎了身，也安置在水巷，作为外室。不久胡某病故，许嬺蓝枝寡居水巷，杨寄与二人常有来往。哀帝刘欣驾崩，裴年声称子龙为龙子，串通中书令齐安、掖庭丞颜平等人，篡改图籍，制造假证，由红阳侯王立出面奏与太皇太后陛下。就在他们忙得不可开交的时候，许嬺蓝枝失踪了。据街邻说，她俩是一辆马车接走的。有人认出赶车的人曾给楼获赶过车，由此怀疑楼获藏匿许嬺蓝枝……

奏毕，朝廷一片颂声，王邑出列奏言，"别人皆可赦免，杨寄也可赦免，唯子龙不可赦免。若不趁此在狱中除去，日后有人图谋不轨，用以蛊惑人心，实为汉室一大隐患。"

不少人点头，班列中传出应和声。王政君问，"皇帝以为如何？"刘衍说："皇祖母没下懿旨，臣孙不知如何。"王政君说："皇帝说说自己的见地嘛。”刘衍说：“臣孙有一事不明，想问成都侯。”王政君说：“皇帝你就问吧。”

“是。”刘衍说：“成都侯，朕且问你：那子龙是神还是鬼？”小孩子家！这是个什么问题？ 王邑懵了，不敢作声。刘衍说：“朕大赦天下，这子龙在天下之中还是在天下之外？若在天下之中就应赦免；若在天下之外，请问他是神还是鬼？”

王邑哑口无言，告罪回班。

“皇帝问得好，问得有理，问得成都侯哑口无言！”王政君龙心大快，“别看我老妪孺子，可不是好欺负的，哈哈。”

刘衍进宫之后，很少提母亲和中山的事，就像这世上只有祖祖母一个亲人似的。每天晚上刘衍都跪在神龛下为祖祖母焚香祈寿，唱“九如”之歌，祝福皇祖母万寿无疆。开始王政君还当小儿心性，新鲜几天就怠惰了。谁知刘衍坚持不懈，做得极其认真。有一天玩野了，天没黑就倒在榻上睡着了，睡到半夜醒了，吵着起来到神龛焚香祈寿，怎么劝也劝不住。王政君问他，为何一定要唱“九如”之歌？刘衍说：

　　“臣孙愚钝柔弱，得继高祖大统，入主未央，全赖皇祖母之赐。臣孙除了一柱心香祈求上苍为皇祖母增福增寿，还能做什么呢？”她又问他，有这片心就够了，何必天天焚香祈寿呢？他说：“祈求上苍必须心诚。持之以恒，恒之以诚，上苍才会赐福皇祖母。”

　　这叫王政君很感动。

　　王政君常常把孔麟接进宫来陪他，两个孩子都很灵秀，一个对高祖以来各朝掌故耳熟能详，一个对孔子的教导倒背如流，各有各的“家珍”。两人对数起来，谈屑飞溅，妙语如珠，那种崇敬与自豪交织的情怀，使他们在同龄孩童中卓尔鹤立。他俩站在一起，有如南柳北杨，柔顺相近，又婀娜多姿，叫她欢喜极了。

　　“皇上圣明！”鲍宣奏请，“红阳侯王立丧心病狂，谎称孝成皇帝有嗣在世，惑乱朝廷。幸逢大赦，罪刑可免，但背义不德，应褫夺尊爵，废为庶人。”

　　朝野一度盛传子龙是王立的私生子，立子龙为君，其实是太皇太后陛下与其弟把大汉江山私相授受，变刘氏天下为王氏天下。在宗室和百官大闹中黄门的时候，王政君在馆陶公主面前心里发虚，腰杆硬不起来，原因就在这里。而今得以澄清，王政君龙心大定，满脸笑容，"皇帝宅心宽仁，饶了子龙，这红阳侯也一并饶了吧。"

刘衍反问，"这大赦天下，是不是官员犯了错，也不该免官夺爵了？"王政君说："这倒不是。"刘衍又问，"是不是一定要免官夺爵呢？"王政君说："那也不是。"刘衍说："孙儿不知该怎样了。"王政君开怀大笑，"哈哈，皇帝知之为知之，不知为不知，谦逊谨慎，胸襟坦荡，日后必为圣君。众卿以为如何？"

王政君护弟之心表露无遗，大臣纷纷出列替王立求情。王莽出列奏言，"汉室衰微，二世无嗣，太皇太后陛下代幼君统政，这本身就是皇天的惩罚，实在值得君臣上下怵惕畏惧。今后凡事都要力求公正，先天下犹恐不足，怎可因私情而枉法度？红阳侯王立的罪行因大赦赦免，但不可因大赦不加惩罚。红阳侯王立贵为皇戚，念及太皇太后陛下骨肉至亲，爵邑暂且保留，但不能让他留在京城上窜下跳，惑乱朝纲。臣以为应将红阳侯王立逐出长安，遣回封地。严词敕令安分守己，如无诏命，不得私自返京。"

"这，皇祖母……岂不连个说话的人也没有了吗？大司马不妥，不妥。"刘衍充满同情，说话大人似的。

王政君心里一酸，流下几滴泪来，"子叔……那个红阳侯啊，也太不争气了，伤透了朕的心，就按大司马说的吧，罢了，罢了。"

"遵旨。"鲍宣正要退下，王政君说："慢着，这案就这么结了？"鲍宣知道她指馆陶公主。她环视两侧朝臣。尖利的眼睛不时停在一些大臣脸上，恶狠狠盯着看，吓得他们低下头，"今日朕把话说开，让那些居心巨测的人听听。老妪不祥，死了儿子，孙子又被赵飞燕姊妹戕害，孤老一人独存世上。听到尚有嫡孙逃过赵飞燕姊妹魔掌，流落民间，且言之凿凿，能不怦然心动？禽兽尚有护犊恋犊之心，何况老妪？奸佞乘机作乱，编造谎言，淆乱视听，老妪虽未能明察于前，却也审慎于后。敕其暂住长定宫，不正是老妪稳重之处？冀其真疑其伪，忧思百结，老妪之心好苦！请问为人父母者，谁能听到嫡孙消息无动于衷？有人却利用老妪恋犊之情，兴风作浪，妄图窃取神器，其心可诛啊！"

鲍宣伏在阶下，不知如何回答。

　　"怎么？你这强项司隶，不是大嗓门、大实话、大无畏吗，哑巴了？"王政君擂案申斥，"红阳侯奸邪，你铁面无情，查得清清楚楚；别人奸邪，你就不查了？给朕查！查出他们的阴谋，查出他们的朋党，查它个水落石出，让所有奸邪暴露在光天化日之下！"那愤恨的样儿，可是撕破了老脸铁了心。

　　伪皇子败露后，馆陶公主以宗室硕果仅存的老辈身份拥立望乡侯刘信，名正言顺，很难说有什么罪愆。说她事先把证人藏匿起来，事后把证人抛出，只有楼获的说辞。可靠吗？证据何在？即便真是她把证人藏匿起来了，这件事是功还是罪？可就两说了。若非她把证人藏匿起来，恐怕早被红阳侯貂铠杀了，伪皇子岂不坐实了？汉室江山岂不落入奸人之手？说她救了汉室，保住了汉室江山也不为过，这功劳可就大了。即便不谈功吧，也是太皇太后陛下有错在先。惩办馆陶公主，太皇太后陛下除了泄忿而外，能有什么光彩？市井俚语说得好：大粪不臭挑起来臭。

　　"臣……"鲍宣抬手举向头上冠冕，看样子要摘下来，请乞骨骸告老还乡。王政君大怒，"鲍宣，你敢抗旨！”鲍宣吓得一颤，双手伏地，“臣遵旨。”
王政君断喝，“下去！”

　　鲍宣踽踽走进御史台柏林。柏树高大挺拔的树干，尖塔般直锷云天的树冠，深秋的风霜没能使它枝叶凋残，但也拂去了它那亮丽的苍翠。西斜的残阳，苍白得像一张没有血色的脸，再也无力凝聚成明媚的光束从罅隙射出，却好像被树冠簸撒回到天空，委顿地落到叶片上颤栗，树下也就昏黯一片了。远处一只鸟儿怪唳了一声，林中的阴影似乎抖幼了一下，寒气森森地罩住他那阴沉的脸。

　　有人戏谑，“人谓愁肠似柳丝，何如司隶之虬须？纠结弯曲，又乱又长。哈哈哈。”来人是侍御史吕宽。民间有柳叶如愁眉，柳丝如愁绪的说法，吕宽却用虬须打趣他。侍御史是协助大司空办案的官员，他俩共事多年，常在一起饮酒玩乐，属于那种不拘形迹的朋友。

　　鲍宣长吁一声，吕宽取笑，“啧啧，司隶大人大破伪皇子案，朝野侧目，春风得意哪，也有不遂心的事儿？”鲍宣一把拽住他的领口，“好啊，冷嘲热讽，明知故问，寻开心不是？"吕宽却拽他衣袖，"走走！愁什么，先喝它三五斗。"这个人累有奇策异谋，才具倒也不俗。且交游广泛，热心助人。鲍宣说："哪有心情饮酒啊，刚才殿上我真想乞骨骸。司隶这官做得够够的了。"吕宽潮弄，"乞骨骸？嘻嘻，皇恩浩荡啊，矫情不是？常言道，知人难，自知更难。自视过高则妄，自视过低则馁。孔子说，鱼馁而肉败，不中吃啊。"鲍宣作揖，"省省吧，是兄弟就少说风凉话，指条明道吧。"吕宽说："明道暗道，先喝三五斗再说。"鲍宣说："你真要酒喝呀？"吕宽说："不是真要，还是假要不成？"鲍宣说："晏明楼全狗席如何？"吕宽哈哈大笑，"晏明楼全狗席何如贤夫人一匙羹？"

桓少君短褐布裳亲自把盏，二人畅饮多时，吕宽笑声朗朗，"酒酣耳热，飘飘欲仙，痛快！五斗过了吧？"鲍宣满脸酒意，舌头打转，"没没，三斗刚过，才三斗！来，来，举樽！"吕宽夺下他的樽，摁住他的手，"可知民间三宝歌谣？"鲍宣摇头，"不知。"吕宽抱拳，"敢问嫂夫人。"桓少君想了想，

"雪中炭，锦上花，喝到兴头的酒。"

"说得是。"吕宽拊掌，"子都啊，你三宝在握哪。"鲍宣瞠目望着他。吕宽说："我问你，谁家在雪中，谁家在锦上，举一事谋合二家又非你司隶大人莫属。这酒还能少你司隶大人喝的吗？哈哈。"笑声一落抬腿就走。鲍宣哪里肯让，"你，你，怎么中途逃席？"吕宽说："有言在先，只喝三五斗。为人不可贪。贪杯伤身，贪财丧德，贪权丧命哪。"旋即发出一阵笑声。

鲍宣醉眼婆娑，"说些什么呀？阴阳怪气。" 桓少君卟嗤一笑，"他叫你'谋合二家'，非君莫属。嘻嘻。"谋合二家是做媒的意思。

"开什么玩笑……"鲍宣手往下一甩，身体委顿下去，不一会，响起震天鼾声。

鲍宣头戴武弁大冠，身穿大红绣袍，手提大刀，带着八名亲兵，雄纠纠，气昂昂进入大司马府。王莽把他迎进中堂，中堂上刘歆平晏等人俱在。鲍宣并不行礼，手把虬须似笑非笑咧咧嘴，"嗬，大司马高致，高朋满座啊。"王莽一拜，"子都此来，不知有何见教？"鲍宣沉着脸，"下官职司，除了办案，还能干什么？"王莽问，"不知鲍大人到寒舍要办何案？"王邑不怀好意说："是不是又来搜查抓人呀？这回可别忘了先请旨啊。"

"办案非得搜查抓人？"鲍宣立还颜色，沉声反问，旋即把大刀一举："犹如此刀可杀人，可断金，还可伐柯。"

"伐柯？"众人见他说得不伦不类，都有些奇怪。柯是斧柄，伐柯是砍斧柄。但伐柯有作媒的意思，果然，鲍宣吟唱：

"伐柯如何？匪斧不克；娶妻如何？匪媒不得。"

刘歆嘲笑，"司隶大人吟《伐柯》之篇，该不是来做媒的吧？"鲍宣说："下官奉旨办理馆陶公主一案。"那神情严肃极了，那声音威棱极了，简直义正辞严。

王莽拱手，"鲍大人办案，尽管吩咐，下官无不从命。"鲍宣大模大样说："很好。请问大司马，你家三公子可曾婚配？"王莽说："不曾。"鲍宣又说："很好。馆陶公主有女，倾国倾城；大司马有子，美仑美奂。好男美女，珠联璧合，何不玉成他们的好事？"王莽瞪大眼睛："鲍大人这是……"

"办案哪。"

"办案？"

"奉旨办案！"鲍宣的声音足可斩金截铁。

王邑阴凄凄眼睛吐出露骨的鄙夷，"鲍大人不是受馆陶公主之托吧？"鲍宣正色，"下官办案，只奉太皇太后陛下之旨，不受他人之托。"

"有你这样办案的吗？"

鲍宣沉声反问，"请问成都候，办案的目的是什么？办案的目的不就是保社稷，安臣民吗？下官这样办案，有何不可？"

见他咄咄逼人的驾势，刘歆一声朗笑，"鲍子都，难怪今日不持你那红木长矛，而掌一把大刀，真要伐柯啊！你这强项司隶，奇策奇胆，令人敬畏。"

平晏也会过意来，"妙！鲍司隶目光深远，胆识过人，一举可使百僚安，君臣和，高妙之至！"王莽猛省，仰面笑了，"啊嗬嗬。子都啊，真叫人意想不到啊。"众人颔首捋须。不能不佩服这媒做得好，这案办得好！于馆陶公主雪中送炭，于大司马锦上添花。馆陶公主免于受辱，追随馆陶公主的彭宣、氾胜之一帮大臣也可安然无事了。岂不是化暴戾为宽仁，变刑戮为祥和了？

王莽拜谢，"谢鲍大人作伐。"谁知鲍宣双膝跪下砰砰磕头。王莽慌忙上前搀扶，"鲍大人这是为何？快快请起。"鲍宣却不起来，王莽也只好在他面前跪下。

鲍宣说："下官连违圣意，干犯太皇太后陛下雷霆之怒，恭请大司马一同进宫复旨。"王莽慨然，"事关社稷百僚，下官义无反顾，何况犬子喜得佳妇！"鲍宣说："下官鲁莽愚钝，累撄龙鳞，已为圣上厌物。此番进宫只恐太皇太后陛下不允，反而连累大司马，画虎不成反类犬。"王莽说："鲍大人放心，太皇太后陛下仁德圣明，只要于国有利，于社稷有利，断无不允之理。"

二人到达长信宫，王政君令慈恩殿陛见。她带着刘衎进殿，赐坐之后，王莽上奏，"恭请太皇太后陛下、陛下为臣三子安赐婚。"王政君说："赐婚？好啊。不知三儿看上了哪位姑娘？"王莽说："馆陶公主之孙女于雯于姑娘。"王政君听得眼睛都直了，

“什么！什么！”二人慌忙匍匐在地，王政君问，“这是谁的主意？”

鲍宣忙说：“微臣的主意。”王政君冷笑，“朕一听，就知是你的主意。你好大胆子，眼里还有没有朕！”王莽说：“太皇太后陛下息怒。鲍司隶正因为心中有陛下，才想出这种利在社稷，功归太皇太后陛下的好主意。”王政君冷哼一声，“这是什么好主意！故意拧着朕的意思，逆旨妄为！”她眼前闪现百官逼宫情景，憋闷胸头的愤恨骤然爆发，连连击案，“尔等伙着气朕！鲍宣这个无君无父的东西，一向欺朕老迈，强项不恭，想不到你也跟着他气朕，叫朕太伤心了，太伤心了！”

鲍宣不敢作声，王莽叩头，“臣有罪，臣不敢气陛下。臣与鲍司隶冒死前来讨求圣恩，一是为犬子婚事，也是为太皇太后陛下、陛下市义。”

“什么？市义！”王政君一时没转过弯来。“市什么义？”

“臣孙知道，师傅对臣孙讲过。”刘衎说：“不过，臣孙闹不明白，这与赐婚有何干系？”

战国时，孟尝君有个门客叫冯谖。孟尝君派他到封地薛收债，他却把全部债券当众烧了，空手而返。

孟尝君问他，他说市了义了，孟尝君听了极其不满。不久，孟尝君遭到贬谪回到封地。离薛还有百里，薛地民众就扶老携幼前往迎接。孟尝君这才明白，对冯谖说："先生为我市的义，今日看见了。"

"玉成二人，朝廯熙和，太皇太后陛下、陛下不耗一钱，利尽天下。"王莽说："然而这媒，必须由鲍司隶'奉旨'去做；这婚，必须由太皇太后陛下、陛下来赐，不唯施恩于臣，臣之家，臣之子，还施恩于百僚。一恩之施而朝廷睦洽，一善之举而天下景仰啊，太皇太后陛下、陛下三思。"

汉宫太后母仪天下，岂是小肚鸡肠之人？王政君脸色转霁，"皇帝以为如何？"刘衍凝眸望着她："皇祖母不生气了？"王政君说："国事大于君，皇祖母生气不生气有什么打紧？"刘衍说："国事打紧，皇祖母生气也打紧啊。"王政君说："还是皇帝体谅皇祖母啊，不像有的人尽气皇祖母。"

王莽鲍宣又连连叩头，砰然有声。

刘衍说："大司马、鲍司隶也不是有意气皇祖母啊。"王政君说："皇帝是说皇祖母没气找气生哪。"刘衍慌忙跪下，"臣孙不会说话，又惹皇祖母

生气了。"王政君一把搂住他，"皇帝这么孝道，皇
祖母有气也不生了。"

　　"司隶鲍大人到！"

　　鲍宣驱车来到于府，传报声一门传到一门，于府
上下屏气待立，馆陶公主满面寒霜猛地拍案，"敕鲍
宣前堂立候！"说着吩咐婢女给她梳妆。足足花了半
个时辰，她头戴长公主凤冠，身穿长公主期服，八名
宫妆少女前簇后拥颤颤巍巍进入前堂。鲍宣慌忙下
拜，馆陶公主看也不看他一眼，"鲍大人锁拿老婆子
来了？那就走吧。"

　　鲍宣刚要说明来意，只听于恬在堂前叫喊，"司
隶大人，藏匿许嫚监枝是卑职与楼获之间的事，与家
母无干。"

　　昨日，太皇太后陛下下旨查办的消息传进府来，
于恬仍旧和平日一样招朋引伴聚众豪饮，好像家里发
生的事与他毫无干系似的，一拨喝倒了，另一拨顶
上，席如流水人如潮，大呼小叫喧闹不止，已经一天
一夜了。听到鲍宣进府，才撇下东倒西歪的酒客，大
步流星跑来。

　　馆陶公主厉声喝叫，"醉鬼，别来丢人现眼了！这儿没你的事，灌你的酒去！"鲍宣忙说："公主殿下误会了。"于恬跪下，"家母的确误会了。事情系卑职与楼获之间的事，不干家母的事，卑职愿随大人走。"他跪得两腿挺直，看不出丝毫醉意。馆陶公主翻了他一眼，"你去干什么，那儿又没酒！"鲍宣赔着笑，"不是下官斗胆驳公主殿下的话，这话可错了。下官虽无酒池肉林，供世兄一醉还是有的。不过今日下官唐突造访，不是来请世兄到寒舍喝酒，倒是向世兄讨酒喝的。"馆陶公主冷冷说："好说，于府别的没有，酒却是常酿常满的。只可惜时乖命舛，家门险衅，乏喜可庆，无吉为欢啊。若鲍大人不避不祥之门，不弃不祥之身，老妪把盏以待。"鲍宣说："下官斗胆，又要驳公主殿下的话了。大喜临门，吉祥盈室，怎说无可欢庆？公主殿下，恕下官放肆，你可是一言九鼎，说出的话不能收回啊。嘿嘿，下官得饮公主殿下把盏之酒，足慰平生了。"

　　"鲍大人……"换了别人，馆陶公主会以为戏弄，必直唾其面。但这个人是朝野敬仰的贤臣，她不免有些困惑了。

574

鲍宣拜言，"公主殿下误会了。晚辈此番前来，是奉旨说媒，还望公主殿下、于世兄成全。"

"啊！"

馆陶公主梳妆停当，驱车进宫谢恩。此次进宫，着实费了一番心思。就拿衣着来说，当年王政君做皇后的时候，二人都是豆蔻年华。但王政君早已失宠，长年独守空房；而她琴瑟和谐，觐见的衣着宜素不宜艳；王政君做皇太后的时候，两人都已人到中年。王政君母仪天下，风光一世，觐见的衣着宜庄不宜素；王政君做太皇太后的时候，两人都年老色衰。王政君受到傅昭仪排挤，郁郁寡欢，觐见的衣着宜雅不宜庄；而今王政君临朝执政，自己又有错，觐见的衣着恐怕宜卑不宜庄了。她穿一身缁衣，上衣领口袖口码上黄边，用的是麻布，暗含自缚请罪的意思。

王政君带领刘衎降阶迎接，未等馆陶公主下拜，上前携着她的手，"缁衣之宜兮，皇妹好俏啊。"馆陶公主知道她已意会自己用心，故作惊喜，"真的？太皇太后陛下没取笑臣妹？"王政君说："要想俏，一身皂，说得一点也不错啊。"馆陶公主说："太皇太后陛下还说没取笑臣妹，原来是骂臣妹老來俏啊。”两人咯咯笑了，略无隔膜，神态极自然。

她俩并肩进入慈恩殿。王政君说：“皇帝，上前给皇姑奶奶行礼。”刘衎正要下拜，馆陶公主抢先跪下了，“陛下，臣妾当先行君臣之礼。”刘衎也跪下去，“不，皇姑奶奶，朕先行家礼。”二人对拜了一下，王政君说：“好了好了，国礼家礼都行过了，一家人就坐下来安生说会话吧。”

馆陶公主夸奖，“皇上又懂事，又讲礼，文质彬彬，不愧大汉一代新君，必可延纪续统，光大汉室。这是祖宗之德，臣民之幸啊！”

“皇妹也觉衎儿不赖吧。”王政君笑盈盈看着她。

“瞧你说的！”馆陶公主亲昵嗔怪，“皇上龙凤之姿，天人之表，臣妹越看越喜欢，越看越敬畏。不怕太皇太后陛下笑话，臣妹尝叹汉室后继无人，常常暗暗垂泪，这不是杞人忧天吗？你说可笑不可笑！臣妹老了，确实老了，耳朵背眼睛花呀，咱皇家有这么好的人儿就在眼门前，瞪着眼睛看不见。这不是睁眼瞎吗？你瞅瞅，瞅瞅，不服老真不行了。还是太皇太

576

后陛下神目如电啊，臣妹这下可是服服的了。"话还像昔日一样亲切自然，话里话外都含着认错服软味儿。

"哎哟，皇姑呀，行了行了，大哥莫说二哥，瘌痢别说秃子了，朕不也受人骗了吗？"王政君也反躬自省，神情温蔼。"我说皇姑呀，今日不是专拣这些陈芝麻烂谷子来的吧？"

说起来，王政君终其一生，差不多都在修养温柔敦厚的后妃之德。涵养之深沉，如果说比不上海洋，至少比得上江河。几十年来浃浃荡荡，不管鱼龙怎样变幻，都把它们深深隐藏水下。失宠时隐忍退让，不争风不嫉妒；失势时韬光养晦，不生事不惹事。若非汉宫颐养的雍容懿范，她坟前的墓木恐怕早就成拱了，哪能成就今日君临大卜之气象？

"太皇太后陛下，瞧你说的！"馆陶公主旋即站起身，再次敛衽下拜，"臣妹叩谢太皇太后陛下、皇上为臣孙女雯儿赐婚。"王政君说："皇姑呀，老姊妹了，还讲这么多礼！得得，要叩谢就叩谢皇帝好了，这事可是皇帝恩准的。"馆陶公主转向刘衎，刘衎说："不不，是皇祖母的旨意，臣孙什么也不懂的。"

“哟，婚姻也不懂？皇帝没说心里话吧。”王政君有意打趣，“你不是会唱《诗》三百篇吗？头一篇就是《关雎》。关雎之礼，百年好合……”刘衎脸一红，王政君把他搂到怀里咯咯笑，“别看皇帝年小，皇帝懂呢。”刘衎急着嗫嚅分辨，“臣孙……”馆陶公主见他发窘的样儿也咯咯笑个不停。

“臣孙……也没见到人……也不知什么事……”刘衎红着脸还想分辨，两个老妪咯咯笑声叫他更加结结巴巴，“臣孙什么都不懂，还说……赐婚……”在世人眼里男女之事孩童知道得过早，往往视为心邪不洁，甚至下作，刘衎不能不辩。

馆陶公主听不懂他说些什么，王政君又咯咯笑了：“皇帝人小鬼大，他说没见过雯儿安儿，不知是不是般配。这赐婚的事不知当不当——替他们担心呢。”馆陶公主忙说：“谢皇上关心。他俩啊，男才女貌，天造地设的好姻缘呢。”王政君说：“皇帝这下放心了吧？”

刘衎不作声了。他看出皇祖母有意拿他开心，越分辨越分辨不清，越想推脱干系越推脱不掉。

馆陶公主说："皇上不放心，把雯儿安儿召进宫来，让皇上亲眼瞧瞧不就得了？"王政君说："使不得，使不得。"馆陶公主诧异说："这是为何？"王政君说："皇姑不是忘了吧？"馆陶公主说："忘什么了？"王政君说："雯儿貌若天仙，皇帝若是看中了，要留下来做自己的皇后，哭着闹着，那可难办了。"馆陶公主想起来了，两个老妪拍打着大腿笑得前仰后合。

那是建始年间，成帝刘骜登基不久，馆陶公主带幼女于萍朝觐，被刘骜看中了，死活要纳她为妃。于萍早已许配给了公孙禄，王政君只好敕令公孙禄及早完婚，才打消了刘骜的念头。好在刘衎年龄还小，若大几岁，这玩笑可开大了。两个老妪想笑也笑不出来了。

馆陶公主把刘衎搂进怀里，"皇上，不会吧？"刘衎脸更红了，红得像窝瓜，两个老妪又一阵大笑。馆陶公主说："太皇太后陛下，为使皇上圣心得安，臣妹厚脸皮为安儿雯儿讨个恩宠，请皇上召他俩进宫朝觐。"

　　“哎哟！”王政君夸张地叫，“皇姑啊，你可真会找由头，登鼻子上脸呢。赐了婚，又求陛见，得寸进尺不是？”

　　“瞧你说的！太皇太后陛下给臣妹的不是鼻子，而是竿子，臣妹不顺竿往上爬，岂不辜负了圣眷，不知好歹？”

　　进宫朝觐，对于无爵无职的青年男女是难得的殊荣。但对公侯子女来说，也算不得多大的事。二人就拿这不大不小的事儿逗闷子。

　　“好了，就依你了。宫里也该热闹一下，让皇帝高兴高兴。” 王政君见刘衎还在发窘， “召雯儿安儿进宫，还得有十兄弟十姊妹作陪，皇帝，你看请谁来做十兄弟十姊妹呀？”

　　“臣孙不知。”刘衎垂着头，再也不敢多言了。王政君说：“不想把孔麟召进宫来玩？”刘衎说：“好啊。皇祖母快召孔麟进宫吧。”王政君说：“看皇帝急的！今天只怕来不及了。召二位新人进宫，还要召十兄弟十姊妹……那就叫钦天监选个日子吧。”刘衎说：“还要选日子呀！”王政君说：“皇帝赐婚一番美意，自然也要吉日良辰啊。”

片刻，何闳回来复旨："钦天监算定，明日就是好日子，利出行，利沐浴，利婚嫁，利见大人，大吉大利。"王政君说："明日怕来不及吧。"何闳说："下个吉日，是半个月后。"馆陶公主说："半个月后就半个月后，又不是什么急事。"何闳却说："钦天监说，明日壬午，壬午午时，龙凤交会，是一年中难得一遇的时辰。"

龙凤交会！王政君心头一动。五十五年前，她与刘奭第一次相会，记得那天钦天监也是说"龙凤交会"。她记得很清楚，那天是壬戌，见面的时候是戌时，就在那天夜晚，她受幸于丙殿。才有了今日的尊荣，也有了五十五个冬春漫长的孤寂。明日又是一个龙凤交会的时刻，衍儿才九岁，他会遇到谁呢？

"传旨下去，明日巳时召安儿雯儿及孔麟等人进宫。"王政君定了。

圣旨下到大司马府，王安急冲冲跑进中堂跪伏在地。

"怎么？你不愿意！"王莽略感意外，定睛望着他。王安鼓起勇气，"那个于姑娘打扮得男不男女不女，出入江湖，招摇过市，哪像良家女子！这样女子只能败坏门风，招惹是非。"他专拣父亲最不爱听的话说，王莽听了心里咯噔一下，踌躇着抚须沉吟。停了停走开了，走了走又停下了来。他平生最讨厌江湖人物，何况还是未来王家之妇。唉，只想朝廷社稷，忽略了人品。千虑之一失，木已成舟哪。

王安叩头，"孩儿差点叫她害得丧掉性命，如何娶她为妻，父亲如何容她为媳！"王莽说："无心之过嘛，事后证明于姑娘并无害你之心啊。为父倒是听说于姑娘有恩于你，救过你好几回。为人知恩图报，不能光记仇不记恩。"王安断然说："那不同。"王莽说："有何不同？"

"为友可以，为妻不能！"王安只要想起地牢遭受的毒打和凌辱，遍体血污，满身伤痛，嗅着自己的血腥，守着自己的溃烂——那些恐怖绝望的日日夜夜，汗毛直竖，愤恨充塞胸臆。大丈夫为人处世恩怨情仇可以不计较；同床共枕，朝夕相伴，可就无法忍受了。

王莽暗暗叹息，他何尝不对馆陶公主充满怨恨？如果不是馆陶公主玩弄捉放证人的把戏，他怎会贬斥山东？怎会撒下欺君欺世大谎？自然也就没有孙复白鹿原血谏的惨剧了。是馆陶公主逼着他不得不去做违心的事，命运弄人啊。恩怨纠缠自己，还纠缠到了儿子身上。然而他可以反悔吗？眉头猛地一蹙，"男儿当以君国为念！去吧。"

"父亲！"王安伏住不动。

"去！"

王安回到后堂，跪在母亲面前。老爷定下的事，铁板钉钉，岂是她能更改的？王静烟长叹一声，"三儿哪，想开一点儿。说起来，于姑娘也算得上京城顶尖人儿，与你般配哪。"

"不！不！她是妖女！妖女！"

"莫瞎说，怎说人妖女呢？"王静烟好一阵絮叨，"你遭了暗算。娘心里那个急啊，成天一把鼻涕一把泪。于姑娘就像天上降下的仙女救苦救难，娘心里那个喜啊，那个亲啊，只想日后娶回家好好疼她，婆媳和和美美处上一生一世。谁知暗算你的恰恰就是于姑娘，不信吧，都那么说；信吧，总觉于姑娘不是那种人，成天七上八下，那个揪心啊不用提了。娘见你恨得咬牙，心渐渐冷了。没想到鲍司隶奉旨做媒，太皇太后陛下、皇上恩准，你父亲又是只知君国不知家的人，他能抗旨吗？波波折折的，不是冤家不聚头啊，上天注定了的。天意哪，儿啊，顺着吧。"

王安知道说不通，跳上白玉骢纵马而去。天渐渐黑了，渭水滔滔，草木萧萧，白玉骢顺河堤奔跑了一阵，到了一处芦苇丛，它止住步昂头长嘶。蓦然回首，楼获的秘宅跳进了眼帘。那天，他就是骑着白玉骢来到那开满木槿花的篱笆墙的，记得他在小丘下了马，把马系在一棵柳树上。老马识途，调头踏着碎步向秘宅走去。

木槿花早谢了，只剩下枯藤败叶，走进篱笆墙，听见阵阵低沉雄浑的"咳咳"声。暮色中刀光闪闪，楼获正在院里耍刀。

"三弟前来，有什么事吗？"楼获关切望着他。王安黑着脸长叹一声。地牢中三人同生死共患难，彼此早已兄弟相称。

门口有位老者迎候，看样子是管家。他拱手说："是王三公子吧？在下桑进，拜见王三公子。"王安还礼，"桑五爷，久仰。"

二人分宾主坐下，王安呆呆的一句话也没有。楼获粗豪，是个急性子，"三弟来找愚兄。见了愚兄又不言语，急死愚兄了。"王安失神地摇头，楼获更加着急。

桑进到底是老江湖，一眼看出事关男女情爱，"王三公子天黑跑来，想必共谋一醉。老朽给二位准备酒菜如何？"

不移时酒菜上桌，王安不待劝连饮三厄。空腹暴饮，极易醒醉。楼获劝说，"三弟悠着点。""

二人喝了好一阵子，院里又响起脚步声，只见王咸、公孙钧走进来。公孙钧愁眉苦脸，看得出也是来谋一醉的。王咸笑着说："恭喜贤弟，喜配佳偶。"

大约酒入愁肠化成了愀心泪吧，一经触动王安的泪水簌簌冒出来，楼获大惊，"三弟怎么了？今日一来，愚兄就觉不对劲。到底出了什么事？嗨，想咱三兄弟，地牛那么折磨也没掉半粒眼泪。这世上还有咱兄弟迈不过的坎儿？值得这么哭哭叽叽！"

"多情公子多情泪。"公孙钧冷冷说："功至而栗，喜降而泣，有其父必有其子。"

楼获见他口含讽刺，大为不满，"公孙公子把话说清楚点好不好。"

公孙钧冷哼一声，"大司马王公建拥立之功，居三公之首，何其尊也！何其雄也！视其貌，恭谦退让，诚惶诚恐！王三公子享父之荫，喜配佳偶，煌煌明星，灼灼其华。观其行，临风落泪，望月呻吟。矫请虚伪，惺惺作态，何其相似乃尔。"

王安知道公孙钧暗恋于雯。自己想摆脱都摆脱不了的婚姻引得人家嫉妒，叫他哭笑不得。可公孙钧的矛头还指向了父亲，心里难免反感了。正要出言相讥，楼获说："公孙公子，说话别夹枪带棒。在下一介匹夫，从未见过大司马王公，更无意巴结大司马王公。不意患难中得遇三弟。有子如此，其父可想而知。在下敢断言，赐婚的事，三弟绝非矫情，正如大司马王公绝非虚伪。"

"矫情不矫情，矫者自知；虚伪不虚伪，伪者自明，外人如何省得？"大约种种怨艾纠集心头，骨梗在喉，公孙钧顾不得许多，只想一吐为快。"不过，军旅杀伐，纵有瞒天过海之能，只能瞒一时，不可瞒一世，更不可瞒尽天下耳目。哼哼，一战于渑池，民匪共戮；再战于焦城，玉石俱焚。杀使抗命，毁村屠聚，岂仁人之所为？岂仁义之师所为？"

新君即位，大赦天下，公孙禄何武已经双双出狱。他们都是带兵将军，袍泽甚多，军旅消息特别灵通，时常聚在一起议论王莽山东剿匪。二人疑惑甚多：譬如说，大司马行辕日夜关闭，不准外人入内，这是为什么？又譬如说，山东袍泽谁也没有见到王莽，求见也不接见，又是为什么？尤其官兵纵兵杀戮，毁村屠聚，为什么王莽不制止？他不是以仁义著称天下吗？与此相反，王莽的传说和佳话倒不少：什么微服私访解民倒悬哪；什么亲临匪地暗察敌情哪，以他俩统兵作战经验，作为一名主帅，这些尽管必要，但属旁枝末节，而非为将之道。二人弄不清王莽在玩什么花招，往往情浓之时，破口大骂王莽假仁假义，杀人狂魔。

王安再也不能忍耐，霍然站起，"公孙公子为何一再厚诬家父？"楼获也随之站起，"公孙公子有何凭证？"公孙钧说："堂堂楼大侠，徒众满大卜，居然人云亦云，吠影吠声。既然要凭证，何不到山东去寻？"楼获大怒，"无凭无证，就是胡说八道！"公孙钧忿忿说："请问楼大侠，你又有何'凭证'说在下'无凭无证'？"说着抱拳欲去。

王咸与公孙钧多年相契，慌忙劝阻，"朋友之间岂可因父辈不合而生分？"公孙钧说："道不同不相与谋。"王安冷诮，"心生妒变友为仇吧。"公孙钧大怒，"王安，辱我太甚！今日有你没我，有我没你！"说着拔剑出鞘。楼获冷笑，"慢着！公孙公子，这儿可不是细柳营。吆三喝四，作威作福，找错地方了吧。"王咸忙把公孙钧往外推，公孙钧气咻咻，"王安，我必杀你！"

王咸送走公孙钧回来嗟叹，"难忘地牢啊。我也是到于府去打听楼大哥住处，听了于姑娘的话进入这处秘宅，与楼大哥一起被擒的。我与于姑娘无怨无仇，相信她不会害我。无心之过啊，三弟何必计较？"

"无心之过也是过啊，愚兄倒是能够体会三弟的感受。"楼获连连摇头，"愚兄与于恬相交十余年，看见于姑娘长大的。于恬对愚兄的伤害，虽说有他的道理，也许还是大道理，但愚兄与他的友情从此断绝了。于姑娘虽说无心之过，可以不计较，但结为夫妻就别扭了。是愚兄心胸狭窄容不得事？不是吧？俗话说光棍眼里渗不得砂子，朋友之间也渗不得砂子，更不用说夫妻了。成天格格楞楞，日子怎么过？"

王安眼泪又流了出来，这番话说到他心里去了。

楼获举卮，"喝酒！管他呢，今朝有酒今朝醉，明日的事明日再说吧。妻子是衣服，朋友是手足，娶妻这等小事也能愁倒大丈夫！哼，笑话！到时候咱休了她，休不得咱娶小妻，一个不够，咱三妻四妾，喝！"

到了天黑，王安还没回家。王莽知道他有意逃婚，一时慌了神。 王寻王邑带人分途去找。子夜各路人马回来了，没见王安影儿。王宇回家之后，也急得前堂后堂跑，一遍一遍追问吕焉，"三弟出去时候对你说过什么？"吕焉不像平日怎么热心，也不像别人怎么着急， "三叔会不会在楼获柳林秘宅？"

城门已关，只得等到大亮，王宇带了几名亲兵到柳林寻找。果然，王安楼获王咸都喝得烂醉如泥。 王宇把王安抬回家里，王莽大怒，夺过御者的马鞭抽过去。王安经过一阵折腾，酒醒了一半，但头疼得厉害。看见半空飞舞的鞭影，抱着头在地上打滚。王莽暴喝，"给我跪着！跪好！"王安挣扎爬起，刚刚跪下哇的一声，大口呕吐。秽物四溅，秽气熏天。王莽跌足，"荒唐！荒唐！居然与江湖豪侠为伍，自甘堕落！"

这一吐胸中清爽多了，王宇把他扶进房里，他一把拽住王宇的手，"大哥，快拿酒来。"王宇说："还要喝呀！"王安说："只有一醉，才能逃过今天一劫，一进宫小弟一生可就完了。"王宇申斥，"胡闹，违抗父命，违抗君命！"王安一掌推开他，身子踉踉跄跄，发起了酒疯，"你不是我大哥，你心里没兄弟，还不如大嫂。你去问问大嫂，该不该给我酒！只知顺从父亲，不管兄弟死活！你走，走开，走得远远的，再也不要看见你！"

王宇气咻咻回到房里，吕焉问，"怎么了？"王宇哼了一声，"不可理喻，三儿叫我替他拿酒。"吕焉一怔："拿酒？这倒是个主意。只是过了今日这关，也未必能把婚事退了。不过什么事总得走一步看一步。头一步还没迈，怎知下一步？事关三叔一生幸福，总不能袖手旁观吧？"王宇说："要拿你拿。"

卯时三刻，天色微明，王莽走进后堂一迭声，"更衣！"王静烟捧出大司马冠冕黼黻给他换上。他一边穿戴，一边催促，“三儿、嬿儿都收拾停当了吧，该动身了。”

王嬿应声穿了一身新衣蹦出来。她深怕睡过了头，早早起床穿戴好了，她是作为十姊妹应召进宫陪新人的。小小孩童进宫与其说陪新人，不如说去陪皇上。这是她第一次进宫朝觐，心里不知有多兴奋。小鹿似地一头蹿进王安房里，一会儿蹿了出来，“不好了，三哥醉了，推都推不醒！”

“推不醒？这畜生又作怪，非要气死我不成！”王莽恨恨说：“鞭子！”

王静烟站着没动弹。

“鞭子！”王莽又一声断喝。

王静烟颤了一下，依旧没动弹。

王莽大怒，抬手直斥：“你知道不知道，太皇太后陛下、皇上赐婚，这是多大的恩典！三儿装醉，不肯进宫朝觐，这是辜恩！这是抗旨！你知道不知道！惯子如杀子，你这样惯，不单是杀子，是杀全家！”

王莽一生从没对夫人说过这么重的话，王静烟又惧又愧，泪水在眼眶里打转，她到墙上摘下鞭子，跪在地下双手奉上。王莽提着鞭子，气冲冲奔进王安房里，不由分说抽去。

"起来！"声音如同骤发的惊雷。

王安一点也不知避护，绵软的身躯猛的抽搐了一下，上身弹起来又软塌塌倒下去。好像一堆烂泥，猛地一击，向上涌起，又瘫痪然坍塌。又一鞭子下去，只见下肢疾促收缩一下，一动不动了；接着几鞭子，他的身体扭曲着，颤动着，反应更小了。王静烟冲上去伏在王安身上央求，"老爷，别打了！三儿醉了，真的醉了！"

王莽右手鞭子高高举着，左手提起王安领口往上一看，醉眼惺忪，嘴唇微颤，额头布满细小汗珠。看样子不是装佯，气得他左手用力一推，右手鞭子颓然落下。

喝醉酒，吐了之后酒解了一大半。如果反而醒醉不醒，这就十分反常。王莽也发了慌，"快请医官！"

医官匆匆走进房里，把了一阵脉，"三公子饮酒过量，醉得不轻。不过，三公子体魄健壮，降得住，不碍事。"王静烟说："三儿吐了之后，怎么反而醉得更重了呢？"医官说："那是吐后饮酒不当所致。"

喝酒的人都知道，吐后适度饮酒，不但可以解酒，日后酒量还可大增；如若过量，可就醉上加醉了。

"什么？吐后饮酒！"王莽十分惊诧。

王宇跪在地上不作声，吕焉跪下，"酒是媳妇拿的……"

"你！好不晓事！"王莽眼睛瞪得圆圆的，对儿媳妇不知如何是好。

吕焉埋着头，"媳妇只知酒能解酒，不知该饮多少，谁知三叔饮过了量。是媳妇的错，都怨媳妇……"

"胡说！"她不说还好，越说王莽越冒火。一声暴喝，声如迅雷。吕焉身子一颤，看见王莽眼睛红了，吓得连连叩头。王莽大骂，"贱婢！好大胆子，竟敢狡辩！"

吕焉垂泣，"三叔不能进宫，也不应该让他进宫。三叔醉酒，为的是逃婚。如果逼他进宫，与于姑娘冷眼怒目，怎能瞒过太皇太后陛下的眼睛？三叔若直言奏达，祸事只怕真的不远了。"

王莽更怒，飞起一脚把王宇踢到地上，"孽障！把这不守妇道的贱人休了！休了！"

　　"老爷！不该怨焉儿，妾身体谅她的心。"王静烟上前护住吕焉，"也不该怨三儿。三儿关在地牢里，天是天月是月，浑身都是伤，看不见出去的日子。虽说于姑娘是无心之过，焉儿劝过三儿，妾身也劝过三儿，可三儿恨得咬牙，那模样妾身见了都怕，叫他怎样跟于姑娘过一辈子？"

　　"主公消消气，到前堂去坐坐。"平晏任长乐少府后，白天进宫办事，晚上住在王府参赞机要。听后堂闹得沸反盈天，慌忙跑过去。王莽两只眼睛红得像猪血，平晏说："事防患于未然；祸杜绝于户外，少夫人所为未始不是好事。其与明知进宫出事，莫不如醉卧在家，尔后再思补救之策。"王莽长袖一拂，向中堂走去。

　　"主公莫急。"平晏劝说，"事虽尴尬，也不是没有补救之法。先叫嬿姑娘进宫，说三公子隅感风寒身体不适，看看太皇太后陛下反应，再作计较不迟。"

　　"弄巧反拙啊！"王莽沉重叹了口气。

慈恩殿上跪着一群孩童，他们就是陪伴王安于雯的十兄弟十姊妹。不论宫里还是民间，男女订婚之后，凡为新人举办的庆典，男女双方分别由九名未婚男子九名未婚女子陪伴，合成十人，寓十全十美之义，称十兄弟十姊妹。

午时整，殿上丝竹声动，《关雎之章》响起。空中一阵浓香扑面，王政君与馆陶公主的笑声从黄门传来。三名宫女提着香炉，安放在丹陛之下。随后两队宫女分列并出，在大殿两侧站定。这时她俩并肩走出来，刘衍与孔麟一左一右牵着于雯的手跟在后面。

孩童一齐行礼，王政君挥手，"免了吧。今日召尔等进宫陪伴皇帝赐婚的一对新人，皇帝登基头一回赐婚，得热闹热闹。皇帝与尔等年纪差不多，好好陪皇帝玩玩，让皇帝乐乐。宫里规矩多，今日都个讲了。小小年纪拘拘束束，像小老头小老妪就不好玩了。"

话虽这么说，孩童们还是挺着胸脯壁直跪着，神情拘谨，一动也不敢动。他们登的是玉阶，跪的是金砖，头顶雕梁画栋，四围朱漆藻饰，红的宝石绿的翡翠黄的玛瑙黑的玳瑁还有晶亮的珍珠，多得像天上的星星，一眨一眨的，像猫眼蓝莹莹黑晶晶神秘古怪变幻着，从四面八方盯着他们。更不用说那些盘柱的金龙，立地的彩凤，飘烟的香炉，古拙的铜鼎，硕大无朋的瓷瓶，五彩斑斓的雉羽，叫他们眼花缭乱了。不知是至高至尊的庄严显露的豪华，还是至富至丽的豪华涵养的庄严，强烈震撼他们幼小的心。平日的娇气骄气霸气戾气早已龟缩到了心底，更何况进宫之前，谁家不是千叮咛万嘱咐不可乱说乱动？

王政君笑着招手，"雯儿，过来。"于雯应声走过去，她兰姿蕙质，国色天香，今日媚脸秾抹，脂匀粉腻，可真是玉体香肌披宫锦，鸾钗钭插堆云鬓，昔日那个锦衣公子刁蛮气尽行洗去，打扮得娇艳欲滴。

王政君微笑，"皇帝，怎么样？朕说雯儿美若天仙，不错吧？"

刘衍红着脸，望着于雯傻笑。王政君见他害羞，觉得挺有趣，与馆陶公主抿着嘴偷着乐，"麟儿，你看于姑娘怎样？"

孔麟倒很大方，朗声吟咏，"窈窕淑女！"

王政君接着问，"皇帝你说呢？"

刘衍说："花容月貌。"

于雯粉脸绯红，跪下谢恩，"皇上溢美了。"刘衍胀红脸不知所措。王政君说："皇帝，快赐雯儿平身啊，不能叫人家总跪着吧。"刘衍说："赐雯儿……不不，雯姐姐……不不，于雯……平身。"

"谢陛下。"于雯娉娉婷婷站起。

王政君见刘衍面皮太嫩，不宜在孩童面前多逗，有损君主之尊，指着阶下的孩童，"尔等以为如何？看看谁的才学最好，说得最雅致最得体。尤其是男孩，这也是金殿应对啊。今日给皇帝留个好印象，日后没准成为皇帝股肱之臣。"

孩童都不作声，王政君招手，"皇帝，他们都是头一回进宫，人生地不熟的。皇帝何不下去，亲自挑几个问问。"她的声音很亲切，和煦如风，轻柔地拂去了他的窘态。

古时有"抓周礼"。婴儿周岁时，家人在桌上陈列各种玩物和用品，任他抓取，由此卜定日后的前途志向和兴趣。今日十兄弟十姊妹齐聚，挑男还是挑女，也可预卜他日后重友还是重色，重江山还是重美人。

"是。"刘衍走到阶下，孩童都垂下头不敢看他。刘衍不喜女童，原想挑个男孩，但见遍地罗绮之中，有个女童一身素麻深衣，格外清纯雅致，不禁有些诧异。公侯之门，簪缨之家，无不锦衣玉食，何独这个女童深衣素裹？忍不住走过去，"抬起头来。"女童一双又黑又大的眸子在他脸上一闪，脸就红得像燃烧的晚霞，疾促埋下了头。

"你是谁？"

"奴婢王嬿。"

"王嬿？你父亲是谁？"

"奴婢父亲王莽。"

王政君心头倏忽一动：龙凤交会莫非应在她身上？遥想当年丙殿，待选的淑女十余人，她们都穿着桃红衣裳，鲜艳得耀眼，唯独她一身紫衣，就像百花丛中一株草，又俗又土。正在自惭形秽的感伤中，先帝刘奭偏偏选中了她。今日，皇上在罗绮阵中一眼就看中了素麻裹身的王嬿，五十五年前的往事好像在眼前重演，这是隅合，还是前缘天定的际会？

刘衎说："你说说看。"王嬿说："皇上金口玉言，于姐姐真是花容月貌。"刘衎大喜，"朕没说错？"王嬿说："皇上乃天之子，人之君，字字珠玑，还会有错？"她的声音又甜又脆，神态又真诚又

自然，使得刘衎很受用，"真的？"王嬿直点头，
"当然真的哪。不信，皇上问旁人。"

"你起来。"刘衎牵着她的手挨个儿问。有几个
孩童吓得不敢吭声，吭声的孩童几乎众口一词，"皇
上说得对！说得好！说得有理！说得恰如其分！真是
一言九鼎！金科玉律！"刘衎听着听着，眼睛越张越
大，王嬿抿着嘴儿笑了。

"你笑什么？"刘衎鄙夷，"跟屁虫！马屁
精！"

王嬿指着后排一个缁衣女童，"皇上问问愔姐
姐，可聪敏可聪敏了。"

"是吗？"刘衎走过去问，"你是谁？"

"奴婢刘愔，奴婢以为皇上所言不妥。"

"不妥？朕倒要听听哪儿不妥。"

"嘿嘿。"王政君在丹陛上说："皇帝，可不能
叶公好龙啊。不喜欢马屁经，只怕更不喜欢逆耳言
吧。你知道刘愔是谁吗？她是学界泰斗光禄大夫刘歆
之女，四岁随父夜观天象，通星语，京城里的神童
呢。"刘衎说："臣孙不信她能说出个所以然来。"
刘愔斯条慢理说："花容是红色，月貌是白色，皇上
看看于姐姐的脸是红色还是白色？"

于雯的面颊凝脂般洁白，倏然绯红一片，刘衍不觉疑惑了。

孔麟微微一笑，"若将花容月貌分开，或如花容，或如月貌，有何不可？"刘衍又振振有词了，"有何不可？"刘愔反问，"皇上分开了吗？"王嬿也跟着说："可不，皇上没分开啊。"刘衍眼睛一瞪，"刚才你还说朕字字珠玑，说得不错，这会儿怎么又跟着她说朕的不是了？"王嬿说："愔姐姐说得对，奴婢择善而从。"刘愔说："知错能改，善莫大焉，皇上还不让人家改错呀。"刘衍说："这叫出尔反尔，持论不坚，墙头草！"刘愔扁扁嘴，"陛下说人家是墙头草，不怕人家说陛下……"她突然意识到不当，就把"冥顽不灵"咽进肚里去了。

刘衍说："说朕什么？"刘愔跪下，"奴婢不敢。"刘衍生气了，"说，朕倒听听你说朕什么！"王政君在丹陛喊叫，"皇帝。十兄弟十姊妹相聚，喜喜庆庆，别使性子抖威风，让人家畅所欲言嘛。"

这下子，阶下的孩童纷纷参与争辩，各说各的理儿。不大一会，他们就吵得不可开交了。王政君看见刘衍与孩童玩到一起了，对于雯说："安儿还没来，你先带他们到御苑去玩吧。"于雯走下丹陛，牵着刘衎孔麟的手，招呼孩童到御苑玩，孩童从地上一跃而起，呼啦一声向殿外跑去。

"嬿儿，过来。"王政君招手。"安儿怎么还没来呀？不是出了什么事啊？"王嬿结结巴巴，"臣兄……三哥……病了。"王政君说："今天这好日子病了，太不巧了。唉，三儿这孩子，样样都好，不知犯了什么邪魔，总是多灾多病！今年十八了吧？是该成婚了，冲冲喜，以后就福星高照，顺顺当当，清吉平安了。"王嬿学着父亲教给她的话，"医官正在给臣兄……三哥看病，臣父说，待三哥病好一点儿，能够下床行走，就带他进宫叩谢皇恩。"

"什么病啊？"王政君说。

"奴婢不知道。"王嬿埋下了头。

馆陶公主早就生疑了，王莽是个遵礼守时的人。儿子病了不能进宫，他该进宫谢恩，对太皇太后陛下作个交待呀。他自己不来，派女儿来应景，这是什么事呀？见王嬿神情有异，"这孩子伶牙俐齿，正经事儿怎么这么糊涂，连你三哥得了什么病也不知道！"

"奴婢真的不知道。"王嬿从不撒谎。今日说谎，虽是父亲要她说的，心里也发虚，听太皇太后陛下和馆陶公主殿下口气，好像早就识破了她的谎言。心里一慌，眼泪冒了出来。

"你怎么了？"自从刘衎进宫，王政君一颗心全在刘衎身上。眼睛耳朵跟着刘衎转，忙都忙不赢，哪能对王嬿的话往深处想？人吃五谷杂粮，谁能不生病？"这孩子，三哥病了也哭！呆会朕叫太医去瞧瞧，吃两副药就好了，不要紧的，哭什么呀。"

王嬿听太医要到家里去，心里更怕，忍不住哭出了声。馆陶公主见状，觉得这孩子哭得蹊跷，好像隐瞒了什么。隐瞒了什么呢？似乎与赐婚相关，左想右想，又觉得自己的疑心没什么来由。这婚是太皇太后陛下、皇上赐的，他父子没来由抗旨不遵呀。心里七上八下，疑云裹动，但碍着太皇太后陛下的面儿，扁扁嘴把话咽进肚里去了。

"玩去吧。"王政君说。

王嬿拿手背擦擦泪行了个礼，转身走出去。一个宫女在前引路，出了大殿，顺迴廊傍水向西，一泓秋水荡漾于楼阁之下，伸向青林。她以为向青林走去，绕了几个弯，水面逐渐开阔，迴廊似乎伸向水潭，迎面却是一道月亮门。出了月亮门，才到御苑。

602

正是十月小阳春，艳阳高照，轻寒扑面。御苑很大很开阔，有山有水有桥有亭台。孩童们都没影了，她心里怯怯的，一点玩兴也没了，跟着宫女慢慢吞吞走着。草木已经凋零，花事也都了了，婆娑的疏枝失却了夏日的青翠，却也郁郁森森，宛若纵横交错的屏障，阻挡人们的视线。四周很静，一只大白猫趴在石凳上晒太阳，听见脚步声，抬起头伸了个懒腰，站起来扭头看了她们一眼，懒洋洋走开了。走过一座桥又是一番景；穿过一个洞又是一片天，路随景转，景随路迁。王嬿心想，如果是春天，这里该是怎样景象！想着，想着，不觉痴了。一阵笑声传来，原来孩童们都在假山那面，离她没多远。宫女领着她紧走几步追上了人群。孩童四处疯闹，只有刘愔一人孤另另掉在后面，"愔姐姐。"

刘愔看到她脸上的泪痕，拉住她的手，"你哭了？出了什么事？"

不意刘衍拉着孔麟走过来，"你不是神童通星语吗？还问人家干什么？"刘愔负气，"不问就不问！"刘衍说："朕叫你说出她为何哭。"刘愔眼睛一张，哼了一声，紧了紧鼻子："这还用说！"刘衍鄙夷，"说不出来吧。"刘愔冷冷一笑，"哼，奴婢闭着眼睛也知道。"刘衍说："休得诳朕，你说！"刘愔说："她三哥不能进宫来了。"刘衍调头问，"是吗？"王嬿点点头，眼泪又涌了出来。

刘衍与孔麟对视了一眼不作声了。

于雯忙问，"为何不来了？出了什么事？是不是生病了？"王嬿抹着眼泪没作声；刘衍指着刘愔说："你说！"刘愔说："王三哥身子骨才好，才不会生病呢。"于雯说："那……嬿儿妹妹，怎么回事？"王嬿又忍不住哭了。于雯更急："嬿儿妹妹，你说呀。"王嬿哭的声音更大了。刘衍说："别问了。要问就问通星语的神童吧。"刘愔说：

"也别问我。要问就问于姐姐自己。"

刘衍嘴一撇拖长音调，"哟，问得巧！"刘愔说："皇上说对了，就是巧！婚姻是王三哥与于姐姐两人的事，王三哥不来，不问于姐姐问谁？"刘衍说："照你这样说，王安没生病。他不肯进宫，是不是对朕赐婚抗旨不遵啊？"

王府上下最担心的就是抗旨不遵，听刘衍一说，王嬿吓得双膝跪下，"皇上恕罪！臣兄不是抗旨，他是……醉了，起不来……"

"醉了？不能进宫来了？"刘衍生气了，"朕赐婚……赐的什么婚！你三哥眼里还有没有朕！还有没有太皇太后陛下！太皇太后陛下给他选吉日，请十兄弟，这么多人等他，他倒喝醉酒不来了！"王嬿连连叩头，"臣兄不知皇上恩诏，昨晚外出饮酒过量，才……才……"孔麟在一旁劝，"皇上，不知者不为罪。"有几个孩童也跟着说情，刘衍消了气，"那好吧，王嬿平身吧。你三哥喝醉了酒不能进宫，朕不降罪就是。"王嬿又一阵叩头。

刘衍倒很大度，于雯心里可就七上八下了。

"刘姑娘，真够神的，果然名不虚传！"孔麟走过来。刘愔脸一红，"孔公子过奖了。"刘衍见状，把孔麟拽到一边，"要不要朕给你俩赐婚啊？两个神童！嘻。"孔麟满脸通红，"皇上，你！"刘衍咯咯笑了。

"他俩坏！"刘愔拉着王嬿走开了，刘衍孔麟面面相觑。孔麟说："她听见了？"刘衍说："不可能。"说罢跑过去质问："朕咋坏了？"刘愔拖长声音说："谁敢说皇上坏呀。"刘衍说："那是说孔麟坏了。"刘愔说："谁说孔公子坏了？"刘衍说：

“那你说谁坏呀？”刘愔说：“谁坏谁知道。”刘衍没话说了。

孩童说啊笑啊，不时争执起来，七嘴八舌的，热闹得很。直到宫女招呼他们进殿。他们才簇拥着于雯高唱：

参差荇菜，左右采之。窈窕淑女，琴瑟友之。
参差荇菜，左右笔之。窈窕淑女，钟鼓乐之。

歌声中，于雯的脸越发惨白。

一个锦衣公子在柳林酒肆临轩坐下，听见后堂雅室传出一阵巫歌。嘭，嘭嘭，有个巫女伴着手鼓独唱；嘭嘭嘭，鼓声大作，群巫合唱。唱了一遍又一遍，音正腔圆，整齐宏亮，高高飞旋在酒肆嘈杂声浪之上。

心不同兮媒劳，恩不甚兮轻绝；
交不忠兮怨长，期不忠兮余以不闲。

　　这是一首男女绝情的楚歌，表明感情已经断绝，爱情已经死亡。歌词大意说：两个人不同心，没感情，媒人怎么劝也没用。交往时不忠诚不珍重，到了约会时间推三阻四不肯赴约。歌声本应如怨如诉，充满痛苦和无奈，巫女却唱得轻俏活泼，带有明显的戏谑意味，倒像庆幸似的。

　　锦衣公子冷冷一笑，"什么人好阔绰啊，请了这么多巫女开歌会。"酒奴说："那是一位公子，吩咐奴婢说，有位锦衣公子来了，请到雅室相会。不知公子是不是那位公子要请的公子？嘿嘿。"

　　"什么公子公子，裹罗不清！"锦衣公子申斥，"进去告诉那位公子，锦衣公子到了，请他出来相见。"

　　雅室没人出来，更加欢快更加轻佻的歌声却飞出来了：

野有死麕，白茅包之。有女怀春，吉士诱之。

舒而脱脱兮，无感我帨兮，无使尨也吠。

歌声犷野，冶荡，大胆，歌咏一对男女求偶到野合全过程。一个健美猎人用白茅包着死鹿，向女子求欢。二人调了一阵情，天作房地作床在林中交媾起来。女人小声央求说："轻点慢点好哥哥哟，真舒服呀！"情浓之时，男人说："哎哎，别拽我的佩巾呀。"女人说："你那长毛狗呀，看着我俩呢，嘻嘻，别让它叫个不停好不好，好不好嘛。"

欢合的情景表现得绘声绘色。

酒奴从后堂走出来，锦衣公子一招手："人怎没来？"酒奴说："那公子说，我已相邀，不进来就不进来吧，由他去。"

"哼！"锦衣公子气得两眼圆瞪。不用说，这锦衣公子是于雯；也不用说，雅堂里的公子是王安。他早来了，在这里大肆张扬，有意用薄情和艳情的巫歌气她。于雯把几枚钱往案上一掷，起身就走。走到门口，一阵冷风扑面，悚然转过身。前天公孙钧把柳林秘宅遇见王安的事告诉了她，她才知道王安对她的误会有多深。思前想后，决定托桑进约王安老地方相见。主动约人家已经矮了三分，事关终身，怎可负气走掉？只得耐着性子向后堂走去。

王安坐在雅室独自饮酒，身边有两个妖艳巫女把盏侍候，案前还有四名巫女敲着手鼓轻歌曼舞。珍馐满席，油光满面，俨如一掷千金的纨绔公子。见她进来，举卮仰面而饮，咕咕咕喝下之后，把卮往案上一顿："斟酒！"

于雯见他一脸狂态，强压怒气抱拳，"公子请了。"

"请了。"王安淡淡应了一声。四个巫女停止歌舞，王安眼睛一瞪，"停下干什么，舞你等的！"

鼓声响了，舞袖扬了，轻佻的歌声又起，于雯两颊气得惨白，再次抱拳，"请公子借一步说话。"

"这里说话不是挺好吗？醇酒妇人，人生之乐莫过于此吧？我本小淫贼，公子何不坐下来陪我及时行乐呢？"王安说罢一阵大笑。

"小贼，辱我太甚！"于雯拔出剑来，"跟我走！"

"哈哈哈。"王安仰面大笑，显得十分快意。这才推开两个巫女，跟着她走出酒肆。时已过午，天上云层厚重，天色分外阴沉，满目枯枝在在寒风中摇曳，败落的柳叶早已变得乌黑，三三两两在地上倦惫地打着滚儿。有的滚不动了，蜷在那里，终止了它荣枯的一生。走进柳林深处，于雯在一片空地停下来，王安离她一丈开外站住。于雯久久不语，王安也不作声。两人都扬着头望着天空，不理对方。

西方天空不知哪来那么多乌鸦，好像大迁徙似的，啼声如雷飞过来，黑鸦鸦一片，灰黑的天宇为之一黯。好大一阵子，乌鸦横空越过柳林向南飞去，耳根顿时清静多了。柳林里路断人稀，唯有凛冽的寒风在枯柳中穿行，发出单调的呜呜声响。

还是于雯先开口，她埋着头，"并非在下……并非本姑娘低贱，约你出来，是要把事说清楚，实非得已……"王安当即反唇相讥，"若非迫于君命父命，本公子也不会来，有话就说吧，本公子听着呢。"于雯说："楼大侠柳林秘宅之事，使公子落入奸贼之手，实在是无心之过，请公子……"

"如果在下告诉姑娘，在下早就忘了，姑娘信不信？"王安见她没有回答，"姑娘不信是吗？姑娘不信，在下倒是信的。"

"公子已经原谅……贱婢了？"于雯的头越垂越低，声音也越压越低了。

"在下本想原谅姑娘，也曾一度原谅了姑娘，谁知命运弄人，太皇太后陛下、皇上赐婚。无论什么事只要除却婚事，在下自信并非小肚鸡肠的人，更非忘恩负义之辈，姑娘多次救过在下贱命，于情于理在下都应礼遇姑娘善待姑娘。然而一想到地牢，在下就毛骨悚然，叫在下如何面对姑娘？如何与姑娘厮守终生？"

"君命难违，贱婢奈何！"于雯惨然一笑，屈膝跪下。

"姑娘请起。"王安叹息，"你我之事……"他想说，他俩唯一的出路就是逃婚。如果双方或单方逃离长安，双方家庭都不追究。若干年后时过境迁，再请馆陶公主出面恳求太皇太后陛下解除婚约，相信可望成功。今天他大肆张扬就是要她打消一切幻想，明确告诉她，他俩是不可能的。于雯截住他的话，"你我之事，唯有一死——请公子赐贱婢死吧。"

"你！"王安怔住了。

于雯一跃而起，拔出剑来。她知道这一剑斩断的是夫妇之义，"关睢"之情。但她气昏了头，不管不顾向他刺去。王安慌忙闪开，"这是为何？"于雯说："公子不杀贱婢，贱婢就杀公子！"

　　她口里说着，手里毫不容情，一剑紧似一剑，直取他的要害。好在柳林地形复杂，植株时疏时密，垂条忽高忽矮，回旋余地甚大。几番闪转腾挪，王安从她剑影中蹿跳而出，拔出剑来，于临腰三寸处拦住了她匹练般剑势。当的一声，火星溅到他的眉峰！

　　"你可真狠！"王安缓了口气，剑如夭矫，闪身树后，奋力反击。当！当！火星飞溅。于雯更加奋不顾身，攻势越发凌厉，两剑撞击之声不绝于耳。战了十余回合，王安扭转被动局面，易守为攻，于雯见他剑术高妙，自知不是对手，抱定求死之心，只攻不守，剑势异常凶狠，好像疯了一样。

　　王安连连后退，在树棵间游走；于雯一声娇喝，"哪里走！"步步紧逼，缠斗不休。只见她一剑直出，刺向胸膛，王安快速转到树后；她跨步横扫，王安纵身一跃，堪堪转到了她的身后，迅疾一掌拍下，把她推倒到地上。踏！踏！跨前两步，抬起一脚把她的剑踢飞出去。他正想奚若两句，看见她双眼满是泪花，心有不忍，转身走了开去。

　　于雯爬起来哭喊："小贼，杀了我吧！"

　　天空飘起雪花，风倒停了。雪落在柳枝上，很快就被乌黑的枯枝吸收进去了。大雪无声，枯枝无声，鸟雀也没了声音。不一会条条枯枝溢出细碎水珠，枯枝凝止不动，水珠凝止不动，只有她脸上的泪珠变成了长长水流……

二十三　南山坡姹女投酒墓 公主府男儿守

灵堂

大雪羽片般飘落，于雯回到城里，街道已经花白，她的家却银白一片了。门口挂着白灯笼，堂上挂着素幛，家人穿着丧服，她心头一震，脱口叫声，"父亲！"向父亲房里奔去。

房里哭声一片，只见父亲静静地躺在床上，面白如玉，神情安祥，像平日醒醉一样。众人跪在地上，唯有祖母坐在床头，铁青着脸一言不发。她尖叫一声扑到父亲身上，又引起一阵震耳哭号。

父亲枕下留有遗言，上面写着：

南山之阿兮凿酒穴，无椁无棺沉酒中。
平生所憾兮未尽酒，死后犹饮三千钟。

于雯看了，肝肠欲裂。父亲，你为什么要这样做？生前你成天泡在酒中游戏人生；死后为何还要把尸骨泡在酒中，永世背上不肖酒徒之名，莫非还要游戏上天游戏冥界不成？这，到底为什么呀？

撕心裂肺的号淘声中，家人来报：有位老匠人上门说：南山酒墓凿就，请府上派人前往验看。

南山酒墓！众人收起哭声，仄着耳朵倾听。馆陶公主沉静说："匠人何在？"家人说："在门外候着。"馆陶公主说："传他进来。"

馆陶公主要于雯扶她到前堂去，匠人是位五十余岁的老者，馆陶公主说："请问老丈，南山酒墓何人要你凿的？"老匠人说："于老爷呀。"馆陶公主说："你认识于老爷？"老匠人说："小的不认识。"馆陶公主说："你既不认识于老爷，怎知是于老爷要你凿的？"老匠人说：

"孙复孙大人。"

馆陶公主大惊，"孙大人何时要你凿的？"老匠人说："三个月前。"馆陶公主说："孙大人现在何处？"老匠人说："小的不知。"馆陶公主说："为何今日来报？"老匠人说："孙大人要在落雪之前凿成，吩咐不进一滴水，不落一片雪，今日正好落雪，酒墓正好在落雪之前凿成。看到府上办丧事，真够巧的，能掐会算也没这么巧的。"

是啊，能掐会算也没这么巧的！于雯不禁一阵震栗。从遗书看，父亲是知道南山酒墓，也是知道酒墓凿成之期的。三个月前，是谁——孙世伯还是父亲------就已经预见今日落雪，预见墓穴凿成，预见他的死？

"备车！"馆陶公主说。

起风了，雪下得更大。风儿呼啸着，翻卷漫天雪花，纷纷扬扬飞舞；有时又聚成团儿，在银白的地面上绞起一团团白色漩涡，把地面上的积雪掀到半空，与空中的飞雪搅合，碰撞，天上地下混沌一片了……

馆陶公主的乘舆，京城中可以称为最气派最豪华了。但车上没有来得及生火点灯，也没有铺垫锦被，她和孙女端坐在车上。风从缝隙吹进车厢，尖厉得像刀片，像针尖，刺人肌肤，再化作寒气，裹住全身。车厢冷得像一个飞速移动的冰窖。两人都深锁眉头，眯缝着眼睛，一动也不动。

雪盖住了道路，车在雪上奔跑……

"你父亲无愧你太祖、曾祖、祖父，他死得尊严……"馆陶公主干涩的声音，随着车厢的颤动而颤动。

“胜者生，败者亡，没什么话可讲。敢于挑战，就应该敢于承担失败，敢于面对死亡。不值得悲哀，不值得伤痛，尊严的死就是尊严的生。”

随着祖母的声音，她对父亲的作为有了深层了解。父亲无意为官，成天泡在酒里，眼睛却始终盯住政局，一当需要他出手的时候，他就义无反顾出手了。证人是父亲藏匿起来的，也是父亲暗示她找到的。父亲这样做，是要把太皇太后“陛下”二字打掉，打消老后幼君临朝执政的梦想，老实回到长信宫当她的太皇太后去。为汉室立一代成年英主，一举改变外戚擅权的局面。大汉江山是高祖皇帝开创的，是刘氏江山，不许别的什么人觊觎。那是大勇敢大智慧啊，较之祖父、曾祖父毫不逊色。只可惜最后一刻，王莽突然出现在庙堂之上，父亲失败了。如果王莽晚一天、两天，最多三天，南面而坐的就非现在之君，阶下而立的就非现在的外戚重臣了。莫非刘氏当灭，王氏当兴？天命不可逆转？

三天前，她和祖母进宫回家之后，也许是祖母忧伤的叹息，也许是她羞辱的哭声，父亲又开始豪饮。这次豪饮与往日不同，没有呼朋引伴，没有大呼小叫，自斟自饮，镇日不语。只在昨日发出几阵啸声。

啸声清越激昂，若诉平生之志，若泄平生之愤。当时她沉浸在忧伤和羞辱之中，哪能理会父亲的感受！

大丈夫不食嗟来之食，父亲已经无颜对面那恩赐般联姻，更承受不了王安拒婚的羞辱！王安拒婚清楚表明：王于联姻是为稳定宗室，稳定朝中大臣；对他对他母亲对他女儿却是露骨的蔑视。大约就在那天，父亲无意人世，决心要为自己的失败承担后果了。

是王安那个小贼逼死了父亲！

乘舆在南山坡停下，林立的冷杉在嶙峋的怪石之中，从山麓覆盖到山顶。刺耳的寒风在林中呼啸穿行，就像父亲醉酒后跌跌撞撞的样子，撞得粗壮的树干东摇西晃。父亲，是你吗？雪片漫天飞舞，树根冲风的地方积雪已经半尺多厚了，树上却没有沾挂半分。这很像父亲，英雄流血不流泪！粗壮的挺拔的树干张着稀疏的树冠，直插风雪弥漫的云天。是的，这是父亲。

林间有条上山小路，馆陶公主不要侍婢搀扶，一步一步向上攀登。好在树木挡住了飞雪，黑白之中依稀可辨路的轮廓；好在新雪不打滑，她下脚稳，踩得实，从从容容，走得很安祥。到了半山坡，看见山洞冒黑烟。老匠人远远喊叫，"于老爷家来人了！"

洞里钻出了几个年轻匠人，有的披着破袄，有的披着兽皮，冻得哆哆嗦嗦的，好奇地看着这群锦袍白裘贵人。于府管家高呼，"馆陶公主殿下驾到，闲杂人等回避！"年轻匠人面面相觑，不知如何回避才好，馆陶公主走近，"罢了，寒天雪地的，呆在这儿吧。"

洞口方圆一丈有余，里头燃着火堆，前行十余步更见开阔，看样子是个天然山洞。老匠人在前引路，地面忽高忽低，过了三个火堆，光线渐黯，老匠人点上火把，向左拐了个弯，进入一条人工开凿的巷道。巷道平直如砥，高八尺，宽五尺，约三丈。到了尽头，老匠人指着地下一个黑窟窿说："酒墓就在这了。"

老匠人吩咐抬来梯子，两个后生打着火把下去。火光一照，啊，酒墓形状简直就是一个天造地设的酒葫芦，深两丈有余，底部和上部都有鼓肚子，顶部细长。表面一色碧玉，不见丝毫雕琢痕迹，只要把葫芦里头的石头剔除干净，碧玉葫芦就显现出来了。若非造物主早把一个碧玉酒葫芦藏在山中，谁能造就出这般神器？馆陶公主不禁暗暗感叹：

"是我儿的归处啊。"

两个后生爬上来了，撤除梯子，碧玉葫芦一片漆黑，只听于雯尖叫一声，纵身跳下去：

"父亲，孩儿相随父亲地下吧。"

公主府的噩耗，快马踏着飞雪传进王府。于恬是于家四世单传的独子，膝下唯有于雯一女。王莽带领全家准备前去吊丧，刚套上车，报道馆陶公主带孙女出城去了。独子新殁，大雪天跑出城去，谁也不知怎么回事。等到掌灯时分，又传来于姑娘摔成重伤的消息。

像遭电殛一样，王安懵了，双手捶着头，"是我的错，是我害死了她。"

王莽奔进后堂，盛怒大吼，"你做的好事！太皇太后陛下、皇上赐婚，你竟灌成烂醉，公然简慢人家姑娘，酿成今日惨祸！"看见王安低头耷脑委顿在地，更加来气，"你看你，什么样子！还不扒掉衣服，前去肉袒请罪！"

王安一片空茫，听见父亲咆哮，感受他的暴怒，却不知他说什么，呆愣愣不动，"起来！"王莽踢了一脚，王安倒在地上蜷缩一团。"自己作的孽，还想装赖，快扒衣服！"

王安扒掉上衣，王嬿却把衣服覆在他身上："不不，不是三哥的错，于姐姐悲伤过度，路滑……路滑呀！"王安把衣服扔到地上："不不，是三哥害了她，三哥不该……"王嬿看了母亲一眼，又看了看大嫂，把衣服又覆到他身上："不不，三哥……"

王莽暴喝，"滚开！没你的事！"

王嬿跪在他脚下："别打三哥……"

王莽大怒，双目陡然发赤，红得像血，箕张五指拽住她的后背，整个儿拎了起来向后摔去，"滚开！"

"啊！"王嬿发出一声尖叫，重重摔到地上。她从来没有受过这么重的摔打，做梦都想不到父亲会这样狠心，惊吓得连疼都忘了，眼睛睁得大大的，不知道哭，也不知道喊。吕焉发出惊叫，王静烟扑上前把她搂到怀里儿啊儿啊叫着。王嬿还是呆呆的不出声，好像掉了魂一样，直勾勾望着父亲。

"主公息怒，别吓坏了嬿儿姑娘。"平晏从中堂匆匆赶来，"这事虽系家事，可非同寻常，还须多加斟酌。"

王莽顿脚长叹，"唉，教子无方，教出这般不成器的儿女。与于家联姻，本意捐弃嫌隙，举朝熙睦，这倒好，弄巧反拙，造成这么大的惨剧！叫愚兄如何面对太皇太后陛下、皇上！如何面对馆陶公主殿下！愚兄真是无地自容，恨不能一死以谢天下。"

"主公严于责己，自是人臣楷模。"平晏冷冷说："如果主公一定要把于东园之死，于姑娘之伤归罪三公子，肉袒请罪只怕不够吧。"

可不！王莽悚然一惊，一双发赤的眼睛睁得大大的。不光有人命，还欺君罔上抗旨不遵，"肉袒请罪"成吗？该把三儿子解送到京兆尹衙门伏法！在新野他曾亲手解送二儿子伏法，今天还要亲手解送三儿子伏法不成？

平晏躬身，"主公请到前堂说话。"王莽长叹了一声，抬步向前走去。

一进中堂，平晏发出连串质问："主公何罪之有？何过之有？一事当前，为何不分青红皂白，总把罪过往身上揽？于东园嗜酒如命，日夜豪饮。终有一日醒醉而死，本是意料中事；于姑娘悲伤过度，大雪路滑，失足摔伤，也非什么蹊跷事。三公子不过醉酒，未能奉诏入宫，怎能把于东园醉死，于姑娘摔伤说成三公子的过错？这是天命，这是时运，主公不可把罪过往三公子身上揽，绝对不可以！"

这显然是诿过。王安灌酒拒婚，王府上下无人不知，馆陶公主焉能不知？于府已经传出于姑娘追随亡父于地下，跳进石墓是自殉而非失足。王莽眉头皱起："人言可畏啊。"

平晏轻蔑一哂，"官宦人家出了事，免不了有些传言。有人想把于姑娘说成殉父烈女，那就随他说吧。于姑娘是殉父烈女，那是于姑娘的孝行，与三公子何干？主公一定把罪过往三公子身上揽，后果只怕不单单是三公子的刑罚吧？主公联姻苦心，岂不在世人眼里变成了权术，何以立信于太皇太后陛下和皇上？"

"然而……"

平晏接着说："以仆愚见，馆陶公主殿下必不如是说。恕仆放肆，即便馆陶公主殿下往三公子身上推，主公也不应该承认。"

"这……"王莽沉吟了。

"主公勿虑，这事并非不可转圆。"平晏说："于府无嗣，主公可带夫人、三公子、女公子前往吊丧，三公子请以半子行孝子之礼。"

于府无嗣，但有女婿公孙禄，外孙公孙钧：王安尚未成婚，何谓半子？何况男方拒婚于前，女方重伤于后，谈何半子？半子都不是，又怎能成为"孝子"代行孝子之礼？尤其于恬之死于雯之伤与王安拒婚不无干系，馆陶公主怎能让杀子伤孙之人代行孝子之礼？

王莽连连摇头："这事恐怕不行。"

"事在人为，不做怎知不行？"平晏平静极了，"抱定一个诚字，死守一个诚字，诚能动天，诚能动地，诚能动鬼神，难道独独不能动人？"

　　雪下个不停，街道积雪都有半尺深了。于府大院两侧搭起席棚，乐府三百乐工奏起招魂之曲。灵堂上陈放于恬遗体，上空挂满灵幡挽幛，烛光闪闪，香烟袅袅，不知哪来的一群亲戚在遗体旁号淘大哭。于府人丁不旺，仆役却众多。人人穿上丧服，院里院外一片银白。

　　馆陶公主端坐在灵堂上，公孙禄、公孙钧立于身后。她的左脸映着烛光，右脸隐没在阴影里。脸上没有泪痕，眼中不见泪光，只是皱纹刀划的一样，比平日更加深刻。

　　王莽率妻儿一齐下拜。

　　"大司马的好意，老妪心领了。令郎王三公子为犬子行孝子之礼，向无成例，不合礼制。" 馆陶公主很平静，听她的口气，婚约似已解除，彼此再无姻亲之谊了。

　　王莽夫妇站起，王安王嬿却跪着不动。

　　"王三公子、王姑娘也都起来吧。"馆陶公主见二人并无起意，"钧儿，扶他们起来。"

　　公孙钧上前来搀，王安泪流满脸，"是晚辈害了姑娘……晚辈一时孟浪，一时轻率，酿成了这样的祸事……晚辈真该死……"馆陶公主打断他的话，

"不，雯儿失足摔伤，是她命犯灾星，与公子无
关。"显然，她的高傲不允许她承认孙女遭人冷落而
轻生的尴尬。王安本想忏悔柳林的罪愆，这会儿也知
道不合时宜了。他的忏悔，只能对于姑娘构成新的伤
害新的亵渎。

"尔等起来。"公孙钧口吻尖刻，"舅父新丧，
表妹垂危，于门险衅，受不起二位贵人大礼。"王莽
在一旁说："公孙公子见外了。彼此都是至亲，分什
么贵贱？要说高贵，公主殿下千金之躯，谁还能比她
老人家更高贵？公主殿下丧子之痛，作为亲家感同身
受，悲戚万状。"公孙钧一时口塞，公孙禄上前说：
"大司马何等人！大司马公子何等人！大司马女公子
何等人！犬子又是何等人！不是犬子'见外'，而是
自惭形秽不敢高攀。"他一开口，竟比儿子还要尖刻
三分。

王莽躬身礼拜，"公孙将军，亲家辞世，犬子悲
恸之至。生前未能尽孝，就让他在灵前表表孝心
吧。"他不理会别人怎么说，坚称"亲家"。

公孙禄说："大司马叫错了吧。我本囚徒，早已褫夺职守，幸遇大赦，保得贱命，今日才有幸再睹大司马丰采。"

王莽再拜，"公孙将军对下官误会颇深，灵堂之上不是辨解地方。他日有暇，下官当剖心析肝。请公孙将军再勿阻拦犬子行人伦之礼，为岳父尽孝不容稍忽。"

不等馆陶公主说话，王嬁就大声说："孙女也要行孝。"她说得情真意切，声泪俱下。"孙女还要替代于姐姐守孝……"

"你，怎么？……"馆陶公主面对一片天真情愫，说到半截说不下去了。

她一时不知说什么好：公然驱逐？尚未上表太皇太后陛下解除婚约；妥婉拒绝？土氏父子厚着脸皮赖着不走。为拥立望乡侯刘信，太皇太后陛下本欲治罪，只因王莽提出联姻，太皇太后陛下才捐弃前嫌和好如初。堂上来客众多，闹得不好必然惊动圣驾，可就祸不单行了。

又有客人吊唁来了，王安王嬁磨身跪到她的身边，俨如子女叩谢来吊的宾客。馆陶公主不悦地皱了皱眉头，但见兄妹二人泪流不止，一片至诚，又觉不便严拒，只好扬手对王莽夫妇说：

"贤伉俪请回吧。"

王莽夫妇没走，只是闪到旁边。吊唁的人一拨接一拨，他们都知道于王两家奉旨联姻的事，看见王安兄妹跪在灵前，以半子行孝子之礼。就是那些喜欢挑剔的人也不觉得不合礼制。他们在慰问了馆陶公主之后，也在王莽夫妇面前慰问几句。一时间，王莽夫妇居然成为于府半个主人了。

到了二更，吊客都走了，王莽夫妇还站在那里。馆陶公主高叫："送客！"王莽夫妇只得告辞。馆陶公主挥挥手，"你俩也走吧。"

"不！"王嬿哭喊，"孙女不走，孙女要守灵！"

王安什么也没说，跪伏在地泣不成声。

"送客！"

王莽见她毫不容情，讪讪打量了王安王嬿一眼，和王静烟一道向外走。二人出了门，公孙钧跨步上前，"小贼，滚出去，于府容不得你！"王安低头不语。公孙钧唾骂，"伪为人！伪君子！杀人狂魔！假

仁假义！"王安抬眼怒视了一阵，又垂下了眼帘。公
孙钧再次暴喝，"滚！"王安更深地埋下头。

公孙钧从墙上摘下一柄宝剑，"你再赖着不走，
小爷一剑杀了你！"王安说："在下早想一死谢罪，
你动手吧。"说着闭上了眼睛。公孙钧大怒，"小
贼，你当小爷不敢杀你！不就是多设两处灵堂吗？"
他拔出剑来。

"别杀我哥！"王嬿闪身护住王安。

"住手！"馆陶公主喝叫。

"小贼，就让你多活几天吧，我必杀你！"公孙
钧收剑鞘中。

"王三公子……"馆陶公主抬手指着王安要说什
么，忽觉一阵眩晕，跌坐在座位上。她闭上眼睛，一
直强压的眼泪突然奔涌而出。她不愿王安兄妹看见，
别过脸去。悲痛的气流冲击着喉头，她死命遏抑，哽
咽了两下，终于把呼天抢地的号淘吞进肚里去了。她
铁青脸站起身，"王家的人，好狠……"

她做了个手势，公孙钧搀着她颤颤巍巍向后堂走
去。

半夜于雯醒了，听说王安在灵堂守灵，尖声叫
嚷，"把小贼撵出去！撵出去！"

馆陶公主进房去看，孙女病情有了转机，心里略略松快了一些。看王安兄妹那个心诚，觉得孙女未免过于心高气傲了。年轻人贪杯，多喝了几樽，醉倒了不能奉诏入宫，算不了什么大不了的事。以她锐利的目光，不会看不出王莽是为朝廷大局而恭谦隐忍，想不到他的子女也修炼出了这样深厚的隐忍功夫。认准的事不怕轻贱不忌鄙薄不避侮辱不惜生死，坚定不移做下去，不达目的不罢休。放眼天下谁家子女能这样坚韧顽强？使她感到一种莫名的恐惧。

"把小贼撵出去！撵出去！"于雯不停喊嚷。

"好好，去撵，去撵。"馆陶公主出了病房，但没派人去撵。

王莽夫妇回到家里已经三更，"快，给我换朝服。"王静烟说："半夜了，换朝服做什么？"王莽说："进宫面圣。"

三更半夜进宫面圣？不怕惊扰宸安？王静烟不敢多言，只得替他换上朝服。王莽驱车到达北宫门，晨钟刚刚敲响，宫阙大门刚刚启开。他跳下车，踏雪直奔中黄门，中黄门城楼亮着一串灯笼，城门还上着锁。城楼当值的中黄门抱拳宣称，"后宫重地，时辰不到，不能擅开。"

"下官就在门外跪候。"

天还没亮，远近鸡鸣一声接一声。卯初，中黄门打开，他向长信宫走去。长信宫门还没开，门口站着两名中常侍，二人拱手，"我等已接传报，得知大司马深夜叩宫，无法传进去，再请大司马稍待片刻，宫门就要开了。"

王莽双膝跪在宫外。雪有一尺多厚，跪在雪里，两腿都埋在雪中。好在雪已停了，长空墨玉般晶莹，黑糊糊的楼阁廓影清晰显露出来。晨光迅速变幻色彩，宫殿渐渐明亮。由黑变灰，由灰变白，琼楼玉宇在银白大地上披着薄透霓裳呈现在眼前。这时朝霞燃烧在东边的天野，从云朵罅隙四射出万丈光芒。

何闳走到寝宫门口，宫女说："奴婢刚听见太皇太后陛下咳嗽，大约醒了。"何闳蹑手蹑脚向暖阁走去，刚到暖阁门口就听王政君问，"谁呀？"宫女回报，"何公公来了。"何闳奏报，"大司马跪在宫外，请求陛见。"

王莽浑身是雪，不待拍打，跪在暖阁门口，"臣请太皇太后陛下恩准，臣三子安以半子为于氏行孝子之礼。"

于府的噩耗昨晚她就听到了。王于联姻背后所代表的意义她自然清楚，看见王莽这样急切至诚，大为感动。想都没想就说：

"准奏。"

王政君随即敕令何闳草拟诏书，并代表她和皇帝到公主府吊丧。何闳到达于府时，于府还没开门。

于恬新故，朕甚悯焉。朕与皇帝曾为王安于雯赐婚，
　　于氏无嗣，于雯又伤，敕令王安以半子行孝子之
　　礼。丧葬之后结庐守制，丧期届满即成礼焉。敬
　　天之休，勿违朕意。

何闳宣读诏书的时候，王安王嬿还跪在灵前。馆陶公主接旨谢恩之后，二人才被搀起。

王嬿径直跑进病房，看见于雯闭着眼睛，头上包裹着素帛，右额浸着一摊血。喊着"于姐姐！"扑到床上哭起来。于雯知道她来了，不知说什么好，假装

睡着了。侍女嘘了一声，"我家姑娘刚睡着，别把她吵醒了。"王嬿忙收住泪，"于姐姐不要紧吧。"侍女却说："别说话，出去玩吧。"王嬿趴着不动，"我不说话，我要在这看着于姐姐。"侍女不好硬撵，不一会响起了轻微的鼻息气，她睡着了。

"把她抱到客房去睡吧。"侍女把王嬿抱走后，于雯说："那小贼可还在……"侍女不敢作声。于雯眼角淌出一串串泪珠，"小贼！小贼！"

馆陶公主送走何闳后，如丧魂，似落魄，头脑一片空白，呆坐良久，废然一声长叹，来到病房向她传达了太皇太后陛下的旨意。于雯本想把柳林的事情告诉祖母，但她知道除了增添祖母悲痛别无好处。她觉得她和祖母仿佛叫一张无形的网网住了。这网，大概就是命运吧？除了死，大约无论怎样作为都无法冲破了。她一向眼高于项，这会儿也感到无奈无力，眼泪又簌簌流出来。

不到两个时辰王莽雪夜进宫跪雪请旨；王安王嬿兄妹长跪灵前，请以半子行孝子之礼的感人事迹传遍长安。吊唁的人潮水似地涌向于府，整整七天七夜没断流。他们慰问死者家属，更称颂王氏父子，真叫馆陶公主又苦涩又无奈。

初雪之后，长安又下了两场雪。河水结了冰，道路封了冻，灵柩停过三七，于恬下葬。王安披麻戴孝捧着灵牌走在灵柩前头 。送葬人群足有一里长，街道两旁看热闹的人无不称赞王氏父子贤德。有人说于恬一介酒徒，幸亏攀了一门好亲，死后享尽哀荣死而无憾了。

刚出南门，忽听金鼓齐鸣，一位银盔银甲将军从草亭迎上来纳头就拜。王安抬眼一看，却是四弟王临，他抱着灵牌跪了下去。这些天他守在于府，于府的人对他极其冷淡。除了召呼吃饭，没人和他说话。听说于雯已经脱离危险，想到病房探视一下。进到后堂被人拦住，于雯传出话来把他臭骂了一顿。从此他像具僵尸成天跪在灵前，连四弟凯旋回京也没人给他透个信。王临远在千里，却已尽悉他的境况。

王安在于府短短二十一天，人瘦了一圈，内心的痛苦竟比地牢还要深重几分。王临见他形销骨立，神色呆滞，好像变了个人，"三哥，你要节哀，身体要紧。"谁知几句寻常的话，唤回了久违的亲情，引得王安泪水滂沱，王临叫声"三哥！"也泣不成声了。兄弟俩隔着灵牌对哭。

良久，严尤廉丹把他俩搀起来。

金鼓再鸣，千余铁甲将士单跪致敬，灵柩在队前缓缓通过。到达南山，于恬尸身安放在酒墓中，浸泡到酒里，山洞封闭起来。王安在半山搭了个茅庐，独自一人在那儿守墓。

山上的风真大，真冷。

二十四　越裳氏千里献白雉　未央殿百官颂

周公

　　元正在瑞雪中降临了。刘衎改号元始，今年是元始元年(公元 1 年)。

　　夜漏未尽，天色微明。彤云掩盖着破曙霞彩，微动的晨风飘洒零星雪花，十里宫阙披上了薄薄银装。刘衎头戴鎏金盘龙王冠，上悬十二条玉藻。条条丝绦，串串美玉，在他眼前鼻尖晃动。玉藻之下，一张白里透红的脸。两眉之间，点了个朱砂点。据说这是从身毒(印度)传入大汉的，名叫吉祥点，点在幼童额上煞是好看。他上衣色玄，下裳色黄，前襟和后背用金丝银线绣出五采斑烂的日月星辰和山龙华虫。

　　"起驾啰！"王政君牵着他的手偕他出行，一声接一声传呼，洞穿清晨的沉寂，从灯火通明的宸宫传到轻雪斜飞的宫外，传向凛冽昏黯的前方。附马都尉刘垒率三百金甲羽林军乘坐黄马踏琼溅玉在前开路，三百龙旆一齐高举，三百提灯款款走出宫门，一排玉盂两座香炉过后，百名宫女簇拥王政君刘衎登上銮驾，缓缓驰出宫门。上了御道，乐工在前吹奏，宫女舒开广袖在銮驾两侧翩翩起舞。

銮驾里头包着龙凤彩绣毡毯，密不透风，光线很暗，好在炉火正旺，映得刘衍脸红彤彤的。他紧靠王政君坐着，外头锣鼓喧天，心儿早飞出去了。看见皇祖母正襟危坐不敢开口，但他的身子不肯老实。不时仄着耳朵听听东面，又调过头去望望后边，一刻也不得安生。王政君问，"皇帝要出去看热闹？"刘衍低头，"是。"王政君说："外头太冷了。"刘衍冲她嘻嘻一笑，站起来往外钻，"臣孙不怕冷。"王政君帮他把狐裘领子竖起，拍了下他的屁股。刘衍一头钻出车门，尖利冷风迎面扑来，浑身一激灵，眼睛却被威武雄壮的队列吸引了。车盖高一丈八尺，七彩雉羽编成，斑斓妍艳，宛如鸾凤展翅飞翔。凭轼站立，雪花拂面，倒使他精神振奋。两侧曼舞的宫女挥动长袖向他甩去，左边是红，右边是绿，一红一绿，犹如彩虹在他眼前飘荡，他左右点头，迎接他的是晨星般明丽的眼睛，更叫他兴高彩烈。銮驾的后面是八排羽扇，五官中郎将王宇乘补车满载铁甲武士殿后。出行队伍过了柏林，经过光华殿，直出北宫阙。

　　銮驾在门外百步停下，宗室王侯、三公九卿百余人跪伏于地迎候他们下车。门阙正中设有香案，大司徒孔光、大司马王莽、大司空彭宣亲自敲打火镰点燃香烛。夜漏七刻，钟楼钟声敲响，王政君刘衍在香案前跪下，当！当！敲了二百零八下，预示大汉帝国进入二百零八个年头。

　　汉时年称岁，过年称改岁，拜年称改岁之礼。改元岁首大朝格外隆重，四百石以上官员都要进宫贺礼。他们立于驰道两旁，銮驾驰过，跪伏欢呼，犹如波涛似的，一浪追逐一浪。德阳殿外有座龙亭，陈列百官改元贺表和拜岁礼品。王政君刘衍下车，绕亭巡视礼品一周，然后登上御辇，进入德阳殿。

　　新君新朝新元，一元复始，万象更新。改元大典，万方来朝，四域进贡，文武百官黼黻一新。中太仆何闳高喊，"山呼！"百官齐呼："万岁！"何闳再呼，"山呼！"百官再呼："万岁！"何闳三呼，"再山呼！"百官三呼："万万岁！"千余人呐喊，震得大殿嗡嗡作响。礼成乐止，百官起立面向天颜，大殿上下一片肃穆。人人面带庄容，目露喜色，显现出元正特有的喜庆而又昂扬的气象。

这时，匈奴百人使团列队进殿。刘衎登基时侯，匈奴单于囊知牙斯刚刚登上宝座，派出庞大使团朝觐来了。鼓乐再次响起，大汉帝国无尚荣光的自豪感在刘衎心里涌起，站起身大声叫好。

匈奴使臣呈上礼单后，抬手拍了三下，一个少女踏着舞步，飞旋着来到阶前拜倒。她操着生硬的汉语奏称，"奴婢王昭君之女须卜居次，奉单于之命，拜见大汉太皇太后陛下、皇帝陛下，祝大汉太皇太后陛下，皇帝陛下万寿无疆。"

王昭君是元帝时出使匈奴和亲的，原是后宫宫女。当时王政君是皇后，统辖六宫。王昭君常到长秋宫做事，王政君见过她几面，姿色出众，称得上绝色女子。出塞的时候，也正是王政君倍受冷落，苦吟《长门赋》的时候，一些句子跳了出来：

夫何一佳人兮，步逍遥以自虞。魂逾佚而不返兮，形枯槁而独居。

记得王昭君到长秋宫拜别，她觉得她俩同病相怜，也曾一掬同情之泪。王昭君先嫁给呼韩邪单于为阏氏；呼韩邪死后，依匈奴风俗，又嫁给呼韩邪之子复株累若鞮单于，须卜居次就是王昭君与复株累若鞮单于所生之长女。看到她的女儿来朝，王政君倍感亲切，"你上来，让朕看看。"

须卜居次随着何闳登上丹陛，跪在王政君膝下。王政君牵着她的手，仔细瞅了一阵，依稀找到一点点熟悉的面影。须卜居次似肖似不肖的面影，反射的却是五十年前的韶光。她喃喃说："好好，像，像。"

刘衍是听过"沉鱼落雁"故事的。据说王昭君出塞时在马背上弹琴，一群大雁听见她的琴声，看着这位弹琴的美人，忘记扇动翅膀，纷纷跌落下来。他走下御案，围着须卜居次打转，看了一圈又一圈。须卜居次很大方，迎着他的目光对他笑，王政君笑，"皇帝，你看什么呀？"刘衍说：

"臣孙看她能不能落雁。"

须卜居次说："奴婢不能落雁，奴婢没有阏氏美。"说得满朝文武都笑了。

东陲高勾句也派出了百人使团，他们献上人参、鹿茸等土特产，还有数百头虎熊梅花鹿。

随着司礼谒者的宣呼，各国各部族依次进殿，奉上礼单，呈上贡品。丹陛之上，摆满了各种奇珍异宝。其中有精工巧制的工艺品：金铸二龙戏珠、银造五羊送穗，玉雕七尺楼台，丝织十锦珠屏，明粲的珠光，富丽的宝气，直晃每个人的眼睛。最后进殿的是南越蛮族越裳氏。司礼谒者高呼：

"越裳氏献白雉一双。"

只见三名使者身披兽皮，抱着两只不起眼的白鸟，进入大殿。

"白雉！"刘衍眉毛一蹙：白雉不就是白色野鸡吗？野鸡到处都有，稀松平常，居然千里迢迢送来当贡品！看着三个使者，皮肤黑得像黑炭，门牙黄得像泥巴，说话像鸟叫，一句也听不懂，真是没开化的野人！

越裳氏的语言，汉武帝时只有出使南越的司马相如听得懂，如今听得懂的也只有刘歆一人。他与三个使者伊伊嘎嘎对了一阵话后，告诉大家：越裳氏使者说，雉以羽毛五采斑斓著称，白雉世所稀有，千年难得一见。随着他通译的声音，使者翻动羽毛，白雉身上没有一根杂色，洁白如玉。

这不起眼的野鸡居然如此珍贵，满朝文武为之一惊。大司徒司直陈崇出班奏言，"恭喜太皇太后陛下！恭喜皇帝陛下！白雉之出，预兆周公再世。"百官更加吃惊，定睛望着这对白雉。

南阳贤良张敞、涿州贤良孙竦一齐出班伏于阶下，"臣闻周武王崩，成王即位，年仅四岁。周公旦哺育幼帝，执掌朝政，天下大治。其时百风来仪，白雉天降。白雉实为天降祥端，千年之符，大汉幸甚，亿兆幸甚！"

三人皆为青年俊彦：陈崇是大司徒孔光的属官，精明干练，素为孔光倚重：张敞孙竦都是博通之士，擅辞章，有辩才。

而今又是幼主临朝，当代周公自然非王莽莫属了。打从王莽奇迹般出现在庙堂上力排众议，拥立平帝，他的声望就一再飚升。近日，三子王安在公主府守孝，四子王临班师凯旋，满朝颂声洋洋。他的仁德和武功，更加广为传扬。千巧万巧，远在天涯尚未开化的越裳族献来千年罕见的白雉，这不是天降符令(天命)，预示周公再世，又是什么？

张敞说："白雉之瑞，千年同符。圣王之法，赏罚分明。臣有大功赐以嘉号，故周公封于周而称周公。大司马王公莽有定国安汉家大功，应赐嘉号称安

汉公。晋爵增邑，厚加封赏，上应古制，以顺天
心。"

王莽慌忙出列，踉踉跄跄走到阶前拜倒，"太皇
太后陛下、陛下，不可！臣居大司马之位，已属尸位
素餐，何敢妄想显爵尊位。"

他这一说，群臣一齐跪倒高呼："大司马王公当
赐显爵尊位。"

"太皇太后陛下、陛下，此议不妥！"王莽磕头
如捣，砰砰有声，嘶声奏言，"太皇太后陛下与臣骨
肉相亲，姑侄如母子。《诗》云：'无父何怙？无母
何恃？欲报之德，昊天罔极。'臣纵有寸功微劳，实
难报太皇太后陛下、陛下万一。太皇太后陛下、陛下
增臣爵邑，臣绝不敢受！"

他的喊声像一团火，喊得群臣热血贲张，也喊得
王政君心头热呼呼的。张敞孙竦又要抗辩，王政君手
一挥，"起来吧，容朕审思。"

岁首大朝不是廷议日子，而是君臣同饮同乐的节
日。王政君令刘衎拍手，宣布"赐饮食"。这时《食
举之乐》响起，一列列宫女鱼贯而入，有的抬着条
几，有的捧着酒坛，有的端着托盘，托盘里堆放佳
肴，从东门进殿，摆放在百官面前。百官举觞高呼：

"敬祝太皇太后陛下、皇帝陛下万寿无疆！"饮酒进食毕，宫女收回条几餐具从西门走出去。随后，殿中高奏《九宾彻乐》，上演各种百戏：诸如跳剑丸、走绳索、爬高杆，还有《七盘舞》等舞蹈表演。君臣欢愉，入夜方散。

散戏后何闳悄悄告诉孔光，说皇上改岁没伴，希望他送孔麟进宫陪皇上玩几天。孔光自然知道这是太皇太后陛下召他前去议事，不敢稍怠，翌日一早带着儿子进宫来了。刘衎见到孔麟真是一日三秋，高兴得不得了。对他说起越裳氏所献白雉，孔麟大惊，"千年罕见？臣求一见。"

孔光连忙制止，"白雉已送进太庙，供奉高祖皇帝，是你随便看的！"王政君笑笑，"圣人后裔，天降麟子，今为皇帝益友，必为皇帝贤臣，诚大汉之幸，皇帝之幸。白雉难得一见，让麟儿见识一下吧。"孔麟大喜，振衣谢恩。

二人走后，王政君问起封赏的事。常言道，疏不间亲，孔光自然满口称赞，"明君之明，明在功过；功过之明，明在赏罚。不可因私情应赏不赏，也不可因私情应罚不罚。"王政君问，"当如何封赏呢？"

孔光说："赏罚君之器也，唯君操之，微臣焉敢置喙？"王政君说："朕以为赏罚若不服众，不如不赏。丞相老成，请直说吧。"孔光拜倒，"臣意先论其功，然后比照前朝成例，依例行赏，必可服众。"

王政君敕令尚书令姚恂把王莽的功迹列举出来，同时派出快马，把大司空彭宣召进宫来一同商议。

彭宣驱车来到东宫门阙，下了乘舆，踏雪向长信宫走去。没走多远，就听两骑快马在身后喝令清道："回避！回避！"彭宣慌忙调头，看见御辇回銮，当下跪在路旁。

孔麟看见彭宣，宣室那个可怖的暴风雨夜晚浮现到了眼前，忙请刘衍停车。御辇在彭宣面前停下了，刘衍下车，"大司空平身。孔麟多次说起大司空拒奸壮举，铁骨丹心，朕好生钦佩。"

"谢陛下。"彭宣站起，"拒奸抗逆，人臣本份。孔公子小小年纪尚能如此，何况老臣？实在不值陛下夸奖。"

刘衍得知他应诏前去晋见太皇太后陛下，请他上车。彭宣是朝中力主拥立望乡侯刘信的重臣，眼见皇上眉目灵秀纯真未凿，虽然满脸稚气，却无乖戾之处。倒也不失上上之选，心里且慰且愧，"老臣何等人，敢与陛下同辇。"刘衍说："大司空不必推辞。"说着上前去拽。彭宣看出皇上一片至诚，半推半就让他拽上了车。

御辇中备有御榻，生有火炉，十分暖和。与皇上同辇是臣子难得的荣耀。虽然是幼君，彭宣也觉君恩如山，心里沉甸甸的。他在角落坐下低下头，蜷缩成一团了。刘衍要他坐在炉边烤火，彭宣说什么也不肯。刘衍孔麟一左一右硬拉，这样一来，他倒坐到中间了。彭宣口称"死罪"，战战兢兢跪下请罪。刘衍说："朕恕你无罪，你就不必拘礼了。"彭宣却说："君臣大节，老臣誓死不敢僭越。"

孔麟想把话引开，故意打趣，"大司空，今天是元正，怎么这么说话呀！"新年元正，弃旧图新，民间多有禁忌，譬如讳言"死"之类不吉利字眼。彭宣张口"啊啊"了两声。

刘衍笑了，"元正吉日，童言无忌，朕增一条：翁言也无忌。"

彭宣咧嘴，"谢陛下。"还是磨身坐到一旁去了。

进了慈恩殿，王政君问，"皇帝，怎么这么早就回来了？"刘衎说："白雉死了。"王政君心生一沉，也是想把话引开，"皇帝，今天是元正，怎么这么说话呀！"刘衎笑着搔头："啊啊。"刚说过彭宣，自己也犯忌，孔光忙说，"童言无忌。"彭宣说："丞相，这话不合适吧？天子大于天，君言无忌啊。"

众人都笑了。笑声中，彭宣慌忙行礼。王政君令刘衎把他搀起来，又招手叫刘衎孔麟过去，两个小孩美滋滋依偎在她身边。

这时尚书令姚恂展开牒牍宣读王莽的功迹。他从董贤作乱说起，王莽北军请兵，复道人宫，一直说到平帝的拥立；临了说到巡抚山东：

"大司马一战于渑池，再战于焦城，最后伏击于二峄，斩首五百级，俘获千余，盗匪伏法，山东遂平，父老无不称快。"

"才五百级啊。"刘衎突然说。

王政君笑了，"皇帝，你当咱高祖皇帝与顶羽楚汉相争啊。"

作为高祖苗裔，刘衎对列祖列宗的功业熟记于心。满脑子都是韩信，樊哙、周亚夫、卫青、霍去病，他们统兵动辄数十万，斩首动辄数万级。区区五百级实在看不上眼。"说来说去，大司马的功在于拥立朕。"

孔光笑笑，"拥立陛下，这是定策安宗庙之功啊。"

刘衎说："周勃拥立孝文皇帝，绛侯仍是绛侯；霍光拥立孝昭皇帝，嗣后拥立孝宣皇帝，博陆侯仍是博陆侯。不都是定策安宗庙之功吗？没听说封他们安汉公呀。"

他对今日廷议强烈表达异议，虽然出自幼儿之口，众人也不好再说什么。过了很久，王政君说："古有周公，又出了白雉，群臣才有今日之议。"

刘衎突然发问，"周公封于何时？"王政君不知。周公孔子并列，孔子后裔理当对周公事迹知之甚详，就说："麟儿，你告诉皇帝吧。"孔麟思忖片刻，"大约在武王伐纣之后，分封天下之时。"刘衎接着问，"不会在辅佐成王之时吧？"孔麟说："臣想，不会。"刘衎追问，"真的不会，你敢肯定？"

孔麟断然，"应该可以肯定。"孔光呵斥，"你怎知道？一派臆断之词！"刘衎却说："朕以为孔麟说得不错。以周公之贤，总不能在成王襁褓之时，自己封自己吧？"彭宣赞扬，"皇上圣明。老臣以为孔公子并非臆断，而是举一返三。丞相，这可是令祖之圣训啊。"孔光没话说了，刘衎又问：

"孔麟，你可知成王之母，武王之后，姓甚名谁？"

"臣不知。"

"你可知成王之祖母，文王之后，姓甚名谁？"

"臣不知。"

刘衎追问，"你为何不知？"孔麟说："史书未载。"刘衎继续追问，"史书为何不载？"孔麟说："臣不知。"问得很突兀，问得很无埋。众人都以为不过小儿之言，无知又无聊，无需细究。

"朕知道！要么她俩在成王登基之前薨了，要么她俩无德无能无足道，所以名不见经传。如果她俩贤明睿智，成王用得着周公辅佐吗？"谁知他说出了一番大道理，而且这番大道理极具针对性，众人无不惊讶望着他。"可朕不同，朕有皇祖母，贤明睿智的太皇太后陛下！用得着谁来辅佐吗？"

真是语惊四座，众人不能不刮目相看了。

"皇帝，尽说小儿话！朕纵有三头六臂，朝中还是要有贤臣辅佐的。"

"皇祖母所言极是，朝中少不了贤臣辅佐。不过有贤明睿智的太皇太后陛下临朝掌政，大司马不能独擅其功吧？"

孔光彭宣都垂着头不作声。彭宣之所以拥立望乡侯刘信，原因就是不愿看到王氏控制幼君主宰朝政，皇上的话很投合他的心意；孔光身居首辅，一人之下，万人之上，自然也不愿再有一人凌驾于自己之上。既然皇上开了金口，而且堂堂皇皇振振有词，自己又何必多嘴多舌画蛇添足呢？

天改岁，人增寿，春去秋来，一年到头，哪个孩童不盼改岁？盼新衣，盼吃食，盼龙灯，盼彩船，盼走人家，王嬿都盼都盼，可她最盼的是上山看三哥。三哥一个人在南山守墓，多孤单啊。可初一，大哥要守卫德阳殿元正大朝；初二，大哥要守卫光华殿迎春盛筵；初三，大哥要宿卫长信宫。直到初五，才把大

哥盼回家，又被父亲派去给大臣拜岁去了。盼呀盼
呀，初七大哥四哥才带她上山去。

太阳早早出来了，好白好亮好晃眼。南山林立的
冷杉，嶙峋的巨石全都覆上了雪，哪儿有沟，哪儿有
窪，一抹平，一抹白，分不清了。好在林间留有许多
脚印，把一条羊肠小路曲曲弯弯显现出来。大哥背着
她，循着脚印迤逦向上。走到半山腰，大哥指着北边
山坡一处新盖的茅庐，"三哥就住在那儿。"

王嬿看茅庐不远，要下来自己走。抢步跑上前
去。到了门前脚下一滑，摔倒了。只见大门打开，王
安跑出来惊喜叫喊，"小妹！"把她抱起来，拍打她
身上的雪。王嬿紧紧抱着他的头，眼里噙着泪说不出
话来。门口站着一条虬须大汉，披着厚厚的兽皮，远
远望去准吓人一跳，当他是一头直立的野兽。王宇王
临拱手，"楼大侠！"

酒墓在山洞里面，洞口已经封死，茅庐背靠洞
口，守制的人要在里头住两年零三个月。荒山野岭，
寒风刺骨，屋里升着火塘，里头也觉寒冷。

王宇指着一摞一摞书简，"三弟要学富五车了，
好啊。"王安说："学富五车不敢想。书剑相伴，打
发日子罢了。"

火塘上吊着瓦罐，卟，卟，水溢了出来。楼获招呼众人围塘坐下，嗬嗬笑着，"贵客坐塘，开水翻花，喜事啊。"

王安指着王嬿的鼻子："可人家泪汪汪呢。"楼获凑趣，"妹子见了哥，就把眼泪抹。" 众人都笑了，王嬿依旧不肯离开王安的怀抱，搂紧他的脖子，把脸儿埋在他肩上。王临把带来的岁糕岁饼拿出来，王安说："有，有，这儿都有。"他指着厨房堆积的改岁食品，王宇问，"于府送上来的？"

王安没应声。显然都是楼获带到山上来的。

谁知王嬿开口说："三哥，别怨雯姐姐啊。雯姐姐好可怜好可怜！半边头的头发都烂掉了。"王安紧紧搂住她，"你去见雯姐姐了？她说什么了？"王嬿说："父亲不让去。听说雯姐姐成天关在黑房子里，不肯见人。"

茅庐沉默了。

"都是小弟的错。"王安叹气，"人哪，不怕做一百件一千件错事，就怕不知哪件事铸成千古恨。"他很想把柳林发生的事说出来。这一回倒不是没有勇气，而是觉得更对不住于姑娘。

日影西斜，兄妹三人起身告辞，临到门口，王安突然想起一桩事："四弟，听说山东剿匪，杀戮甚多，是吗？"

王临说："悍匪凶残，对抗王师。不杀不足以震慑贼寇，不杀不足以平泄民愤，杀戮的事自然免不了的。"

王安说："有人说，一战于渑池，民匪共戮；再战于焦城，玉石俱焚。杀使抗命，毁村屠聚，有没有这事？"

王临一惊，"这是谁说的？"王安说："你别问谁说的，有没有吧？"王临说："这是……恶意诽谤，诬蔑！"王安见他底气不足，接着问，"这如何说来？"王宇也说："是啊，大哥也纳闷，宫中也有人说。"王临不作声了。山东的事父亲没告诉人哥三哥，他也不能告诉大哥三哥。

王安还想追问，时候不早了，再不走城门就要关了，只好送三人下山。离家这么多天，分手的时候真有点舍不得。他把王嬿抱在怀里，脸儿贴着脸；王嬿的眼泪簌簌落。楼获在一旁说："妹子要离哥，泪珠往下落。"这回说的可是一点也不好笑，王安把她放下来。

　　回到城里，王宇径直进宫去了。王临王嬿一到家，母亲大嫂迎上来问这问那。王嬿那张小嘴啊，说完住的说吃的，说完吃的说睡的，山雀似的，喳喳没完。王莽一脚门里一脚门外，"你今日看你三哥去了？楼获在那儿陪你三哥是吧？你三哥喜欢跟这种人搅在一起，早晚还会生出事来。"王嬿把嘴鼓了起来，王莽笑了，"听不进去是吧？"王嬿说："才不呢。"王莽说："啊，听进去了。改岁了，长进了。"王嬿说："才不呢。"王莽嘿嘿直笑，"我准知你听不进去。"王嬿说："人家陪着三哥，要不三哥只怕连饭都吃不进口。"王莽说："你三哥就这么没用？"王嬿说："才不呢。"王莽说："你三哥真是这么没用，我就把他撵出家门，王家没这样没用的儿子，你也没这样没用的三哥！"王嬿叫，"父亲！"王莽说："好，好，不撵，不撵，再坏再赖也是你三哥，好吧？"说着仰面大笑。

　　一年到头王莽难得有几次与家人说笑。显然听到儿子安好，口里骂楼获，心里着实高兴。他高兴，全家也都高兴。吕焉捧出甜饼奉上茶，王莽拿了一块，

"都吃，都吃呀。"他见谁都不伸手，"嬿儿，拿给你大嫂。"

王嬿脆利应了一声，把甜饼往吕焉手里送，到了王临面前，因为父亲没叫他的名字，不敢伸手接。王莽眼睛一瞪："叫你吃，你就吃，总这么委委琐琐，缩头缩脑！"

"是。"王临把甜饼接到手里。

"夫人，你也吃啊。"王莽亲自拿块甜饼递到妻子手里。甜饼又甜又脆，他咬得格格山响。"嗯，好吃，好吃。"他连连叫好，显得心情愉悦。白雉之出满朝赞誉。这千年难得一现的祥瑞，既是天降给太皇太后陛下、皇上的，也是降给他的。改岁伊始，万象更新，能不叫他踌躇满志喜上眉梢？

他拍拍身子要走，对王临说："岁过完了，节也过完了，该收收心读书了。你得学学你三哥，上山别的东西没带，就带书。"王临应声，"是。"王莽随口问，"你三哥没对你说什么吧？"王临垂下眼帘，"没说什么。"

王嬿提醒，"四哥你忘了？三哥说了山东。"王莽一怔，"山东？没对你三哥夸夸其谈自吹自擂吧？"王临还没开口，王嬿卟嗤笑了。王莽眼睛一瞪，"你自吹自擂了？"王临王嬿都设作声，王莽冷哼一声："人要自爱，必先自知。朝廷在山东打了胜仗，平定了匪患，那是严将军廉将军的功劳，不能算你的功劳。为人处世不是自己的功劳不能贪；即便是自己功劳也不能吹。"王嬿说："父亲错怪四哥了，倒是三哥，还有大哥都问了四哥。有传言说四哥在山东杀人太多，当时孩儿很纳闷，四哥怎会杀人呢？"

"什么？什么？"王莽大惊。

王嬿说："一战于渑池，再战于焦城，什么……杀使抗命，毁村屠聚，孩儿学不来。"王莽问，"这是谁说的？"王嬿说："三哥啊。"王莽一双发赤的眼睛顿时红了，狠狠盯着王临："怎么回事？跟我来！"

"是。"王临扎着头跟在后头。

一进中堂，王莽发出一声暴喝："说！"王临的魂都叫他吓散了，嗫嚅着说不出话来。王莽更急更气，"你这没用东西，到底怎么回事！"

"都是平大人、廉将军的主张，孩儿，孩儿……"

王莽情知问不出所以然来，长袖一甩，连连大叫："快请平大人！"

平晏回家过岁去了，听到传唤，打马赶来了。王莽心事沉郁，苦笑着，"我王巨君成了杀人狂魔，没想到啊，真没想到啊。"

平晏神情平静，"兵者凶也。军旅之事，岂无杀戮？何况山东之匪，官兵来了是民，官兵走了是匪，匪出身于民，藏身于民，民与匪哪能分得清？多杀了几个，错杀了几个，在所难免啊，主公不必系怀。"

"颜平一干貂铛究竟怎样死的？这杀使抗命又是怎么回事？"

"颜平一干貂铛为流寇所杀，杀使抗命纯属子虚乌有。廉丹曾于前线报告，颜平一干貂铛锦衣白马，太过招摇，好几伙匪徒都要夺他们的马，抢他们的钱。这些事与四公子无关，主公不可深责四公子。"

王莽气忿说："这么大的事，回家也不知告诉一声。"

平晏赔笑，"知子莫如父，这不正说明山东本无事吗？纵有民匪不分，错杀之事发生也微乎其微，值得惊动主公吗？嘿嘿。如果仆所料不差，四公子以为这等事禀报主公，主公说不定还会责备他胆子小魄力小见识小呢。是不是呀，四公子？”

王临含糊应了两声。

平晏说：“在下倒要请问四公子，三公子哪儿得知这些事的？”王临说：“小侄曾问家兄，家兄不肯说。”平晏说：“山东的事本身并不重要，重要的倒是要问三公子，他从哪儿听来的？是谁在暗地造谣生事？人言可畏啊。”

“哼，还用说，必是楼获！”王莽说：“这种江湖豪侠徒众多耳目广，一贯夸大其词，妖言惑众。”平晏微笑着摇头：“不见得吧，如果是楼获，大公子怎会在宫中听到？主公还是派人上山问问吧。”

翌日，王莽派蔺苞上山，蔺苞回报：“三公子是从公孙禄之子公孙钧那儿听来的。”平晏冷笑，“哼，公孙禄！大约还有何武。都是带兵打仗的人，军旅杀戮之事司空见惯，如此宣扬，无非吹毛求疵，别有用心！”

“唉，何侯公孙，误会殊深！”王莽长长叹息。“改日一定找个机会与二人促膝交心。”平晏一阵冷笑：“误会久了变成成见，成见多了变成积怨。一旦形成积怨，企图澄清陈年往事，往往适得其反，更添仇怨。"

王莽悚然一震，大臣之间是不可以发生误会的，尤其这类罢官入狱生死荣辱误会，更不容发生。一旦得罪，官场亘古不移的铁则是得罪到底，致于死地方休。误会不得啊，不可两存之仇啊。

平晏说："依仆之见，山东之事不在杀戮之多寡，而在……"王莽自然明白他未竟的意思：一旦山东之事暴露，天降的白雉不再是祥瑞的吉鸟，而是报丧的灾禽了。平晏顿了顿，直视着他的眼睛，"何武公孙禄诋毁主公，不可掉以轻心啊。"

王莽一阵叹息。

改岁时家家行改岁之礼。王府扫雪延宾，开门纳客，不分亲疏贵贱，来的都是客。王莽亲迎亲送，从不简慢。从初一下朝开始，直到初八坐署视事，来客不断。他的知交好友，只得挨到初八晚上，聚到他家吃春酒。

席间，孙建说起孔光彭宣初二进宫，刘衍孔麟慈恩殿对话。他不敢公然抨击皇上，只好抨击孔麟，

"嘿，孔公子小小年纪，引经据典，学问那么大……兄长功德巍巍，到了他口里，'才五百级啊'，啧啧，这是什么话呀，好象兄长不应该封赏。"

"喝酒。"王莽举卮，"封赏的事，愚兄表个态吧，坚辞固拒绝不受赏。可夫已为愚兄拟就奏章，此心此志上达天聪，各位贤弟不要再提了。"

众人见他一脸庄容，调头去看平晏。平晏拿出一卷竹简递给刘歆，刘歆展开，确是一封坚辞封赏的奏章。奏章中王莽自称功小德微，不佩与萧何霍光比肩，遑论与周公并列，更何况他还是太皇太后陛下的骨肉至亲！行文至谦至卑，至恭至诚，跌岩起伏，回肠荡气，实在是篇绝妙好文。奏章把功劳都推给了旁人：

"拥立之功，功在太皇太后陛下之圣衷明断，功在大司徒孔光、车骑将军王舜、左将军甄丰、奉车都尉甄邯建策迎护。"接着条列孔光四人功绩："请予封赏，以应法度。"

"这怎么可以！"席间一壳反对之声，王舜第一个站出来，其余的人也都跟着，"奏章不能这样写，不可以！不可以！"

王舜说："兄长是太皇太后陛下至亲骨肉不要封赏；小弟也是太皇太后陛下至亲骨肉，怎好讨封受赏呢？"甄邯说："王氏不要封赏，外姓人封赏，我等何颜班列朝廷？"王莽说："怎么无颜班列朝廷？立功受赏嘛。"甄丰心直口快，"既然立功受赏，兄长首功，为何还上这样奏章？"

王莽重重叹了一声，"唉，愚兄怎配首功？众家兄弟都知道，愚兄之功算什么功哟？如果说愚兄有功，那也是建立在愚兄之过上头呀。虽说愚兄之过属无奈之过，但终归是过，而且是弥天之过啊。一旦败露，功能掩过吗？到时候口诛笔伐，愚兄百口莫辩哪。"

众人自然知道他暗指阴伏在阴伏谷的事，还有外间传闻山东剿匪时杀使抗命，毁村屠聚，一旦败露，够麻烦的。

刘歆一直在琢磨这篇奏章。若论拥立之功，首功当归鲍宣。如果不是他破"伪皇子案"，拥立之功只能由红阳侯王立和貂铠荣膺了，哪里还有众人的份？奏章却只字未提，以平晏之明，怎会疏忽至此？以王莽之贤，怎会抹杀别人功劳？显然另有深意。琢磨琢磨，这深意可是深之又深，深得他不能不打心里佩服。"巨君兄说得至情至理，奏章也写得至情至理，可夫啊，妙笔生辉，绝妙好文啊。"王莽却说："还不移，至少要加八个字。"

"哪八个字？"平晏问。

"寝置臣莽，勿随辈列。"王莽显然熟思己久，脱口而出。

平晏大声喝彩，"妙！"刘歆心领神会，"画龙点睛！"

"'寝置'兄长，何妙之有？小弟真闹不懂，把兄长排除在外，你俩还叫好。"甄丰瞅瞅平晏，又瞅瞅刘歆，"莫非暗藏玄机，里头有什么奥妙不成？"平晏说："哪有什么奥妙啊，表表主公恳切之意而己。"

"至情动人啊，至性动天啊，奏章当廷诵读，必催人泪下啊。"刘歆歌之咏之，赞赏之至，谁知他又说：

"不过依子骏之见，此表不宜当廷上奏。"

"为什么？"甄丰问。

平晏一拍脑门，"若非子骏兄提醒，险些误了大事！封赏之事自古以来总是有人欢喜有人愁啊。峣峣者易折，皎皎者易污啊。"

甄丰懵然不知他俩说些什么，平晏笑而不语，调头去瞅甄邯。甄邯同样懵然不知，"平公子赐教。"平晏说："子骏兄心思缜密，此表当廷上奏，担心有人提出非议，面对面的，多不好呀。"甄邯以为指他，冷哼一声，"平公子担心有人当廷非议小弟？"平晏淡淡一笑，"啊，嘀嘀。"又不作声了。

王邑看出端倪，瓮声瓮气说："可夫担心的恐怕是令翁吧。"甄邯问，"家翁？谁这么大胆！"王邑两眼精光疾射，冷冷一笑，"还能是谁？还不是那个不可一世骂令翁乡愿的人！自以为立了头功，没想到封了别人，不气歪鼻子才怪。"甄邯见他直指鲍宣，也冷冷一笑，"哼！家翁忠义为国，光明正大，不怕什么人非议。封赏的事又不是什么藏着掖着的馊巴事，堂堂正正，光明正大。当廷上奏，昭示天下。他爱出口伤人，就让他当廷乱咬去，怕什么？"刘歆慢悠悠说：

"老六既已点明，还是谨慎一点防患于未然吧。甄邯贤弟，你说呢？庸人自扰，不过让人笑笑而已；

引火烧身，那可烧得身上疼啊。如果烧得焦头烂额，见人都不能见人了。"

王莽见他们把大臣间的嫌隙拿到酒筵议论，连忙举卮打断："喝酒！喝酒！"

王府的春酒一向四素一荤，酒也寡淡。但知交好友相聚，情比酒浓，谊比味甘，众人边议边饮，款曲互通，一豆一醢都有滋有味。待到酒尽盘空，四座无不微醺快畅。王莽回房躺下多时，不料孔府差人送来了书简。王莽只好推被起床，吩咐去请平晏中堂议事。

细雪斜风，寒气凛冽，中堂重新生起炭火。木炭还在冒烟，怪呛人的。平晏到了，堂前响起他的笑声，"哈哈，报耳神真快！"不用说，他已预知甄邯必报孔光，孔光必求王莽。

孔光的书简谦称新君之立并无寸功，"大司马上表为光请赏，光感激泣零。但无功请赏，光愧赧无地；若遭非议，光何以苟活于天地？每念及此，不胜股栗之至。"

“知翁者未必婿，还是老六所断不差啊。”平晏笑笑，“黑天下火投书，‘若遭非议’之惧，孔相忌惮鲍宣可想而知。”王莽叹息，“孔相持重，鲍宣刚直。刚直者一旦误解持重者，持重者能不忌惮？”平晏回应，“是啊，主公别当廷上表了。”

翌日，王莽径直前往长信宫把表呈与太皇太后陛下。王政君大喜，“巨君啊，自己不要封赏，却为别人请赏，既应法度，又见高风，好啊！见困难就上，见封赏就让。朝廷有你这样的大臣，事情好办多了：朕有你这样的侄儿，脸上有光啊。”

“陛下日月之光，光照天下。微臣纵有萤光，岂能为陛下增光？只要不让陛下蒙羞，微臣于愿已足。”

“好啊，恭谦好啊！恭宽信敏惠，五德之首啊。下回早朝，朕当众宣读，交付廷议。”王政君大声赞赏，“朝廷需要你这样的忠良，兆民需要你这样的贤吏啊。朕当明诏表彰，垂范百僚。”

“陛下，此表不可当众宣读，更不可明诏谬赞，也不宜交付廷议。”王莽伏在地上，“臣闻父之爱子存乎心；母之爱子形于色。存乎心，严也，形于色，慈也。陛下待臣如母，但陛下不惟为母，而为君父。

不惟臣之君父，而为天下君父，陛下应先天下而后亲私，存乎心而不形于色。”言讫，双手呈上孔光的书简。

这番亲情洋溢的话，王政君着实感动，默默展开书简阅读。读毕，想也没想就知潜在非议者是谁，脸就气歪了，切齿唾骂，“鲍宣！”

“凡事不明则议，明则断。” 王莽说：“今事功昭明，朝野翘首延望。明而议反惑，明而不断亦惑，臣以为封赏之事不宜廷议。陛下乾纲独断，纵有嫉贤妒功之微言，何碍陛下施赏罚伸恩威于天下！”

王政君觉得有理，即令姚恂草拟诏书。

谁知诏书还没拟就，消息不胫而走。立春之后，官宦人家请春酒。酒酣耳热停樽于手之际，无不唾骂几声乡愿，评说一阵鲍宣，居然成了时尚。伴着满天飞雪，这些闲言碎语满天飞。人们都说，若非鲍宣破伪皇子案，新君如何拥立？该赏者不赏，不该赏者受赏；他们为鲍宣喊冤抱屈，有的人甚至声称不惜一死面谏太皇太后陛下。慷慨得很，激昂得很。

春假满了，御史台官员都上衙门点卯应差。屋子空了好些天，炉灶上冻了。升着火直冒烟，又呛又冷。急得火伕没法，只好请氾胜之帮忙。氾胜之是升火捅炉子好手，无论多冒烟的炉子，只要他捅几下就好了。官员大多袖着手，跑到过道跺着脚团团议论。屋里烟囱顺了，炉火旺了，说的人起劲，听的人起劲，议长论短的人也起劲，围着跺着不愿离去。看见彭宣踏雪而来，众人跪拜请安，四散回屋了。

彭宣步入氾胜之的签押房，看见氾胜之正在捅炉子。衙门十三个炉子，他的签押房是最后一个。氾胜之满头满身都是灰，他谑戏说："种田佬变成扒灰佬了，哈哈。"氾胜之说："可惜犬子尚幼，不曾娶妻。"氾胜之三女一男，儿子才十五岁。二人仰面笑了。

"外面都在为鲍子都抱不平呢。"彭宣说："有人'不惜一死'谏阻封赏孔相，封赏也得先封鲍子都。谁呀，这么不计生死，勇于公义，不会是你吧，种田佬？"氾胜之冷哧一声，"下官虽是贱命，才不会为谁封赏不封赏'不惜一死'呢。"彭宣说：

"啊，这么说，朝中又出了一个鲍子都。"氾胜之倪："只怕朝中要少一个鲍子都！悠悠之谈，绝于智者之口；如此蜚短流长，不怀好意哪。"

　　彭宣心想，可不是吗？孔相与鲍宣的仇怨恐怕再无开解之日了。

　　鲍宣一阵风冲了进来，气得切齿大骂："杀人不见血，居心叵测！"他心里明镜似的，他的"功"在于破伪皇子案。正是这"功"，得罪了太皇太后陛下。避祸犹恐不及，哪敢奢望什么"功"！有人声称要为他争功，这不是要太皇太后陛下生厌生憎生杀心吗？有人还拿孔光做文章，这不是把他往死路逼吗？"又是谁在那儿纵横捭阖，兴风作浪，挑拨离间！"

　　"听到没？鲍子都说兴风作浪，可不，风生水响的。种田佬，你闻闻这是什么风呀。"彭宣说。

　　"权臣风。"氾胜之说。

　　彭宣说："老夫听说，王者之风起于青苹之末；庶人之风起于穷巷之间；这权臣之风起于何地呢？"氾胜之说："起于密室之中。"彭宣笑了，"啊嗬嗬，王者之风，徘徊于桂椒之间，翱翔于激水之上；这权臣之风如何呢？"氾胜之说："纵横捭阖，风无定向。声东而拂西，形西而向东。"彭宣说："这么说，风吹鲍子都，未必意在鲍子都啰。"氾胜之说："此风阴毒惨烈，砭人肌肤。风之所及，入骨三分。

意虽不在鲍子都，鲍子都难免于害。”彭宣叹气，

“看来鲍子都只得受此无妄之灾了。”

“何止无妄之灾，这是置鲍某于死地！”鲍宣
说。

其实最难受的还是孔光。街谈巷议就像把他放在
火上烘烤，叫他毛焦火辣寝食难安。好几次想进宫面
圣，拒绝封赏，朝服都穿好了，又觉不妥，只得废然
却步。试想诏书未下，贸然面圣拒封，岂非变相讨
赏？反而落下更多口实。到了朝日他想称病不出，又
怕别人讥为矫情。进也不是，退也不是，想到自己身
为相国，凡事应雍容大度，这才硬着头皮进宫去。

上元过后，太皇太后陛下果然降旨封赏，何闳当
廷宣诏：

“太傅博山侯孔光世为傅相，忠孝仁笃，行义显
著，建议定策，封孔光为太师行四辅之政，加封万
户；车骑将军安阳侯王舜积累仁孝，使迎中山王，折
冲万里，功德茂著，封太保加封万户；左将军甄丰忠
信仁笃，使迎中山王，辅导供养以安宗庙。加封甄丰
为广阳侯，少傅，授四辅之职，封五千户；奉车都尉
甄邯建议定策，加封承阳侯，封三千四百户。”

何闳宣读完毕，王舜高呼万岁伏于阶下，"臣谢太皇太后陛下、皇上之恩，臣不能受封。"王政君问，"爱卿为何不受封？"王舜回奏，"大司马功高不赏，微臣功微受赏，微臣愧赧无地。大司马为陛下骨肉至亲，臣亦陛下骨肉至亲，陛下何偏私臣亏待大司马？或者相反，何青睐大司马小觑臣？"他一说完，甄丰甄邯同时出列伏于阶下，"臣不能受封。"接着甄邯大声叫嚷，"大司马不赏，我等受赏，天下岂不耻笑？"甄丰的声音更大，"陛下莫非以为本家高廉外姓贪鄙？微臣虽然粗鲁，也知廉耻。"

孔光低垂着头，伏于阶下一言不发。只见他双肩抽搐，断断续续发出一阵细微的隐忍的哽咽声音。满朝望着他，大殿一片肃静。过了很久，王政君说："丞相，朕知你说什么了。何闳，扶丞相回班吧。"

何闳上前把他搀起来，孔光早已泪流满面，花白的长须上也挂满泪珠。

陈崇出班奏言，"自古贪天之功为已功，争名于朝，我朝却推功于人，让赏于朝，这是太皇太后陛下、皇上盛德之教化，也是大司马王公节操之染濡。巍峨哉，君德之盛；清明哉，臣节之贞！不过，臣以为大司马虽然克恭克让，朝廷还是应该彰扬封赏。否则满朝文武谁敢接受封赏？"张敞应和，"人无分亲疏，有功者赏；臣无分内外，有过者罚。臣以为孔丞相该赏，车骑将军该赏，二甄将军也该赏，大司马更该赏。不赏不足以正典章，不赏不足以孚众望。" 随后刘歆一干大臣出班，又是一阵颂扬。

王政君着实感动，"无偏无党，王道荡荡。大司马之功不可因骨肉之故蔽隐不扬。朕必封赏，爱卿再勿推辞。"刘衎更是热泪盈眶，"大司马是我朝大贤臣，大贤臣不封封哪个？封，厚封！"

浩荡的恩宠，热情的赞颂，一个喜人的感动接着一个喜人的感动，聚合成心跳加速的狂喜。王莽伏在阶下，只觉手脚颤抖，喘不过气来，脊背有如金针频刺微微痉挛。"太皇太后陛下、皇上大恩，天高地厚，臣肝脑涂地难报万一。"他吞声如咽，挥泪如雨。

他不是没有想到事情会这样奇妙演变；但这奇妙演变真的变成活生生现实也叫他惊喜难当。"寝置臣莽，勿随辈列"八字，真是妙用无穷啊。在他一生中，也曾受人崇敬受人爱戴受人钦羡，但像今天这样勃勃然萌动的荣耀心，沛沛然激发的自豪感，像火一样温煦，像酒一样陶醉，还是第一次。这是一种全新的感觉，一种沸腾的豪迈的整个身心都盈溢着快意的妙不可言的感觉。也是一种全新的境界，在这以前，他不知道人生还有这么美妙的境界，也不曾企求这种境界。这境界，真爽！

　　雪霁风轻，朝阳如盘。银白驰道披着银白阳光，八名白裘白马的貂铛簇拥中太仆何闳踏雪飞驰。四骑开道于前，四骑护卫在后，是为"八骖"。八骖之出，显示天使之威严，宫仪之气派；八骖传旨，表示皇恩之郑重，宸意之礼遇。他们于大司马府门前翻身下马，何闳高叫："圣旨到！"

　　门前牙旗舞动，执戈护军列队两旁，单膝跪迎。顿时金钲声响，鼓角齐鸣，中门洞开。王莽躬身拜请，"公公请。"

　　何闳带领八骖站定之后，大声宣旨：

　　"大司马新都侯王莽三世为公，典周公之职，建万世之策，流化海内，远域慕义，以致越裳氏献白雉。功如萧相国，加封王莽为太傅，干四辅之事，号曰安汉公。以萧相国甲第为安汉公第，封二万八千户。"

王莽叩头，"臣世受皇恩，功德不彰。如此厚封，臣不敢接旨。望公公代呈鄙意，不胜惶恐之至。"何闳说："皇命不可违，皇恩不可辞，大司马三思。"王莽再次叩头，"臣受之有愧，赧颜无地。"何闳说："大司马不接旨，倒叫下官为难了。"王莽三次叩头，"下官当上书太皇太后陛下、皇上，直陈辞忱。"

蔺苞应声进书房取出，双手交与何闳。

王莽与八名貂铛一一行礼，执手话别，八名貂铛觉得大司马的慰勉春风拂面，温情暖心。

王政君接过奏章，看也没看递给刘衎，"皇帝，你先御览吧。"刘衎览毕，"大司马坚辞固拒，词意恳切，一片至诚啊。既然如此，臣孙以为，是不是照准算了。"王政君说："不可。君待臣以礼，臣事君以忠。君臣之道，君恭臣敬。君愈恭，臣愈敬；反之，臣愈敬，君愈恭。你尚年幼，且为新立，恭谨之道不可须臾或忘。"

　　翌日，王政君派谒者前去王府。"传朕口谕：钦敕王莽朝日未央宫前殿东厢候见，朕亲自面诏。"谒者回来奏报：王莽上表称疾不朝。

　　过了一个月，王政君派尚书令姚恂登门宣旨，"爱卿因封赏称疾不朝，恭谦可嘉。但爱卿身负重任，不可一日或缺，亟望起复视事。"王莽躺在床上，声称不能下地。

　　又过了一个月，王政君又派何闳以朝廷制度召见，"爱卿身任大司马，隔日主持白虎殿将军会议，怎可因谦辞而废朝廷法度？"

　　王莽依旧称疾推辞。

　　刘衎有些烦恼了。"没想到封赏成了麻烦，恭谦过度，也叫人难受啊。"王政君说："皇帝，这话可就不对了。臣下恭谦，是臣下之德。德不畏其钜，善不厌其细。为人君者应谆谆善诱，使其光大。"刘衎俯首，"是。"他低着头久久不动，王政君说："皇帝，有些想不通吧。"果然刘衎说："是。"像一个恭谦好学的学童似的，但凡师训每每应"是"，而当想不通就低着头站在一边缄默不语，静候师长垂询。王政君说："皇帝你说说。"

　　"是。过犹不足，有失中庸。恭谦过度，迹近虚伪。凡事失却中庸，难免矫情。甚至可能隐含情弊……"

　　王政君万万没有想到小小年纪说出这番话来，她定睛逼视他，"龚师傅对你讲的？"刘衎的师傅是楚人龚舍，与其兄龚胜共称二龚。二人道德高尚，学术精纯，时人奉为清流。

　　"是。龚师傅昨日开讲《中庸》，阐释过犹不及之义理，臣孙套用的。"

　　王政君心头猛震，龚舍于日前对皇帝讲《中庸》，如果不是直接针对王莽，也是有感而发。是王莽有失中庸恐有"情弊"呢，还是龚舍教唆皇帝妄图影响政局？这些都是朝廷隐患，不可掉以轻心。"龚师傅讲的是义理，不可以随便套用。常言说，礼多人不怪，未必德多皇上怪不成？"

　　"是。"

　　王政君笑了笑，"皇帝的意思原也没错，大司马一味恭谦，事情总悬着，闹得朝政都不能正常开展，时间长了要误事的；咱祖孙俩得想个办法才是。"刘衎说："是。不过，皇孙……没法子，还是皇祖母想吧。"王政君嗔责，"皇上偷懒，这怎么成？想都没想就说没法子，日后怎么料理国家大事？得想啊，想不出也得想，想破脑壳也得想。"刘衍说："是。"他挠着头到一边想去了。

王政君看他认真的模样，小大人似的，实在招人喜爱，老脸放出光来。这么懂事的孩子承欢膝下，着实叫她苍老僵硬的心变得温软。何闳看看皇上，又看看太皇太后陛下，恰恰对上王政君含蕴笑意的目光，不觉绽开笑容："奴婢倒有个主意。"王政君说："你说吧。"何闳身子一矮，"谢陛下。奴婢从旁看呀，大司马固辞，高风亮节是其原因，但孔相四人不受封也是原因。不如先劝孔相四人受封……"刘衍说："不正是没封大司马，四人才不受封的吗？"何闳说："皇上圣明。现在的情势是不封大司马，四人不受封；四人不受封，大司马更不受封。"刘衍说："你是说先易后难？"何闳弯身，"皇上圣明，奴婢正是这意思。"王政君说："是个好主意。"刘衍鼓掌，"快！快宣孔麟进宫。"

不移时，孔光父子随何闳进宫来了。孔光心里明镜似的，知道太皇太后陛下的意图，跪伏在地久久不语，孔麟也跪在一旁不敢抬头。王政君叫刘衍把他俩搀起，"丞相，皇帝有事向贤父子请教。"孔光孔麟忙说："不敢。"刘衎说：

"古有孤竹国伯夷叔齐相互让位，矢志不渝，至死无悔，传为千古美谈，不知有没有臣下至死让封之佳话？"

二人一怔，王政君说："麟儿先说吧。"孔麟说："小儿不知。"王政君说："丞相呢？"孔光说："老臣孤陋寡闻，未曾听说。"刘衎说："这就奇了，为何有让位美谈而无让封佳话？"孔光低头不言，孔麟说："小儿以为：君者，天子也。君主之上唯有皇天，但皇天不语。因此君主之意，没有人能够阻拦。如果君主执意让位，谁也拦不住，谁也管不了，让也就让了；臣子却不然，臣上有君，虽不愿受封，但君命不可违。若一味固拒，拂逆君父之意，则为不臣之举了。"

"说得是。"刘衎说："其实，让封的事也是有的，譬如介之推。不过，那不是佳话，而是惨剧。"

春秋时，晋公子重耳遭难，介之推追随重耳逃亡国外，曾割股上之肉为重耳充饥。重耳返国途中，介之推羞与佞臣为伍，不辞而别，隐居绵上山中。重耳即位，是为晋文公。晋文公请他出山，介之推避而不见，晋文公放火烧山逼他出来，介之推抱着树活活被火烧死。

刘衎说："普天之下，莫非王土；率土之滨，莫非王臣。不受君命，不为王臣，唯有一死。"

孔光心头猛震，小小年纪说出这样杀伐决断的话来，身后必有能人。是太皇太后陛下？还是师傅龚舍？"皇上慧心独运，天纵聪敏。雷霆施雨露，雨露奋雷霆，雨露雷霆皆皇恩哪。"孔光颂扬之后，跪下啜泣，"太皇太后陛下、皇上大恩，老臣焉敢推拒？老臣实在有愧啊。"

王政君说："丞相元勋当之无愧。纵有嫉贤者微辞，无损丞相功德。丞相固辞，大司马固辞，朝廷难明正典了。"

孔光连连叩头，"臣有愧，臣受命。"

www.ingramcontent.com/pod-product-compliance
Lightning Source LLC
Chambersburg PA
CBHW011239200726
48288CB00017B/3197